Die Blumen, sie sterben alle

LAWRENCE BLOCK

Im sechzehnten Roman seiner preisgekrönten Matthew-Scudder-Serie hat sich Bestseller-Autor Lawrence Block in Sachen Spannungsaufbau und Figurenzeichnung wieder einmal selbst übertroffen. In Weiterführung des Erfolgs, den *Der zweite Tod* bei Kritikern wie Leserschaft hatte, führt Block seinen Helden Scudder – und den Leser – an den Rand des Abgrunds.

Privatdetektiv und Ex-Polizist Scudder ist eine vielschichtige, auch in Echtzeit gealterte und gewachsene Persönlichkeit, die sich hier nicht nur der unausweichlichen Herausforderung der Sterblichkeit, sondern auch einem unerbittlichen, vor nichts zurückschreckenden Gegner stellen muss, der in seiner Eiseskälte und Durchtriebenheit die unvergesslichste Figur sein dürfte, die Block je geschaffen hat.

In einem Gefängnis in Virginia wartet ein Mann auf seine Hinrichtung, doch entgegen der erdrückenden Beweislast behauptet er bis zuletzt, die drei brutalen Morde, derentwegen er zum Tode verurteilt worden ist, nicht begangen zu haben. Ein Psychologe, der vorgibt, an seine Unschuld zu glauben, besucht ihn in den Tagen vor der Vollstreckung des Urteils mehrere Male im Todestrakt und nimmt schließlich als Zuschauer sogar an der Hinrichtung teil. Anschließend kehrt der Psychologe nach New York City zurück, um sich dort einer anderen Aufgabe zu widmen.

Währenddessen hat sich Scudder bereit erklärt, Nachforschungen über den geheimnisumwitterten Liebhaber einer Bekannten anzustellen, den diese über eine Partnerbörse im Internet kennengelernt hat. Das scheint ein relativ einfacher Auftrag zu sein. Zunächst. Doch als im persönlichen Umfeld Scudders immer mehr Morde passieren und er selbst ins Schussfeld gerät, wird klar, dass hier ein extrem gefährlicher Killer am Werk ist. Und dessen Hauptaugenmerk scheint Matt und Elaine Scudder zu gelten.

Die Spannung ist atemberaubend, der Ausgang bis zum Schluss ungewiss. Eine Serie, die mit unzähligen Preisen überhäuft wurde – Edgar, Shamus, Philip Marlow, Maltese Falcon –, hat sich zu einem neuen Höhepunkt aufgeschwungen. Lawrence Block, der von der Crime Writers Association des United Kingdom für sein Lebenswerk mit dem Diamond Dagger ausgezeichnet worden ist, zeigt sich in diesem Buch in Höchstform.

Mit einem Titel, der dem alten Folksong „Danny Boy" entnommen ist, zeigt sich Lawrence Blocks sechzehnter Roman mit Matt Scudder von seiner düstersten Seite. Als Scudder von einer Frau, die er von den Treffen der Anonymen Alkoholiker kennt, gebeten wird, diskrete Nachforschungen über ihren neuen Liebhaber anzustellen, muss er feststellen, dass er ins Visier eines extrem durchtriebenen Serienkillers geraten ist, der seine Vorgehensweise ständig ändert und keinerlei Hinweise auf seine Identität hinterlässt.

Audiofile Magazine

Matt Scudder, Bestsellerautor Lawrence Blocks unkonventioneller Privatdetektiv, ist nun schon fast dreißig Jahre aktiv, und wenn er auch nicht in Ruhe und Beschaulichkeit gealtert ist, war sein Leben zumindest höchst ereignisreich. Bei seinem sechzehnten Auftritt (nach *Der zweite Tod/Hope to Die* aus dem Jahr 2001) erweist sich Scudder, der inzwischen die Sechzig überschritten hat, als hartnäckiger und unnachgiebiger denn je, als er sich mit dem gerissensten und unerbittlichsten Killer konfrontiert sieht, mit dem er jemals zu tun gehabt hat. Block-Fans wird es nicht überraschen, dass dieser Killer hinter den unaufgeklärten Morden aus *Der zweite Tod* steht und dass Scudder und seine Frau Elaine in sein Fadenkreuz geraten sind. Die Erzählperspektive wechselt immer wieder zwischen Scudders Sicht und der des Killers, dessen Einfallsreichtum, Raffinesse und Hinterhältigkeit für äußerste Spannung sorgen. Da Scudder und Elaine sich der drohenden Gefahr zwar bewusst sind, hinsichtlich der dahinter steckenden Person aber völlig im Dunkeln tappen, sehen sie sich gezwungen, sich in ihrer Wohnung zu verschanzen, während Scudder gleichzeitig versucht, dem Täter auf die Spur zu kommen. Fans der Serie werden sich freuen, wieder einmal den vertrauten Figuren und Schauplätzen zu begegnen, die in Scudders Welt eine so wichtige Rolle spielen: TJ, Mick Ballou, Grogan's Bar und die Versammlungsräume der Anonymen Alkoholiker. Kombiniert mit den zahlreichen unerwarteten Wendungen des Plots ergeben sie eine extrem spannende Mischung, angerührt von einem Könner seines Fachs, der sich wieder einmal in Höchstform zeigt.

Publishers Weekly

Die Blumen, sie sterben alle

LAWRENCE BLOCK

Aus dem Amerikanischen übersetzt von Sepp Leeb

A LAWRENCE BLOCK PRODUCTION

Für zwei Jungs fürs Eingemachte:

Brian Koppelman
&
David Levien

O Danny Boy, the pipes, the pipes are callin',
From glen to glen, and down the mountainside,
The summer's gone, the roses all are fallen,
And now 'tis you must go, and I must bide.

But come ye back when spring is in the meadow,
Or when the hills are hushed and white with snow,
Ye'll find me there, in sunshine or in shadow,
O Danny Boy, O Danny Boy, I love you so.

But if ye come, and all the flowers are dyin',
And I am dead, as dead I well may be,
Then you will find the place where I am lyin',
And kneel and say an Ave there for me.

And I will hear, though soft you tread above me,
And then my grave will warmer, softer be,
And you will bend and tell me that you love me,
And I will wait in peace until you come to me.

Frederic Edward Weatherly, »Danny Boy«

Hört, ihr Richter! Einen anderen Wahnsinn gibt es noch –, und der ist vor der Tat. Ach, ihr krocht mir nicht tief genug in diese Seele!

So spricht der rote Richter: »Was mordete doch dieser Verbrecher? Er wollte rauben.« Aber ich sage euch: seine Seele wollte Blut, nicht Raub: er dürstete nach dem Glück des Messers!

Friedrich Nietzsche, *Also sprach Zarathustra*

Kapitel 1

Als ich ankam, saß Joe Durkin bereits an einem Ecktisch und rückte einem Drink zu Leibe – ein Wodka on the rocks, wie es aussah. Ich ließ den Blick durch das Lokal wandern und lauschte dem Stimmengewirr an der Bar, und vermutlich schlug sich etwas von dem, was ich empfand, in meinem Gesicht nieder, denn als Erstes fragte mich Joe, ob ich was hätte. Nichts, sagte ich, warum?

»Weil du aussiehst, als hättest du ein Gespenst gesehen«, sagte er.

»Wäre eher komisch, wenn nicht«, sagte ich. »Der Laden hier ist voll davon.«

»Für Gespenster ist er ein bisschen neu, würde ich sagen. Wann haben sie hier aufgemacht? Vor zwei Jahren?«

»Eher vor drei.«

»Wie die Zeit vergeht«, brummte er. »Egal, ob du dich dabei amüsierst oder nicht. Jake's Place, wer auch immer Jake ist. Kennst du ihn?«

»Nein, keine Ahnung, wer er ist. Aber ich kenne den Laden hier aus der Zeit, bevor er ihm gehört hat.«

»Als das hier noch das Jimmy Armstrong's war.«

»Genau.«

»Er lebt nicht mehr, oder? Ist er vor oder nach 9/11 gestorben?«

Das ist unser Wendepunkt; wir ordnen alles in unserem Leben danach ein, ob es vor oder nach diesem Datum passiert ist. »Danach«, sagte ich. »Fünf oder sechs Monate danach. Er hat den Laden einem Neffen vermacht, der ihn ein paar Monate geführt hat, bis ihm klar geworden ist, dass das nicht das Leben war, das er sich vorgestellt hat. Deshalb hat er den Laden vermutlich Jake verkauft, wer auch immer Jake ist.«

»Wer auch immer Jake ist«, sagte Durkin, »er tischt dir was Anständiges zu essen auf. Weißt du übrigens, was sie hier haben? Du kriegst den ganzen Tag ein irisches Frühstück.«

»Woraus besteht das? Aus einer Zigarette und einem Sechserpack?«

»Sehr witzig. So ein gebildeter Typ wie du, der wird doch wohl wissen, was ein irisches Frühstück ist.«

Ich nickte. »Die Herzinfarktbombe, hm? Eier mit Speck und Würstchen.«

»Und einer gegrillten Tomate.«

»Ach ja, stimmt, ist ja was Gesundes.«

»Und Blutpudding«, fügte er hinzu. »Den du sonst kaum noch wo kriegst. Weißt du schon, was du willst? Ich nehme nämlich das irische Frühstück.«

Ich sagte der Bedienung, ich würde das gleiche nehmen, und dazu eine Tasse Kaffee. Joe sagte, ein Wodka sei genug, aber ein Bier könne sie ihm noch bringen. Irgendein irisches, passend zum Frühstück, aber kein Guinness. Sie schlug ihm ein Harp vor, und er sagte, das wäre super.

Ich kenne Joe schon zwanzig Jahre, obwohl ich nicht behaupten könnte, dass wir enge Freunde sind. Er war alle diese Jahre Detective in der alten Midtown-North-Wache in der West Fifty-fourth Street, und wir haben im Lauf der Zeit eine Arbeitsbeziehung aufgebaut. Ich wandte mich an ihn, wenn ich einen Gefallen von ihm brauchte, und wenn ich mich dafür revanchierte, tat ich das manchmal mit Bargeld, manchmal mit Gegenleistungen. Hin und wieder vermittelte er mir einen Klienten. Es hatte Zeiten gegeben, in denen es in unserer Beziehung kriselte; meine enge Freundschaft mit einem Berufskriminellen war ihm ein ständiger Dorn im Auge, und ich war nicht gerade scharf auf Joes Gesellschaft, wenn er einen Wodka zu viel intus hatte. Aber wir kannten uns schon lange genug, um ganz gut miteinander auszukommen; wir übersahen, was wir nicht gern sehen wollten, und standen in engem, aber nicht zu engem Kontakt zueinander.

Kurz bevor unser Essen kam, eröffnete er mir, dass er seine Kündigung eingereicht hatte. Als ich sagte, dass er damit schon seit Jahren drohte, sagte er, dass er die nötigen Dokumente, um seinen Job an den Nagel zu hängen, schon vor ein paar Jahren ausgefüllt hatte, aber dann wären die Twin Towers eingestürzt. »Das war nicht der richtige Zeitpunkt, um aufzuhören«, meinte er, »auch wenn es einige trotzdem getan haben. Aber wer würde es ihnen verdenken? Sie haben sich in diesem Job aufgerieben. Was mich angeht, habe ich mich schon lange vorher dafür aufgerieben. Scheiße schaufeln, um die Flut einzudämmen, was anderes haben wir nie gemacht. Damals konnte ich mir allerdings einreden, dass ich gebraucht werde.«

»Kann ich mir gut vorstellen.«

»Deshalb bin ich drei Jahre länger als geplant geblieben, und wenn ich in diesen drei Jahren irgendwas Nützliches getan habe, kann ich mich nicht mehr erinnern, was es war. Jedenfalls habe ich jetzt endgültig die Schnauze voll. Heute haben wir was, Mittwoch? Freitag in einer Woche ist mein letzter Tag. Alles, was ich jetzt noch tun muss, ist, mir überlegen, was ich mit dem Rest meines Lebens anfange.«

Und das war der Grund, warum er mich gebeten hatte, in einem Raum voller Gespenster mit ihm essen zu gehen.

Es war über dreißig Jahre her, dass ich meinen Dienst beim NYPD quittiert hatte, und kurz danach hatte ich mich auch von meiner Rolle als Ehemann und Vater verabschiedet und war aus einem behaglichen Vorstadthaus in Syosset in eine Mönchszelle von einem Zimmer im Northwestern Hotel gezogen. Viel Zeit verbrachte ich nicht in diesem Zimmer; Jimmy Armstrong's Saloon, der gleich um die Ecke zwischen Fifty-seventh und Fifty-eighth in der Ninth Avenue lag, diente mir als zweites Wohnzimmer und als Büro. Dort traf ich mich mit Klienten, dort aß ich, und dort spielten sich die sozialen Kontakte ab, die ich hatte. Dort trank ich auch tagaus, tagein, weil das war, was ich damals tat.

Ich behielt diese Gewohnheit bei, solange es ging. Dann hörte ich zu trinken auf und begann, meine Freizeit nicht im Armstrong's zu verbringen, sondern zwei Straßen weiter nördlich im Souterrain von St. Paul the Apostle – und in anderen Kirchenkellern und Ladengeschäften, wo ich nach etwas suchte, mit dem sich die leeren Stellen füllen ließen, die sonst der Alkohol gefüllt hatte.

Irgendwann wurde Jimmy Armstrongs Pachtvertrag nicht mehr verlängert, worauf er einen halben Block weiter südlich und einen langen Block weiter westlich an die Ecke von Fifty-seventh und Tenth umzog. Nachdem ich mit dem Trinken aufgehört hatte, machte ich einen weiten Bogen um die alte Kneipe, und eine Zeitlang tat ich das auch bei der neuen. Sie wurde nie zu meinem Stammlokal, aber ab und zu gingen Elaine und ich zum Essen hin. Jimmy hatte immer eine gute Küche – die auch lang offen hatte –, und deshalb bot sich das Armstrong's nach einem Abend im Theater oder im Lincoln Center wie von selbst an.

Ich war bei seiner Trauerfeier in einem Bestattungsinstitut in der West Forty-fourth, bei der jemand eins seiner Lieblingslieder spielte. Es war »Last Call« von Dave Van Ronk, das ich zum ersten Mal hörte, als es mir Billie Keegan nach einer durchzechten Nacht vorspielte. Ich ließ ihn den Song immer wieder abspielen. Keegan arbeitete damals für Jimmy und stand wochentags hinter der Bar; er war schon vor Langem nach Kalifornien gezogen. Und Van Ronk, der den Song geschrieben und a cappella gesungen hat, war etwa einen Monat vor Jimmy gestorben, und deshalb hatte ich dagesessen und zugehört, wie ein Toter einem anderen Toten ein Lied vorsang.

Ein oder zwei Wochen später hielten sie in der Bar eine Totenwache für Jimmy ab. Ich ging hin, blieb aber nicht lange. Es tauchten ein paar Leute auf, die ich schon jahrelang nicht mehr gesehen hatte, und ich freute mich, sie zu sehen, trotzdem war ich froh, bald wieder gehen zu können und mich auf den Heimweg zu machen. Am letzten Abend, an dem Tag, als der Pachtvertrag auslief, waren zur Feier des Tages alle Getränke frei. Verschiedene Leute sagten mir, ich solle unbedingt hingehen, aber ich dachte nicht im Traum daran. Ich blieb zu Hause und sah mir das Yankees-Spiel an.

Und hier war ich jetzt, in einem Raum voller Gespenster. Manny Karesh war eins von ihnen. Ich hatte ihn in den alten Zeiten in der Ninth Avenue gekannt, und er hatte sich nie aus dem Viertel fortbewegt. Er schaute fast täglich im Jimmy's vorbei, um ein, zwei Bierchen zu trinken und die Krankenschwestern anzubaggern. Er war natürlich zu der Totenwache gekommen und wäre bestimmt auch am letzten Abend aufgetaucht, aber ich weiß nicht, ob er es geschafft hat. Er hatte mir bei der Totenwache erzählt, dass er nicht mehr lang zu leben hätte. Sie hatten ihm eine Chemotherapie vorgeschlagen, sagte er, aber wenig Hoffnung geäußert, dass sie viel nützen würde, weshalb er keinen Grund gesehen hatte, sich diese Tortur anzutun. Er starb irgendwann in diesem Sommer, nicht lange nachdem das Armstrong's zugemacht hatte, aber ich erfuhr es erst im Herbst. Das war also eine Beerdigung, die ich versäumt hatte, aber neuerdings gibt es immer eine, zu der ich gehen kann. Sie sind wie Trambahnen. Wenn man eine verpasst, kommt schon wenige Minuten später die nächste.

»Ich bin jetzt achtundfünfzig«, sagte Joe. »Damit bin ich locker alt genug, um in Rente zu gehen, aber zu jung, um in Rente zu sein, wenn du weißt, was ich meine.«

»Hast du denn schon eine Idee, was du dann machen willst?«

»Was ich machen werde«, sagte er, »ich werde mir in Florida ein kleines

Haus kaufen. Ich angle nicht, ich spiele nicht Golf, und ich bin dieser sommersprossige irische Typ, der schon von einer Schreibtischlampe Sonnenbrand kriegt.«

»Würde mich sehr wundern, wenn es dir in Florida gefiele.«

»Das kannst du laut sagen. Ich könnte hier bleiben und von meiner Pension leben, aber ich würde durchdrehen, wenn ich nichts zu tun hätte. Ich würde die ganze Zeit in irgendwelchen Bars rumhängen, was sicher nicht gut wäre, oder ich würde zu Hause bleiben und dort saufen, was noch schlimmer wäre. Der Blutpudding, das ist übrigens das Beste am irischen Frühstück. Kriegt man nicht mehr allzu häufig. Höchstens noch in den alten Irenvierteln, Woodside und Fordham Road, aber wer hat schon die Zeit, da rauszufahren?«

»Na, wo du jetzt in Rente gehst.«

»Klar, da kann ich tagelang nach einer Kneipe suchen, in der sie Blutpudding haben.«

»So weit müsstest du dafür gar nicht fahren«, sagte ich. »Du kriegst in jeder Bodega alles, was du willst.«

»Na, ich weiß nicht. Auch Blutpudding?«

»Sie nennen es zwar *morcilla*, aber es ist genau das Gleiche.«

»Was ist das, irgendwas Puerto-Ricanisches? Dann ist es garantiert stärker gewürzt.«

»Stärker gewürzt als irisches Essen? Kannst du dir das im Ernst vorstellen? Jedenfalls ist es so ziemlich das Gleiche. Ob du es nun *morcilla* oder Blutpudding nennst, du kriegst immer eine Wurst aus Schweineblut.«

»Jetzt aber mal halblang!«

»Wieso? Was hast du denn?«

»Siehst du nicht, dass ich gerade esse?«

»Natürlich sehe ich das, aber das heißt nicht, dass ich ewig darauf herumreiten will.« Er nahm einen Schluck Bier, stellte das Glas ab, schüttelte den Kopf. »Einige von den Jungs fangen bei einer privaten Sicherheitsfirma zu arbeiten an. Nicht als poplige Wachmänner, sondern in höheren Positionen. Ein Typ, den ich kenne, er hat vor zehn Jahren gekündigt und ist jetzt für die Sicherheit an der Börse zuständig. Feste Arbeitszeiten und mehr Gehalt, als er bei der Polizei bekommen hat. Jetzt hat er auch dort aufgehört und kriegt zwei Renten plus seine Social Security. Er hat sich in Florida niedergelassen, spielt Golf und fährt regelmäßig zum Fischen raus.«

»Würde dich denn so was interessieren?«

»Florida? Ich habe doch bereits gesagt ... ach so, bei einer Sicherheitsfirma anheuern. Na ja, ich hatte einige Jahre ein Goldschild. Ich war Detective, und was er gemacht hat, das war mehr ein Schreibtischjob. Natürlich könnte ich auch so was machen, aber die andere Frage ist, ob es mir auch gefallen würde. Wäre wahrscheinlich nur ein einziger Haufen bürokratischer Scheiß.« Er griff nach seinem leeren Glas, sah es an, stellte es wieder ab. Ohne mich anzusehen, sagte er: »Ich hatte da eher an eine Lizenz als Privatdetektiv gedacht.«

Ich hatte es kommen sehen.

»Um so was gescheit zu machen«, sagte ich, »musst du ein guter Geschäftsmann sein; du musst buchführen und Berichte schreiben und gut vernetzt sein, um Aufträge zu kriegen. So ist es jedenfalls, wenn du selbständig bist. Und wenn du für eine der großen Agenturen arbeitest, musst du meistens für wenig Geld langweilige Aufträge erledigen und das auch noch ohne Dienstmarke. Ich kann mir nicht vorstellen, dass das was für dich wäre.«

»Genauso wenig wie Buchführung und Berichteschreiben. Aber das hast du doch auch nicht gemacht.«

»Klar, du kennst mich doch«, sagte ich. »Ich war noch nie jemand, der alles streng nach Vorschrift abwickelt. Ich habe jahrelang ohne Lizenz gearbeitet, und als ich schließlich eine bekommen habe, habe ich sie nicht lang behalten.«

»Ich weiß. Du bist auch ohne ganz gut über die Runden gekommen.«

»Das kann man so oder so sehen. Manchmal ist es schon ein bisschen eng geworden.«

»Na ja, ich habe ja meine Rente. Als Polster.«

»Klar.«

»Was ich mir eigentlich vorgestellt habe ...«

Was er sich vorstellte, war natürlich, dass wir zwei zusammenarbeiten würden. Ich hatte reichlich Erfahrung als Privatdetektiv, und er konnte wesentlich aktuellere Kontakte bei der Polizei in unsere Partnerschaft einbringen. Ich hörte mir seine Vorschläge an, und als er fertig war, sagte ich, dass er ein paar Jahre zu spät dran wäre.

»Ich bin mehr oder weniger schon raus aus dem Geschäft«, sagte ich. »Offiziell natürlich nicht, weil das nicht nötig ist. Aber ich bemühe mich nicht mehr um Aufträge, und von selbst läutet das Telefon nicht allzu oft, und wenn doch, finde ich in der Regel einen Grund, den Auftrag abzulehnen. Wenn du das ein paarmal machst, hören die Leute auf, dich anzurufen, was mir nur recht ist. Ich brauche das Geld nicht. Ich bekomme Social Security und einen kleinen monatlichen Scheck von der Stadt, und wir haben die Einkünfte von mehreren Mietobjekten, die Elaine gehören, plus dem, was ihr Laden abwirft.«

»Kunst und Antiquitäten«, sagte er. »Ich komme ständig daran vorbei, aber ich habe noch nie jemand rein- oder rausgehen sehen. Wirft der Laden wirklich was ab?«

»Sie hat ein Händchen für so was. Die Miete ist zwar gesalzen, und es gibt Monate, da macht sie Miese, aber dann wieder entdeckt sie in irgendeinem Ramschladen irgendwas für zehn Dollar und verkauft es für ein paar tausend. Das Gleiche könnte sie wahrscheinlich auch über Ebay machen und sich so die Miete sparen, aber sie findet es schön, einen Laden zu haben, weshalb sie ihn ja vor allem aufgemacht hat. Und wenn ich mal die Nase voll habe von langen Spaziergängen und ESPN, kann ich sie hinter dem Ladentisch ablösen.«

»Sag bloß, das machst du?«

»Doch, doch. Ab und zu schon.«

»Kennst du dich mit so was denn überhaupt genügend aus?«

»Ich weiß, wie man einen Verkauf verbucht und eine Kreditkartenzahlung abwickelt. Ich weiß, wann ich einem Kunden sagen muss, er soll später noch mal vorbeikommen und mit der Inhaberin reden. Ich weiß, wie man merkt, ob jemand einen Ladendiebstahl oder einen Überfall in Erwägung zieht, und wie man ihn davon abbringt. Normalerweise merke ich es auch, wenn mir jemand gestohlene Sachen zu verkaufen versucht. Und das ist so ziemlich alles, was man für diesen Job können muss.«

»Dann brauchst du also als Schnüffler keinen Partner?«

»Nein, aber wenn du mich fünf Jahre früher gefragt hättest …«

Auch fünf Jahre früher hätte meine Antwort nein gelautet, aber ich hätte es ihm anders beibringen müssen.

Wir bestellten Kaffee, und er lehnte sich zurück und ließ den Blick durch das Lokal wandern. Ich glaubte, eine Mischung aus Enttäuschung und Erleichterung bei ihm zu spüren, was genau das war, was ich an seiner Stelle empfunden hätte. Und etwas davon empfand ich auch selbst. Ein Partner war so ziemlich das Letzte, was ich wollte, trotzdem war sein Angebot nicht ohne einen gewissen Reiz, denn es schürte die Illusion, ein Allheilmittel gegen die

Einsamkeit zu sein. Eine Menge unbedachter Partnerschaften beginnen so und auch mehr als nur ein paar schlechte Ehen.

Der Kaffee kam, und wir unterhielten uns über andere Dinge. Die Kriminalitätsrate sank weiter, und keiner von uns konnte sich erklären, warum. »Da ist dieser Trottel im Landesparlament«, sagte Joe, »der sich das als sein Verdienst anrechnen lassen möchte, weil er geholfen hat, die Todesstrafe durchzuboxen. Das finde ich allerdings schwer nachvollziehbar, weil im Staat New York höchstens mal jemand eine Todesspritze bekommt, wenn er sich mit Rattengift versetztes Heroin kauft. Es gibt bei uns natürlich ein paar Typen, die im Todestrakt sitzen, aber die sterben alle an Altersschwäche, bevor sie den finalen Schuss gesetzt kriegen.«

»Hältst du das für eine wirksame Abschreckung?«

»Ich würde sagen, es hat insofern einen Abschreckungseffekt, als es sie daran hindert, so was noch mal zu tun. Ehrlich gestanden, glaube ich nicht, dass es irgendjemand einen feuchten Dreck interessiert, ob es als Abschreckung taugt. Es gibt einfach nur ein paar Typen, bei denen du einfach froh bist, wenn sie nicht mehr dieselbe Luft atmen wie der Rest von uns. Leute, die lieber tot sein sollten. Terroristen, Massenmörder. Serienkiller. Perverse, die Kinder umbringen. Du kannst natürlich sagen, die sind einfach krank, sie wurden als Kinder selber missbraucht, blablabla, und ich würde dir da nicht mal widersprechen, aber ehrlich gesagt, ist mir das egal. Sie sollen ruhig tot sein. Mir ist wohler, wenn sie tot sind.«

»Da würde ich dir nicht widersprechen.«

»Freitag in einer Woche ist wieder einer fällig. Nicht hier natürlich, in unserem Scheißstaat hat niemand was zu befürchten. Nein, in Virginia. Dieser Dreckskerl, der drei kleine Jungs umgebracht hat. Das ist jetzt auch schon wieder vier, fünf Jahre her. Wie er heißt, weiß ich nicht mehr.«

»Ich weiß, wen du meinst.«

»Das einzige Argument, das ich vielleicht gelten lassen würde, ist, dass es einen Unschuldigen treffen könnte. Und ich würde nicht abstreiten, dass das hin und wieder vorkommt. Aber dieser Typ, erinnerst du dich an den Fall? So was von eindeutig.«

»Ja, habe ich auch gehört.«

»Er hat diese Jungs gefickt und gefoltert, und er hat Andenken aufgehoben, sodass die Cops genügend Sachbeweise hatten, um ihn zigmal zu verurteilen.

Freitag in einer Woche bekommt er die Todesspritze. Das ist mein letzter Tag im Dienst, und hinterher gehe ich nach Hause und genehmige mir ein Glas, und irgendwo dort unten in Virginia kriegt dieses Schwein seinen letzten Schuss gesetzt. Soll ich dir mal was sagen? Darüber freue ich mich mehr als über eine goldene Uhr.«

Kapitel 2

Ursprünglich hatte er vorgeschlagen, uns um sieben zum Essen zu treffen, aber ich hatte es auf halb sieben vorverlegt. Als die Bedienung die Rechnung brachte, schnappte er sie sich, was mich daran erinnerte, dass das Essen seine Idee gewesen war. »Außerdem«, sagte er, »gehe ich in ein paar Tagen in Rente. Da gewöhne ich mir lieber schon mal an, dass ab jetzt ich bei solchen Gelegenheiten zahle.«

In der langen Zeit, die ich ihn jetzt schon kannte, war immer ich derjenige gewesen, der die Rechnung übernommen hatte.

»Wenn du Lust hast«, schlug er vor, »könnten wir noch woandershin gehen, und du zahlst die Drinks. Oder die Nachspeise oder den Kaffee.«

»Ich muss noch wohin.«

»Ach ja, stimmt, hast du gesagt, als wir uns verabredet haben. Gehst du noch mit deinem Frauchen aus?«

Ich schüttelte den Kopf. »Sie ist mit einer Freundin essen. Ich muss noch zu einem Treffen.«

»Gehst du da immer noch hin?«

»Nicht so oft wie früher, aber ein-, zweimal die Woche schon noch.«

»Da könntest du doch auch mal eins ausfallen lassen.«

»Klar, könnte ich und würde ich auch«, sagte ich. »Aber der Typ, der das heutige Treffen leitet, ist ein Freund von mir, und ich bin derjenige, der ihn überredet hat, als Sprecher aufzutreten.«

»Dann solltest du natürlich schon hingehen. Wer ist der Typ, kenne ich ihn?«

»Nur ein Säufer.«

»Muss schön sein, zu solchen Treffen gehen zu können.«

Das war es, aber deshalb ging ich nicht hin.

»Was sie einführen sollten«, sagte er, »sind Treffen für Leute, die ordentlich was trinken, aber keinen Grund sehen, damit aufzuhören.«

»Ich glaube nicht, dass das eine gute Idee wäre, Joe.«

»Nicht?«

»Nein, überhaupt nicht. Dann bräuchte man ja auch nicht in irgendwelchen Kirchenkellern rumhängen, dann könnte man die Treffen gleich in einer Kneipe abhalten.«

»Ich heiße Joe D.«, sagte er, »und bin gerade in Rente gegangen.«

Das Treffen war von meiner Stammgruppe in St. Paul's, und ich kam früh genug hin, um es zu eröffnen, die AA-Präambel zu verlesen und den Sprecher vorzustellen. »Ich heiße Ray«, begann er, »und ich bin Alkoholiker.« Und dann machte er die nächsten fünfzehn oder zwanzig Minuten das, was man in dieser Situation tut. Er erzählte seine Geschichte, wie es früher mal war, was irgendwann passierte, und wie es jetzt war.

Joe hatte gefragt, ob der Sprecher jemand war, den er kannte, und ich hatte eine direkte Antwort vermieden. Wenn er Ray Gruliow vielleicht auch nicht persönlich kannte, wusste er zumindest, wer er war, und er hätte sein längliches Lincolngesicht und seine sonore raue Stimme erkannt. Hard-Way Ray war ein Strafverteidiger, der damit Karriere gemacht hatte, Radikale und Außenseiter zu vertreten und die unsympathischsten Angeklagten des Landes herauszuhauen, indem er die Gesellschaft selbst anklagte. Die Polizei hasste ihn, und kaum jemand zweifelte daran, dass es ein Cop gewesen war, der vor einigen Jahren zwei Schüsse auf das Vorderfenster von Rays Stadthaus in der Commerce Street abgegeben hatte. (Niemand kam zu Schaden, und die damit einhergehende Publicity war ein Glücksfall für Ray. »Hätte ich geahnt, dass das einen solchen Nachhall fände«, hatte er gesagt, »hätte ich es fast selbst tun können.«)

Ich war Ray im Mai beim jährlichen Essen des Clubs der Einunddreißig begegnet. Es war ein rundum erfreuliches Treffen gewesen, denn wir hatten seit der letzten Zusammenkunft im Jahr davor keine Mitglieder verloren, und als sich der Abend dem Ende zuneigte, sagte ich zu Ray, dass ich jeden zweiten Mittwoch den Sprecher für das Treffen in St. Paul's organisierte und ob er dort nicht mal was sagen wollte?

An diesem Abend nahmen vierzig bis fünfzig Leute an dem Treffen teil, und mindestens die Hälfte von ihnen muss Ray erkannt haben, aber wir halten uns strikt daran, die Anonymität der Teilnehmer zu wahren. Bei der Diskussion, die auf seinen Auftritt folgte, ließ niemand durchblicken, dass er mehr über Ray wusste, als er uns erzählt hatte. »Ratet mal, wer kürzlich in St. Paul's unser Redner war«, erzählte möglicherweise der eine oder andere den Teilnehmern eines anderen Treffens, denn das kommt schon gelegentlich vor, obwohl wir auch das wahrscheinlich nicht tun sollten. Aber wir erzählen es keinen Freunden, die nicht bei den Anonymen Alkoholikern sind – wie im Fall Joe Durkins –, und was vielleicht wichtiger ist, wir lassen nicht zu, dass es irgendwelchen Einfluss darauf hat, wie wir bei den Treffen miteinander umgehen. Paul T., der für das Deli in der Fifty-seventh Street Mittagessen ausfährt, und Abie, der irgendwas Obskures mit Computern macht, erfahren bei einem Treffen genauso viel Aufmerksamkeit und Achtung wie etwa Raymond Gruliow, Esq. Vielleicht sogar mehr, weil sie länger trocken sind.

Das Treffen endet um zehn, und normalerweise gehen ein paar von uns hinterher noch ins Flame. Das ist ein Café in der Ninth Avenue, fast direkt gegenüber von Jimmy Armstrongs erster Kneipe. Diesmal saßen sieben von uns an dem großen Tisch in der Ecke. Seit einiger Zeit bin oft ich derjenige, der am längsten durchgehend trocken ist, was einem früher oder später durchaus passieren kann, wenn man nichts trinkt und nicht stirbt. An diesem Abend saßen allerdings zwei Männer an unserem Tisch, die um einige Jahre länger trocken waren als ich, und einer von ihnen, Bill D., war höchstwahrscheinlich bei meinem ersten Treffen dabei gewesen. (Ob er allerdings tatsächlich daran teilgenommen hat, kann ich nicht sagen, da ich mir an diesem Abend selbst meiner eigenen Anwesenheit nur äußerst vage bewusst war.) Er meldete sich bei den Treffen relativ häufig zu Wort, und ich fand immer gut, was er sagte; möglicherweise hätte ich ihn gefragt, ob er mein Tutor werden wollte, wenn sich Jim Faber nicht wie von selbst für diese Rolle angeboten hätte. Später, nachdem Jim erschossen worden war, dachte ich, dass ich Bill fragen würde, wenn ich das Gefühl bekommen sollte, einen Tutor zu brauchen. Aber bisher war das noch nicht der Fall gewesen.

Obwohl er weiterhin genauso häufig an den Treffen teilnahm, meldete er sich neuerdings nicht mehr so oft zu Wort. Er war sehr groß und zaundürr und hatte schütteres weißes Haar, und einige der neueren Teilnehmer hatten ihm den Spitznamen Wilhelm der Schweiger verpasst. So wäre Pat, der klein und korpulent und etwa genauso lange nüchtern war wie Bill, sicher nie genannt worden. Er war ein sympathischer Kerl, aber er redete zu viel.

Nach fünfzig Jahren als Bühnenarbeiter war Bill vor einiger Zeit in Rente gegangen und hatte wahrscheinlich mehr Broadway-Aufführungen gesehen als sonst jemand, den ich kannte. Pat, inzwischen ebenfalls pensioniert, hatte bei einer Behörde in der City Hall gearbeitet; ich hatte nie so recht mitbekommen, bei welcher er genau gewesen war und was er dort gemacht hatte, aber was auch immer das gewesen war, hatte er vor vier oder fünf Jahren aufgehört, es zu tun.

Johnny Sidewalls hatte auf dem Bau gearbeitet, bis ihm ein Arbeitsunfall zwei kaputte Beine und eine Erwerbsunfähigkeitsrente eintrug; er bewegte sich mithilfe zweier Stöcke vorwärts und arbeitete jetzt zu Hause, irgendein Internetversand. Er war sehr übelgelaunt und verbittert gewesen, als er vor einigen Jahren in St. Paul's und Fireside und bei verschiedenen anderen Treffen im Viertel auftauchte, aber im Lauf der Zeit hatte sich sein Zustand normalisiert. Wie Bill hatte er sein Leben lang im Viertel gewohnt, in der Gegend um Hell's Kitchen und San Juan Hill. Ich weiß nicht, warum sie ihn Johnny Sidewalls nannten, und ich könnte mir vorstellen, dass er den Namen schon gehabt hatte, bevor er trocken wurde. Irgendeinen Spitznamen bekommt man fast zwangsläufig, wenn man John heißt, aber niemand scheint zu wissen, woher er kommt.

Heißt man dagegen Abie, sind weder ein Spitzname noch eine Initiale nötig. Abie – das war vermutlich eine Kurzform von Abraham – gab seinen Namen immer mit Abie an und korrigierte einen, wenn man ihn zu Abe verstümmelte. Er war zehn Jahre trocken und lebte noch nicht lange in New York; er hatte seinen Entzug in Oregon gemacht und sich anschließend in Kalifornien niedergelassen. Vor einigen Monaten war er nach New York gezogen und tauchte seitdem regelmäßig in St. Paul's und bei verschiedenen anderen Treffen in der West Side auf. Er war Anfang vierzig und etwa eins achtzig groß und hatte eine durchschnittliche Statur und ein regelmäßiges Gesicht, an das man sich schwer erinnern konnte, wenn man ihn nicht vor sich hatte. Es hatte keine markanten Züge, an denen sich das Erinnerungsvermögen festhaken konnte.

Ähnlich verhielt es sich wahrscheinlich auch mit seiner Persönlichkeit. Ich hatte seine AA-Qualifikation bei einem Mittagstreffen im YMCA in der Sixty-third Street gehört, aber alles, woran ich mich von seiner

Trinkervergangenheit erinnern konnte, war, dass er mal getrunken hatte und jetzt nicht mehr. Er meldete sich nicht oft zu Wort, und wenn er es doch einmal tat, kam er ausnahmslos ausgesprochen fade und korrekt rüber. Das war vermutlich darauf zurückzuführen, dass er es nicht anders kannte. Bei Kleinstadttreffen äußern sich die Teilnehmer wesentlich förmlicher und nicht so persönlich, und das war, was er gewöhnt war.

Bei einem der ersten Treffen, an dem ich teilnahm, schilderte eine lesbische Frau, wie sie gemerkt hatte, dass sie mit dem Trinken Probleme haben könnte, als sie nach einem Filmriss auf ihren Knien wieder zu sich kam und den Schwanz irgendeines Typen im Mund hatte. »Wenn ich nüchtern war, habe ich das nie getan«, bemerkte sie dazu. Ich habe den Verdacht, dass Abie so was in Dogbane, Oregon, nie zu hören bekommen hat.

Herb war etwa so lange dabei wie Abie und hatte vergangene Woche neunzig Tage geschafft. Das ist eine Art Richtwert; solange man keine neunzig Tage clean und trocken hinter sich gebracht hat, darf man kein Treffen leiten oder sonst eine feste Aufgabe übernehmen. Herb hatte seine Qualifikation bei einem Tagtreffen gemacht, an dem ich nicht teilgenommen hatte, aber früher oder später würde ich seine Geschichte bestimmt zu hören bekommen, wenn wir beide lang genug trocken blieben. Er war um die Fünfzig, pummelig und mit schütterem Haar, hatte aber diesen jungenhaften Enthusiasmus, der für manche in der Anfangsphase des Entzugs typisch ist.

Ich selbst war nicht so gewesen, aber auch nicht so verbittert wie Johnny. Jim Faber hatte mir damals mal gesagt, ich sei gleichzeitig stur und fatalistisch, fest davon überzeugt, dass ich wieder zu trinken anfangen würde, aber genauso fest entschlossen, es nicht zu tun. Ich selbst kann nicht sagen, wie ich damals war. Ich weiß nur noch, dass ich mich von einem Treffen zum nächsten schleppte und einerseits fürchtete, dass es klappen könnte, und andererseits, dass nicht.

Ich weiß nicht, wer das Gespräch auf die Todesstrafe brachte. Jemand tat es jedenfalls, und jemand anders machte eine der üblichen Standardbemerkungen zu diesem Thema, und dann wandte sich Johnny Sidewalls an Ray und sagte: »Du bist doch sicher dagegen, oder?« Das hätte aggressiv rüberkommen können, was aber nicht der Fall war. Es war nur eine Feststellung, in der unterschwellig mitschwang, dass Ray in Anbetracht dessen, wer er war, gegen die Todesstrafe wäre.

»Für meine Mandanten bin ich dagegen«, antwortete Ray.

»Musst du ja wohl, oder?«

»Klar. Ich bin gegen jede Strafe für meine Mandanten.«

»Sie sind ja auch alle unschuldig«, sagte ich.

»Unschuldig ginge ein bisschen zu weit«, gab er zu. »Aber könnten wir uns vielleicht auf nicht schuldig einigen? Ich habe einige Schwerverbrecher verteidigt und habe keinen dieser Prozesse verloren, aber das waren alles keine Fälle, in denen die Todesstrafe ernsthaft zur Debatte stand. Trotzdem steigert auch nur der Hauch einer Chance, dass der Mandant auf den elektrischen Stuhl kommt, das Konzentrationsvermögen seines Anwalts enorm. Dass ich vom ›elektrischen Stuhl‹ rede, lässt wohl wenig Zweifel daran, welcher Generation ich angehöre. Der elektrische Stuhl ist längst abgeschafft. Inzwischen darf man sich hinlegen ... was sage ich, darauf bestehen sie sogar. Sie schnallen einen auf eine Bahre und machen eine medizinische Prozedur daraus, und die Überlebenschancen dabei sind sogar noch geringer als bei einer normalen Operation.«

»Was ich dabei schon immer besonders interessant fand«, sagte Bill, »ist der Alkoholtupfer.«

Ray nickte. »Man könnte ja, Gott bewahre, eine Staphylokokken-Infektion bekommen. Da fragt man sich schon, welcher Mengele-Epigone sich das ausgedacht hat. Aber, bin ich gegen die Todesstrafe? Also, abgesehen davon, dass sie erwiesenermaßen keine abschreckende Wirkung hat und dass das ganze Revisionstheater und die Hinrichtung wesentlich mehr kosten, als so einen Dreckskerl für den Rest seiner Tage zu verpflegen und unterzubringen, und dass es zutiefst barbarisch ist und uns auf eine Stufe mit China und diesen ganzen muslimischen Diktaturen stellt und dass es im Gegensatz zum Regen, der auf Gerechte wie Ungerechte fällt, ausschließlich die Armen und Unterprivilegierten trifft. Und von all dem mal abgesehen, ist da auch noch die unerfreuliche Tatsache, dass der Justiz ab und zu ein Versehen unterläuft und der Falsche hingerichtet wird. Es ist noch nicht so wahnsinnig lange her, dass jemand etwas von DNA gehört hat, und auf einmal werden deswegen massenweise Urteile revidiert. Wer weiß, was der nächste Schritt in der Forensik bringen wird und wie viel Prozent der armen Teufel, die der Staat Texas mit ungebrochenem Eifer ins Jenseits befördert, sich als unschuldig erweisen?«

»Das muss doch furchtbar sein«, sagte Herb. »Zu wissen, dass man etwas nicht getan hat, und nichts tun zu können, um zu verhindern, dass man dafür büßen muss.«

»Es sterben doch ständig Menschen«, sagte Pat. »Und das ohne berechtigten Grund.«

»Aber es ist nicht der Staat dafür verantwortlich. Und das ist irgendwie was anderes.«

»Aber manchmal gibt es doch gar keine andere praktikable Lösung als die Todesstrafe«, sagte Abie. »Nehmt zum Beispiel irgendwelche Terroristen. Was soll man mit denen sonst machen?«

»Auf der Stelle erschießen«, sagte Ray. »Und wenn das nicht geht, aufhängen.«

»Aber wenn du gegen die Todesstrafe bist ...«

»Du hast mich gefragt, was ich in so einem Fall tun würde, nicht, was ich für richtig halte. Bei Terroristen, egal ob einheimischen oder ausländischen, interessiert mich nicht, was richtig ist. Mit diesen Schweinen würde ich kurzen Prozess machen.«

Das zog eine angeregte Diskussion nach sich, von der ich jedoch das meiste ausblendete. Im Großen und Ganzen genieße ich die Gesellschaft meiner trockenen Alkoholikergefährten, aber ich muss gestehen, dass ich es nicht besonders mag, wenn sie über Politik oder Philosophie oder grundsätzliche Dinge reden, die ihr Leben nicht konkret betreffen. Umso abstrakter die Diskussion wurde, umso weniger folgte ich ihr, und ich spitzte die Ohren erst wieder, als Abie sagte: »Und was ist mit Applewhite? Preston Applewhite aus Richmond, Virginia. Er hat drei kleine Jungs umgebracht und soll nächste Woche hingerichtet werden.«

»Am Freitag«, sagte ich, und als mir Ray einen vielsagenden Blick zuwarf, fügte ich erklärungshalber hinzu: »Dieses Thema ist erst vor wenigen Stunden in einer Unterhaltung zur Sprache gekommen, die ich mit jemand anderem geführt habe. Die Beweislage ist wohl ziemlich eindeutig.«

»Erdrückend«, sagte Abie. »Und wie ihr sicher alle wisst, schlagen Sexualmörder immer wieder zu, wenn man sie nicht daran hindert. Diese Kerle lassen sich nicht therapieren.«

»Zumindest, wenn lebenslänglich ohne die Möglichkeit einer vorzeitigen Entlassung auch wirklich lebenslänglich ohne vorzeitige Entlassung wäre.«

Darauf klinkte ich mich wieder aus. Preston Applewhite, dessen Prozess mich damals schon nicht groß interessiert hatte und zu dessen Schuld oder Unschuld ich keine Meinung hatte, hatte es ungewollt geschafft, in zwei sehr unterschiedlichen Gesprächen eine Rolle zu spielen. Das hatte meine Aufmerksamkeit erregt, aber jetzt konnte ich ihn vergessen.

»Ich habe das irische Frühstück bestellt«, erzählte ich Elaine. »Inklusive Blutpudding, nach dem Joe ganz verrückt ist, solange er es schafft, nicht daran zu denken, aus was er besteht.«

»Wahrscheinlich gibt es auch eine koschere vegetarische Variante aus Weizengluten«, sagte sie. »War es komisch für dich, im Armstrong's zu sein?«

»Ein bisschen, aber immer weniger, je länger ich dort war. Ich habe mich daran gewöhnt. Die Speisekarte ist nicht so interessant wie zu Jimmys Zeiten, aber was ich hatte, war trotzdem gut.«

»Bei einem irischen Frühstück kann man auch schwerlich etwas falsch machen.«

»Wir können ja mal hingehen, dann kannst du dich selbst überzeugen. Vom Lokal, natürlich. Wie du zu einem irischen Frühstück stehst, weiß ich bereits. Wieso bist du übrigens schon so früh zu Hause?«

»Monica hatte noch eine Verabredung.«

»Mit dem geheimnisvollen Unbekannten?«

Sie nickte. Monica ist Elaines beste Freundin, und sie steht auf einen ganz bestimmten Typ Männer: Sie sind alle verheiratet. Zuerst störte es sie, wenn sie aus dem Bett sprangen, um noch den letzten Zug nach Upper Saddle River zu erwischen, aber irgendwann merkte sie, dass sie es so sogar besser fand. Man bekam am Morgen nicht als Erstes den Mundgeruch von jemand zu riechen, und man hatte die Wochenenden frei. Was wollte man mehr?

Normalerweise stellte sie uns ihre verheirateten Beaus vor. Manche waren sichtlich stolz, andere eher verlegen, aber welcher Kategorie ihre jüngste Eroberung angehörte, würden wir wohl nicht erfahren, weil er auf strengste Verschwiegenheit gedrungen hatte. Obwohl sich Monica inzwischen schon ein paar Wochen mit ihm traf, bekam Elaine, sonst in allen Belangen ihre engste

Vertraute, nicht mehr aus ihr heraus, als dass er ausgesprochen clever und – ohne Witz – sehr geheimnistuerisch war.

»Sie gehen nicht zusammen aus«, verriet mir Elaine, »nicht mal ein intimes kleines Abendessen in einem intimen kleinen Bistro. Und sie hat keine Möglichkeit, ihn zu erreichen, weder telefonisch noch per Mail, und wenn er sie anruft, sind ihre Gespräche kurz und kryptisch. Er sagt am Telefon ihren Namen nicht und will auch nicht, dass sie seinen sagt. Sie ist nicht mal sicher, ob der Name, den er ihr genannt hat, sein richtiger ist, aber auch den will sie mir nicht verraten.«

»Das hört sich ja fast so an, als würde sie auf diese Heimlichtuerei abfahren.«

»Auf jeden Fall. Aber es frustriert sie auch, weil sie gern über ihn reden würde. Zugleich findet sie es klasse, dass sie es nicht darf. Und weil sie nicht weiß, wer er ist oder was er macht, kann sie ihn in Gedanken zu weiß Gott was allem machen. Zu einem Geheimagenten zum Beispiel, wobei nicht mal klar ist, für welches Land er arbeitet.«

»Er ruft sie also an und kommt vorbei, und dann gehen sie miteinander ins Bett. Und damit hat es sich?«

»Ihr zufolge geht es nicht nur um Sex.«

»Schauen sie zusammen *Jeopardy*?«

»Wenn ja«, sagte Elaine, »weiß er garantiert alle Fragen.«

»Die Fragen weiß jeder.«

»Ach, du immer. Dann eben die Antworten. Er weiß alle Antworten. Weil er wahnsinnig klug ist.«

»Wirklich schade, dass wir ihn nie kennenlernen werden«, sagte ich. »Er hört sich richtig interessant an.«

Kapitel 3

Das Greensville Correctional Center liegt eine Stunde Fahrt von Richmond entfernt am Ortsrand von Jarratt, Virginia. Er hält am Wachhäuschen, lässt das Fenster herunter, zeigt dem Wärter seinen Führerschein und den Brief des Gefängnisdirektors. Sein Auto, ein weißer Ford Crown Victoria mit einem Glasschiebedach, ist in tadellosem Zustand; er hat in Richmond übernachtet und war am Morgen noch in der Waschanlage, bevor er losgefahren ist. Es ist ein Leihwagen, und er ist auf den paar hundert Meilen, die er auf dem Highway zurückgelegt hat, nicht sonderlich schmutzig geworden, aber er hat immer schon großen Wert darauf gelegt, ein sauberes Auto zu haben. Sieh zu, dass dein Wagen gewaschen, deine Haar gekämmt und deine Schuhe geputzt sind, sagt er immer, denn man bekommt nie eine zweite Gelegenheit, einen ersten Eindruck zu erwecken.

Er parkt an der Stelle, auf die der Wärter deutet. Sie ist keine dreißig Meter vom Haupteingang entfernt, über dem der Name der Einrichtung prangt: GREENSVILLE / CORRECTIONAL / CENTER. Der Name ist eigentlich nicht nötig, weil der Bau schwerlich etwas anderes als ein Gefängnis sein könnte, massiv und rechteckig, Gefangenschaft und Bestrafung suggerierend.

Auf dem Sitz neben ihm liegt eine Aktentasche, aber um sie nicht immer wieder vorzeigen und öffnen zu müssen, hat er beschlossen, sie nicht mitzunehmen. Doch jetzt öffnet er sie und nimmt einen kleinen Spiralblock heraus. Er glaubt nicht, dass er sich Notizen wird machen müssen, aber er ist ein nützliches Requisit.

Bevor er aussteigt, überprüft er im Rückspiegel noch einmal sein Äußeres. Er rückt den Knoten seiner silberfarbenen Krawatte zurecht, streicht den Schnurrbart glatt. Probiert ein paar Gesichtsausdrücke, entscheidet sich für ein bedrücktes Halblächeln.

Er schließt den Wagen ab. Eigentlich unnötig, denn die Wahrscheinlichkeit, dass jemand auf einem Gefängnisparkplatz im Schatten des Wachturms in ein Auto einbricht ist verschwindend gering. Aber er schließt einen Wagen immer ab. Wenn man ihn immer abschließt, lässt man ihn nie unabgeschlossen. Wenn man immer früh dran ist, kommt man nie zu spät.

Er mag solche Redensarten. Äußert man sie mit dem entsprechenden Nachdruck, vielleicht sogar mit einer gewissen Bedeutsamkeit, können sie auf andere erstaunlichen Eindruck machen. Im richtigen Maß wiederholt, können sie eine geradezu hypnotische Wirkung entwickeln.

Er geht über die asphaltierte Fläche auf den Eingang zu, ein gepflegter Mann in einem grauen Anzug und einem frisch gebügelten weißen Hemd und mit einer nicht gemusterten silberfarbenen Krawatte. Seine schwarzen Schuhe sind frisch geputzt, und das bedrückte Halblächeln auf seinen schmalen Lippen sitzt unverrückt.

Der Gefängnisdirektor, er heißt John Humphries, trägt ebenfalls einen grauen Anzug, aber hier endet die Ähnlichkeit zwischen den beiden. Humphries ist bestimmt zehn Zentimeter größer und mindestens zwanzig Kilo schwerer. Aber er hält sich gut und macht den Eindruck eines ehemaligen College-Sportlers, der weiterhin ins Fitnessstudio geht. Sein Händedruck ist fest, seine Autorität unverkennbar.

»Guten Tag, Dr. Bodinson«, begrüßt er ihn.

Er macht eine knappe Verneigung. »Herr Gefängnisdirektor.«

»Also, Applewhite hat sich zu einem Gespräch mit Ihnen bereiterklärt.«

»Das freut mich.«

»Was mich persönlich angeht, würde ich die Gründe für Ihr Interesse an ihm gern besser verstehen können.«

Er nickt, zwirbelt mit Daumen und Zeigefinger seinen Schnurrbart. »Ich bin Psychologe.«

»Das ist mir durchaus klar. Promotion in Yale, Studium an der UVA. Ich habe übrigens ebenfalls in Charlottesville studiert, aber das dürfte vor Ihrer Zeit gewesen sein.«

Humphries ist dreiundfünfzig, zehn Jahre älter als er. Er weiß, wie alt der Mann ist, weiß auch, dass er an der University of Virginia in Charlottesville studiert hat. Das Internet ist einfach unschlagbar, man findet dort fast alles, was man wissen will, und dieses spezielle Detail war der Grund, weshalb er die UVA in seinen Lebenslauf eingebaut hat.

»Mit Yale kann man natürlich ordentlich Eindruck schinden«, sagt er, »aber wenn ich es jemals zu etwas bringen sollte, verdanke ich das der Ausbildung, die ich hier in Virginia genossen habe.«

»Im Ernst?« Humphries sieht ihn an, und sein Blick scheint plötzlich weniger misstrauisch, eher anerkennend. »Sind Sie selbst auch aus Virginia?«

Er schüttelt den Kopf. »Typischer Army-Nomade. Ich bin an den unterschiedlichsten Orten aufgewachsen, hauptsächlich im Ausland. Meine vier Jahre in Charlottesville waren die längste Zeit in meinem Leben, die ich an einem Ort verbracht habe.«

Sie tauschen kurz Erinnerungen an ihre alte Alma Mater aus, und dabei stellt sich heraus, dass ihre Studentenverbindungen freundschaftlich miteinander rivalisiert haben. Er hat in Erwägung gezogen, sich als Mitglied von Sigma Chi auszugeben, aber das wäre doch etwas zu viel des Guten gewesen. Er hatte sich für ein anderes Haus nur zwei Türen weiter in der Fraternity Row entschieden.

Zum Schluss reden sie noch kurz über ihre alten Schulkrawatten, und dann erklärt er Humphries sein Interesse an Preston Applewhite. Dieses Gespräch, sagt er, wird Teil einer groß angelegten Studie über Straftäter sein, die trotz erdrückender Beweise für ihre Schuld hartnäckig auf ihrer Unschuld beharren. Ganz besonders, erklärt er, interessiert er sich für Mörder, denen die Todesstrafe droht und die bis zu ihrer Hinrichtung jede Strafwürdigkeit abstreiten.

Humphries hört sich alles aufmerksam an und runzelt nachdenklich die Stirn. »In Ihrem Brief an Applewhite«, sagt er, »deuten Sie an, dass Sie ihm glauben.«

»Diesen Eindruck habe ich zu erwecken versucht.«

»Wie soll ich das verstehen, Herr Doktor? Glauben Sie, er ist unschuldig?«

»Ganz sicher nicht.«

»Die beim Prozess vorgelegten Beweise ...«

»Waren erdrückend und schlüssig. Sie haben die Geschworenen überzeugt, und das völlig zu Recht.«

»Ich muss gestehen, ich bin froh, dass Sie das sagen. Aber ich könnte nicht behaupten, dass ich verstehe, weshalb Sie Applewhite gegenüber etwas anderes angedeutet haben.«

»Wahrscheinlich könnte man die Rechtmäßigkeit meines Vorgehens in Frage stellen«, sagt er und streicht seinen Schnurrbart glatt. »Aber die Erfahrung hat mich gelehrt, dass ich den Männern, mit denen ich spreche, in irgendeiner Weise entgegenkommen muss, um ihr Vertrauen zu gewinnen und mich ihrer Kooperationsbereitschaft zu versichern. Selbstverständlich wecke ich keine falschen Hoffnungen oder sonst etwas dergleichen in ihnen. Aber ich halte es *für vertretbar, sie in dem Glauben zu bestärken, dass ich an die Berechtigung ihrer Unschuldsbekundungen glaube. Es ist einfacher für sie, ihre Geheimnisse einem verständnisvollen Ohr anzuvertrauen, und vielleicht haben sie sogar etwas davon.«*

»Wie das?«

»Wenn man jemandem seine Geschichte glaubt, ist es für den Betreffenden wesentlich einfacher, sie auch selbst zu glauben.«

»Aber das tun Sie doch gar nicht. Ihre Geschichten glauben, meine ich.«

Er schüttelt den Kopf. »Hätte ich auch nur den leisesten Zweifel an der Schuld eines Verurteilten«, sagt er, »würde ich ihn nicht in meine Studie einschließen. Ich befasse mich nicht mit den zu Unrecht Beschuldigten. Die Männer, für die ich mich interessiere, wurden zu Recht angeklagt, zu Recht verurteilt, und ich muss auch sagen, zu Recht zum Tod verurteilt.«

»Sie sind kein Gegner der Todesstrafe?«

»Ganz und gar nicht. Ich finde, die Gesellschaftsordnung erfordert sie sogar.«

»Sieh mal einer an«, sagt Humphries, »so sicher wie Sie wäre ich in diesem Punkt auch gern. Ich würde Ihnen keineswegs widersprechen, aber ich befinde mich in der unglücklichen Lage, beide Seiten des Problems sehen zu können.«

»Das dürfte Ihren Job nicht gerade einfacher machen.«

»Das tut es nicht und kann es auch nicht. Aber es ist nun einmal Teil meines Jobs, und wenn es auch nur ein kleiner ist, nimmt es doch einen unverhältnismäßig hohen Anteil meiner Zeit und meiner Gedanken in Anspruch. Und ich mag meinen Job und glaube auch, ihn gut zu machen.«

Er lässt Humphries über seine Arbeit, über ihre positiven und negativen Seiten sprechen, nickt immer wieder verständnisvoll und zeigt auch sonst die entsprechenden Reaktionen, um den Redefluss seines Gegenübers nicht zum Erliegen kommen zu lassen. Er hat keine Eile. Preston Applewhite läuft ihm nicht davon, jedenfalls nicht bis Freitag, wenn sie ihm die Spritze verpassen und dahin schicken, wohin Menschen eben verschwinden.

»Ich weiß gar nicht, wie ich dazu komme, Ihnen das alles zu erzählen«, sagt Humphries schließlich. »Ich habe mich immer gefragt, wie Sie Applewhite dazu bringen wollen, mit Ihnen zu reden, aber wie ich die Sache inzwischen sehe, wird Ihnen das wohl nicht sonderlich schwerfallen. Nehmen Sie nur, wie Sie mich zum Reden gebracht haben, obwohl Sie es gar nicht darauf angelegt haben.«

»*Was Sie gesagt haben, hat mich einfach interessiert.*«

Humphries beugt sich vor und legt die Hände auf seiner Schreibunterlage aneinander. »*Sie werden ihm doch keine falschen Hoffnungen machen, wenn Sie mit ihm reden?*«

Falsche Hoffnungen? Gibt es überhaupt andere?

Aber er sagt: »*Mein Interesse gilt allein dem, was er zu sagen hat. Was mich angeht, werde ich alles tun, um die unversöhnbaren Widersprüche seiner Situation in Einklang zu bringen.*«

»*Welche wären?*«

»*Dass er in wenigen Tagen hingerichtet wird und dass er unschuldig ist.*«

»*Aber Sie glauben doch gar nicht, dass er unschuldig ist. Ach so, Sie geben nur vor, an seine Unschuld zu glauben.*«

»*Ich tue nur so, aber er könnte durchaus fest davon überzeugt sein.*«

»*Meinen Sie?*«

Er beugt sich vor, legt die Hände aneinander und spiegelt ganz bewusst die Körpersprache des Gefängnisdirektors. »*Einige der Männer, die ich interviewt habe*«, *vertraut er ihm an,* »*haben tatsächlich mit einem Zwinkern oder Nicken oder ganz direkt zugegeben, dass sie die Taten, für die sie zum Tod verurteilt worden sind, begangen haben. Aber das ist eher die Ausnahme. Was die meisten anderen angeht, wissen sie zwar, dass sie schuldig sind – ich kann es in ihren Augen sehen, ich höre es in ihren Stimmen, ich lese es in ihrem Mienenspiel –, aber sie würden es mir oder sonst jemandem gegenüber unter keinen Umständen zugeben. Sie rücken absichtlich nicht damit heraus, sondern warten auf einen Aufschub vonseiten des Supreme Court oder dass in letzter Minute noch ein Anruf des Gouverneurs eingeht.*«

»*Unserer möchte nächsten Herbst wiedergewählt werden, und Applewhite ist der meistgehasste Mensch in ganz Virginia. Wenn er anruft, dann höchstens den Arzt, um ihm viel Erfolg zu wünschen, dass er auch die richtige Ader findet.*«

Diese Bemerkung scheint nach einem bedrückten Halblächeln zu verlangen, das er auch prompt aufsetzt. »*Mir ist allerdings klar geworden*«, *erklärt er zugleich,* »*dass eine keineswegs so kleine Minderheit der Verurteilten der festen Überzeugung ist, unschuldig zu sein. Nicht, dass sie einen berechtigten Grund hatten; nicht, dass das Opfer selbst schuld daran war; nicht, dass es ihnen der Teufel eingeflüstert hat. Nein, dass sie es einfach nicht getan haben. Die Cops müssen es ihnen angehängt haben, die Beweise müssen ihnen untergeschoben* worden sein, und wenn nur der wahre Mörder gefasst würde, sähe die Welt endlich ein, dass sie vollkommen unschuldig sind.«

»In dieser Haftanstalt sind dreitausend Häftlinge untergebracht«, sagt Humphries, »und ich weiß nicht, wie viele von ihnen Straftaten begangen haben, an die sie sich nicht erinnern können. Sie hatten einen von Drogen oder Alkohol verursachten Blackout. Sie leugnen ihre Taten nicht unbedingt, aber sie können sich nicht an sie erinnern. Aber das ist natürlich nicht, was Sie meinen.«

»Nein. Es gibt Fälle, vor allem bei Sexualverbrechen, wie Applewhite eines begangen hat, bei denen sich der Täter in einem anderen Bewusstseinszustand befindet, wenn er die Tat begeht. Aber das hält ihn nur in den seltensten Fällen davon ab, sich bewusst zu sein, was er getan hat. Nein, das Phänomen, das ich meine, stellt sich erst nach der Tat ein, und man könnte dabei von einem typischen Fall von Wunschdenken sprechen.«

»Aha?«

»Sie haben doch sicher nichts dagegen, wenn ich kurz Applewhites Standpunkt einnehme. Angenommen, ich habe über einen Zeitraum von wie viel – zwei Monaten? – drei Jungen umgebracht.«

»Das müsste in etwa hinkommen.«

»Ich habe sie einen nach dem anderen entführt, sexuell missbraucht, gefoltert und getötet und dann die Leichen versteckt und Beweise für die Morde vertuscht. Entweder habe ich eine Möglichkeit gefunden, das alles mit meinem Gewissen zu vereinbaren, oder ich bin hinreichend soziopathisch veranlagt, um mein Gewissen erst gar nicht damit zu belasten.«

»Ich bin in dem Glauben groß geworden, dass jeder ein Gewissen hat«, wirft Humphries ein. »Aber das ist eine Illusion, die einem in diesem Job schnell genommen wird.«

»Diese Menschen sind voll zurechnungsfähig. Es fehlt ihnen nur an einer menschlichen Grundeigenschaft. Sie können durchaus zwischen richtig und falsch unterscheiden, aber sie glauben, dass dieser Unterschied sie nicht betrifft. Sie finden ihnen schlicht und einfach unerheblich.«

»Und dabei können sie sehr charmant sein.«

Er nickt. »Und sich überzeugend normal verhalten. Sie wissen, was ein Gewissen ist, sie verstehen das Konzept dahinter und können sich deshalb auch so verhalten, als hätten sie eins.« Wieder das bedrückte Lächeln. »Doch wieder zurück zu Applewhite. Ich habe diese Jungen getötet, und es belastet mich nicht im Geringsten, aber dann werde ich überführt und inhaftiert, und es stellt sich heraus, dass es eine Unzahl an Beweisen für meine Schuld gibt. Ich sitze in einer Gefängniszelle, die Medien zeichnen das Bild eines Jahrhundertbösewichts von mir, und mir bleibt nichts anderes zu tun, als auf meiner Unschuld zu beharren.

»Und genau das tue ich mit zunehmender Überzeugung. Ich muss mehr tun, als nur zu behaupten, dass ich unschuldig bin, ich muss es mit unbedingter Überzeugung tun, denn wie will ich jemand anders überzeugen, wenn ich mich nicht einmal selbst überzeugen kann? Und wie könnte ich überzeugender sein, als wenn ich an die Wahrheit meiner Behauptungen glaube?«

»Anders ausgedrückt, irgendwann glaubt so jemand tatsächlich an seine Lügen.«

»Das scheint in einem solchen Fall zu passieren. Ich bin mir nicht ganz sicher, welche psychischen Mechanismen dabei ins Spiel kommen, aber darauf läuft es letztlich hinaus.«

»Da könnte man fast an Selbsthypnose denken.«

»Nur dass Selbsthypnose in der Regel ein bewusster Vorgang ist, wohingegen das, was ich gerade beschrieben habe, größtenteils unbewusst abläuft. Es beinhaltet jedoch mit Sicherheit Elemente von Selbsthypnose wie von Verleugnung. >Ich kann das nicht getan haben, folglich habe ich es auch nicht getan.< Die Realität des Bewusstseins sticht die Realität der physischen Welt.«

»Hochinteressant. Da wünsche ich mir fast, ich hätte mehr psychologische Seminare besucht.«

»Dafür bekommen Sie doch in Ihrem Job bestimmt einen Crashkurs.«

»Ich habe nur Verwaltungsaufgaben, Dr. Bodinson, und ...«

»Arne.«

»Arne. Ich habe nur Verwaltungsaufgaben, sozusagen wie der Betriebsleiter einer Fabrik. Meine Aufgabe ist es, die Produktion am Laufen zu halten und auftretende Probleme zu lösen. Aber Sie haben natürlich vollkommen recht, es ist ein Crashkurs in Sachen Verirrungen der menschlichen Psyche. Wenn Applewhite tatsächlich glaubt, dass er es nicht getan hat ...«

»Was ich noch nicht nachgewiesen habe, was mir aber als sehr wahrscheinlich erscheint.«

»Aber es heißt wohl, dass es nicht doch noch in letzter Minute zu einem Geständnis kommt.«

»Wie sollte es das auch, wenn es für ihn nichts gibt, was er gestehen könnte.«

»Normalerweise würde es keine Rolle spielen«, sagt Humphries, »weil er die Spritze so oder so bekommt. Aber ich denke dabei an die Eltern eines der Jungen, des ersten Opfers. Ich kann mich nicht mehr an seinen Namen erinnern, obwohl ich das sollte. Immerhin habe ich ihn oft genug gehört.«

»Jeffrey Willis? Der, dessen Leiche nie gefunden wurde?«

»Ja, natürlich. Jeffrey Willis. Seine Eltern sind Peg und Baldwin Willis, und sie belastet diese Ungewissheit enorm. Sie können nicht wirklich damit abschließen. Das ist ein Gutes an der Todesstrafe. Sie ermöglicht es den Angehörigen des Opfers, mit der Sache abzuschließen, wie das bei einer lebenslänglichen Haftstrafe nie der Fall wäre, doch die Willises können nur zum Teil damit abschließen, weil es ihnen verwehrt bleibt, ihren Sohn zu bestatten.«

»Und vor allem können sie die schwache Hoffnung nicht abschütteln, dass er noch am Leben ist.«

»Sie wissen, dass er das nicht ist«, sagt Humphries. »Sie wissen, dass er tot ist, und sie wissen, dass Applewhite ihn umgebracht hat. Er hatte in einer abgeschlossenen Schreibtischschublade einen Umschlag mit drei Zellophantüten, von denen jede eine Haarlocke enthielt. Eine war vom Jungen der Willises und die anderen beiden von den anderen zwei Opfern.« Er schüttelt den Kopf. »Natürlich hatte Applewhite keine Erklärung dafür. Natürlich muss ihm jemand die Haarlocken untergeschoben haben. Natürlich hat er sie vorher nie gesehen.«

»Möglicherweise glaubt er das tatsächlich.«

»Alles, was wir jetzt noch von ihm wollen, alles, was er noch tun kann, bevor er sich von dieser Welt verabschiedet, ist, diesen armen Leuten zu sagen, wo die Leiche ihres Sohns ist. Damit könnte er sich einen Anruf des Gouverneurs einhandeln, der seine Hinrichtung zumindest so lang aufschiebt, bis die Leiche geborgen ist. Aber wenn er aufrichtig davon überzeugt ist, dass er es nicht war ...«

»Kann er es auch nicht zugeben. Und ebenso wenig kann er uns sagen, wo die Leiche ist, weil er nicht mehr weiß, wo sie ist.«

»Wenn er das tatsächlich glaubt, gibt es wohl wirklich nichts mehr, was sich diesbezüglich machen ließe. Aber wenn alles nur Theater ist und wenn er irgendwie zu der Überzeugung gelangen könnte, dass es zu seinem eigenen Besten ist, uns zu verraten, wo die Leiche des Jungen ist ...«

»Ich werde sehen, was ich tun kann«, sagt er.

Kapitel 4

Die Zelle ist größer und komfortabler, als er erwartet hat. Es gibt eine Beton-platform für die Matratze und einen an der Wand befestigten Schreibtisch. Hoch oben an der Wand, außer Reichweite, ist ein Fernsehgerät angebracht; die dazu gehörige Fernbedienung ist so an der Schreibtischplatte befestigt, dass sie darauf gerichtet ist. Ein Plastikstuhl – weiß und stapelbar, wenn es einen zweiten gäbe, um ihn darauf zu stapeln – ist der einzige bewegliche Einrichtungsgegenstand in der Zelle. Nach einem zaghaften Händedruck deutet Applewhite auf den Stuhl, er selbst setzt sich aufs Bett.

Er ist ein gut aussehender Mann, Preston Applewhite, auch wenn die Jahre im Gefängnis ihren Tribut gefordert haben. Er befindet sich jetzt fünf Jahre in Haft, und das waren schwere, seelentötende Jahre. Sie haben seine breiten Schultern nach unten sacken lassen, seinen Rücken gekrümmt. Sie haben sein dunkelblondes Haar mit grauen Strähnen durchsetzt und senkrechte Kerben in die Seiten seines Munds mit den vollen Lippen gegraben. Haben sie auch etwas von dem Blau seiner Augen weggewaschen? Vielleicht, aber es könnte auch daran liegen, dass es nicht die Farbe dieser Augen ist, die verblasst ist, sondern der Ausdruck in ihnen. Der stiere, ins Unendliche gerichtete Blick, der nur noch den Abgrund zu sehen scheint.

Wenn er spricht, ist seine Stimme monoton und ausdruckslos. »Das ist hoffentlich kein Trick, Dr. Bodinson. Sie sind hoffentlich nicht von den Medien.«

»Wo denken Sie hin?«

»Ich habe ihre Anfragen abgelehnt. Ich möchte nicht interviewt werden, ich will keine Gelegenheit, meine Geschichte zu erzählen. Ich habe auch keine Geschichte zu erzählen. Meine einzige Geschichte ist, dass ich unschuldig bin und dass mein Leben ein einziger Albtraum ist, aber diese Geschichte will niemand hören.«

»Ich bin nicht von den Medien.«

»Und Sie kommen auch nicht im Auftrag der Eltern des Jungen? Sie möchten wissen, wo ihr Sohn begraben ist, damit sie seine Leiche exhumieren und wieder begraben können. Wie können sie glauben, dass ich es ihnen nicht erzählen würde, wenn ich es wüsste?«

»Weil sie glauben, dass Sie nicht zugeben wollen, dass Sie es wissen.«

»*Aber wieso? Am Freitag pumpen sie mich mit irgendwelchen Chemikalien voll, und das bisschen Leben, das ich noch habe, geht zu Ende. Daran führt kein Weg vorbei, egal, was ich mache. Ich habe das nicht verdient, ich habe mein Leben lang niemandem etwas zuleide getan, aber das spielt alles keine Rolle. Zwölf Männer und Frauen haben sich die Beweise angesehen und entschieden, dass ich schuldig bin, und dann haben sie darüber nachgedacht und entschieden, dass ich den Tod verdient habe, wobei ich ihnen nicht einmal verdenken kann, dass sie diese Entscheidungen getroffen haben. Sie brauchen sich die Beweise ja nur anzusehen.*«*

»*Tja.*«

»*Kinderpornographie auf der Festplatte meines PC. Kleine Umschläge mit Haaren der toten Jungen in meiner Schreibtischschublade. Ein blutiges Taschentuch, das an der Begräbnisstätte gefunden wurde, und das Blut darauf ist meines. In meinem PC war sogar eine Datei mit einer scheußlich detaillierten Schilderung eines der Morde in der dritten Person. Sie war eigentlich gelöscht, aber es ist ihnen gelungen, sie wiederherzustellen. Sie enthält Details der Tat, die nur die Person wissen kann, die sie begangen hat. Wäre ich einer der Geschworenen gewesen, hätte ich keine Sekunde gezögert. Ein Schuldspruch war das einzig mögliche Urteil.*«*

»*Sie haben sich ja auch nicht lange zur Beratung zurückgezogen.*«*

»*Mussten sie auch nicht. Ich habe ein Interview mit einem der Geschworenen gelesen. Ihr Sprecher ging von einem zum anderen, und jeder plädierte auf schuldig. Dann haben sie über die Beweise gesprochen und nach möglichen Gegenargumenten gesucht, um einige davon zu widerlegen. Danach haben sie noch einmal abgestimmt, und das Urteil war wieder einstimmig. Anschließend haben sie noch einmal über alles gesprochen, einfach nur, um sicherzugehen, dass sie alle derselben Meinung waren, und dann haben sie offiziell abgestimmt, und alle zwölf haben auf schuldig plädiert und keiner auf einen Freispruch, und es gab auch tatsächlich keinen Grund, sich noch länger mit der Sache auseinanderzusetzen. Also kehrten sie in den Gerichtssaal zurück und verkündeten das Urteil. Darauf verlangte mein Anwalt, die Geschworenen einzeln zu befragen, worauf einer nach dem anderen das Gleiche sagte, immer wieder. Schuldig, schuldig, schuldig. Was hätten sie denn sonst sagen sollen?*«*

»*Und die Strafzumessung?*«*

»*Mein Anwalt wollte, dass ich meine Darstellung des Ablaufs ändere. Er hat mir von Anfang an nicht geglaubt, auch wenn er es mir gegenüber nie offen zugegeben hat. Andererseits, warum hätte er mir auch glauben sollen? Meine Darstellung des Sachverhalts für bare Münze zu nehmen wäre nur ein Beweis seiner eigenen Inkompetenz gewesen.«*

»Er dachte, die Chancen, ein Todesurteil zu vermeiden, stünden besser, wenn Sie zugäben, dass Sie es gewesen sind.«

»Was vollkommen lächerlich ist«, sagt er, »weil das Urteil in jedem Fall so ausgefallen wäre, wie es am Ende ausgefallen ist. Er wollte, dass ich meine Reue zum Ausdruck bringe. Reue! Welche Reue wäre angesichts der Abscheulichkeit dieser Verbrechen angemessen? Und wie sollte ich Reue über etwas zeigen, was ich nicht getan habe? Als ich ihn das gefragt habe, hat er mich nur angesehen. Er hat mir zwar nicht ins Gesicht gesagt, dass das alles nur Lügen sind, aber genau das hat er gedacht. Und er hat mich auch nicht weiter umzustimmen versucht, weil ihm klar war, dass es nichts an der Sache ändern würde. Jedenfalls haben sie für das Todesurteil nicht länger gebraucht als für den Schuldspruch.«

»Hat Sie das überrascht?«

»Es hat mich geschockt. Auch später, als der Richter das Strafmaß verkündet hat, hat es mich geschockt. Ein Schock ist nicht dasselbe wie Überraschung.«

»Allerdings nicht.«

»Allein die Vorstellung. ›Du wirst sterben.‹ Sterben muss natürlich jeder. Aber wenn da jemand vor einem steht und es einem ins Gesicht sagt, zieht es einem schon den Boden unter den Füßen weg.«

»Kann ich mir vorstellen.«

»Reue. Könnten Sie stellvertretend Reue bekunden? Es konnte mir einfach nicht leid tun, diese Jungen getötet zu haben, weil ich es nicht getan habe, aber es tat mir wirklich leid, dass es jemand getan hat.« Er runzelt die Stirn, und dabei bildet sich dort eine senkrechte Falte ähnlich denen auf beiden Seiten seines Munds. »Er hat mir erklärt, dass es eine große Hilfe wäre, wenn ich ihnen sagen würde, wo sich die dritte Leiche befindet. Aber wie hätte ich das wissen sollen, wo ich doch den Willis-Jungen nie gesehen habe und nicht die geringste Ahnung habe, wo er sein könnte? Ich sollte es ihm sagen, schlug er mir vor, und dann würde er sagen, es wäre mir versehentlich rausgerutscht, obwohl ich weiter meine Unschuld beteuern würde. Ich habe gesagt, diese Logik würde sich mir nicht erschließen. Denn es hieße, dass ich an einer Lüge festhalte, während ich gleichzeitig zugebe, dass es eine Lüge ist. Er druckste etwas herum, und ich sagte ihm, dass es sowieso

nichts zur Sache täte, weil ich ihm nicht sagen könnte, was ich nicht weiß. Es war mir auch längst egal, ob er mir glaubte – oder ob mir sonst jemand glaubte. Auch meine Frau hat mir nicht geglaubt, sie wollte mich nicht einmal mehr ansehen. Sie hat sich von mir scheiden lassen.«

»Ja, das habe ich gehört.«

»Ich habe sie und meine Kinder nicht mehr gesehen, seit ich in Haft gekommen bin. Nein, das stimmt nicht ganz. Einmal habe ich sie noch gesehen. Sie ist ins Gefängnis gekommen und hat mich gefragt, wie ich so etwas tun konnte. Ich habe ihr klarzumachen versucht, dass ich unschuldig bin und dass sie mir glauben muss. Aber das konnte sie nicht, und von da an ist etwas in mir abgestorben. Von diesem Punkt an, war es mir mehr oder weniger egal, was irgendjemand glaubte oder nicht glaubte.«

Faszinierend, wirklich faszinierend.

»Sie haben geschrieben, dass Sie mir glauben.«

»Ja.«

»Ich nehme mal an, das haben Sie nur gemacht, damit ich Ihrem Besuch zustimme. Es hat jedenfalls seinen Zweck erfüllt.«

»Ich bin froh, dass ich mit Ihnen sprechen kann«, sagt er, »aber es war keine List. Ich weiß, dass Sie diese abscheulichen Verbrechen nicht begangen haben.«

»Fast habe ich den Eindruck, dass Sie das wirklich glauben.«

»So ist es auch.«

»Aber woher nehmen Sie diese Gewissheit? Sie sind Wissenschaftler, ein vernunftgesteuerter Mensch.«

»Zumindest, wenn Psychologie eine Wissenschaft ist – was nicht gerade wenige in Abrede stellen.«

»Was sollte sie denn anderes sein?«

»Eine Kunst. Eine schwarze Kunst, behaupten manche. Es hat Leute gegeben, die Freud den Nobelpreis verleihen wollten, aber für Literatur, wohlgemerkt, nicht für Medizin. Ein ausgesprochen hinterfotziges Kompliment. Ich bilde mir gerne ein, dass das, was ich tue, eine wissenschaftliche Grundlage hat, Preston, aber ... Verzeihung, ist es Ihnen recht, wenn ich Sie Preston nenne?

»Ich habe nichts dagegen.«

»Und ich bin Arne. A-R-N-E geschrieben, die skandinavische Schreibung, auch wenn es wie die Kurzform von Arnold ausgesprochen wird. Meine Eltern waren englischer und schottisch-irischer Abstammung, keine Ahnung, wie sie darauf gekommen sind, mir einen schwedischen Namen zu geben. Aber das tut hier nichts zur Sache, und ich fürchte, ich komme vom Thema ab.«

»Dass das, was Sie tun, eine wissenschaftliche Grundlage hat.«

»Ach ja, natürlich.« Er ist keineswegs aus dem Konzept gekommen, stellt aber zufrieden fest, dass Applewhite voll bei der Sache ist. »Aber sogar reine Wissenschaft hat eine intuitive Komponente. Die meisten wissenschaftlichen Entdeckungen entspringen aus der Intuition, aus einem fantasievollen Glaubenssprung, der wenig mit Logik oder Wissenschaftlichkeit zu tun hat. Ich weiß, dass Sie unschuldig sind. Ich weiß es mit einer Gewissheit, die keinen Platz für Zweifel lässt. Ich kann weder Ihnen noch mir erklären, woher ich das weiß, aber Tatsache ist, dass ich es weiß.« Er bedenkt Applewhite mit einer positiver gestimmten Variante des bedrückten Lächelns. »Deshalb werden Sie mich, was diesen Punkt angeht, wohl oder übel beim Wort nehmen müssen.«

Applewhite schaut ihn bloß an. Seine Miene ist inzwischen wehrlos, überhaupt nicht mehr streng und abweisend. Und, ungebeten und völlig unerwartet, beginnen Tränen über seine Wangen zu fließen.

»Entschuldigen Sie. Ich habe nicht mehr geweint seit ... verrückt, ich habe keine Ahnung, wie lange das schon her ist. Eine Ewigkeit.«

»Das ist nichts, wofür Sie sich entschuldigen müssen. Eher bin ich derjenige, der sich entschuldigen sollte.«

»Wofür? Dass Sie der erste Mensch sind, der mit glaubt?« Er lacht kurz. »Nur dass das nicht ganz stimmt. Ich habe im Lauf der Jahre bestimmt von einem halben Dutzend Frauen Briefe erhalten. Sie wissen einfach, dass ich diese Dinge nicht getan haben kann, und sie sind mir sehr zugetan und möchten mich wissen lassen, dass sie in der Stunde der Not bei mir sind. Soviel ich höre, bekommt im Todestrakt jeder solche Briefe. Und umso widerwärtiger ihre Taten sind und je mehr sie in den Medien breitgetreten werden, desto mehr Post bekommen sie.«

»Ein seltsames Phänomen.«

»Die meisten legen Fotos von sich bei. Ich habe die Fotos nicht aufbewahrt und *übrigens auch die Briefe nicht. Ich habe nicht einmal im Traum daran gedacht, sie zu beantworten, aber ein paar schreiben mir trotzdem weiter. Sie wollen mich besuchen, und eine ist besonders hartnäckig. Sie will mich heiraten. Sobald meine Scheidung durch ist, meint sie, können wir heiraten. Und ihr zufolge steht mir dieses Recht laut Verfassung sogar zu. Es ist ein Recht, das ich lieber nicht in Anspruch nehmen möchte.«*

»Das kann ich mir gut vorstellen.«

»Und ich glaube auch nicht, dass sie oder eine der anderen wirklich glaubt, dass ich unschuldig bin. Sie wollen nämlich kein Abenteuer mit einem armen Teufel, der völlig grundlos sterben muss. Sie wünschen sich eine Affäre – oder eine Fantasieaffäre – mit einem Mann, der die Personifizierung des Bösen schlechthin ist. Jede von ihnen möchte die eine selbstlose Frau sein, die das Gute in diesem Bösesten aller Menschen sehen kann, und was die Gefahr angeht, dass ich ihnen den Hals umdrehe, tja, das verleiht dem Ganzen noch einen zusätzlichen Reiz.«

Sie sprechen noch etwas mehr über die Launen menschlichen Verhaltens. Wie er erwartet hat, ist Applewhite intelligent, und er hat einen großen Wortschatz und einen scharfen Verstand.

»Trotzdem würde ich gern wissen, warum Sie hier sind, Arne.«

Er überlegt kurz. »Wahrscheinlich erfüllen Sie die Kriterien für das, was mich zurzeit am meisten interessiert.«

»Und das wäre?«

»Es lässt sich bestimmt besser ausdrücken, aber der Begriff, der mir spontan dazu einfällt, ist ›dem Untergang geweihte Unschuld‹.«

»Dem Untergang geweihte Unschuld. Sie und ich, wir sind die einzigen Menschen auf der Welt, die glauben, dass ich unschuldig bin. Was das ›dem Untergang geweiht‹ angeht, ist der Sachverhalt allerdings für alle klar.«

»Was mich interessiert, ist: Wie findet sich jemand in Ihrer Situation mit dem Unvermeidlichen ab.«

»Mit Fassung.«

»Ja, das kann ich sehen.«

»Genauer besehen, ist jeder, dessen Herz noch schlägt, zum Tod verurteilt. Manche von uns akuter als andere. Menschen mit tödlichen Krankheiten. Sie sind genauso unschuldig wie ich, aber weil irgendeine Zelle ihres Körpers verrücktspielt und niemand es rechtzeitig gemerkt hat, müssen sie früher als geplant sterben. Sie können sich Selbstvorwürfe machen, sie können sich Vorhaltungen machen, sie

hätten den jährlichen Gesundheitscheck nicht verschludern, zu rauchen aufhören, weniger essen und mehr Sport treiben sollen, aber wer kann schon sagen, ob das überhaupt etwas genützt hätte? Letzten Endes läuft es doch darauf hinaus, dass sie sterben müssen und dass es nicht ihre Schuld ist. Und genauso verhält es sich bei mir, und es ist nicht meine Schuld.«

»Und mit jedem Tag ...«

»Mit jedem Tag«, sagt Applewhite, »rückt mein Ende einen Tag näher. Ich habe meinem Anwalt gesagt, sich nicht weiter um irgendwelche Aufschübe zu bemühen. Wenn ich es darauf anlegen würde, könnte ich es ein, zwei Jahre hinauszögern, aber wozu? Ich tue hier doch nichts anderes, als meine Zeit herumzubringen, und alles, was mir das eintrüge, wäre ein bisschen mehr Zeit, die ich herumbringen muss.«

»Und wie bringen Sie diese Tage hinter sich, Preston?«

»So viele sind es ja nicht mehr. Am Freitag ist es so weit.«

»Ja.«

»Bis dahin bringe ich die Stunden hinter mich. Dreimal am Tag bringen sie mir etwas zu essen. Man könnte meinen, das Essen würde mir nicht mehr schmecken, aber meine Lebenserwartung scheint keinen Einfluss auf meinen Appetit zu haben. Sie bringen mir das Essen, und ich esse es. Sie bringen mir eine Zeitung, und ich lese sie. Sie bringen mir Bücher, wenn ich darum bitte. Aber in letzter Zeit war mir nicht groß nach Lesen.«

»Und Sie haben einen Fernseher.«

»Es gibt einen Sender, in dem bringen sie nichts anderes als alte Krimiserien. Homicide, Law & Order, NYPD Blue. Eine Weile war ich richtig süchtig danach, ich habe alle Folgen geschaut. Aber dann ist mir bewusst geworden, warum ich das eigentlich getan habe.«

»War es eine Art Realitätsflucht für Sie?«

»Nein, das habe ich zuerst auch gedacht, aber das war es nicht. Ich habe nach einer Antwort gesucht, nach einer Lösung.«

»Für Ihr eigenes Dilemma.«

»Genauso ist es. Ich dachte, in einer dieser Sendungen wäre der Schlüssel zu finden. Ich würde etwas sehen, und dann hätte ich dieses Aha-Erlebnis, diesen Moment der Erleuchtung, der mir ermöglichen würde, mich zu retten und mit dem Finger auf den wahren Mörder zu zeigen.« Er schüttelt den Kopf. »Hören Sie sich das nur an. ›Den wahren Mörder.‹ Ich höre mich an, wie O. J. Simpson,

also wirklich.« Er spitzt die Lippen, stößt einen tonlosen Pfiff aus. »Sobald mir klargeworden ist, warum ich diese Serien schaue, konnte ich sie nicht mehr sehen. Ich verlor komplett das Interesse an ihnen. Es gibt nicht viel, was ich schauen kann. Football, aber die nächste Spielzeit beginnt erst wieder im Herbst. Mein letztes Footballspiel habe ich bereits gesehen.«

»Und andere Sportarten? Baseball? Basketball?«

»Ich habe mal ein bisschen Basketball gespielt.« Er kneift kurz die Augen zusammen, als versuchte er nach einer Erinnerung zu greifen, doch sie entzieht sich ihm, und er lässt es bleiben. »Ich habe die College-Spiele geschaut. Die Liga und die Final Four. Aber als die College-Spielzeit zu Ende war, habe ich das Interesse an der Sache verloren. Ich habe mir ein paar Profi-Spiele angesehen, aber ich war nicht wirklich bei der Sache. Und für Baseball konnte ich mich noch nie begeistern.«

»Dann sehen Sie also nicht viel fern.«

»Nein. Es vertreibt einem die Zeit, was einen Teil seines Reizes ausmacht, aber er vergeudet auch die Zeit, und davon habe ich nicht mehr so viel, dass ich mir leisten könnte, sie zu vergeuden. Sie wollen wissen, wie ich meine Tage herumbringe. Da gibt es nicht groß was zu erzählen. Ich sitze hier rum, und irgendwie vergehen die Stunden einfach. Und ehe man sich's versieht, ist es Freitag, und weiter geht es für mich nicht.«

»Ich gehe jetzt besser«, sagt er und erhebt sich von dem weißen Plastikstuhl. »Ich stehle Ihnen nur die Zeit, von der Sie, wie sie gerade selbst gesagt haben, nicht mehr allzu viel haben.«

»Es war mir eine Freude, Arne.«

»Tatsächlich?«

»Das ist das erst Mal, dass ich es mit jemand zu tun habe, der glaubt, dass ich unschuldig bin. Ich kann Ihnen nicht sagen, wie viel mir das bedeutet.«

»Wirklich?«

»O ja, unbedingt. Seit sie mir Handschellen angelegt und meine Rechte verlesen haben, hatte jedes Gespräch, das ich seitdem geführt habe, einen schalen Beigeschmack. Denn jeder von diesen Menschen, auch diejenigen, die mir zu helfen versucht haben, waren der festen Überzeugung, dass ich dieses Monster bin. Das hat immer im Raum gestanden. Und heute war es zum ersten Mal nicht

so. Ich konnte ganz offen mit einem anderen Menschen sprechen, ohne auf jedes Wort achten zu müssen. So habe ich schon, ich weiß wirklich nicht wie lange mehr gesprochen. Seit ich festgenommen worden bin, aber vielleicht auch schon länger. Ich bin froh, dass Sie gekommen sind, und ich finde es schade, dass Sie gehen.«

Er zögert, dann sagt er: »Ich könnte morgen noch mal herkommen.«

»Ja?«

»Ich habe für die nächsten Tage noch nichts geplant. Wenn Sie möchten, komme ich morgen noch einmal her und auch danach, so oft Sie wollen.«

Applewhite schüttelt seufzend den Kopf. »Ja, das fände ich gut. Sehr gut sogar. Kommen Sie, wann Sie wollen. Weglaufen kann ich ja nicht.«

Kapitel 5

Am Wochenende kam bei einem Treffen eine Frau, die ich vom Sehen kannte, auf mich zu und sagte, sie habe gehört, ich sei Privatdetektiv. Ob das stimme?

»Jein«, sagte ich und erklärte ihr, dass ich mehr oder weniger schon in Rente war und keine Lizenz und somit auch keinen offiziellen Status hatte.

»Aber Sie könnten Nachforschungen über jemand anstellen?«, fragte sie.

»Jemand Bestimmtes?«

»Das möchte ich mir erst noch überlegen«, sagte sie. »Gibt es eine Nummer, unter der ich Sie erreichen kann?«

Ich gab ihr eine Visitenkarte, eine der neuen mit meiner Handynummer und dem Festnetzanschluss in unserer Wohnung. Ich hatte mich, solange es ging, dagegen gesträubt, mir ein Handy zuzulegen, bis die Einsicht, dass das lächerlich war, irgendwann stärker wurde als die Sturheit, die ein fester Bestandteil meiner Persönlichkeit zu sein scheint. Ich vergesse immer noch ziemlich oft, es einzustecken, und wenn ich es tue, denke ich nicht immer daran, es anzustellen, aber am Montagmorgen hatte ich beides geschafft, und als es klingelte, gelang es mir sogar, den Anruf entgegenzunehmen, ohne vorher auf die Trenntaste zu drücken.

»Hier Louise«, meldete sie sich. »Sie haben mir Ihre Visitenkarte gegeben. Bei dem Treffen kürzlich. Ich habe Sie gefragt, ob Sie über jemand Nachforschungen anstellen könnten, und ...«

»Ja, ich erinnere mich. Sie wollten es sich noch mal überlegen.«

»Das habe ich inzwischen zur Genüge getan, und jetzt würde ich gern mit Ihnen sprechen. Könnten wir uns irgendwo treffen?«

Ich war gerade mit TJ frühstücken, und erstaunlicherweise verzog er keine Miene, als er mich mit dem Handy hantieren sah. »Ich bin gerade im Morning Star«, sagte ich.

»Tatsächlich? Ich bin im Flame.«

Das Morning Star ist an der Nordwestecke von Ninth Avenue und Fifty-seventh Street; das Flame ist am Fifty-Eighth-Ende desselben Blocks. Beide sind griechische Cafés im New Yorker Stil, und keines wird es vermutlich in den nächsten Zagat Survey schaffen, aber sie sind ganz okay und vor allem sehr günstig gelegen.

»Sind Sie in einer Viertelstunde noch dort?«, fragte sie. »Ich würde gern noch meinen Kaffee austrinken und anschließend lang genug vor dem Eingang stehen, um eine Zigarette zu rauchen. Aber dann würde ich ins Morning Star kommen, wenn Sie noch so lange bleiben.«

»Ich habe noch nicht mal meine Frühstückseier bekommen«, sagte ich.

»Lassen Sie sich also ruhig Zeit.«

»Etwas komisch komme ich mir dabei schon vor«, sagte sie. »Da habe ich diese Affäre, und ich habe das Gefühl, es könnte durchaus mehr daraus werden. Andererseits sollte eine Beziehung auf Vertrauen basieren, und wie viel Vertrauen zeige ich, wenn ich einen Detektiv damit beauftrage, Nachforschungen über den Kerl anzustellen? Es ist, als würde ich die Sache von vornherein sabotieren.«

Louise war schätzungsweise Ende Dreißig, von durchschnittlicher Größe und Figur, mit dunkelbraunen Haaren und hellbraunen Augen. Als Hinterlassenschaft einer jugendlichen Akne hatte sie leichte Narben auf ihrem spitzen Kinn und auf den Wangen. Sie war fürs Büro in Rock und Bluse und hatte etwas Eau de Cologne aufgetragen, dessen blumiger Duft sich nicht optimal mit dem Zigarettenrauch ergänzte.

Sie hatte sich leicht verwundert, dass ich nicht allein war, zu uns an den Tisch gesetzt. Ich stellte ihr TJ als meinen Assistenten vor, und das besänftigte sie etwas. Er ist ein Schwarzer Mitte Zwanzig – sein genaues Alter weiß ich nicht, aber ich weiß auch seinen Nachnamen immer noch nicht, obwohl er praktisch zur Familie gehört –, und an diesem Morgen trug er gebleichte Denimshorts und ein schwarzes T-Shirt, dessen Ärmel und Halsbund abgeschnitten waren. Er sah nicht gerade wie mein – oder sonst jemandes – Assistent aus, höchstens wie der eines Drogendealers. Mir entging nicht, dass Louise lieber mit mir allein gesprochen hätte, aber dann hätte ich TJ hinterher alles noch einmal erzählen müssen, und ich glaubte, sie könnte sich dazu durchringen, was ihr auch gelang.

»Vertrauen ist die Basis der meisten dauerhaften Beziehungen«, sagte ich.

»Genau das sage ich mir ständig selbst, aber …«

»Es ist auch eine Schlüsselkomponente der meisten Betrügereien und sonstigen Schwindel. Ohne Vertrauen würden sie nicht klappen. Es fiele Ihnen leichter, diesem Mann zu vertrauen, wenn Sie Gewissheit hätten, dass es keinen Grund gibt, es nicht zu tun.«

»Und das ist der andere Punkt, der mich ständig beschäftigt«, sagte sie. »Es hört sich vielleicht schäbig an, aber es stört mich einfach, dass ich wirklich absolut nichts über ihn weiß. Es ist nun mal nicht so, dass meine und seine Eltern miteinander befreundet sind, und ich habe ihn auch nicht bei einer Kirchenveranstaltung kennengelernt.«

»Wie haben Sie sich kennengelernt?«

»Im Internet.«

»Über eine dieser Partnerbörsen?«

Sie nickte und nannte ihren Namen. »Ich weiß nicht, wie man in dieser Stadt sonst einen Partner finden soll. Ich arbeite den ganzen Tag. Eigentlich sollte ich in zwanzig Minuten an meinem Schreibtisch sitzen, aber wenn ich zehn Minuten zu spät komme, wird nicht gleich die Welt untergehen. Ich verbringe meine Tage im Büro und meine Abende bei AA-Treffen. Meine letzte Beziehung hatte ich mit jemand, den ich von den Anonymen Alkoholikern kannte. Auf diese Weise spart man sich den Smalltalk, aber wenn es dann doch nicht hinhaut, muss einer von beiden zu anderen Treffen gehen.« Sie warf einen Blick auf meine linke Hand. »Sie sind verheiratet, habe ich recht? Ist sie auch bei den Anonymen Alkoholikern?«

»Nein.«

»Wie haben Sie sich dann kennengelernt, wenn die Frage gestattet ist?«

Wir waren uns in einer Afterhour-Bar an Danny Boys Tisch begegnet. Sie war damals ein junges Callgirl und ich ein Cop mit einer Frau und zwei Kindern. Aber das war wesentlich mehr, als sie wissen musste, und deshalb erzählte ich ihr nur, dass Elaine und ich uns schon lange gekannt, aber irgendwann aus den Augen verloren hatten. Und als wir uns dann zufällig wieder begegneten, hatte es dauerhaft zwischen uns gefunkt.

»Richtig romantisch«, bemerkte sie dazu.

»Kann man wahrscheinlich sagen.«

»Jedenfalls, was die Männer aus meiner Vergangenheit angeht, hoffe ich inständig, dass sie auch dort bleiben. Mein Freund auf der Highschool war richtig süß, aber er kam nie darüber hinweg, dass ich mich übergeben habe, als wir gerade … vergessen wir das lieber. Meine Güte, wie gern ich jetzt eine rauchen würde. Wenn man eine Tasse Kaffee trinken darf, sollte man dazu auch eine Zigarette rauchen dürfen. Dieser Spießer von Bürgermeister sollte sich wirklich zum Teufel scheren. Stellen Sie sich das mal vor, er will sogar das Rauchen im Freien verbieten. Als ob es nicht schon schlimm genug wäre, dass man auf die Straße rausgehen muss, um eine zu rauchen. Was denkt sich dieser Typ eigentlich?«

Sie wartete nicht auf meine Antwort, was mir nur recht war, weil ich keine parat hatte. »Aber vielleicht sollte ich endlich mal zur Sache kommen, Matt. Ich habe diesen Mann im Internet kennengelernt, und wir haben uns regelmäßig geschrieben, zuerst per E-Mail und dann über Instant Messaging. Was das ist, wissen Sie doch, oder? Eine Art Online-Unterhaltung.«

Ich nickte. TJ und Elaine nutzen IM regelmäßig, wie zwei Kids mit zwei Konservendosen und einem Draht. TJ wohnt gleich auf der anderen Straßenseite in dem Hotelzimmer, in dem ich jahrelang gewohnt habe, und er kommt ein paarmal die Woche zum Essen zu uns, und er und Elaine sind problemlos telefonisch erreichbar, aber anscheinend geht von Instant Messaging ein unwiderstehlicher Reiz aus. Einer von beiden merkt, dass der andere online ist, und prompt fangen sie an zu schnattern wie die Gänse.

»Das kann sehr intime Züge annehmen, zumindest scheint es so. Wenn sie Mails schreiben, achten die Leute nicht mehr so darauf, was sie alles von sich geben. Ist ja auch sehr einfach. Man schreibt etwas, als ob man es seinem Tagebuch anvertrauen würde, und ohne lang zu überlegen, klickt man plötzlich auf Senden, und raus ist es. Man kann nicht mal die Rechtschreibung verbessern, geschweige denn überlegen, ob man ihm wirklich erzählen wollte, dass man im letzten Highschooljahr eine Abtreibung hatte. Deshalb hat es scheinbar was sehr Intimes, und man erfährt viel über den anderen, aber es ist immer nur das, was er einem erzählen will, und man selbst liest es nur auf dem Bildschirm. Es sind nur Wörter, ohne eine Stimme, die sie sprechen, ohne Mienenspiel und ohne Körpersprache. Man muss das alles selbst ergänzen, und man dreht es sich so hin, wie man es haben will. Aber das muss nicht wirklich etwas darüber aussagen, was für ein Mensch der andere ist. Irgendwann fängt man dann an, jpegs auszutauschen. Das sind Online-Fotos ...«

»Ich weiß.«

»... damit man weiß, wie der andere aussieht, aber das ist nur das visuelle Äquivalent zu den Wörtern auf dem Bildschirm. Man kennt ihn immer noch nicht.«

»Aber Sie haben sich schon mal mit diesem Mann getroffen.«

»Ja, natürlich. Ich würde Ihnen hier nicht die Zeit stehlen, wenn es noch immer bloß ein Online-Flirt wäre. Ich habe mich etwa vor einem Monat zum ersten Mal mit ihm getroffen und seitdem sieben- oder achtmal. Dieses Wochenende habe ich ihn nicht gesehen, weil er verreist war.«

»Da hat es wohl gewaltig gefunkt zwischen Ihnen beiden.«

»Wir mochten uns, haben uns voneinander angezogen gefühlt. Er sieht sympathisch aus, aber nicht im gängigen Sinn gut. Gut aussehende Männer reizen mich irgendwie nicht. Ein Therapeut hat mal gemeint, das hinge mit meiner Selbsteinschätzung zusammen, dass ich mir einbilde, keinen gut aussehenden Mann zu verdienen. Aber das sehe ich nicht so. Ich vertraue gut aussehenden Männern einfach nicht. Früher oder später stellt sich immer heraus, dass sie sehr narzisstisch sind.«

»Das war immer schon mein Problem«, sagte TJ.

Sie grinste. »Aber Sie kommen damit klar.«

»Ich versuch's.«

»Ich mag ihn einfach«, fuhr Louise fort. »Er hat mich nicht ins Bett gedrängt, obwohl uns beiden klar war, dass es dort enden würde, und wir haben auch nicht lang gebraucht, um dort zu landen. Und es war schön. Und er mag mich, und am liebsten würde ich einen Luftsprung nach dem anderen machen und allen erzählen, wie verliebt ich bin. Aber irgendetwas hält mich davon ab.«

»Was wissen Sie nicht über ihn?«

»Da weiß ich gar nicht, wo ich anfangen soll. Aber vielleicht versuche ich es anders rum. Was *weiß* ich über ihn? Er ist einundvierzig, er ist geschieden, er wohnt allein im vierten Stock eines Hauses ohne Lift in Kips Bay. Er ist selbständig, er entwirft für Firmen Werbesendungen. Manchmal muss er bis spät nachts arbeiten, und manchmal hat er Durststrecken und überhaupt nichts zu tun. Festgelage oder Hungersnot, nennt er es.«

»Hat er ein Büro?«

»In seiner Wohnung. Das ist mit ein Grund, warum wir immer zu mir gehen. Seine Wohnung macht nichts her, sagt er, er schläft auf dem Sofa. Es ist nicht mal ein Schlafsofa, weil er nicht genügend Platz hat, um es auszuziehen. Sein Schreibtisch und die Aktenschränke nehmen fast den ganzen Platz ein.

Er hat ein Faxgerät, einen Kopierer, einen Computer, einen Drucker und was weiß ich noch alles.«

»Sie waren also nie dort.«

»Nein. Ich habe zwar gesagt, dass ich sie mal gern sehen würde, aber er immer nur: Es ist ein ziemliches Loch, und außerdem müsstest du in den vierten Stock hochsteigen, um es zu sehen. Für mich hört sich das durchaus glaubhaft an, es könnte wahr sein.«

»Er könnte auch verheiratet sein.«

»Er könnte verheiratet sein und weiß Gott wo wohnen. Ich habe mir schon überlegt, ob ich nicht mal hinfahre und nachsehe, ob wenigstens sein Name auf dem Briefkasten steht. Aber ich weiß nicht mal seine Adresse. Eine Telefonnummer habe ich, aber es ist die seines Handys. Er könnte verheiratet sein, er könnte ein Ex-Knacki sein, er könnte ein Serienkiller sein, woher soll ich das wissen? Ich glaube zwar nicht wirklich, dass er etwas dergleichen ist, aber das Problem ist, dass ich nicht sicher bin, und ich kann mich emotional nicht voll auf ihn einlassen, wenn mir immer wieder Zweifel kommen.«

»Und wie es sich anhört, sind diese Zweifel ziemlich hartnäckig.«

»Weiß Gott ja. Sie lassen mir keine Ruhe, und das nervt ganz schön.« Sie runzelte die Stirn. »Ich kriege immer diese Junkmails, Sie bestimmt auch, Links zu Internetseiten, wo man angeblich über jeden die Wahrheit rausfinden kann. Ich war auf diesen Seiten, und ich war versucht, es zu probieren, habe es dann aber doch sein lassen. Ich weiß nicht, wie zuverlässig diese Informationen sind.«

»Das ist wahrscheinlich unterschiedlich«, sagte ich. »Im Prinzip tun sie nichts anderes, als alle möglichen öffentlich zugänglichen Datenbanken abzufragen.«

»Im Internet kann man alles rausfinden«, sagte TJ. »Aber nur ein Teil davon stimmt.«

»Er heißt David Thompson«, sagte sie. »Oder zumindest glaube ich, dass er David Thompson heißt. Ich habe auf Yahoo eine Personensuche gestartet, und es würde die Sache natürlich wesentlich einfacher machen, wenn er Hiram Weatherwax hieße. Sie machen sich keine Vorstellung, wie viele David Thompsons es gibt.«

»Bei gängigen Namen ist es wirklich nicht einfach. Aber Sie wissen doch sicher seine Mailadresse.«

»DThomps5465@hotmail.com. Bei Hotmail kann sich jeder einen kostenlosen Account einrichten. Man muss nur auf ihre Seite gehen und sich registrieren. Ich habe einen Yahoo-Account, FareLady315. F-A-R-E, wie in *fare*, Fahrpreis, weil ich jeden Tag mit der U-Bahn zur Arbeit fahre.« Sie sah auf die Uhr. »Noch ist nichts passiert. Ich wohne in der Eighty-seventh Street und bin von dort zum Columbus Circle gefahren. Ich hatte eine Tasse Kaffee und einen Bagel zum Frühstück, und dann bin ich hierhergekommen, und von hier sind es zu Fuß fünf Minuten zu meinem Büro. Ich werde unterwegs eine Zigarette rauchen, denn es versteht sich natürlich von selbst, dass wir in dieser Scheißfirma nicht rauchen dürfen. Ich könnte eine Flasche in meinem Schreibtisch haben und zwischendurch was trinken, das ginge in Ordnung, aber wehe, ich würde eine Zigarette rauchen. Habe ich eigentlich erwähnt, dass er raucht? David?«

»Nein.«

»Das habe ich in meiner Kontaktanzeige ausdrücklich erwähnt. Nicht nur, dass ich rauche, sondern dass ich auch gern einen Raucher kennenlernen würde. Erst mal sagen die Leute, sie sehen das nicht so eng, aber dann fangen sie an, mit der Hand zu wedeln oder das Fenster aufzureißen. Darauf kann ich gern verzichten. Ich trinke nichts, und ich nehme keine Drogen, nicht mal Midol gegen Krämpfe, deshalb finde ich, steht es mir zu, so viel zu rauchen, wie ich will, und unser Bürgermeister kann mich mal.« Sie stieß ein schrilles Lachen aus. »Mein Gott, was rede ich da eigentlich? ›Jetzt aber, Louise, erzähl uns doch mal, wie es wirklich in dir aussieht.‹ Ich weiß nämlich genau, dass ich damit aufhören werde. Ich rede zwar nicht gern darüber, aber irgendwann kommt der Tag, an dem ich so weit bin. Und bei meinem sprichwörtlichen Glück wird es mitten in einer richtig tollen Beziehung mit einem Typen dazu kommen, der qualmt wie ein Schlot. Und *er* wird partout nicht aufhören wollen, und dann treiben seine Zigaretten *mich* in den Wahnsinn.«

Es ist eine hundsgemeine Welt. »Weiß David, dass Sie bei den Anonymen Alkoholikern sind?«

»Er möchte übrigens Dave genannt werden. Aber ja, das war eins der ersten Dinge, die ich ihm gesagt habe, als wir noch DThomps und FareLady waren. Er hatte irgendwas geschrieben, dass es schön wäre, zusammen eine Flasche Wein zu trinken, worauf ich ihm sofort klargemacht habe, dass er das vergessen kann. Er trinkt nicht viel, hauptsächlich der Geselligkeit wegen – jedenfalls wenn er mit mir zusammen ist. Das ist übrigens noch etwas, das ich nicht über ihn weiß, denn er könnte sich lediglich beherrschen, wenn wir zusammen sind, und sonst ordentlich picheln.«

Sie gab mir ein Bild von ihm, das er ihr gemailt und das sie heruntergeladen und ausgedruckt hatte. Es wurde ihm, versicherte sie mir, sehr gut gerecht. Es zeigte Kopf und Schultern eines Mannes mit dem gezwungenen Lächeln von jemand, der sich sehr deutlich bewusst ist, dass er gerade fotografiert wird. Ungeachtet dessen machte er einen sympathischen Eindruck. Er hatte ein kantiges Kinn, einen ordentlich gestutzten Schnurrbart und volles dunkles Haar. Wie ein Filmstar sah er nicht gerade aus, aber in meinen Augen ganz okay.

Kurz dachte ich, sie würde das Foto zurückverlangen, aber sie traf eine Entscheidung und lehnte sich zurück. »Ich tue das zwar nur sehr ungern«, sagte sie, »aber noch schlimmer fände ich es, wenn ich es nicht täte. Man hört da so einiges.«

»Allerdings.«

»Ich bin zwar keine reiche Erbin, aber ich habe einiges auf der hohen Kante, und meine Wohnung gehört mir. Ich habe also etwas zu verlieren, wenn Sie wissen, was ich meine.«

Als sie ging, winkte ich dem Kellner und bekam die Rechnung gebracht. Sie hatte einen Dollar für ihren Kaffee auf den Tisch legen wollen, aber ich glaubte mir leisten zu können, sie einzuladen. Sie hatte mir fünfhundert Dollar Vorschuss gegeben und dafür nichts weiter bekommen als eine Quittung und eine kurze Zusammenfassung meiner Grundregeln: Ich würde ihr keine ausführlichen schriftlichen Berichte schreiben, sie aber wissen lassen, was ich herausfand, und ich würde meine Nachforschungen so anstellen, dass er nichts davon mitbekam. Ich würde für meine Ausgaben, die aller Wahrscheinlichkeit nach nicht hoch wären, selbst aufkommen, und wenn mein Zeitaufwand höher wurde, als die fünfhundert Dollar abdeckten, würde ich ihr Bescheid geben, und dann konnte sie entscheiden, ob sie mich weiter bezahlen wollte oder nicht. Manchen Leuten ist das ein wenig zu vage, aber sie hatte keine Probleme damit. Oder sie hatte es einfach nur eilig, aus dem Café zu kommen, um endlich eine rauchen zu können.

»Ich bin echt froh, dass ich mir das nie angewöhnt habe«, sagte TJ. »Hast du früher mal geraucht?«

»Ein-, zweimal im Jahr«, sagte ich, »habe ich mich in eine Stimmung gesoffen, dass ich mir eine Schachtel gekauft habe und sechs oder acht Zigaretten hintereinander geraucht habe. Den Rest habe ich dann weggeworfen und Monate lang keine mehr angerührt.«

»Komisch.«

»Wahrscheinlich.«

Er legte einen Finger auf das Foto des mutmaßlichen David Thompson. »Soll ich mal schauen, was ich im Internet über ihn finden kann?«

»Das hatte ich eigentlich gehofft.«

»Dir ist schon klar«, sagte er, »dass ich nichts tun kann, was du nicht genauso gut selbst tun könntest. Du setzt dich einfach an Elaines Mac und legst los. Inzwischen musst du dich nicht mal mehr einloggen, weil sie einen DSL-Anschluss hat, da bist du dauernd eingeloggt. Du gehst einfach auf Google und startest eine Suche und schaust, was dabei herauskommt.«

»Ich habe immer Angst, was kaputt zu machen.«

»Du musst dir dabei nicht mal die Hände schmutzig machen. Aber klar, ich versuch's einfach mal. Cool. Am besten gehen wir einfach mal durch, was wir über den Typen wissen, okay?«

Das dauerte nicht lang, weil wir nicht viel über ihn wussten. Ich schlug ein paar Möglichkeiten vor, die uns vielleicht weiterbrachten, und wir machten uns beide Notizen. Dann schob er seinen Stuhl zurück und stand auf. »Ich gehe jetzt lieber mal auf mein Zimmer. Der Markt hat vor zehn Minuten geöffnet.«

»Machst du immer noch einen ganz guten Schnitt?«

»An manchen Tagen mehr, an anderen weniger. An manchen Tagen geht der ganze Markt hoch, und du stehst da wie ein Genie, egal, was du machst. Außer du hast lauter Leerverkäufe gemacht. Dann stehst du da wie der letzte Depp.«

Ich habe zwei erwachsene Söhne, Michael und Andrew. Michael und seine Frau June leben in Santa Cruz, Kalifornien, und Andy war in Wyoming, als ich das letzte Mal etwas von ihm gehört habe. In welcher Stadt, weiß ich nicht;

er ist vor Kurzem umgezogen, aber ich bin nicht sicher, ob von Cheyenne nach Laramie oder anders herum. Und wahrscheinlich ist es auch gar nicht so wichtig, weil das um Weihnachten herum war und er inzwischen höchstwahrscheinlich schon wieder woanders ist. Ich habe ihn schon vier oder fünf Jahre nicht mehr gesehen – das letzte Mal, als er nach der Beerdigung seiner Mutter an die Ostküste gekommen ist. Michael ist seitdem einmal in New York gewesen, auf einer Geschäftsreise im vorletzten Sommer, und letztes Jahr sind Elaine und ich kurz nach der Geburt seiner zweiten Tochter zu ihnen rübergeflogen.

Sie hieß Antonia. »Wir wollten sie nach Mom nennen«, erzählte mir Michael, »aber keinem von uns hat Anita wirklich gefallen, und Antonia hat die gleichen Buchstaben und noch zusätzlich ein O und ein N. June findet, das heißt, dass *Anita* weiterlebt.«

»Das hätte deine Mutter bestimmt gefreut«, sagte ich, aber gleichzeitig fragte ich mich, ob das wirklich stimmte. Ich hatte mich vor dreißig Jahren von ihr getrennt, und selbst damals war mir nie so recht klar gewesen, was sie mochte und was nicht.

»Wir haben natürlich schon ein bisschen gehofft, dass es ein Junge würde. Damit der Name bestehen bleibt, weißt du? Aber ehrlich gestanden waren wir auch beide ein bisschen erleichtert, als sich bei der Ultraschalluntersuchung herausgestellt hat, dass es ein Mädchen wird. Und was Melanie angeht, also, für sie war das von Anfang an keine Frage. Sie wollte eine kleine Schwester, Punkt, keine weiteren Diskussionen. Ein Bruder wäre kein akzeptabler Ersatz gewesen.«

»Vielleicht kriegen sie ja noch eins«, sagte Elaine auf dem Rückflug nach Hause. »Um den Namen Scudder nicht aussterben zu lassen.«

»So ein seltener Name ist das doch gar nicht«, sagte ich. »Als ich das letzte Mal nachgesehen habe, hat es übers ganze Land verteilt Hunderte davon gegeben. Es könnten sogar Tausende gewesen sein, und dazu noch eine ganze Familie von Investmentfonds.«

»Macht es dir nichts aus, keinen Enkel zu haben?«

»Überhaupt nichts, und ich muss sagen, Antonia passt wesentlich besser zu Scudder als Antonio.«

»Also, da muss ich dir ausnahmsweise mal recht geben.«

Das Problem ist, dass ich ein ziemlich distanziertes Verhältnis zu meinen

Söhnen habe, und das hat nur zum Teil geographische Gründe. Ich habe nicht wirklich mitbekommen, wie sie zu den Männern herangewachsen sind, die sie heute sind, und ich kann ihre weitere Entwicklung nur wie aus großer Ferne beobachten – was TJs Gesellschaft umso willkommener macht. Denn ungeachtet all dessen, was ich nicht über ihn weiß – wie zum Beispiel seinen Nachnamen oder wofür, wenn überhaupt etwas, das T und das J stehen –, bekomme ich viel von ihm zu sehen und kann seine zunehmende Selbstverwirklichung aus nächster Nähe beobachten.

Vor einigen Jahren, als er offensichtlich den Dreh raus hatte, die Sicherheitskräfte der Columbia University auszutricksen, fing er an, sich regelmäßig auf dem Campus aufzuhalten. Er besuchte Vorlesungen zu den unterschiedlichsten Themen, arbeitete die dazugehörigen Leselisten ab und profitierte wahrscheinlich mehr davon als neunzig Prozent der Kids, die das alles nur der Scheine wegen machten. Hin und wieder schrieb er, mehr oder weniger aus Jux, ein Referat und reichte es sogar ein, wenn er den Dozenten halbwegs wohlwollend einschätzte. Ein Professor im historischen Institut wollte unbedingt, dass er sich einschrieb, und äußerte sich sehr zuversichtlich, TJ ein Stipendium besorgen zu können, das ihm praktisch umsonst ein Studium an einer Eliteuniversität ermöglicht hätte. TJ argumentierte, dass er das bereits bekäme und er sich seine Seminare selbst aussuchen könnte. Als ihm Elaine sagte, dass ihm ein Abschluss an der Columbia viele Türen öffnen könnte, meinte er, dass sie in Zimmer führten, in die er nicht wollte.

»Außerdem habe ich schon einen Beruf«, fügte er hinzu. »Ich bin Detektiv.«

Erst kürzlich hatte er in ein paar BWL-Seminare reingeschmeckt. Er zog sich zwar dem Anlass entsprechend an und legte den Hiphop-Slang ab, wenn er in der 116th Street aus dem Zug stieg, aber ich vermute, dass zumindest einige Professoren merkten, dass er dort nichts zu suchen hatte. Wenn dem so war, muss ihnen jedoch schnell klar geworden sein, dass sie es mit jemand zu tun hatten, der ihre Vorlesungen hören wollte, obwohl er nicht an einem Master interessiert war. Weshalb hätten sie ihn also verscheuchen sollen?

Ich glaube nicht, dass der Aktienmarkt in ihrem Lehrplan eine große Rolle spielte, aber er interessierte sich dafür und las alle möglichen einschlägigen Bücher und Zeitschriften, und zu Beginn der Sommerferien, hatte er sich in seinem Zimmer im Northwestern Hotel als Daytrader eingerichtet, auf seinem kleinen Fernseher lief den ganzen Tag CNBC, und sein Computer – ein leistungsstarker Nachfolger des PCs, den ich ihm vor einigen Jahren zu Weihnachten geschenkt hatte – war ganz auf Online-Handel eingestellt. Er hatte einen Ameritrade-Account, aber ich kann mir nicht vorstellen, dass er viel Kapital hatte, um ihn zu füttern, aber es war genug, um in das Geschäft einzusteigen, und offensichtlich schaffte er es, sich über Wasser zu halten.

»Wahrscheinlich geht er früher oder später pleite«, sagte Elaine, »aber was macht das schon? Wenn man unbedingt mal pleitegehen will, ist er genau im richtigen Alter dafür. Und wer weiß, vielleicht entpuppt er sich ja als echtes Finanzgenie.«

Er sprach nicht viel über seine Gewinne oder Verluste. Deshalb ließ sich nicht sagen, wie er sich machte. Er fuhr keinen BMW und trug keine schnieken Anzüge, aber er nagte auch nicht am Hungertuch. Ich vermute, dass er es so lange tun wird, wie er Lust dazu hat, und dass er in jedem Fall davon profitieren wird. Das ist bei ihm immer so.

Kapitel 6

Gleich außerhalb von Jarratt, an der Ausfahrt des I-95, ist ein Red Roof Inn, aber er findet, dass es nicht genügend weit entfernt ist. Zwanzig Meilen weiter südlich ist die Grenze zu North Carolina. Er überquert sie und fährt noch ein paar Meilen weiter, zur Ausfahrt nach Roanoke Rapids. Dort hat er mehrere Motels zur Auswahl. Er entscheidet sich für ein Days Inn, nimmt sich ein Zimmer, trägt sich als Arne Bodinson ein, gibt der Frau an der Rezeption eine Visa-Karte auf diesen Namen und sagt ihr, dass er bis Freitagmorgen bleiben will.

Sein Zimmer befindet sich, darum hat er gebeten, auf der Rückseite und im Obergeschoss. Er parkt hinter dem Gebäude und bringt seinen Aktenkoffer und seine Reisetasche aus blauem Leinen auf sein Zimmer. Er packt seine Sachen aus, verstaut die Kleider im Schrank, stellt den Laptop auf den Schreibtisch und die Flasche Scotch auf den Nachttisch. Als er für die Reise gepackt hat, hat er zum Glück daran gedacht, dass der Süden eine komische Gegend ist, mit undurchschaubaren Alkoholgesetzen, die in jedem County anders sind. In manchen kann man nur Bier kaufen, in anderen überhaupt nichts, und Getränkemärkte, falls es welche gibt, haben hin und wieder recht seltsame und knapp bemessene Geschäftszeiten. Um in einer Bar etwas zu trinken zu bekommen, muss man unter Umständen erst Mitglied einer Vereinigung werden, die sich Privatclub nennt. Gegen eine einmalige Aufnahmegebühr von fünf oder zehn Dollar kommt man in den Genuss aller mit der Mitgliedschaft einhergehenden Privilegien und Rechte, was nichts anderes heißt, als dass man sich so lange etwas zu trinken bestellen kann, wie das Geld reicht.

Nichts davon scheint ihm sinnvoll, aber das tut nichts zur Sache. So ist es nun mal, und das Einzige, was er tun muss – was er immer tun muss –, ist herauszufinden, wie etwas abläuft, und sich entsprechend zu verhalten.

Er nimmt den Plastikkübel, den das Motel stellt, und geht den Flur hinunter, um Eiswürfel zu holen, doch dann wirft er einen stirnrunzelnden Blick auf den Wegwerfbecher aus Plastik. Bei diesem Zimmerpreis, möchte man meinen, müsste man eigentlich ein richtiges Glas bekommen, aber dem ist nicht so, also tut man eben, was man immer tut. Man stellt sich auf das ein, womit das Leben aufwartet.

Er gießt sich einen Scotch ein, nimmt einen Schluck. Aus einem Glasbehältnis würde er besser schmecken, aber es hat keinen Sinn, sich darüber aufzuregen. Das würde nur seine Freude an dem Scotch trüben, zumal es ein sehr guter Scotch ist, vollmundig, rauchig und kraftvoll.

Er hat es sich mit dem Plastikbecher in der Hand in einem Sessel bequem gemacht und genießt den Scotch, lässt sich Zeit damit. Er schließt die Augen und richtet seine Aufmerksamkeit auf seinen Atem, stimmt Aus- und Einatmung aufeinander ab, passt sich dem Rhythmus seines Körpers an. Er konzentriert sich ganz auf die Wirkung des Scotch, des Alkohols in seinem Blut und beschließt, ihn sich als ein den menschlichen Körper und Geist belebendes Äquivalent eines dieser Hightech-Polymere vorzustellen, die man dem Motor eines alten Autos beigibt, damit sie in dem abgenutzten alten Metall alle Scharten und Löcher füllen, die Innenflächen mit einem Schutzfilm überziehen, die Reibung verringern, die Leistung erhöhen und für ein runderes Fahrgefühl sorgen.

Als er die Augen wieder öffnet, greift er nach seinem Handy und wählt eine Nummer. Als nach dem dritten Läuten jemand drangeht, sagt er: »Hallo, Bill. Ich bin's ... Ach, nichts Besonderes. Ich wollte mich nur mal melden und sehen, ob es bei dir was Neues gibt. Ich habe noch einiges zu erledigen und weiß noch nicht, wann ich hier fertig bin. Eigentlich dachte ich, ich würde dich heute Abend sehen, aber im Moment sieht es nicht danach aus ... Nein, bei mir ist alles bestens. Bin nur gerade voll im Stress ... Dir auch, mein Freund. Bis dann.«

Er legt auf, setzt sich an den Schreibtisch, klappt seinen Laptop auf und ruft seine Mails ab. Als er damit fertig ist, führt er noch einmal ein Telefongespräch, dann schenkt er sich einen zweiten Scotch ein.

Am nächsten Vormittag kommt er wieder nach Greensville. Applewhite scheint überrascht, aber sichtlich erfreut über seinen Besuch. Sie schütteln sich die Hände und nehmen ihre gewohnten Plätze ein, Applewhite auf dem Bett, er auf dem weißen Plastikstuhl. Die zunächst tastende Unterhaltung dreht sich um das Wetter und dann um den letzten Super Bowl, bevor sie zum Erliegen kommt und in verlegenem Schweigen endet.

»Ich habe nicht damit gerechnet, dass Sie heute kommen würden.«

»Aber ich habe Ihnen doch gesagt, dass ich noch mal herkomme.«

»Ich weiß. Und ich hatte auch das Gefühl, dass Sie es wirklich meinen. Aber

dann habe ich gedacht, dass Sie es sich anders überlegen werden, sobald Sie gegangen sind. Dass Sie nach Hause zu Ihrer Frau und Ihren Kindern wollen.«

»Ich habe keine Frau. Und, soweit ich weiß, auch keine Kinder.«

»Soweit Sie wissen.«

»Na ja, wer kann schon sagen, was bei einer Jugendsünde nicht alles herausgekommen sein könnte? Andererseits hat es davon nicht allzu viele gegeben, und ich glaube, ich wäre darüber in Kenntnis gesetzt worden, wenn ich die Ursache einer Unterleibsschwellung gewesen wäre. Jedenfalls gibt es nichts, was mich nach Hause zieht.«

»Wo sind Sie zu Hause, Arne? Das haben Sie mir, glaube ich, noch gar nicht erzählt.«

»In New Haven. Ich habe in Yale promoviert, und seitdem bin ich dort hängengeblieben.«

Darauf kommen sie auf ihre Studienzeit zu sprechen, immer ein geeignetes Thema für Männer, die sich nicht wirklich etwas zu sagen haben. Es erfüllt jetzt genauso seinen Zweck, wie es das gestern beim Gefängnisdirektor getan hat. Er erzählt von Charlottesville – es kann ja nicht schaden, sich an eine bestimmte Version zu halten. Applewhite hat an der Vanderbuilt University in Nashville studiert, und so kommen sie auf Country Music zu sprechen. Sie ist nicht mehr, was sie mal war, da sind sie sich einig. Heute ist sie zu kommerziell, zu gelackt, zu Top-40-orientiert.

Bei all dem bleibt etwas unausgesprochen, und es ist nur eine Frage der Zeit, bis es einer von ihnen zur Sprache bringt. Die Frage ist nur, wer es sein wird. Er steht kurz davor, das Thema selbst anzuschneiden, aber er hält sich zurück, und schließlich ist es Applewhite, der seufzend sagt: »Heute ist Dienstag.«

»Ja.«

»Morgen und morgen«, deklamiert er, »und dann wieder morgen. Macbeths Monolog. ›Morgen und morgen und dann wieder morgen/ Kriecht so mit kleinem Schritt von Tag zu Tag/ Zur letzten Silb auf unserm Lebensblatt.‹ Außer dass der kleine Schritt am dritten Morgen ausläuft.«

»Wollen Sie über den Tod reden, Preston?«

»Was gibt es dazu schon zu sagen?« Er denkt über seine eigene Frage nach, schüttelt den Kopf. »Ich denke die ganze Zeit daran. Wahrscheinlich würde mir auch Verschiedenes einfallen, was ich darüber sagen könnte.«

»Zum Beispiel?«

»Es gibt Tage, an denen ich mich beinahe darauf freue. Um es hinter mich zu bringen, verstehen Sie? Um zum nächsten Punkt zu kommen. Nur dass es in diesem Fall natürlich keinen nächsten Punkt gibt.«

»Sind Sie da wirklich sicher?«

Der Mann kneift die Augen zusammen, seine Miene bekommt etwas Wachsames. »Arne«, sagt er, »ich bin Ihnen dankbar für Ihr freundliches Entgegenkommen, aber da ist etwas, was ich gern wüsste. Sie sind doch nicht etwa hier, um meine blöde Seele zu retten?«

»Mit Erlösung habe ich leider nichts am Hut.«

»Wenn Sie mir nämlich Angst vor der Hölle oder Hoffnung auf den Himmel machen wollen, sind Sie bei mir an der falschen Adresse. Es haben mich schon einige Geistliche zu besuchen versucht. Zum Glück lässt einem der Staat als Gegenleistung dafür, dass er einem das Leben nehmen will, über bestimmte Dinge ein gewisses Maß an Kontrolle. Ich muss niemand sehen, den ich nicht sehen will, und es ist mir gelungen, geistliche Herren jedweder Couleur von dieser Zelle fernzuhalten.«

»Ich schwöre Ihnen, ich bin kein Priester, Geistlicher oder Rabbiner«, sagt er mit einem milden Lächeln. »Ich bin nicht einmal ein gläubiger Laie. Ich wäre vielleicht darauf aus, Ihre Seele zu retten, wenn ich mehr davon überzeugt wäre, dass Sie eine haben und dass Seelen gerettet werden können – oder gerettet werden müssen.«

»Was geschieht Ihrer Meinung nach, wenn man stirbt?«

»Sie zuerst.«

Seine Worte dulden keinen Widerspruch, und Applewhite scheint nicht geneigt, welchen einzulegen. »Ich glaube, alles endet«, sagt er. »Ich glaube, es ist einfach vorbei. Wie ein Film nach der letzten Rolle zu Ende ist.«

»Kein Abspann?«

»Absolut nichts. Ich glaube, der Rest der Welt geht weiter, genauso, wie wenn irgendjemand anders stirbt. Ich persönlich glaube, dass die gleiche Nichtexistenz weitergeht, die man vor der Geburt gehabt hat. Oder vor der Empfängnis, wenn Ihnen das lieber ist. Zuerst fällt es schwer, sich mit der Vorstellung abzufinden, dass man nicht mehr existieren wird, aber es wird etwas einfacher, wenn man an die vielen Jahrhunderte denkt, die vielen Jahrtausende, in denen man noch nicht geboren war und die Welt auch ohne einen bestens zurechtgekommen ist.«

»Man hört ab und zu von Nahtoderfahrungen.«

»Der Tunnel, das helle Licht? Das ist doch bloß eine Art Halluzination, mit physiologischen Ursachen, und sicher wird sich früher oder später eine wissenschaftliche Erklärung dafür finden. Die werde ich zwar nicht mehr zu hören bekommen, aber das kann ich, glaube ich, verschmerzen.«

»Sie mit Ihrem Galgenhumor.«

»Dieser Begriff müsste dringend aktualisiert werden. In unseren aufgeklärten Zeiten dürfte es schwer fallen, einen Galgen zu finden. Jedenfalls, lieber eine Spritze als einen Strick. Aber jetzt sind Sie dran. Was passiert Ihrer Meinung nach, wenn wir sterben?«

Er zögert nicht. »Ich glaube, wir gehen aus wie ein Licht, Preston. Wahrscheinlich ist es so, wie wenn man einschläft, nur ohne Träume und ohne Erwachen. Und weshalb sollte das so schwer zu glauben sein? Glauben wir, dass Rinder aus dem Schlachthof direkt in den Kuhhimmel kommen? Was ist so besonders an unserem Bewusstsein, dass es unbedingt überleben soll?« Das bedrückte Halblächeln. »Ich rechne zwar damit, durch den Tunnel zu dem hellen Licht gezogen zu werden. Aber sobald ich durch das Ende des Tunnels schieße, werde ich aufhören zu existieren. Vielleicht werde ich Teil dieses Lichts, oder auch nicht, aber welchen Unterschied soll das schon machen?«

»Ich würde morgen gern noch mal herkommen, Preston.«

»Das fände ich schön. Glauben Sie, sie lassen Sie?«

»Da sehe ich eigentlich keine Probleme. Der Gefängnisdirektor glaubt, ich könnte etwas erreichen.«

»Dass Sie mir helfen, mich in das Unausweichliche zu fügen?«

Er schüttelt den Kopf. »Er hofft immer noch, dass Sie mir erzählen, wo die Leiche des Willis-Jungen ist.«

»Aber ...«

»Wie sollte ich das versuchen, wenn ich von Ihrer Unschuld überzeugt bin? Ist das, was Sie sagen wollten?«

Ein Nicken.

»Ich muss leider gestehen, dass ich Gefängnisdirektor Humphries gegenüber *nicht ganz aufrichtig war. Könnte sein, dass ich ihm gegenüber den Eindruck zu erwecken versucht habe, dass ich glaube, Sie könnten sich nur einbilden, unschuldig zu sein.«*

Darauf umreißt er in groben Zügen, wie er dem Gefängnisdirektor gegenüber die Theorie aufgestellt hat, dass hier der Wunsch der Vater des Gedankens gewesen sein könnte und dass ein Mann, der seine Taten beharrlich leugnet, irgendwann tatsächlich an den Punkt kommt, an dem er glaubt, sie nicht begangen zu haben.

»Ist das denn, was Sie glauben?«

»Glaube ich, dass das möglich ist? Ich weiß sogar, dass es möglich ist. Glaube ich, dass das bei Ihnen so ist? Auf gar keinen Fall.«

Darüber denkt Applewhite eine Weile nach. »Aber woher wollen Sie das so sicher wissen?«, fragt er. »Selbst wenn Sie eine Art internen Lügendetektor hätten, würde er Ihnen doch nur sagen, dass ich für wahr halte, was ich Ihnen erzähle. Aber wenn ich mir nur etwas vormache ...«

»Das tun Sie aber nicht.«

»Dessen scheinen Sie sich sehr sicher zu sein.«

»Ich war mir nie einer Sache sicherer.«

Auf dem Weg nach draußen, bittet er den Wärter, ihn ins Büro des Gefängnisdirektors zu bringen. »Ich glaube, ich komme voran«, erzählt er Humphries. »Ich glaube, es ist nur noch eine Frage der Zeit.«

Es regnet, als er das Gefängnis verlässt. Aber es ist nur ein schwacher Nieselregen. Er hat Probleme, die richtige Einstellung für den Scheibenwischer zu finden, und es macht das Fahren mehr zu etwas Lästigem als zu etwas Erfreulichem.

Als er nachmittags im Days Inn eintrifft, ist der Parkplatz völlig leer. Er parkt auf der Rückseite und geht auf sein Zimmer. Für einen Drink ist es ein bisschen zu früh, findet er, aber nicht für einen Anruf.

Wie sich herausstellt, ist eine Nachricht auf seiner Voicemail. Er hört sie sich an, löscht sie, führt drei Telefonate, jedes mit einer Kurzwahlnummer. Das dritte führt er mit einer Frau, und jetzt ist seine Stimme anders. Er spricht tiefer und bedächtiger.

»Ich denke ständig an dich«, sagte er. »Jedenfalls mehr, als ich sollte. Ich muss

Dinge erledigen, die meine ganze Aufmerksamkeit erfordern, aber stattdessen ertappe ich mich immer wieder dabei, dass ich an dich denke. Mein Gott, wie gern ich es wüsste. In vier, fünf Tagen, schätze ich. Ich würde dir so gern sagen, wo ich bin. Aber hier haben sie andere Vorstellungen von Privatsphäre. Es würde mich nicht wundern, wenn mein Telefon abgehört würde. Mein Handy? Das habe ich zu Hause gelassen. Es würde hier nicht funktionieren. Falls du mir eine Nachricht hinterlassen hast, erwartet sie mich, wenn ich nach Hause komme. Deshalb gibt es alles Mögliche, was ich gern sagen würde. Aber lieber nicht. Ja, sobald ich es weiß. Und du fehlst mir auch. Mehr, als ich sagen kann.«

Er legt auf und überlegt, ob es ein Fehler war zu behaupten, dass er nicht mit seinem Handy angerufen hat. Er hat seine Nummer unterdrückt, deshalb erhalten alle Angerufenen nur die Nachricht NUMMER UNTERDRÜCKT oder ANRUFER NICHT IM EINZUGSBEREICH. *Aber manchmal kommt es zu technischen Pannen. Hat sie überhaupt Anrufererkennung? Er hat nie daran gedacht, es herauszufinden. Eine Unterlassungssünde, findet er. Nicht unbedingt eine schwere Sünde, eigentlich sollte es keine Rolle spielen, aber er überlässt so wenig wie möglich dem Zufall.*

Als er seine Mails checkt, wird ihm bewusst, dass er über vierundzwanzig Stunden lang nichts gegessen hat. Er ist nicht hungrig, er wird nie hungrig, aber sein Körper sollte regelmäßig Nahrung bekommen.

Emporia ist kein großer Ort, es hat etwa fünftausend Einwohner, aber es ist der Verwaltungssitz von Greensville County, und es gibt dort ein Outback Steakhouse. Inzwischen ist ihm das Schild an der Interstate-Ausfahrt zur U.S. 58 schon mehrere Male aufgefallen. Er fährt zehn Meilen nach Virginia hinein, findet das Lokal und bestellt ein Ribeye Steak mit Pommes frites und Salat und dazu ein großes Glas ungesüßten Eistee. Alles ist gut, und das Steak ist tatsächlich rare, wie er es bestellt hat, eine angenehme Überraschung in einem Teil des Landes, in dem alles zu lang gekocht und fast alles gebraten ist.

Auf der Rückfahrt zu seinem Motel fragt er sich, was Preston Applewhite für seine Henkersmahlzeit bestellen wird.

Mittwochvormittag. Es geht auf Mittag zu, und Applewhite hat sichtlich auf sein Kommen gewartet. Sie schütteln einander die Hände, und er legt seine Linke an Applewhites Schulter.

Er hat sich noch kaum auf dem weißen Stuhl niedergelassen, als Applewhite sagt: »Ich habe über das, was Sie gestern gesagt haben, nachgedacht.«

»Ich habe alles Mögliche gesagt«, erwidert er, »und ich kann mir nicht vorstellen, dass etwas darunter war, worüber nachzudenken sich lohnen könnte.«

»Über die Theorie, von der Sie Humphries erzählt haben. Dass jemand schuldig sein kann und zugleich fest davon überzeugt, unschuldig zu sein.«

»Ach so, das.«

»Das Einzige, dessen ich mir vom ersten Moment an sicher war, ist, dass alle vollkommen falsch liegen. Ich wusste, dass ich diese Jungen nicht umgebracht habe.«

»Haben Sie ja auch nicht.«

»Aber wenn zutrifft, was Sie sagen ...«

»Nur für bestimmte Leute. Für Soziopathen, bei denen etwas fehlt. So jemand sind Sie nicht.«

»Woher wollen Sie das wissen?«

»Weil ich es weiß.«

»Na schön, aber woher weiß ich es? Glauben Sie mir, ich würde Sie gern beim Wort nehmen, aber nachdem ich das nicht kann, wie soll ich dann sicher sein? Sie sehen ja selbst, wohin logisches Denken führt. Es ist wie eine dieser Denksportaufgaben. Wenn ich unschuldig bin, wüsste ich, dass ich unschuldig bin. Aber wenn ich schuldig bin und es geschafft habe, mich davon zu überzeugen, dass ich unschuldig bin, wüsste ich ebenfalls, dass ich unschuldig bin.«

»Sehen Sie sich doch an, Preston?«

»Mich?«

»Ja, sehen Sie sich an, den Menschen, der Sie sind, den Menschen, der Sie immer schon gewesen sind. Haben Sie jemals eine Gewalttat begangen?«

»Wenn ich diese Jungen umgebracht habe ...?«

»Davor. Haben Sie Ihre Frau geschlagen?«

»Einmal habe ich sie von mir weggestoßen. Das war kurz nach unserer Hochzeit. Wir hatten einen Streit, und ich wollte aus dem Haus gehen. Ich wollte spazieren gehen, um einen klaren Kopf zu bekommen, und sie wollte mich nicht gehen lassen, gerade so, als ob ich nach Brasilien abhauen wollte, und ich habe sie weggestoßen, damit sie mich losließ. Und sie ist hingefallen.«

»Und?«

»Ich habe ihr aufgeholfen, und wir haben Kaffee getrunken, und, na ja, es hat funktioniert.«

»Das ist also Ihre ganze Geschichte ehelicher Gewalt? Wie ist es mit Ihren Kindern? Haben Sie sie geschlagen?«

»Nie. Davon haben wir nichts gehalten, keiner von uns. Und ich hatte nie eine solche Wut auf sie, dass ich sie körperlich ausagieren wollte.«

»Sehen wir uns doch mal Ihre Kindheit an, ja? Haben Sie mal Tiere gequält?«

»Um Himmels willen, nein. Warum sollte jemand ...«

»Haben Sie mal gezündelt oder Feuer gemacht? Damit meine ich nicht ein Lagerfeuer bei den Pfadfindern, sondern irgendwelche dummen Streiche bis hin zu Pyromanie.«

»Nein.«

»Haben Sie als Kind ins Bett gemacht?«

»Vielleicht, als meine Eltern begonnen haben, mich auf den Topf zu setzen. Aber ehrlich gestanden, kann ich mich daran nicht mehr erinnern. Ich war damals, keine Ahnung, zwei, drei Jahre alt ...«

»Und als Sie zehn oder elf waren?«

»Sicher nicht, aber was soll das hiermit zu tun haben?«

»Das Standardprofil eines Serienkillers oder Lustmörders. Bettnässen, Feuer legen, Tiere quälen. Sie erfüllen es eindeutig nicht. Wie sieht es mit Ihrer sexuellen Orientierung aus? Hatten Sie mal Sex mit Jungen?«

»Nein?«

»Hätten Sie gern mal welchen gehabt?«

»Auch das kann ich nur verneinen.«

»Junge Mädchen?«

»Nein.«

»Wirklich nicht? Haben Sie mit zunehmendem Alter keine Teenager zu reizen begonnen?«

Applewhite denkt darüber nach. »Ich würde nicht sagen, dass sie mir nicht aufgefallen sind«, sagt er schließlich. »Aber sie haben mich nicht gereizt. Mein ganzes Leben lang waren die Mädchen und Frauen, zu denen ich mich hingezogen gefühlt habe, etwa in meinem Alter.«

»Und die Männer?«

»Ich hatte nie eine Beziehung mit einem Mann.«

»Und mit einem Jungen?«

»*Auch mit einem Jungen nicht.*«

»*Hätte es Sie mal gereizt?*«

»*Nein.*«

»*Haben Sie mal einen Mann attraktiv gefunden, auch wenn Sie nicht den Wunsch verspürt haben, dem weiter nachzugehen?*«

»*Eigentlich nicht.*«

»*›Eigentlich nicht‹? Wie soll ich das verstehen?*«

»*Ich habe mich nie von einem Mann angezogen gefühlt, aber mir könnte bewusst gewesen sein, dass ein Mann grundsätzlich attraktiv war oder auch nicht.*«

»*Sie hören sich schrecklich normal an, Preston.*«

»*Das habe ich eigentlich auch immer gedacht, aber ...*«

»*Wie sieht es mit sexuellen Fantasien aus? Und erzählen Sie mir jetzt bitte nicht, Sie hätten keine. Das wäre zu normal, um normal zu sein.*«

»*Verschiedene.*«

Aha, er ist fündig geworden. »*Falls Sie darüber lieber nicht sprechen wollen, Preston ...*«

»*Wir waren lange verheiratet*«, sagt er. »*Ich war meiner Frau immer treu. Manchmal allerdings, wenn wir miteinander geschlafen haben ...*«

»*Hatten Sie Fantasien.*«

»*Ja.*«

»*Das ist nicht weiter ungewöhnlich. Andere Frauen?*«

»*Ja. Frauen, die ich kannte, Frauen, die nur in meiner Fantasie existierten.*«

»*Haben Sie über diese Fantasien mal mit Ihrer Frau gesprochen?*«

»*Natürlich nicht. Das kam für mich nicht in Frage.*«

»*Spielten in diesen Fantasien auch Männer eine Rolle?*«

»*Nein. Das heißt, manchmal waren Männer dabei. Manchmal habe ich mir eine Party vorgestellt, mit allen unseren Freunden, und alle haben sich ausgezogen, und wir haben es kreuz und quer miteinander getrieben.*«

»*Hätten Sie diese Fantasie gern Wirklichkeit werden lassen?*«

»*Wenn Sie diese Leute kennen würden*«, sagt er, »*wäre Ihnen sofort klar, dass das unvorstellbar war. Es war schon schwer genug, sie in meiner Fantasie so agieren zu lassen.*«

»*Und Sie hatten in diesen Fantasien nie Sex mit einem anderen Mann?*«

Er schüttelt den Kopf. »Nein, nicht mal annähernd. Am nächsten wäre dem vielleicht gekommen, eine Frau mit einem anderen Mann zu teilen.«

»Und außerhalb Ihrer Fantasie haben Sie so etwas auch nie getan?«

»Nein, natürlich nicht.«

»Auch Ihrer Frau keinen solchen Vorschlag gemacht?«

»Du meine Güte, nein. Das hätte ich auch gar nicht tun wollen. Es war nur in meiner Fantasie erregend.«

»Sind in diesen Fantasien Kinder aufgetaucht?«

»Nein, nie.«

»Weder Mädchen noch Jungen?«

»Weder noch.«

»Irgendwelche Formen von Gewalt? Vergewaltigung, Folter?

»Nein.«

»Haben Sie mal eine Frau gezwungen, etwas zu tun, was sie nicht tun wollte?«

»Nie. Man musste sie nicht zwingen. Sie wollten es von sich aus tun. Daran merkt man ja auch, dass es eine Fantasie ist.«

Sie lachen beide, vielleicht mehr, als es die Antwort erfordert.

»Preston?«, sagt er schließlich. »Haben Sie in sich hineingehört? Es ist unvorstellbar, dass Sie getan haben, was Sie angeblich getan haben sollen.«

»Das war mir immer klar, aber … wie auch immer, ich bin erleichtert, Arne. Sie haben mich nämlich schon zum Nachdenken gebracht, oder genauer: Ich bin selbst ins Nachdenken gekommen.« Er bringt ein Lächeln zustande. »Aber das alles ändert nichts daran, dass sie mir übermorgen eine Spritze verpassen werden.«

»Es wird am Mittag sein«, sagt Applewhite. »Ich habe immer gedacht, um Mitternacht. Mein ganzes Leben lang, wenn ich an Hinrichtungen gedacht habe, was ich nicht oft getan habe, muss ich sagen, aber ich habe immer gedacht, sie würden mitten in der Nacht stattfinden. Jemand legt einen Schalter um, und im ganzen Staat werden die Lichter schwächer. Ich muss wohl in einem Alter, in dem ich sehr leicht zu beeindrucken war, einen Film gesehen haben. Und ich bilde mir ein, mich an einen Wochenschaubeitrag zu erinnern, in dem Gegner der Todesstrafe vor einem Gefängnis demonstrieren und andere auf einem Parkplatz *feiern, dass irgendein armer Teufel den Schock seines Lebens verpasst bekommt. Solche Parkplatzpartys kann man nicht am helllichten Tag feiern. Dafür braucht man einen dunklen Himmel, damit jeder das Feuerwerk gut sieht.«*

Seine Worte sind bitter, seinem Ton fehlt es an Emotionalität. Interessant.

»Der Richter, der mich verurteilt, hat den Zeitpunkt nie erwähnt, nur das Datum. Die konkrete Abwicklung ist Sache des Gefängnisdirektors, und ich schätze mal, Humphries will nicht, dass jemand zu spät ins Bett kommt.«

»Hat man Ihnen gesagt, was Sie erwartet?«

»Nicht nur einmal. Sie wollen keine Überraschungen. Sie werden mich zwischen elf und halb zwölf abholen kommen. Sie führen mich in die Kammer und schnallen mich auf eine Bahre. Unter anderem wird auch ein Arzt anwesend sein, und auf der anderen Seite der Glaswand werden ein paar Zuschauer sein. Wozu die Glaswand dienen soll, ist mir nicht klar. Zur Schallisolierung jedenfalls nicht, weil es ein Mikrophon gibt, damit sie meine letzten Worte hören können. Ich soll eine Rede halten. Ich habe nur keine Ahnung, was ich sagen soll.«

»Einfach, was Sie möchten.«

»Vielleicht schweige ich einfach. ›Herr Vorsitzender, Alabama verzichtet.‹ Andrerseits, warum sollte ich mir die Gelegenheit entgehen lassen, mich für etwas einzusetzen? Ich könnte mich für eine gesetzliche Krankenversicherung aussprechen – oder gegen die Todesstrafe, obwohl ich gar nicht so sicher bin, ob ich überhaupt dagegen bin.«

»Ach?«

»Das war ich nie, bevor das hier passiert ist. Und ich finde, wenn ich getan hätte, was mir zur Last gelegt wird, hätte ich es verdient, mit meinem Leben dafür zu bezahlen. Und wenn ich es nicht war und wenn es keine Todesstrafe gäbe, na ja, dann müsste ich den Rest meines Lebens in einer Zelle verbringen, in der es wesentlich lauter und unbequemer ist als in dieser, zutiefst verachtet von Leuten, mit denen ich ohnehin nichts zu tun haben möchte. Wahrscheinlich würde ich im Gefängnis umgebracht, wie Jeffrey Dahmer.«

»Die Leute hinter der Glaswand«, hilft er ihm auf die Sprünge.

»Irgendwelche Reporter, vermute ich. Und Angehörige der Opfer, die sehen wollen, wie der Gerechtigkeit Genüge getan wird, und auf diese Weise versuchen, mit der ganzen Sache abzuschließen. Ich weiß noch gut, was ein paar von ihnen beim Prozess gesagt haben, als über das Strafmaß entschieden wurde. Meine

spontane Reaktion war, sie zu hassen, aber kann ich es ihnen wirklich zum Vorwurf machen, dass sie mich hassen? Sie wissen ja nicht, dass ich es nicht war.«

»Tja.«

»Wenn ihnen mein Tod etwas Erleichterung verschafft, wenn sie deswegen besser damit abschließen können, na ja, dann ließe sich zumindest sagen, dass mein Tod nicht völlig umsonst ist. Aber das ist er natürlich.«

»Sonst irgendwelche Zeugen?«

Applewhite schüttelt den Kopf. »Nicht, dass ich wüsste. Sie haben mir gesagt, ich könnte jemand einladen. Ist das noch zu fassen? Ich habe überlegt, wer einer solchen Einladung nachkommen könnte und wie ich es mit diesem Menschen, so es ihn gäbe, im selben Raum aushalten würde? Meine Eltern sind schon lange tot – Gott sei Dank, kann ich nur sagen –, und selbst wenn meine Frau zu mir gestanden hätte und meine Kinder mich regelmäßig besucht hätten, würde ich dann wollen, dass ihre letzte Erinnerung an mich wäre, wie ich mit einer Spritze im Arm auf einer Bahre festgeschnallt liege.«

»Trotzdem finde ich, ist das ein Moment, in dem es schrecklich sein muss, allein zu sein.«

»Mein Anwalt hat mir angeboten zu kommen. Vermutlich fällt das unter die Kategorie professioneller noblesse oblige, etwas, das man am Ende eines unglücklich verlaufenen Prozesses tun muss. Ich habe ihm gesagt, dass ich ihn nicht dabeihaben will, und es hat ihm sichtlich Mühe bereitet, sich seine Erleichterung nicht anmerken zu lassen.«

Jetzt mach schon, drängt er ihn stumm. Worauf wartest du noch?

»Arne? Würden Sie vielleicht ...«

»Aber natürlich«, sagt er. »Es wäre mir eine Ehre.«

Am Mittwochabend bleibt er lange auf und schaut auf dem Motelfernseher Pornos. Selbst im Bible Belt regiert Geld die Welt. Eines Mannes Heim ist seine Burg, selbst wenn es nur ein für eine Nacht gemietetes Kabuff ist. In seinen eigenen vier Wänden kann jeder machen, was er will, solange er bereit ist, für jeden nicht-jugendfreien Streifen $ 6.95 zu zahlen.

Die Filme erregen ihn nicht. Das tut Pornographie fast nie. Aber sie lenkt ihn ab. Nicht die Handlung der einzelnen Streifen. Ihr schenkt er keine Beachtung. Die Dialoge sind kaum zu ertragen, und er würde den Ton abstellen, wenn dann nicht auch die anderen Geräusche unterdrückt würden: die Hintergrundmusik, das Geräusch eines geöffneten Reißverschlusses, das Summen eines Vibrators, das Klatschen eines Schlags.

Er sieht sich alles an, nimmt alles auf und lässt seine Gedanken ungehindert schweifen. Neben ihm, auf dem Nachttisch, steht ein Glas Scotch, und hin und wieder nimmt er einen Schluck daraus. Als der letzte Film aus ist, ist noch ein letzter Rest im Glas, verdünnt von den inzwischen geschmolzenen Eiswürfeln. Er schüttet ihn in den Ausguss und geht zu Bett.

Am Donnerstag verbringt er mehrere Stunden in Applewhites Zelle. Ihr ritueller Handschlag ist inzwischen eine Umarmung geworden. Applewhite ergeht sich in ausführlichen Erinnerungen an seine Kindheit. Trotz ihrer vorhersehbaren Normalität ist sie durchaus interessant.

Es kommt zu Unterbrechungen. Ein Arzt wird in die Zelle gelassen. Er hat eine Waage dabei, mit der er Applewhite wiegt, um sein Gewicht dann in einem Notizbuch zu vermerken.

»Damit er die richtige Dosis berechnen kann«, sagt Applewhite, als der Arzt gegangen ist. »Obwohl ich nicht ganz verstehe, warum sie einem nicht einfach sicherheitshalber die drei- oder vierfache Dosis spritzen? Wozu der Aufwand? Um ein paar Dollar für das Mittel zu sparen?«

»Um den Anschein wissenschaftlichen Vorgehens zu erwecken.«

»Wahrscheinlich. Oder sie wollen sichergehen, dass die Bahre, auf der sich mich festschnallen, nicht unter mir zusammenbricht. Überhaupt, sie könnten sich eine Menge Aufwand und Kosten sparen, wenn sie einem die Möglichkeit ließen, sich selbst umzubringen. Man könnte zwar sein Laken in Streifen reißen und ein Seil daraus flechten, aber es gibt nichts, woran man es befestigen könnte.«

»Würdest du Selbstmord begehen, wenn du könntest?«

»Ich habe mir zumindest Gedanken darüber gemacht. Vor Jahren habe ich mal ein Buch gelesen, einen Thriller, und darin hat sich ein Mann, ich glaube, ein Chinese, selbst umgebracht, indem er seine Zunge geschluckt hat. Glaubst du, das geht?«

»Ich habe keine Ahnung.«

»Ich auch nicht. Ich wollte es eigentlich ausprobieren, aber ...«

»Aber was, Preston?«

»Ich habe mich nicht getraut. Ich hatte Angst, es könnte funktionieren.«

*   *   *

»Heute Abend kann ich zum Essen haben, was ich will. In realistischen Grenzen, haben sie gesagt. Ich hatte nie Probleme mit dem Essen, das ich auf meinem Tablett bekommen habe. Aber jetzt, wo ich wählen kann, weiß ich nicht, wofür ich mich entscheiden soll.«

»Einfach, worauf du Lust hast.«

»Der Wärter hat mir mit einem Zwinkern zu verstehen gegeben, dass er mir wahrscheinlich einen Drink bringen könnte, wenn ich das wollte. Ich habe nichts Alkoholisches mehr getrunken, seit sie mich verhaftet haben. Und jetzt will ich das, glaube ich, auch nicht mehr. Weißt du, was ich mir wahrscheinlich bestellen werde?«

»Nein, was?«

»Eis. Nicht als Nachspeise. Nein, als Hauptgang.«

»Mit Soße und Garnierungen?«

»Nein, nur ganz normales Vanilleeis, aber eine ganze Menge davon. Kalt, weißt du? Und süß. Aber nicht zu süß. Genau, das werde ich nehmen. Vanilleeis.«

»Denkst du eigentlich manchmal an den wahren Mörder?«

»Früher schon. Das war die einzige Möglichkeit, meine Unschuld zu beweisen – wenn sie ihn gefunden hätten. Aber sie haben gar nicht nach ihm gesucht. Warum auch? Alle Beweise haben auf mich gedeutet.«

»Hat dich das nicht wahnsinnig gemacht?«

»Natürlich, was denkst du denn? Es war furchtbar. Weil es nicht nur Zufall war. Jemand muss alles sorgfältig geplant und mir die belastenden Beweise untergeschoben haben. Mir ist bloß niemand eingefallen, der Grund gehabt hätte, mich dermaßen zu hassen. Ich hatte nicht viele enge Freunde, aber ich hatte auch keine Feinde. Zumindest keine, von denen ich wusste.«

»Er hat nicht nur dich da reingeritten, sondern auch drei unschuldige Jungen auf denkbar grauenhafte Weise umgebracht.«

»Genau. Es ist ja nicht so, dass er in einer Firma Geld unterschlagen und die Bücher so hinfrisiert hat, dass ein Kollege belastet wird. So etwas könnte man ja noch verstehen, das wäre vielleicht nachvollziehbar. Aber dieser Typ muss ein Sozio- oder Psychopath sein oder wie auch immer die korrekte Bezeichnung für so jemand ist, und er müsste auch total auf mich fixiert sein, um mir so etwas in die Schuhe zu schieben. Wahrscheinlich höre ich mich vollkommen paranoid an, wenn ich mit diesem gesichtslosen Feind ankomme, aber irgendjemand muss das alles getan haben, und das macht ihn eindeutig zu einem Feind, aber ich kann kein Gesicht mit ihm in Verbindung bringen.«

»Er wird immer so weitermachen.«

»Wieso?«

»Die Morde müssen ihm Spaß gemacht haben«, erklärt er. »Dich fertigzumachen war natürlich Teil seines Plans, aber diese Jungen hat er so brutal ermordet, weil er ein perverses Schwein ist. Auf die eine oder andere Art wird er so etwas wieder tun, und früher oder später wird er überführt werden. Möglicherweise wird er seine Verbrechen sogar gestehen, diese Sorte Täter geben häufig mit ihren Taten an, wenn sie gefasst werden. Irgendwann wird also der Tag kommen, an dem deine Unschuld an den Tag kommt.«

»Nur habe ich dann nichts mehr davon.«

»Das ist leider richtig.«

»Aber vielleicht erfahren dann die Willises, wo ihr Junge begraben ist. Das wäre immerhin etwas.«

Und: »Arne? Dir geht doch irgendwas durch den Kopf.«

»Ja, das ist tatsächlich so.«

»Aha?«

»Da ist etwas, was ich dir nicht gesagt habe, und ich weiß wirklich nicht, ob ich es dir erzählen soll oder nicht. Aber was rede ich groß? Eigentlich muss ich es dir ja fast sagen.«

»Könntest du dich vielleicht etwas klarer ausdrücken?«

»Ja, das sollte ich wirklich. Die Sache ist die, Preston. Ich weiß etwas, was zu wissen dich belasten könnte. Aber noch mehr könnte es dich später belasten, wenn du es nicht weißt.«

»Nach dem Tunnel und dem weißen Licht kommt eine weitere Zelle, genau wie diese?«

»Mein Gott, was für eine Vorstellung. Aber trotzdem, das erleichtert mir jetzt die Entscheidung. Deine Stärke, deine Unbeugsamkeit.«

»Egal, was es ist, Arne, sag's mir einfach.«

»Es hat mit dem Ablauf morgen zu tun. Mit der Giftspritze. Es läuft in *drei Phasen ab. Du bekommst drei Medikamente injiziert. Zuerst Thiopental, auch unter dem Namen Sodium Pentothal bekannt. Es gilt allgemein, wenn auch fälschlicherweise als Wahrheitsserum. Es zählt zu den Schlafmitteln. Entsprechend beruhigt und sediert es einen und sorgt dafür, dass man nichts mehr spürt. Das zweite Mittel, Pavulon, wurde nach dem Vorbild von Curare entwickelt, in das südamerikanische Indianer ihre Pfeilspitzen tauchen. Es hat eine paralytische Wirkung und lähmt die Lunge, sodass die Atmung zum Erliegen kommt. Und zum Schluss führt eine hohe Dosis Kaliumchlorid zum Herzstillstand.«*

»Und man stirbt.«

»Ja, allerdings werden immer wieder massive Vorbehalte laut, dass dieses Verfahren keineswegs so schmerzlos ist, wie behauptet wird, sondern im Gegenteil sogar extrem schmerzhaft. Augenzeugen bekommen das nicht mit, da sich der Gesichtsausdruck des Hingerichteten nie ändert, aber das liegt nur daran, dass er das nicht kann, weil die Muskulatur vom Pavulon gelähmt ist. In Wirklichkeit leidet der Hingerichtete ungeheure Schmerzen, die fast bis zum Moment des Todes andauern.«

»O Gott.«

»Mir ist allerdings nicht klar, woher sie das wissen wollen«, sagt er. »Es ist ja niemand wieder zum Leben erwacht, um über seine Erfahrungen zu berichten. Was ich damit sagen will, ist also wahrscheinlich nur, dass du dich zumindest darauf gefasst machen solltest, dass die Sache schmerzhaft wird. Das sage ich dir nur aus dem einen Grund, dass es meiner Ansicht nach schlimmer sein könnte, komplett davon überrascht zu werden, aber vielleicht war das auch ein Fehler. Vielleicht machst du dir jetzt in deinen letzten Stunden nur unnötige Sorgen.«

»Keine Sorge, werde ich nicht«, sagt Applewhite. »Schmerz spielt in diesem Zusammenhang keine große Rolle. Welchen Unterschied macht es schon groß, ob es ein bisschen – oder auch stärker – wehtut, wenn man sich mal damit abgefunden hat, dass man sterben muss. Lang wird es in keinem Fall dauern, egal, wie es sich anfühlt.«

»Das nenne ich eine Einstellung, Preston.«

»Davon lasse ich mir jedenfalls mein Vanilleeis nicht verderben, Arne, das kannst du mir glauben.«

*   *   *

Als er auf dem I-95 nach Süden fährt und das Schild des Outback Steakhouse sieht, geht er vom Gas, beschließt dann aber weiterzufahren. Nicht weit von seinem Days Inn gibt es einen Circle K. Dort kann er sich eine Portion Vanilleeis besorgen und auf sein Zimmer mitnehmen.

Kapitel 7

Das Erste, womit es TJ versuchte, war David Thompsons Telefonnummer. Es war die seines Handys, hatte uns Louise gesagt, und die Vorwahl war 917. Das ist eine der zwei Vorwahlen, die Mobiltelefonen im Großraum New York vorbehalten sind. Im Internet gibt es ein Nummerntelefonbuch, in dem TJ in der Hoffnung, einen Namen und eine Adresse zu finden, nachsah. Aber es gab keinen Eintrag für die Nummer.

»Vielleicht ist er einfach in einen Laden gegangen und hat sich ein Prepaid-Handy gekauft. Wenn du dealen willst, machst du es so. Du gehst in einen dieser Läden in der Fourteenth Street, kaufst dir ein Handy, das du bar bezahlst, und schon bist du im Geschäft. Du musst nicht mal einen Namen angeben, weil du ja keinen Account eröffnest, du kaufst dir nur ein Handy mit so und so viel Minuten Sprechzeit drauf. Und wenn du alle aufgebraucht hast, gehst du wieder in den Laden, in dem du es gekauft hast, drückst mehr Geld ab und kriegst entsprechend mehr Minuten drauf geladen.«

»Und davon lässt sich nachträglich nichts nachprüfen?«

»Was dich angeht, nicht. Und ob sie im Laden den Barverkauf verbuchen, also, das braucht uns nicht zu interessieren, oder?«

»Es wird uns jedenfalls keine schlaflosen Nächte bereiten. Und man muss offensichtlich kein Dealer sein, um an ein solches Handy zu kommen.«

»So bin ich zumindest an meines gekommen. Es ist lange nicht so kompliziert, und du kriegst nicht jeden Monat eine Rechnung. Und es nerven dich auch keine Telefonverkäufer. Du musst dich erst gar nicht auf eine Robinsonliste setzen lassen, weil du sowieso nie auf einer Liste warst.«

»Hört sich jedenfalls nicht schlecht an«, musste ich zugeben. »Noch besser wäre nur, gar kein Telefon zu haben. Bei David Thompson kann ich mir allerdings nicht so recht vorstellen, dass er auf schwer zu erreichen machen will. Er ist selbständiger Werbetexter. Wie will er an Aufträge kommen, wenn niemand seine Telefonnummer weiß?«

»Seine Kunden könnten seine Nummer haben. Genau wie bei Dealern.«

»Und wenn er vielleicht auch mal neue Aufträge braucht?«

»Wird die Sache natürlich schwierig.«

»Er hat Louise erzählt, in dieser Branche herrscht ein ständiges Auf und

Ab, und wenn die Auftragslage mal nicht so gut ist, kann man doch kein Interesse daran haben, für seine Kunden schwer erreichbar zu sein. Er muss mehr als ein Telefon haben.«

»Außer er ist blöd.«

»In seinem Büro hat er bestimmt einen Festnetzanschluss. Vielleicht gibt er ihr diese Nummer deshalb nicht, weil es seine Büronummer ist.«

»Oder er ist nicht, was er zu sein behauptet.«

»Auch eine Möglichkeit.«

»Im Telefonbuch stehen jede Menge David Thompsons. Und dann erst die ganzen D. Thompsons.«

»Aber es ist etwas, wo wir anfangen können«, sagte ich.

Und dafür waren nicht einmal besondere Computerkenntnisse erforderlich, nur etwas Hartnäckigkeit in Verbindung mit dem nötigen Sitzfleisch, wie ich es mir nach meinem Eintritt in den Polizeidienst zugelegt hatte. Und genau das wollte ich mir jetzt zunutze machen. Ich setzte mich ans Telefon und rief der Reihe nach alle D. und David Thompsons im Telefonbuch von Manhattan an.

»Ich weiß nicht, ob ich bei Ihnen richtig bin«, sagte ich jedem, den ich dranbekam. »Ich suche einen David Thompson, der Werbetexter für Postwurfsendungen ist.«

Ein Mann erklärte mir, dass sich zumindest eines für Postwurfsendungen sagen ließe: Man wurde dadurch nicht so massiv gestört wie durch einen Anruf. Aber die meisten Leute, die ich dranbekam, waren durchaus entgegenkommend, auch wenn sie mir nicht weiterhelfen konnten; keiner von ihnen war der von mir gesuchte David Thompson, und keiner kannte jemand dieses Namens. Ich bedankte mich, machte ein Häkchen neben dem Telefonbucheintrag und versuchte es beim nächsten.

So machte ich es jedenfalls, wenn sich tatsächlich jemand am Telefon meldete, was nicht allzu oft der Fall war. Meistens bekam ich einen Anrufbeantworter oder eine Mailbox dran, und dann hinterließ ich eine Nachricht, die in etwa dem entsprach, was ich sagte, wenn sich eine reale Person meldete, nur dass ich auch noch meine Telefonnummer hinzufügte. Ich rechnete nicht mit vielen Rückrufen, aber man kann nie wissen, und es bestand immer die Möglichkeit, dass jemand auf seinem Anrufbeantworter mithörte, um zu sehen, wer es war, bevor er dranging. Das passierte mir einmal. Ich hatte meinen

Spruch etwa zur Hälfte heruntergebetet, als sich eine Frau meldete, die sagte, ihr Mann sei kein Werbetexter, sondern Versicherungsagent für Vermont Life, aber vielleicht könne sie mir ja trotzdem weiterhelfen. Wie lang war es schon her, fragte sie dann, dass ich mit jemand über meine Versicherungsangelegenheiten gesprochen hatte?

»Früher oder später musste es ja so kommen«, sagte ich. »Hören Sie, ich mache Ihnen folgenden Vorschlag: Ich rufe Sie nicht mehr an, und Sie verschonen mich mit Ihren Anrufen.«

Damit war sie einverstanden, und ich machte mein Häkchen neben den Namen ihres Mannes.

Im Lauf der Jahre habe ich so einige Leute aus der Werbebranche kennengelernt, aber wenn ich sie von den Anonymen Alkoholikern kannte, wusste ich in den seltensten Fällen, wie sie mit Nachnamen hießen oder wo sie arbeiteten. Eine der wenige Ausnahmen war Ken McCutcheon, den ich kennenlernte, als ich gerade mit dem Trinken aufgehört hatte, von dem ich aber schon lange nichts mehr gehört hatte, weshalb ich viel Zeit damit vertat, Leute anzurufen, von denen ich hoffte, sie könnten noch Kontakt mit ihm haben. Irgendwann konnte sich einer von ihnen erinnern, dass er nach Dobbs Ferry in Westchester County gezogen war. Ich fand einen Telefonbucheintrag für ihn, zwar nicht in Dobbs Ferry, aber nicht weit davon entfernt in Hastings, und bekam eine Frau dran, die, wie sich herausstellte, seine Witwe war. Ken war vor sechs, nein, sieben Jahren gestorben, erzählte sie mir. Ich sagte, es tue mir leid, das zu hören. Sie wollte wissen, wie ich hieß und woher ich ihn gekannt hatte.

Er war tot, und außerdem war sie mit ihm verheiratet gewesen, weshalb nicht wirklich die Notwendigkeit bestand, seine Anonymität zu wahren, wobei ich auch um meine nie viel Gewese gemacht hatte. Ich sagte ihr also, dass ich ihn von den Anonymen Alkoholikern kannte, und sie überraschte mich mit der Frage, ob ich immer noch trocken sei. Das bejahte ich.

»Dann sind Sie einer der wenigen Glücklichen«, sagte sie. »Ken hatte neun Jahre, neun gute Jahre, und dann bildete er sich wahrscheinlich plötzlich ein, geheilt zu sein. Und er konnte einfach nicht mehr aufhören zu trinken. Er hat einen Entzug nach dem anderen gemacht und war dreißig Tage in Hazelden. Er ist nach Hause geflogen, und ich habe ihn am Flughafen abgeholt, und er kam betrunken aus dem Flieger. Und danach hat er noch ein, zwei Jahre weiter getrunken, bis er einen Anfall bekommen hat und gestorben ist.«

Ich entschuldigte mich für die Störung, und sie entschuldigte sich, dass sie mir vielleicht mehr erzählt hatte, als ich hatte hören wollen. »Ich sollte den Eintrag im Telefonbuch ändern lassen«, sagte sie. »Aber irgendwie komme ich einfach nicht dazu.«

»Sie nennen es nicht mehr gern Postwurfsendungen«, erklärte mir Bob Ripley. »Frag mich allerdings nicht, warum. Heute heißt es entweder Direktmarketing oder Direct-Response-Marketing. Und das ist mehr oder weniger alles, was ich über dieses Thema weiß, aber ich kenne jemand, der dir alles darüber sagen kann, was du wissen willst, unter anderem auch, warum man jeden Monat sechs Exemplare des Land's-End-Katalogs bekommt.«

Wahrscheinlich hätte ich früher an Bob denken sollen. Ich hatte ihn weniger als zwei Monate zuvor das letzte Mal gesehen, an dem Abend, an dem Ray Gruliow auf mein Drängen hin in St. Paul's gesprochen hatte. Wie Ray war auch Bob ein Mitglied des Clubs der Einunddreißig und Vizepräsident von Fowler & Kreage. Ich weiß nicht, was er in dieser Funktion tat, aber ich wusste dass F&K eine Werbeagentur war, und das genügte.

Mark Safran, der Mann, an den er mich verwies, war in einer Besprechung, aber ich hinterließ ihm meine Telefonnummer und berief mich auf Bob, was zur Folge hatte, dass er mich keine Stunde später zurückrief. »Ich könnte Ihnen natürlich endlos was über Direktmarketing erzählen«, sagte er, »aber eigentlich suchen sie einen bestimmten Werbetexter, habe ich Sie da richtig verstanden?«

»Oder ich bekäme gern bestätigt, dass es diesen Mann gar nicht gibt.«

»Das dürfte nicht ganz einfach werden, weil es in diesem Bereich Unmengen von Freelancern gibt. Insofern wäre es ziemlich schwer nachzuweisen, dass er keiner ist. Das ist nicht wie bei Ärzten oder Anwälten, da gibt es keine zentrale Organisation, der man angehören muss. Keine staatliche oder kommunale Zulassungsstelle, wie das wahrscheinlich in Ihrer Branche der Fall ist.«

Das ließ ich dahingestellt sein.

»Die Sache ist die«, fuhr er fort. »Wir wickeln fast alles intern ab, und wenn mal etwas besonders eilig ist und wir auf jemand von außen zurückgreifen müssen, nehmen wir jemand, mit dem wir schon einmal zusammengearbeitet haben. Dafür haben wir ein Kontingent von sechs bis acht Leuten, und dann gibt es noch die richtig großen Agenturen, aber bei denen kann Ihr Mann nicht sein, weil er selbständig ist. Deshalb ist es wahrscheinlich das Beste, Sie sprechen mit einem der Freelancer, die für uns arbeiten.«

Er gab mir die Telefonnummer eines Peter Hochstein, der nur zu offensichtlich selbständig war, weil er sich persönlich meldete. Als ich ihm erklärte, worum es mir ging, fragte er mich nach dem Namen des Gesuchten. »Nie gehört«, sagte er darauf. »Aber das hat nichts zu besagen. Ich habe kaum Kontakt mit Kollegen. Die meiste Zeit sitze ich zu Hause und arbeite. Und wenn ich von ihm gehört hätte, hat er nicht gerade einen Namen, der leicht hängen bleibt.«

»Weiß Gott nicht.«

»Er könnte in der DMA sein, aber das halte ich für eher unwahrscheinlich. Weil die Mitgliedschaft einiges kostet, sind die meisten ihrer Mitglieder bei irgendwelchen Firmen angestellt. Aber er könnte einen Eintrag in *Who's Charging What* haben oder kleine Annoncen in *DM News* oder *Direct* oder *Target Marketing* schalten und dort seine Dienste anbieten. Sie könnten dort mal nachsehen oder auch im Anzeigenteil von *Adweek* und *Advertising Age*.«

Er machte mir eine Menge Vorschläge, und ich schrieb mir alles auf. Falls David Thompson mal einen Preis gewonnen oder einen Vortrag gehalten hatte, tauchte er wahrscheinlich bei einer Google-Suche auf, aber das konnte problematisch werden, weil er so einen gängigen Namen hatte. »Mich könnten Sie so finden«, sagte er. »Zusammen mit dem Peter Hochstein, der wegen eines Auftragsmords in Nebraska lebenslang einsitzt, nicht zu reden von dem deutschen Wissenschaftler Peter Hochstein.«

Die Wahrscheinlichkeit sei hoch, meinte er, dass David Thompson unter dem Radar flog. »Weil er kostenlos ist, habe ich einen Eintrag in *Who's Charging What*«, fuhr er fort. »Schaden kann das auf keinen Fall. Aber ich annonciere nicht in *Ad Age* oder in einer der Direktmarketing-Zeitschriften. Das ist zum Fenster hinausgeworfenes Geld, und das sehe nicht nur ich so. Das finden die meisten in meiner Branche, die das mal eine Weile probiert haben, was man groteskerweise fast so auslegen könnte, dass ausgerechnet wir selbst an die Wirkung der Werbung zu glauben aufgehört haben. Ich gehöre auch keinem Berufsverband an. Ich bekomme alle meine Aufträge über Empfehlungen.

Wer erteilt schon jemand einen Auftrag, weil er eine Anzeige von ihm gesehen hat? Da stehen die Chancen ungefähr genauso schlecht, wie wenn man einen Eintrag im Branchenfernsprechbuch hat.«

Ich bedankte mich bei ihm, und dann machte ich als Erstes etwas, was ich schon längst hätte tun sollen. Ich suchte Thompson im Branchenfernsprechbuch, allerdings nicht in der Ausgabe für Verbraucher, sondern in der für Firmen. Dort gab es zwar keine eigene Sparte für Direktmarketing-Werbetexter, aber eine für Werbetexter, und es überraschte mich nicht, dort keinen David Thompson zu finden.

Er stand auch nicht im Anzeigenteil von *Advertising Age* oder *Ad Week*, den zwei Zeitschriften, die Hochstein mir genannt hatte, die man am Zeitungskiosk bekam. Ich biss also in den sauren Apfel und setzte mich an Elaines Computer und googelte mich auf ein paar Seiten, die er erwähnt hatte.

Man bekommt ständig zu hören, wie viel Zeit einem das Internet zu sparen hilft und dass ein Leben ohne es gar nicht mehr vorstellbar ist. Ich weiß zwar, was damit gemeint ist, aber jedes Mal wenn ich ins Internet gehe, frage ich mich hinterher, was die Leute in ihrer freien Zeit gemacht haben, bevor Computer aufgekommen sind und sie verschlungen haben. Ich setzte mich am Nachmittag an das blöde Ding und kam nicht mehr davon los, bis Elaine das Abendessen auf den Tisch stellte.

Als sie sagte, sie habe ihre Mails checken, mich aber nicht stören wollen, gestand ich ihr, dass ich über eine Störung froh gewesen wäre und Stunden am Computer zugebracht hätte, ohne groß etwas zu erreichen. »Ich konnte weder diesen Typen finden«, sagte ich, »noch die Hälfte der Internetseiten, die ich gesucht habe, und am Ende habe ich, frag mich nicht warum, Peter Hochstein gegoogelt, und es gibt tatsächlich jemand, der so heißt und in Nebraska wegen eines Auftragsmords lebenslang im Gefängnis sitzt. Ursprünglich ist er zum Tod verurteilt worden, aber das Urteil wurde im Berufungsverfahren revidiert. Es war ein hochinteressanter Fall, aber ich könnte beim besten Willen nicht sagen, warum ich fast eine Stunde damit zugebracht habe, mich darüber zu informieren.«

»Weißt du, was ich glaube? Ich glaube, wir sollten uns einen zweiten Computer zulegen.«

»Das finde ich jetzt echt witzig«, sagte ich, »weil ich nämlich finde, wir sollten den loswerden, den wir haben.«

Die Stadtteile New Yorks haben selten klar definierte Grenzen. Sie werden anhand einer sich ständig wandelnden Übereinkunft von Presse, Immobilienmaklern und Bewohnern gezogen, und es lässt sich nicht immer sagen, wo ein Stadtteil aufhört und der nächste beginnt. Kips Bay, wo David Thompson wohnte – oder wo der Mann, der David Thompson zu sein behauptete, zu wohnen behauptete – ist das Viertel um die Kips Bay Plaza, eine riesige Wohnanlage zwischen First und Second Avenue, die von der Thirtieth bis zur Thirty-third Street reicht. Der als Kips Bay bekannte Stadtteil befindet sich wahrscheinlich südlich der Thirty-fourth Street und östlich der Third Avenue. Das Areal zwischen First Avenue und FDR Drive nehmen Bellevue Hospital Center und NYU Medical Center ein. Am schwersten zu bestimmen ist die Südgrenze von Kips Bay, aber angenommen, Sie haben eine Wohnung in der Twenty-sixth, Ecke Second Avenue, würden Sie wahrscheinlich nicht sagen, Sie wohnen in Kips Bay.

Das gesamte Areal ist, egal, wie man es sieht, ziemlich klein, und ich brauchte nicht länger, es zu Fuß abzugehen, als ich am Tag zuvor gebraucht hatte, um im Internet so gut wie nichts herauszufinden. Es ist im Wesentlichen eine Wohngegend mit zahlreichen Dienstleistungsbetrieben und Restaurants, die vor allem von den Bewohnern des Viertels frequentiert werden, und genau dorthin begab ich mich und zeigte in Bodegas und Delis, Reinigungen und Zeitungskiosken David Thompsons Foto herum. »Haben Sie in letzter Zeit diesen Mann gesehen?«, fragte ich koreanische Gemüsehändler und italienische Schuster. »Kennen Sie diesen Mann?«, fragte ich dominikanische Türsteher und griechische Kellner. Keiner von ihnen konnte das bejahen, auch nicht ein Briefträger auf seiner Runde oder der Angestellte eines Copyshops oder ein Streifenpolizist, der rasch zu der Überzeugung gelangte, dass eigentlich er derjenige sein sollte, der hier Fragen stellte, sich das aber schnell abschminkte, als er erfuhr, dass auch ich mal bei der Polizei gewesen war, und das noch einmal mehr, als sich herausstellte, dass ich seinen Vater gekannt hatte.

»So wie dieser Mann sehen viele aus«, meinte der Cop. »Wie heißt er?« Ich sagte es ihm, worauf er nur den Kopf schüttelte und sagte, dass er wohl keine große Hilfe sei. Er selbst hieß Danaher, und seinen Vater hatte ich als einen schulterklopfenden Schleimer in Erinnerung, der einen hervorragenden Stadtteilpolitiker abgegeben hätte. Er lebte jetzt in Tucson, sagte der Sohn, und spielte jeden Tag Golf, wenn es nicht regnete. »Und es regnet dort nie«, sagte er.

In New York regnete es an diesem Abend, wenn auch vielleicht nicht in Tucson. Ich blieb zu Hause und sah mir auf ESPN ein paar lahmarschige Boxkämpfe an. Der nächste Morgen graute kühl und klar, und die Stadt erstrahlte in verheißungsvollem Licht. Ich verabredete mich mit TJ zu einem Frühstück, bei dem wir unsere Aufzeichnungen verglichen und zu der Überzeugung gelangten, dass wir genau die Sorte Fortschritte machten, die Thomas Edison gemeint hatte, als er feststellte, dass er inzwischen zwölftausend Substanzen kannte, die sich nicht für die Herstellung eines brauchbaren Glühfadens eigneten. Wir konnten inzwischen etwa ebenso viele Möglichkeiten ausschließen, mit denen sich David Thompson nicht finden ließ, dass ich mich langsam zu fragen begann, ob es ihn überhaupt gab.

Da ich für TJ nichts zu tun hatte, ging er nach Hause, um sich an seinen Computer zu setzen, und ich kam gerade rechtzeitig nach Hause, um den Anruf eines der David Thompsons entgegennehmen zu können, dem ich eine Nachricht hinterlassen hatte. Er rief an, um mir zu sagen, dass er nicht der David Thompson war, den ich suchte. Warum hatte er dann überhaupt angerufen? Ich bedankte mich bei ihm und legte auf.

Im Lauf des Nachmittags kam mir der Gedanke, dass die einzige Zugriffsmöglichkeit auf Louises David Thompson seine Telefonnummer war. Warum versuchte ich nicht damit mein Glück? Ich konnte sie nicht orten, ich konnte keinen Namen und keine Adresse damit in Verbindung bringen, aber ich konnte eins tun: sie wählen und sehen, wer sich meldete. Das tat ich, und zuerst ging niemand dran, aber nach dem fünften Läuten schaltete sich ein Anrufbeantworter ein, und eine Computerstimme forderte mich auf, eine Nachricht zu hinterlassen. Stattdessen legte ich auf.

Ich hoffte, Louise am Abend bei einem Treffen über den Weg zu laufen, und als das nicht der Fall war, rief ich sie an. »Ich weiß auch nicht«, sagte sie. »Vielleicht habe ich ein bisschen vorschnell reagiert, als ich Sie engagiert habe.

Seitdem habe ich nichts mehr von dem Typen gehört. Ich hasse es, wenn einen jemand abserviert und es einem nicht mal sagt.«

»Haben Sie ihn anzurufen probiert?«

»Wenn er mir den Laufpass geben will«, sagte sie, »will ich mir auf keinen Fall eine Blöße geben. Und wenn nicht, möchte ich ihn nicht unter Druck setzen. Was Frauen angeht, die Männer anrufen, bin ich sehr altmodisch.«

»Mhm.«

»Aber was rede ich da eigentlich? Was soll schon groß dabei sein, ihn anzurufen, wenn ich bereits einen Detektiv auf ihn angesetzt habe. Augenblick, Matt, ich melde mich gleich noch mal bei Ihnen.«

Sie rief fast sofort wieder an. »Er ist nicht drangegangen. Nur sein Anrufbeantworter, und natürlich habe ich ihm keine Nachricht hinterlassen. Ich habe Sie noch gar nicht gefragt, ob Sie schon was über ihn rausgefunden haben.«

Ich sagte, ich hätte mich schon einige Stunden mit der Sache befasst, könnte jedoch noch nicht mit nennenswerten Ergebnissen aufwarten. Wie kurz ich davor stand, die Glühbirne zu erfinden, sagte ich ihr lieber nicht.

»Vielleicht sollten Sie den Zähler dann lieber abstellen«, sagte sie. »Wenn ich nämlich nichts mehr von ihm höre, ist das Ganze sowieso witzlos. Um einen Mann zu vergessen, brauche ich nicht viel über ihn zu wissen.«

Wenn ich mal für einen Fall Feuer gefangen habe, verhält es sich bei mir wie bei einem Hund mit einem Knochen, und es wäre nicht das erste Mal gewesen, dass ich mich erst dann richtig in eine Sache verbiss, wenn der Klient sagte, ich solle ihr nicht weiter nachgehen. In diesem Fall fiel mir das Loslassen allerdings leicht. Schwerer wäre es möglicherweise gewesen, wenn es etwas Sinnvolles gegeben hätte, was ich hätte tun können. Aber in diesem Punkt fiel mir nichts Besseres ein, als zu warten, bis er sich wieder mit ihr traf, und ihm dann nach Hause zu folgen. Wenn er sich allerdings nicht mehr bei ihr meldete, konnte ich das schlecht tun.

Am späten Nachmittag des nächsten Tages war ich in der Donnell Library in der West Fifty-third und las ein Buch über Direktmarketing. Das brachte mich zwar bei meiner Suche nach David Thompson nicht weiter, aber Verschiedenes von dem, was ich im Internet gefunden hatte, hatte ich interessant genug gefunden, um mich in das Thema einzulesen. Anschließend ging ich zu Elaines Laden in der Ninth Avenue. Eigentlich hatte ich vorgehabt, ihr noch ein bisschen Gesellschaft zu leisten, bis sie schloss, und sie dann nach Hause zu begleiten. Aber sie war nicht da.

Sie wurde schon fast den ganzen Nachmittag von Monica vertreten. »Eigentlich habe ich nur vorbeigeschaut, um ein bisschen mit ihr zu quatschen«, sagte sie. »Ich hatte von Starbucks zwei Mocha lattes mitgebracht, und sobald sie ihren getrunken hatte, meinte sie, ich sei ein Engel, der ihr vom Himmel geschickt worden sei, und ob ich vielleicht auf den Laden aufpassen könnte, solange sie zu einer Auktion in den Tepper Galleries geht. Und seitdem sitze ich hier fest. Ein Latte hält leider nicht ewig vor, und allmählich könnte ich wirklich noch mal einen Kaffee vertragen.«

»Warum hast du den Laden nicht einfach eine Viertelstunde geschlossen und dir einen geholt?«

»Weil ich dazu, mein lieber Matthew, einen Schlüssel bräuchte, und einen solchen hat mir deine bezaubernde Frau leider nicht dagelassen. Sicher gibt es hier irgendwo einen Ersatzschlüssel, aber ich habe ihn nicht gefunden. Deshalb, würdest du hier vielleicht die Stellung halten, während ich uns beiden einen Kaffee hole?«

»Nein, lass mich das machen. Einen Mocha latte, hast du gesagt?«

»Richtig, aber das war damals, und jetzt ist jetzt. Nimm mir was richtig Perverses mit. Irgendwas in Richtung Caramel Mocha Frappuccino, mit irgendwelchem Zuckerzeug aufgemotzt, dass man den Kaffee nicht mehr schmeckt, aber mit ordentlich Espresso extra, damit er einen richtig auf Touren bringt. Wie hört sich das an?«

Es hörte sich schrecklich an, aber sie war diejenige, die es trinken musste. Ich wiederholte die Bestellung wortwörtlich, und die blonde Barista mit dem Nasenring hatte keinerlei Probleme damit. Ich brachte den Frappuccino in den Laden zurück, und wir fanden genügend Gesprächsstoff, bis Elaine hereinschneite und von einem erfolgreich verlaufenen Nachmittag bei der Auktion berichtete.

Monicas Belohnung fürs Ladenhüten war ein Abendessen im Paris Green, bei dem hauptsächlich die beiden redeten und sich in regelmäßigen Abständen abwechselnd für die vorwiegend von Frauenthemen bestimmte Unterhaltung entschuldigten. Worüber niemand sprach, war Monicas geheimnisvoller Unbekannter.

Hinterher setzten wir sie in ein Taxi und gingen zu Fuß nach Hause, und kaum waren wir dort angekommen, läutete mein Handy.

Es war Louise. »Er hat angerufen«, sagte sie. »Gestern Abend, es war schon ziemlich spät, und er hat sich ausgiebig für die späte Stunde und die lange Funkstille entschuldigt. Er hat sehr, sehr viel zu tun und ist übers Wochenende verreist, aber am Montagabend wollen wir uns treffen. Um Sie gestern Abend noch anzurufen, war es schon zu spät, und heute war ich diejenige, die sehr, sehr viel zu tun hatte. Und außerdem wollte ich noch mal über die ganze Sache nachdenken.«

»Und?«

»Na ja, loswerden will er mich offensichtlich nicht, und weil ich ihn wirklich mag, könnte die Sache durchaus Zukunft haben. Und irgendwann kommt schließlich immer der Punkt, an dem man loslassen und jemandem vertrauen muss.«

»Dann möchten Sie das Ganze also abblasen?«

»Um Himmels willen, nein. Ich habe gerade gesagt, dass ich ihm trauen muss, bloß wie soll ich diesem Schlawiner trauen, wenn ich nicht einmal weiß, wer er ist? Ich rufe an, um Ihnen zu sagen, dass Sie weitermachen sollen.«

Kapitel 8

Er ist schon wach, bevor der Wecker klingelt. Er duscht, rasiert sich, zieht sich an. Er hat sich für diesen Tag extra frische Sachen aufgespart – saubere Unterwäsche, ein frisch gebügeltes weißes Hemd. Er zieht den grauen Anzug an, den er bei seinem ersten Besuch im Gefängnis getragen hat, verzichtet aber auf die silberne Krawatte zugunsten einer strukturierten schwarzen. Ernst, findet er. Mit ernst kann man nichts falsch machen.

Er begutachtet sich im Spiegel und ist zufrieden mit seinem Erscheinungsbild. Sollte er seinen Schnurrbart stutzen? Der Gedanke entlockt ihm ein Lächeln, und er bringt ihn mit Daumen und Zeigefinger in Form.

Seine Schuhe sind nicht schmutzig, könnten aber ein bisschen Wienern vertragen. Gibt es hier im Umkreis von fünfzig Meilen einen Schuhputzer? Er kann es sich eigentlich nicht vorstellen. Aber als er in dem Circle K die Eiscreme gekauft hat (und er hat zwei Packungen gekauft, nicht bloß eine, und beide aufgegessen), hat er auch eine Dose mit schwarzer Kiwi-Schuhcreme gekauft.

Zur Ausstattung eines Motels gehört in der Regel ein Wegwerftuch zum Schuheputzen, das den Gästen weniger aus Zuvorkommenheit als zur Schonung der Handtücher zur Verfügung gestellt wird. Das hat dieses Days Inn jedoch, zu seinem eigenen Schaden, versäumt. Er verwendet einen Waschlappen, um die Schuhcreme aufzutragen, und ein Handtuch, um die Schuhe zu polieren.

Bevor er das Zimmer verlässt, wischt er mit einem anderen Handtuch über alle Oberflächen, die er berührt haben könnte. Er fasst grundsätzlich keine Gegenstände unnötig an, und es wird auch niemand sein Zimmer nach Fingerabdrücken absuchen, aber das ist etwas, was er gewohnheitsmäßig tut, und warum auch nicht? Er hat noch jede Menge Zeit, und es kann nie schaden, vorsichtig zu sein. Es ist immer besser, auf Nummer sicher zu gehen.

Er fährt ein letztes Mal seinen Laptop hoch, loggt sich ein, checkt seine Mails. Besucht die Usenet-Newsgroups, die er abonniert hat, liest ein paar Einträge. In einem Thread, der sich mit der bevorstehenden Hinrichtung von Preston Applewhite befasst, herrscht hektische Aktivität, und er überfliegt die jüngsten Posts. Er stößt auf ein paar provokante Äußerungen, die sich zwischen den üblichen entrüsteten Aufschreien unerschütterlicher Gegner der Todesstrafe finden, ausbalanciert vom Applaus von Befürwortern, deren Bedauern nur dem Umstand gilt, dass die Hinrichtung nicht im Fernsehen übertragen wird.

Ein Fall fürs Bezahlfernsehen, denkt er. Nur eine Frage der Zeit.

Er loggt sich aus, packt zu Ende, verlässt das Motel über den Hinterausgang. Auszuchecken braucht er nicht, weil sie einen Abdruck von seiner Kreditkarte gemacht haben. Ebenso wenig besteht die Notwendigkeit, den Kartenschlüssel zurückzugeben. Er hat einmal gelesen, dass auf der Karte automatisch alle möglichen Informationen gespeichert werden und dass sie theoretisch dazu herangezogen werden könnte, das Kommen und Gehen eines Gasts zu rekonstruieren. Er ist nicht sicher, ob das tatsächlich stimmt, und selbst wenn es so wäre, werden die Karten automatisch recycelt und die gespeicherten Daten gelöscht, wenn sie für einen anderen Gast und ein anderes Zimmer neu programmiert werden. Aber er überlässt lieber nichts dem Zufall. Er wird den Kartenschlüssel mitnehmen und in einem anderen Bundesstaat entsorgen.

Es ist zwanzig nach zehn, als er am Torhaus des Gefängnisses hält. Der Wärter kennt ihn bereits und begrüßt ihn mit einem finsteren Lächeln. Er parkt an der gewohnten Stelle, begutachtet sich kurz im Spiegel, streicht seinen Schnurrbart glatt und geht auf den Eingang zu. Die Sonne steht bereits hoch am buchstäblich wolkenlosen Himmel, und kein Lüftchen regt sich. Es wird ein heißer Tag werden.

Aber nicht im Innern des Gefängnisses, wo die Luft dank der Klimaanlage jahraus, jahrein kühl und trocken ist. Er geht durch den Metalldetektor, zeigt Männern, die ihn vom Sehen bereits kennen, seinen Ausweis und wird in den kleinen Raum geführt, in dem die Zeugen sitzen, um die Anwendung der ultimativen Sanktion der Gesellschaft zu beobachten.

Er wird um zehn Uhr fünfundvierzig in den Raum gebracht, ganze einviertel Stunden vor dem offiziell anberaumten Beginn der Prozedur, und es sind bereits ein halbes Dutzend Personen anwesend, vier Männer und zwei Frauen. Ein Mann, der ein paar Jahre jünger ist als er und Hemd und Krawatte trägt, aber kein Jackett, versucht Smalltalk zu machen. Er ist sicher, der Mann ist Journalist, aber er will nicht mit ihm – oder sonst jemandem – sprechen. Er wimmelte ihn mit einem Kopfschütteln ab.

Zu seiner Überraschung stellt er fest, dass es für die Zuschauer einen Tisch mit

Erfrischungen gibt, Kaffee, Eistee, Teller mit Doughnuts und Corn Bran Muffins. Ihm ist nicht nach Essen, allein den Gedanken findet er geschmacklos, aber er schenkt sich eine Tasse Kaffee ein.

Und setzt sich auf einen Stuhl. Schlechte Plätze gibt es nicht; die Zuschauergalerie ist lang und schmal, und jeder Sitz steht direkt an dem großen Sichtfenster. Ihm fällt sofort auf, wie nah sie dem Geschehen sein werden. Wäre da nicht die Glasscheibe, könnten sie den Atem des Arztes und die Angst seines bedauernswerten Patienten riechen.

Die erforderlichen Geräte stehen bereit: die Bahre, das Gestell für die drei Infusionsbeutel und verschiedene medizinische Apparaturen. Er schaut nach rechts, auf einen Mann und eine Frau mittleren Alters, deren Blicke auf ein gerahmtes Foto in den Händen der Frau gerichtet sind. Ihr Sohn natürlich. Eines der drei Opfer Applewhites.

Er verändert seine Haltung etwas und erhascht einen Blick auf das Foto. Der blonde Haarschopf ist unverkennbar; es sind die Willises, die Eltern des ersten ermordeten Jungen, dessen sterbliche Überreste nicht gefunden worden sind.

Der Verbleib des Jungen ist das Geheimnis, das Preston Applewhite offensichtlich ins Grab mitnehmen möchte.

Die Tür geht auf, und ein weiterer Mann kommt herein. Er setzt sich, sieht dann aber den Tisch mit den Erfrischungen und holt sich eine Tasse Kaffee und einen Doughnut. »Sieht gut aus«, bemerkt jemand und geht ebenfalls zum Tisch.

Und der Kaffee ist tatsächlich besser, als man erwarten würde, schwächer, als er ihn mag, aber sonst ganz passabel und frisch gemacht. Er trinkt seine Tasse aus, stellt sie beiseite und schaut durch die Glasscheibe.

Und gestattet den Erinnerungen zu kommen ...

Richmond, Virginia, keine fünfzig Meilen von hier, aber zeitlich weiter entfernt als räumlich. Jahre zuvor, als der Willis-Junge – Jeffrey? – noch lebt, als Preston Applewhite noch ein freier Mann ist, ein Ehemann und Familienvater, ein angesehenes Mitglied der Gemeinde. Und ein Mann, der immer noch ein-, zweimal die Woche in der städtischen Freiluftsportanlage in der Nähe seines Büros Basketball spielt.

Und er selbst, Arne Bodinson (obwohl er damals anders geheißen hat, und es

würde ihn einige Mühe kosten, sich an seinen damaligen Namen zu erinnern),
kommt gerade zufällig dort vorbei. Er war dort nie zu Fuß unterwegs, er ist noch
kaum in Richmond angekommen, und er bleibt stehen, um den Männern beim
Basketballspielen zuzusehen.

Zwei Männer springen nach einem Rebound. Dabei trifft einer von ihnen
den anderen mit dem Ellbogen im Gesicht, worauf dieser mit einem Schmerzens-
schrei und einer blutenden Nase zu Boden geht.

Warum geschehen Dinge? Warum lebt ein Mann, während ein anderer stirbt,
warum kommt einer voran, während der andere scheitert? Es scheint auf der
Hand zu liegen, dass hier eins von zwei Grundprinzipien zutreffen muss. Ent-
weder geschieht alles aus einem Grund, oder nichts geschieht aus einem Grund.
Entweder ist alles vom Moment des Urknalls an bis ins kleinste Detail in den
Molekülen vorprogrammiert, oder alles, ob ich mich nun nach rechts oder links
wende, jeder Blitzschlag, jeder gerissene Schnürsenkel, ist die Folge von nichts an-
derem als purem Zufall.

Er könnte für beide Standpunkte stichhaltige Argumente vorbringen, aber
eher neigt er dazu, letzteren zu vertreten. Der Zufall wirft die Würfel. Die Dinge
passieren, weil sie passieren. Man bekommt, was man bekommt.

Sehen Sie es doch einfach mal so: Jeder hätte stehenbleiben können, um den
Männern beim Basketballspielen zuzuschauen, aber es ist nicht irgendjemand,
sondern er, der künftige Arne Bodinson mit seiner ganz speziellen Vorgeschichte
und Persönlichkeit. Und obwohl es wegen der Witterung nicht nötig ist, trägt er
ein Sakko, und in seiner Brusttasche steckt, atypisch für ihn, ein sauber gefaltetes
weißes Taschentuch. Es hat es am Morgen eingesteckt, weshalb ihm bewusst ist,
dass er es dabei hat, und ohne lange zu überlegen, eilt er über das Spielfeld auf
den gestürzten Mann zu, zieht das Taschentuch heraus und versucht damit den
Blutfluss aus der verletzten (aber, wie sich später herausstellt, nicht gebrochenen)
Nase zu stoppen.

Andere, Mannschaftskameraden und Gegner, sind ebenfalls rasch zur Stelle,
um Applewhite beizustehen, und rasch haben sie ihm aufgeholfen, um ihn vom
Platz zu führen. Und er selbst steht mit einem blutigen Taschentuch in der Hand
da und betrachtet es, und erstaunlicherweise kann er in diesem Moment alles
vorhersehen, was im Weiteren passieren wird. Ein anderer hätte das Taschentuch
in den nächsten Abfallkorb geworfen, aber er sieht darin sofort eine einzigartige
Chance.

Er trägt es vorsichtig weg, und sobald sich ihm eine Gelegenheit bietet, verstaut er es in einem Zipperbeutel.

Ein Mann in einem braunen Anzug, offensichtlich ein Untergebener des Gefängnisdirektors, betritt den Raum und räuspert sich, dann erklärt er ziemlich ausführlich, was in Kurzem auf der anderen Seite des Fensters passieren wird. Er hat das alles schon einmal gehört und vermutet, dass das auch auf die anderen Anwesenden zutrifft, die Hinterbliebenen, die Pressevertreter und wer es sonst noch geschafft hat, einen der begehrten Plätze in der vordersten Reihe zu ergattern.

Aber der Mann im braunen Anzug ist nicht nur da, um das Gedächtnis der Anwesenden aufzufrischen. Er ist mehr oder weniger das Äquivalent zu diesen Typen, deren Aufgabe es ist, das Studiopublikum einer Fernsehshow aufzuwärmen, indem er ihnen ein paar Witze erzählt und sie ermuntert, möglichst enthusiastisch auf die Hinweise des APPLAUS-Schilds zu reagieren. Der Mann im braunen Anzug erzählt natürlich keine Witze, und seine Aufgabe besteht auch nicht darin, Emotionen anzuheizen, sondern sie zu dämpfen und zu unterdrücken. »Behalten Sie immer den Ernst des Anlasses im Auge«, mahnt er. »Vielleicht haben Sie das Bedürfnis, etwas zu sagen. Egal, was es ist, behalten Sie es für sich, bis wir hier fertig sind. Der Anblick des Mannes, der so viel Leid über Sie gebracht hat, mag Sie vielleicht dazu verleiten loszuschreien. Wenn Sie das Gefühl haben, sich nicht beherrschen zu können, bitte ich Sie, mir das jetzt zu sagen, dann werde ich Sie in einen anderen Teil der Einrichtung bringen lassen.«

Niemand sieht sich veranlasst, das zu tun.

»Wir werden Zeuge sein, wie das Leben eines Menschen zu Ende geht. Das dabei angewandte Verfahren wird so schmerzlos vonstattengehen, wie uns das irgend möglich ist, aber dessen ungeachtet werden Sie miterleben, wie ein Mensch den Übergang vom Leben zum Tod vollzieht. Wenn das mehr ist, als Sie sehen wollen, dann lassen Sie es mich jetzt wissen. Gut. Wenn Sie merken, dass Sie, wenn es so weit ist, nicht zusehen wollen, dann schließen Sie die Augen. So naheliegend das erscheinen mag, denken manche nicht daran, dass sie diese Möglichkeit haben.«

Es kommt noch mehr, aber er blendet es aus. Schließlich tickt die Uhr, und es gibt noch mehr, an das er sich erinnern kann.

*   *   *

Seit sich das blutige Taschentuch in dem Zipperbeutel befindet, hat er ganz deutlich vor Augen, was im Weiteren passieren wird, gerade so, als wäre das Drehbuch bereits geschrieben, als müsste er sich nur an die Anweisungen halten.

Als er mit dem Morden begonnen hat, hat es zunächst nur dem Zweck gedient, sich Geld und Macht zu verschaffen. Das waren die zwei Dinge, um die es ihm, glaubte er, ging, und Morden war eine gelegentlich recht brauchbare Methode, sich diese zwei Dinge zu verschaffen. Es überraschte ihn nicht, als er merkte, dass es ihm nichts ausmachte zu töten. Das hatte er eigentlich erwartet, aber womit er nicht gerechnet hatte, war, welche Lust und Befriedigung es ihm bereitete. Es ging mit einer Erregung und einem Gefühl von Potenz einher, wie sie ihm nichts anderes auch nur annäherungsweise verschaffen konnte.

Es ist schwer zu sagen, wann genau ihm bewusst wurde, dass Geld und Macht nur von sekundärer Bedeutung waren und der Akt des Tötens in sich selbst Belohnung genug war. Aber er vermutet, dass es etwa zu der Zeit gewesen sein muss, als er das Messer gekauft hat.

Er hält das Messer, umschließt es mit seiner Hand. Es sieht aus wie jedes beliebige andere Jagdmesser, aber er hat über zweihundert Dollar dafür bezahlt und kann spüren, dass die Art, wie es in seiner Hand liegt, diesen Preis mehr als rechtfertigt. Es wurde von Hand gefertigt, von einem Mann namens Randall, der unter Messerliebhabern legendären Ruf genießt.

Er hat es mehrere Male benutzt, seit er es gekauft hat. Es hat seinen Zweck jedes Mal anstandslos erfüllt. Und bei jeder Gelegenheit hat er es hinterher gesäubert und alle Blutspuren von seiner Oberfläche geschrubbt. Natürlich ist es aus rostfreiem Stahl. Allerdings könnte in eine Stelle zwischen Klinge und Griff etwas Blut geraten sein, weshalb er die zusätzliche Vorsichtsmaßnahme ergriffen hat, das Messer über Nacht in eine Clorox-Lösung zu legen. Kein Blut, keine DNA, nichts, was das Messer oder seinen Besitzer mit einem der von ihm begangenen Morde in Verbindung bringen könnte.

Jetzt, wo er weiß, dass er es bald wieder verwenden wird, und wo er auch weiß, wie und warum er es tun wird, spürt er die ersten Anzeichen von Erregung.

In der Nacht und am darauffolgenden Tag fährt er in Richmond herum und macht sich mit den örtlichen Gegebenheiten vertraut. Er findet heraus, wo sich die Prostituierten treffen. Es gibt keine einfachere Beute, und wenn das Verlangen zu töten rasche Befriedigung erfordert hat, hat er sich schon des Öfteren – einfach auf der Straße oder in einem Massagesalon – Prostituierte geschnappt, aber es hat nie den Charakter von etwas Außergewöhnlichem gehabt. Eine von ihnen schien kaum überrascht über das ihr drohende Schicksal, und er hat sich gefragt, ob sie und ihre Kolleginnen geradezu damit rechneten, auf diese Weise zu enden, und es als Berufskrankheit betrachteten, einem Serienmörder zum Opfer zu fallen, wie Bergarbeiter einer Staublunge.

Schon am ersten Abend steht er kurz davor, sich eine Prostituierte auszusuchen, ein schlankes, sexy aufgemachtes Ding in roten Hotpants und einem winzigen Top. Er braucht nichts zu tun, als anzuhalten. Sie wird einsteigen, und sobald er vom Straßenrand losfährt, ist ihr Schicksal besiegelt. Sie wird das erste bedauernswerte Opfer des Manns mit der blutigen Nase sein.

Aber er muss mehr wissen. Der Kurs steht fest, aber die Einzelheiten müssen noch geklärt werden. Man muss schließlich planen.

Er erfährt vieles, was er wissen muss. Er bringt Namen und Adresse des Manns mit der blutigen Nase in Erfahrung, und durch gründliche Internetrecherchen findet er noch mehr über ihn heraus. Als Ehemann und Familienvater hat Preston Applewhite ein mehr oder weniger unbescholtenes Leben geführt. Welche Ironie, dass ausgerechnet er scheinbar mehrere ebenso unbescholtene Jungen entführen, missbrauchen und ermorden wird.

Er ist nämlich zu der Einsicht gelangt, dass eine Prostituierte keine gute Wahl ist. So viele von ihnen haben irgendwelche Infektionskrankheiten, dass engerer Kontakt mit ihnen und ihren Körperflüssigkeiten wenig erstrebenswert erscheint. Und wenn die Nutte, die er aufgabelt, gar eine Undercoverpolizistin ist?

Oder genauer gesagt, der Tod einer Nutte sorgt nicht für genügend Entrüstung. Dieser Kerl in Oregon musste zwei Dutzend von ihnen umbringen, bevor jemand Notiz davon genommen hat, und auch dann hat sich die Polizei bei der Suche nach ihm kein Bein ausgerissen.

Als er danach langsam am Schauplatz der gestrigen Inspirationsquelle vorbeifährt, sieht er, dass dort wieder ein Basketballspiel stattfindet. Aber diesmal sind die Spieler Jungen. Oder genauer, Jugendliche in Turnhosen. Die Hälfte von ihnen spielen mit nacktem Oberkörper, die anderen tragen ärmellose Trikots. Noch keine Brustbehaarung auf den nackten Oberkörpern, noch keine Bartschatten auf den Wangen. Jugend, Unschuld.

Wenn du eine Prostituierte umbringst, interessiert das keinen Menschen. Aber einen Jungen?

Einmal hat er Folgendes geschrieben:

Ich habe sowohl Männer als auch Frauen getötet. Wenn ich einen Mann umbringe, habe ich stärker das Gefühl, etwas geleistet zu haben. Was allerdings das Vergnügen betrifft, gibt es nichts Schöneres, als eine attraktive Frau zu töten.

Und einen Jungen? Er beobachtet die Basketballspieler und kann sie nicht sexuell begehrenswert finden. Trotzdem übt es einen unleugbaren Reiz auf ihn aus, einen von ihnen zu ernten. Er kann den sexuellen Aspekt vortäuschen und einen passend geformten Gegenstand als Ersatzpenis in eine Körperöffnung stecken. Er muss keine Lust empfinden, um einen überzeugenden Lustmord zu inszenieren.

Am Ende überrascht er sich selbst.

Als er ein paar Tage später sein Opfer findet, hat er sich bereits verschiedene Utensilien zugelegt. Die meisten davon – Klebeband, eine Decke, ein Spaten, ein Gummihammer – sind aus dem lokalen Wal-Mart, aber es sind auch zwei teurere Dinge dabei: ein Auto und ein Computer. Das japanische Auto hat die gleiche Größe und Form wie Preston Applewhites Wagen, der Computer ist ein Laptop, ein preisgünstiger IBM-Klon. Das Auto kauft er anonym und in bar von einem privaten Verkäufer – es ist ein Unfallwagen, dessen Karosserie ausgebessert werden müsste, und wahrscheinlich hat er einen Rahmenschaden. Aber für seine Zwecke reicht er vollkommen aus, und er ist billig.

Er hat eine Stelle in der Nähe der Highschool gefunden, wo einige Jungen per Anhalter zu fahren versuchen, und er entdeckt einen Jungen, der ganz für sich allein mit gerecktem Daumen am Straßenrand steht. Er sieht aus wie dreizehn oder vierzehn. Jedenfalls zu jung, um schon selbst fahren zu können.

Er hält neben dem Jungen an, lässt ihn einsteigen. Er ist blond und sieht gut aus, Gesicht und Unterarme sind leicht gebräunt. Seine Arme sind von einem zarten Flaum überzogen, sein Gesicht ist so glatt wie das eines Mädchens.

Ist der Junge ein Stricher? Durchaus möglich. Trampen ist für Jungen ein altbewährtes Mittel, mit älteren Männern anzubandeln. Dieser macht allerdings einen unschuldigen Eindruck.

Er unterhält sich mit dem Jungen, fragt ihn über seine sportlichen Aktivitäten und die Schule aus.

»Und wie sieht's mit Mädchen aus?«, fragt er. »Gefallen dir die Mädchen?«

Ich stehe mehr auf Männer, könnte der Junge sagen, was er aber nicht tut. Er sagt, Mädchen sind ganz okay. Alles deutet darauf hin, dass er nicht ahnt, was gespielt wird.

An einem Stoppschild hält er an und deutet auf den Boden vor dem Beifahrersitz. »*Da liegt ein Handschuh*«, *sagt er.* »*Könntest du ihn mir bitte aufheben?*«

Der Junge beugt sich vor, um nach dem Handschuh zu suchen, den es nicht gibt, und er holt mit einer eleganten Bewegung aus und schlägt ihm mit dem Gummihammer kräftig auf den Hinterkopf. Fest genug, um ihn zu töten? Nein, aber so fest, dass er das Bewusstsein verliert. Im Handumdrehen hat er dem Jungen die Hände mit Tape auf den Rücken gefesselt. Mit einem weiteren Stück Klebeband verschließt er ihm den Mund.

Fünf Minuten später treffen sie am vorher schon ausgewählten Tötungsplatz ein.

Und er stellt fest, dass es nicht nötig ist, einen Ersatzpenis zu verwenden. Sein eigener wird den Anforderungen mehr als gerecht. Die Haut des Jungen ist so glatt und zart wie die einer Frau, und seine Hilflosigkeit, seine totale Verletzlichkeit ist erregend. Er hat nicht daran gedacht, ein Kondom mitzubringen, ein absurdes Versäumnis, das auf seine Annahme zurückzuführen ist, dass ihn der Junge nicht erregen würde. Keine Annahmen, ruft er sich in Erinnerung. Keine stillschweigenden Voraussetzungen. Sei auf alle Eventualitäten gefasst. Deshalb verlustiert er sich an dem Jungen, hört aber kurz vor dem Orgasmus auf. Und greift nach dem Messer, dem schönen Messer, das Randall gemacht hat.

Nach dem Messer eine Schere, um eine Haarlocke abzuschneiden. Nach der Schere der Spaten. Nicht, um das Grab auszuheben, das hat er vorher bereits getan, da er damit gerechnet hat, dass er es brauchen würde. Nein, um es zuzuschaufeln. Der Tötungsplatz ist eine verlassene Farm im Westen der Stadt, gleich hinter dem Southside Speedway. Neben dem verfallenen Farmhaus befindet sich ein eigener kleiner Familienfriedhof. Die Grabsteine sind so stark verwittert, dass die Inschriften nicht mehr zu erkennen sind, und jetzt gibt es ein neues Grab neben den etwa zwölf anderen, und er schaufelt es zu und tritt die Grassoden darauf fest. Im Moment ist es ein frisches Grab, aber bald wird es sich nicht mehr von den anderen unterscheiden lassen.

Bei Einbruch der Dunkelheit hat er den ramponierten alten Camry in dem Schuppen abgestellt, den er am Tag zuvor gemietet hat. Wenn ihn dort jemand findet, findet er ein Auto ohne Fingerabdrücke. Auch auf den Gerätschaften im Kofferraum – dem Spaten, dem Gummihammer, dem fantastischen Messer – werden keine Fingerabdrücke sein. Oder auf der Rolle Klebeband.

Er holt seinen eigenen Wagen, einen beigen Ford Tempo mit seinem Gepäck im Kofferraum. Den Tempomat auf vier Meilen über dem Tempolimit eingestellt, fährt er auf dem I-64 nach Westen und dann auf dem I-81 nach Norden. Einmal muss er tanken, aber sonst hält er nicht an, bis er die Staatsgrenze von Pennsylvania überquert hat. Dort nimmt er in einem Familienmotel, in dessen Büro es nach Curry riecht, eine lange, heiße Dusche und verschnürt sämtliche Sachen, die er getragen hat, zu einem Bündel, um sie am Morgen Goodwill zu spenden. Er schlüpft nackt unter die Decke und durchlebt noch einmal jeden Moment seines nachmittäglichen Unterhaltungsprogramms, das beginnt, als der Junge ins Auto steigt, und endet, als er mit dem Messer zum letzten Mal zusticht.

Diesmal besteht keine Notwendigkeit, sich zurückzuhalten. Sein Höhepunkt ist in seiner Intensität so heftig, dass er aufschreit wie ein Mädchen, das Schmerzen hat.

Kapitel 9

Es ist Mittag, doch auf der anderen Seite des langen Fensters ist noch niemand zu sehen. Es ist, als hätte sich der Vorhang auf eine hartnäckig leere Bühne geöffnet. Wo stecken sie alle?

Hat der Gouverneur angerufen? Nein, bestimmt nicht, denn der Gouverneur will weiter Gouverneur bleiben und spekuliert vielleicht sogar auf ein höheres Amt. Er wird sicher nicht anrufen. Ebenso wenig gibt es einen Anwalt, der bei einer höheren Instanz in letzter Minute ein Aufschubgesuch einreicht. Die Möglichkeiten, weitere Anträge einzureichen, hat Preston Applewhite ausgeschöpft.

Geht es Applewhite gut? Er ist noch relativ jung, aber durchaus alt genug für einen Schlaganfall oder Herzinfarkt. Er stellt sich vor, wie er zur elften Stunde in seiner Zelle niedersinkt, stellt sich vor, wie der Krankenwagen in die Klinik rast, um sein Leben zu retten. Und dann natürlich der Aufschub der Hinrichtung, bis sich sein Zustand so weit gebessert hat, dass er exekutiert werden kann.

Aber das ist bestimmt nur seine Fantasie, die gewaltig über die Stränge schlägt. Die anderen Anwesenden rutschen nicht auf ihren Sitzen herum und schauen auch nicht ständig auf die Uhr. Vielleicht verhält es sich mit Hinrichtungen wie mit Rockkonzerten, vielleicht weiß jeder von ihnen, dass sie nie pünktlich beginnen.

Es ist ja auch nicht so, dass jemand seinen Zug erreichen muss. Aber für einen weiteren Spaziergang auf der Avenue der Erinnerungen dürfte noch Zeit sein ...

Am Tag nach dem Tod des Willis-Jungen mietet er sich ein möbliertes Haus in York, Pennsylvania. Es ist nicht ganz ein Monat vergangen, als er nach Richmond zurückkehrt.

Aber er ist in der Zwischenzeit nicht untätig geblieben. Er hat sich für seinen Computer einen DSL-Anschluss installieren lassen, und er ist oft online, recherchiert im Internet, checkt seine Mails, verfolgt seines Newsgroups.

Mindestens einmal am Tag steckt er seinen Laptop aus und fährt stattdessen den hoch, den er gekauft hat und der für ihn Preston Applewhites Computer ist. In einer Word-Datei schreibt er einen atemlosen Bericht über die Entführung und Ermordung des Jungen, in dem er nur insofern von der Schilderung des

Ablaufs abschweift, als er erzählt, wie er in den Wochen vor dem Vorfall gegen den Impuls ankämpft und schließlich zu der Einsicht gelangt, dass er keine andere Wahl hat, als es zu tun.

Und was den Tötungsort angeht, hält er sich bewusst bedeckt:

Ich brachte ihn an einen idyllischen, abgeschiedenen Ort. Ich wusste, dass uns dort niemand stören würde. Er wird einfach verschwinden. Niemand wird auf die Idee kommen, dort nach ihm zu suchen.

Er eröffnet einen E-Mailaccount für Applewhite, ScoutMasterBates@hotmail.com. Im Registrierungsformular nennt er sich, recht einfallslos, John Smith, aber als Adresse gibt er 476 Elm Street an. Applewhites Hausnummer ist, wenn auch nicht in der Elm Street, 476. Unter Stadt und Bundesstaat gibt er Los Angeles, Kalifornien, ein, aber mit Applewhites ZIP Code in Richmond.

Als ScoutMasterBates surft er auf der Suche nach Pornoseiten im Internet, und sie erweisen sich als nicht gerade schwer zugänglich. Es dauert nur wenige Tage, bis sich seine Mailbox mit Porno-Spam zu füllen beginnt, und da er Seiten aufsucht, die junge männliche Modelle versprechen und mit Liebe von Mann zu Junge locken, wird er mehr und mehr zum Ziel von Kinderpornographieprovidern. »Alle Modelle über achtzehn (zwinker! zwinker!)«, verkündet eine Seite.

Er lädt Pornos herunter und bezahlt dafür mit einer Kreditkarte, die nicht auf ihn zurückverfolgt werden kann. Vor Wochen war er in einem Restaurant, in dem er eine Frau an einem anderen Tisch mit Kreditkarte zahlen und ohne den Beleg hat gehen sehen. Mit einem raschen Griff hat er sich den gelben Zettel vor der Bedienung geschnappt, als er auf einem unnötigen Gang zur Toilette an dem Tisch vorbeigekommen ist. Darauf stehen ihre Kontonummer und das Ablaufdatum, und mehr braucht er nicht, um damit kleine Internetkäufe zu tätigen. In ein, zwei Monaten wird sie sich ihren Kontoauszug genauer ansehen und, falls sie es überhaupt merkt, ihre Kreditkartengesellschaft anrufen, um sich zu beschweren. Aber dann wird er ihr Konto nicht mehr benötigen.

Zurück in Richmond, macht er sich daran, sich Zugang zu Applewhites Haus, Büro und Auto zu verschaffen.

Das erweist sich als einfach. Applewhite ist Dauerkunde in dem Parkhaus um die Ecke von seinem Büro. Er sucht es selbst auf, erkundigt sich nach Preisen und Öffnungszeiten und löchert den Angestellten so lange mit seinen Fragen, bis dieser kurz abgelenkt wird. Und diesen Moment nutzt er, um Applewhites Schlüssel von seinem nummerierten Haken zu nehmen. Er braucht einen vollständigen

Satz für seine Freundin, erzählt er dem Mann vom Schlüsseldienst, und der grinst und sagt, dass er wohl großes Vertrauen in seine Freundin hat, denn er selbst ist schon achtzehn Jahre verheiratet, und seine Frau hat immer noch keinen Schlüssel für sein Auto.

Türen und Kofferraum öffnet ein und derselbe Schlüssel. An dem Ring sind auch noch andere Schlüssel, und er lässt sie alle nachmachen, denn er weiß, einer ist ein Hausschlüssel und der andere ist fürs Büro. Keine Stunde später stattet er dem Parkhaus einen zweiten Besuch ab, wo er Applewhites Schlüssel so auf einen Tisch legt, dass der Eindruck entsteht, als seien sie vom Haken gerutscht.

Spät nachts, lang nachdem alle Lichter im Haus der Applewhites ausgegangen sind, schleicht er in die nicht abgeschlossene Garage und öffnet den Kofferraum des Wagens. Er hat eine alte Decke aus Armeebeständen dabei, die er in einem Heilsarmee-Laden in New York gekauft hat, und er breitet sie in Applewhites Kofferraum aus, reibt sie hier und da an dessen Innenwänden, nimmt sie heraus und steckt sie in die Plastiktüte zurück.

Zwei Tage später tauscht er seine Autos. Er stellt den dunklen Camry in den gemieteten Schuppen und nimmt stattdessen den beigen Tempo. Er fährt bei Unterrichtsende an einer Schule vorbei und hat rasch einen älteren, weniger naiven Jungen als Jeffrey Willis aufgegabelt. Scott Sawyer ist fünfzehn und hat wissende Augen und ein schiefes Grinsen. Sein T-Shirt ist zu klein, die abgewetzte Jeans provozierend eng um Oberschenkel und Pobacken. Als er in den Camry steigt, legt er einen Arm über die Rückenlehne des Sitzes und versucht auf verführerisch zu machen.

Was dabei herauskommt, ist eher komisch, aber er verkneift sich ein Lachen.

Ich glaube, im Handschuhfach ist etwas, was dich interessieren könnte, sagt er zu dem Jungen. Und im richtigen Moment holt er mit dem Gummihammer aus.

Im Nordwesten der Stadt, an der Creighton Road in Richtung Old Cold Harbor, ist ein pleitegegangener Country Club. Das Gelände steht zum Verkauf, und das zu diesem Zweck aufgestellte Schild steht schon lange genug da, um für ein paar Drive-by-Schießübungen gedient zu haben. Auf dem Neun-Loch-Golfplatz wuchert Unkraut, die Greens sind vernachlässigt, die Fairways verwildert. Er hat die Anlage bei einer früheren Gelegenheit bereits ausgekundschaftet und eine geeignete Stelle ausgesucht. Auf halbem Weg dorthin kommt der Junge zu sich. Er versucht, die Hände frei zu bekommen und trotz des Tapes über seinem Mund zu schreien, und er fängt an, um sich zu schlagen, soweit dies der Sicherheitsgurt zulässt.

Er sagt ihm, damit aufzuhören, und als der Junge weiter herumzappelt, greift er nach dem Gummihammer und schlägt ihm damit fest aufs Knie. Jetzt gibt er Ruhe.

Auf dem Golfplatz fährt er in das an das fünfte Loch grenzende Rough, hievt den Jungen aus dem Auto und zieht ihn tief in den Wald hinein. Um den Jungen außer Gefecht zu setzen, zertrümmert er ihm mit dem Spaten die Kniescheiben, dann zieht er ihn aus, bringt ihn entsprechend in Position, zieht sich ein Kondom über und vergewaltigt ihn.

Der kleinere Junge, Jeffrey Willis, war attraktiver. Zarter, kleiner, seine Unschuld offenkundiger. Außerdem kam der Reiz dazu, zum ersten Mal Sex mit einem männlichen Wesen zu haben. Doch dessen ungeachtet hat der Akt mit Scott Sawyer etwas wild Erregendes, und es besteht keine Notwendigkeit, sich den Höhepunkt zu verwehren. Als er kurz davorsteht, greift er nach dem Messer – einfach großartig, wie es in seiner Hand liegt – und sticht zu und dann noch einmal.

Er schlägt die Leiche in die Decke ein, die er in den Kofferraum von Applewhites Auto gelegt hat, damit Fasern von dessen Verkleidung daran hängengeblieben sind und zugleich eigene Fasern an ihr hinterlassen haben. Jeder Kontakt geht mit der Übertragung von Fasern einher, deshalb hat er getan, was er mit der Decke gemacht hat, und deshalb hat er sich auch der Kleider entledigt, die er getragen hat, als er den Willis-Jungen getötet hat. Genauso wird er mit den Sachen verfahren, die er jetzt trägt, einschließlich seiner Turnschuhe. An ihnen werden Fasern, Erde und Grasverfärbungen haften bleiben, aber das macht nichts, weil sie in einem Altkleidercontainer in Pennsylvania landen werden, wo sie kein forensisches Labor zu Gesicht bekommen wird.

Er beginnt, ein Grab auszuheben, aber es wird dunkel, und er ist müde, und der Boden ist so von Baumwurzeln durchdrungen, dass er unmöglich aufzugraben ist. Außerdem möchte er, dass diese Leiche gefunden wird.

Er schneidet eine Haarlocke ab und steckt sie in eine Zellophantüte, die er dann zusammen mit den Gerätschaften, die er bei seinem nächsten Besuch in Richmond benötigen wird, im Kofferraum des Camry verstaut.

Er lässt die Leiche in die Decke eingewickelt liegen, bedeckt sie mit losem Gestrüpp und fährt zu dem Schuppen, wo er den Camry gegen den Tempo tauscht. Er nimmt den I-64, dann den I-81. Das Kondom, das er verwendet hat – um *seinen Inhalt aufzubewahren, hat er sein offenes Ende zugeknotet –, liegt neben ihm auf dem Beifahrersitz; als er die Grenze zu Maryland überquert hat, öffnet er das Fenster, wirft es hinaus und fährt weiter.*

Nach zwei weiteren Wochen hat er die Nase voll von York. Er hat bis zum Monatsende bezahlt, weshalb er den Schlüssel behält, um sich die Möglichkeit offenzulassen, noch einmal herzukommen. Doch er beseitigt alle Spuren seiner Anwesenheit, sodass keine Notwendigkeit besteht zurückzukommen. Er fährt nach Richmond und macht sich daran, alles vorzubereiten und die Requisiten in Position zu bringen.

Inzwischen ist auf der Festplatte des billigen Laptops eine Schilderung des zweiten Mordes. Was die Stelle angeht, wo er den Jungen getötet und zurückgelassen hat, bleibt er nach wie vor vage, spricht aber immerhin von einem Golfplatz. Außerdem hat er einen MapQuest-Plan des pleitegegangenen Country Clubs auf der Festplatte des Laptops gespeichert. Des Weiteren befinden sich darauf zwei Entwürfe eines Essays, in dem er sich, als Applewhite, mit der Moralität von Mord beschäftigt und seine Taten mit Argumenten rechtfertigt, die, muss er zugeben, in großem Umfang Marquis de Sade geschuldet sind, obwohl er zu ihrer Untermauerung auch auf Nietzsche und Ayn Rand zurückgreift. Einen Entwurf dieses Texts, einschließlich eindeutiger Verweise auf die Ermordung von Willis und Sawyer, löscht er, doch er weiß, dass er sich wiederherstellen lassen wird; den anderen, der sich in ähnlichen Bahnen bewegt, aber weniger belastend ist, speichert er auf der Festplatte und fügt der Datei folgenden Vermerk hinzu:

Veröffentlichen? Wo???

Eines Nachmittags fährt er in die Vorstadtgegend, in der Applewhite wohnt. Beide Autos sind weg, und der Unterricht ist noch nicht aus. Er schließt die Haustür auf, betritt das Haus und geht, von heftiger Erregung ergriffen, von Zimmer zu Zimmer. Applewhite hat ein eigenes Zimmer, das er in seiner Steuererklärung sicher als Arbeitszimmer ausweist, und er legt den Laptop in eine Schreibtischschublade.

Im Schlafzimmer nimmt er Socken und Unterwäsche aus Applewhites Kommode, ein Hemd und eine Khakihose aus dem Schrank. Das Hemd ist mit einer Markierung der Wäscherei versehen, stellt er fest, und die an einem Haken hängende Hose ist seit der letzten Wäsche mindestens einmal getragen worden.

Schuhe? Er sucht ein Paar aus, doch dann fallen ihm die zerschlissenen Turnschuhe ein, die er bei einem früheren Besuch in der Garage gesehen hat und die zweifellos für die Gartenarbeit und ähnliche Tätigkeiten verwendet werden – und für seine Zwecke ideal sind.

Auswahl und Beseitigung des dritten Opfers laufen fast nebenher, denn inzwischen gilt sein Hauptaugenmerk dem Netz, das er für Preston Applewhite spinnt. Immer mit der Ruhe, redet er sich gut zu. Lass dir Zeit, an den Blumen zu riechen. Und weil er nur zu gut in Erinnerung hat, dass es ihm mit Scott Sawyer weniger Spaß gemacht hat als mit Jeffrey Willis, sucht er sich diesmal ganz gezielt einen jüngeren und unschuldigeren Jungen aus.

Die Internet-Newsgroups und Pädophilenforen (ja, er hat den Weg zu ihnen gefunden, und ScoutMasterBates hat sich in einigen von ihnen zu Wort gemeldet) haben ihm ein neues Vokabular beigebracht. Ein Junge an der Schwelle zur Pubertät, hat er gelernt, wird als »in voller Blüte« bezeichnet, noch vom Tau der Jugend benetzt. Das ist, was er sucht – und in dem dreizehn Jahre alten Marcus Leacock findet. Der Junge versucht jedoch nicht per Anhalter zu fahren, als er ihn findet, sondern geht nach der Schule zu Fuß nach Hause.

Er ist mit dem Camry unterwegs. Und er hat sich im Schuppen umgezogen. Er hat die Ärmel von Applewhites Hemd hochgekrempelt und die Aufschläge der Khakihose umgeschlagen. Auch die Turnschuhe sind ihm ein wenig zu groß. Er hat versucht, Papiertücher in die Spitzen zu stopfen, dann aber davon Abstand genommen. So groß sind sie auch wieder nicht, und er muss ja nicht weit damit gehen.

»Hallo, du da? Könntest du mir vielleicht kurz helfen? Weißt du vielleicht, wo diese Straße hier ist?«

Wunderbar. Er hat genügend Zeit in den Mann-Junge-Foren verbracht, um wenig Sympathien für Pädophile aufzubringen, aber er kann ihre Begeisterung für kleine Jungs durchaus verstehen. Draußen auf dem aufgelassenen Golfplatz lässt er sich Zeit mit Marcus, und während das sein eigenes Vergnügen an der Sache steigert, trägt es zwangsläufig zusätzlich zum Leid des Jungen bei. Tja, manchmal scheint es tatsächlich ein Nullsummenuniversum zu sein. Der Gewinn des einen ist der Verlust des anderen, und jeder weiß, auf welcher Seite der Gleichung er lieber wäre.

Trotzdem, es ist früh genug vorbei, und sobald es aus ist, muss der Junge weder Schmerzen noch Erinnerungen an Schmerzen ertragen. Der Junge ist weg, wohin Menschen eben verschwinden.

Wo auch immer das ist.

Und dann noch die letzten Feinheiten: die Leiche, ohne Haarlocke, wenige Meter von Scott Sawyers Leiche mit einer Decke und Gestrüpp zugedeckt. Darunter, anscheinend versehentlich fallengelassen, das Taschentuch, das alles angestoßen hat, sein eigenes Taschentuch, das sich vor zwei Monaten mit Applewhites Blut vollgesogen hat. Der Hammer, der Spaten, das Tape, die Schere, zunächst im Kofferraum des Camry verstaut und dann mitten in der Nacht in Applewhites Auto versteckt, wo man sie in der Vertiefung für den Ersatzreifen finden wird. Die Zwölferpackung Kondome, minus die zwei benutzten, in Applewhites Handschuhfach, damit sie mit den Spuren verglichen werden können, die man an den Leichen finden wird. Die Kleider, die er angehabt hat, die Turnschuhe, die Socken und die Unterwäsche, die Khakihose und das Hemd mit der Markierung der Wäscherei, das alles kommt in den Müllsack und dann in den Kofferraum, als hätte Applewhite vorgehabt, alles verschwinden zu lassen.

Und traut er sich, das Haus noch einmal zu betreten?

Natürlich. Langsam und lautlos. Es gibt keinen Hund, keine Alarmanlage. Das ist eine sichere Gegend, ein Vorort mit niedriger Kriminalitätsrate, und alle Applewhites schlafen tief und fest. Wie er so in ihrem dunklen Haus steht, kommt ihm ein zweiter möglicher Plan. Er hat das Messer dabei; wie schwer kann es schon sein, die Kinder in ihren Betten zu ermorden, der schlafenden Frau die Kehle durchzuschneiden und sich einen geeigneten Selbstmord für den Hausherrn auszudenken?

Nein, entscheidet er. Es ist besser, sich an den ursprünglichen Plan zu halten und es dem Commonwealth of Virginia zu überlassen, sich um die Bestrafung zu kümmern.

Er befestigt die drei Zellophantüten mit Klebstreifen an der Unterseite einer Schreibtischschublade. Es fällt ihm schwer, sich vom Messer zu trennen, dem fantastischen, von Randall hergestellten Messer, von dem alles sichtbare Blut und sämtliche Fingerabdrücke abgewischt sind, das aber sicher noch Blutspuren von allen drei Opfern aufweist.

Umso mehr Grund, sich von ihm zu trennen. Man darf auf keinen Fall zulassen, dass einem zu viel an etwas liegt: weder an einem Ort, noch an einer Person, noch an einem Gegenstand. Das Einzige, woran einem etwas liegen sollte, und das allerdings total, ist man selbst. Und so dich dein Auge ärgert, reiß es aus; und so dir dein Haus oder Auto oder handgefertigtes Messer zu sehr am Herzen liegt, wirf es von dir.

Das Messer kommt in eine Schreibtischschublade. Als er, langsam und lautlos, das Haus verlässt, kompensiert er das Bedauern über den Verlust des Messers mit der Genugtuung, das einzig Richtige getan zu haben. Und es ist ja nur ein Messer, ein Werkzeug, ein Mittel zum Zweck. Es wird noch andere Messer geben, und er wird manche von ihnen genauso mögen, wie er dieses gemocht hat.

Er ist im Camry hergekommen, und er behält ihn und nimmt den I-95 nach Washington. Es wird Tag, als er dort ankommt. Er fährt mit dem Auto in die Waschanlage, dann stellt er es ein paar Blocks vom Dupont Circle entfernt mit geschlossenen Fenstern und dem Schlüssel im Zündschloss am Straßenrand ab. Er nimmt die Metro zur Union Station, fest davon überzeugt, dass jemand den Wagen gestohlen haben wird, wenn der Zug nach Richmond abfährt.

Er geht zu dem gemieteten Schuppen, steigt in seinen Ford und fährt los.

Zwei Tage später, nachdem das Verschwinden des Jungen für Schlagzeilen gesorgt hat und die Fernsehnachrichten beherrscht und nachdem sich ein Augenzeuge gemeldet hat, der einen Jungen, auf den Marcus Leacocks Beschreibung zutrifft, in eine kleine dunkle Limousine hat steigen sehen, benutzt er ein nicht rückverfolgbares Telefon, um unter der für sachdienliche Hinweise zu dem Fall eingerichteten Nummer anzurufen. Er meldet, an dem Abend, an dem der Junge verschwunden ist, einen dunkelfarbigen Pkw vom Gelände des alten Fairview Country Club fahren gesehen zu haben, und dass ihm das verdächtig genug vorgekommen ist, um sich die ersten vier Zahlen seines Kennzeichens zu notieren, die alles gewesen sind, was er davon zu sehen bekommen hat.

Und natürlich genügt das ...

Doch jetzt kommt der Ehrengast. Endlich hat Preston Applewhite, der Star unseres kleinen Spektakels, seinen Auftritt. Er trägt Fuß- und Handschellen, weshalb sein Erscheinen glanzvoller sein könnte, doch da ist er, und es kann losgehen.

Seine Miene ist ausdruckslos, sein Gemütslage nicht erkennbar. Was geht ihm jetzt durch den Kopf? Furcht vor dem Unbekannten? Wut auf die Justiz, der es nicht gelungen ist, einen Unschuldigen zu entlasten? Hoffnung, wie unbegründet auch immer, auf ein Wunder, das ihm das Leben retten wird?

Vor einer Woche hätte er, Arne Bodinson, ein solches Wunder wirken können. Er hätte, ganz offen oder anonym, ein Geständnis ablegen und seine Richtigkeit mit einem Hinweis auf das Grab des Willis-Jungen beweisen können. Doch jetzt, nachdem er so viel Zeit mit Applewhite verbracht hat, würde alles, was er vielleicht sagen würde, sofort in Abrede gestellt. Sie behaupten also zu wissen, wo die Leiche ist, Dr. Bodinson? Dann nur deshalb, weil es Ihnen Applewhite verraten hat. Damit bestätigen Sie nur seine Schuld.

Der Gefängnisdirektor, sein Gesicht von den Anforderungen seines Amts zerfurcht, sagt ein paar förmliche Worte, bevor er den Verurteilten fragt, ob er noch etwas zu sagen hat. Es kommt zu einer längeren Pause. Applewhite – sie haben ihn noch nicht auf die Bahre geschnallt, und offensichtlich darf er seine letzten Worte im Stehen äußern – Applewhite hat den Blick nachdenklich gesenkt. Doch jetzt hebt er ihn und sieht zum ersten Mal die Gesichter hinter der Glasscheibe an. Er entdeckt seinen neuen Freund Arne, und seine Augen leuchten bei seinem Anblick, allerdings nur ganz kurz, auf.

Als er zu sprechen beginnt, ist seine Stimme leise, fast so, als ob es nicht in seiner Absicht stünde, dass sie seine Zuhörer erreicht. Aber es gibt ein Mikrophon, weshalb sie im Zuschauerraum zu hören ist.

»Sie sind alle der festen Überzeugung, dass ich diese Dinge getan habe«, beginnt er. »Ich weiß, dass dem nicht so ist, aber es besteht für niemanden ein Grund, mir zu glauben. Fast wünsche ich mir, schuldig zu sein. Dann könnte ich gestehen und um Vergebung bitten.« Eine Pause, worauf die Wärter hereinkommen, weil sie glauben, er wäre fertig. Doch er hält sie mit einem kurzen Kopfschütteln zurück und fügt hinzu: »Ich vergebe Ihnen. Ihnen allen.«

Und am Ende heftet sich sein Blick auf den Mann, der vorgibt, von seiner Unschuld überzeugt zu sein. Hat er ihn durchschaut? Ist das die Bedeutung seiner letzten zwei Worte? Doch nein, er heischt nur nach Anerkennung für seine Eloquenz, und er bekommt sie, in Gestalt eines anerkennenden Nickens hinter der Glasscheibe. Applewhite bemerkt das Nicken und scheint dankbar dafür zu sein.

Er legt sich auf die Bahre, und sie schnallen ihn fest. Der Arzt findet eine geeignete Vene in seinem Arm, betupft die Haut mit einem Stück alkoholgetränkter Watte, schafft es beim zweiten Versuch, den Zugang zu legen.

Und dann sitzt er gebannt da und beobachtet, wie ein Mensch vor seinen Augen stirbt. Es gibt kaum etwas zu sehen. Das erste Mittel, das Pentothal, hat keine erkennbare Wirkung. Das zweite, das Pavulon, lähmt Applewhite, sodass er nicht mehr in der Lage ist, zu atmen oder seinen Gesichtsausdruck zu verändern. Die letzte Substanz, das Kaliumchlorid, wird brennen oder auch nicht, das lässt sich unmöglich feststellen. Aber zumindest für diejenigen, die nahe genug sitzen, um den Herzmonitor sehen zu können, und für den Arzt, der den Puls beobachtet, ist zu erkennen, dass es die gewünschte Wirkung zeigt.

Preston Applewhite ist tot.

Und hinter der Glasscheibe gibt sich der Mann, der den Namen Arne Bodinson bald für immer ablegen wird, große Mühe, den betrübte Distanz signalisierenden Gesichtsausdruck, den er schon die ganze Zeit aufgesetzt hat, beizubehalten. Er hat eine Erektion, aber er ist sich ziemlich sicher, dass es niemand bemerkt.

Der I-95, ist ihm klar, wird an einem Freitag ein einziger Albtraum sein. Deshalb nimmt er die Interstate Highways 64 und 81 und verbringt, was von der Nacht noch übrig ist, in einem Motel in Pennsylvania. Samstagmorgen führt er auf dem I-80 nach Osten weiter, wo er die George Washington Bridge zu einem Zeitpunkt zu erreichen hofft, zu dem wenig Verkehr herrscht. Und sein Plan geht auf.

Wie er es erwartet hat. Die Hauptarbeit hat er schon vor Jahren in Richmond geleistet, als er die Morde verübt, die belastenden Beweise platziert und das Netz um den Mann, dessen einziger Fehler war, sich im denkbar ungünstigsten Moment eine blutige Nase zu holen, immer enger zusammengezogen hat. Die vergangene Woche fällt unter die Rubrik »unerledigte Angelegenheiten«.

In New York gibt es noch Angelegenheiten ganz anderer Natur zu erledigen.

Kapitel 10

Am Montagabend saß ich mit einer Tasse Kaffee vor dem Fernseher, als das Handy läutete.

»Ich komme mir vor wie eine Spionin«, sagte Louise. »Ich bin gerade in der Damentoilette des Restaurants. Wir werden in Kürze in meine Wohnung gehen. Haben Sie die Adresse?«

Das bejahte ich.

»Ganz schön bescheuert, was ich hier mache. Ich werde ihn gleich nach Hause mitnehmen und mit ihm ins Bett gehen, und Sie liegen währenddessen draußen auf der Lauer, um ihm nach Hause zu folgen. Ganz schön abgedreht, oder nicht?«

»Wenn es Ihnen lieber ist ...«

»Nein, nein, schon gut. Es ist nur total komisch. Wenn er wirklich der ist, der er zu sein behauptet, wird er nie etwas von der ganzen Sache erfahren. Wenn nicht, muss allerdings *ich* es wissen.«

Ich fragte sie, ob er unter Umständen über Nacht bleiben würde.

»Wenn ja, wäre es das erste Mal. Normalerweise kommt er vorbei und bleibt drei, vier Stunden. Aber diesmal waren wir vorher abendessen, was wir sonst nicht tun, weshalb wir eher später anfangen. Wie spät ist es jetzt, halb neun? Nein, schon fast neun. Also, ich würde sagen, spätestens halb zwölf geht er.«

Ich fragte sie, was er anhatte, damit ich nicht versehentlich einem Falschen folgte. Eine Designerjeans und ein marineblaues Polohemd, sagte sie. Ich schlug ihr vor, ein paarmal die Lichter ein- und auszuschalten, sobald er die Wohnung verließ. Sie sagte, das sei eine glänzende Idee, aber ihre Wohnung läge auf der Rückseite des Hauses, sodass ich es von der Straße nicht sehen könnte.

»Aber vielleicht tue ich es trotzdem«, sagte sie, »weil es so was anrüchig Mataharihaftes hat. Da fällt mir ein: Haben Sie Ihr Handy dabei? Ich rufe Sie einfach an, wenn er gegangen ist. Und dann mache ich noch die Lichter ein paarmal an und aus. Einfach nur zum Spaß.«

*   *   *

Sie lag mit ihrer Schätzung nicht weit daneben. Es war zwanzig vor zwölf, als mein Handy läutete.

»Hier Mata Hari«, sagte sie. »Jetzt gehört er ganz Ihnen. Und ich muss sagen, das Essen war gut, aber noch besser war das Dessert. Und tun Sie mir einen Gefallen, ja? Rufen Sie mich morgen an und sagen Sie mir, dass er David Thompson ist und Single und dass das einzige Geheimnis, das er vor mir hat, ist, dass er sagenhaft reich ist.«

Ich versprach ihr, dass ich sehen würde, was sich machen ließe, und ich hatte kaum aufgelegt, als die Haustür aufging und er nach draußen kam. Wahrscheinlich hätte ich ihn auch ohne den Anruf erkannt. Er trug eine Jeans und ein dunkelblaues Polohemd, und das Foto, das ich von ihm hatte, war gut getroffen.

Jemanden zu beschatten ist schon mit einem Team nicht ohne, fünf Mann in Autos und etwa ebenso viele zu Fuß. Ich hatte zur Unterstützung nur TJ und einen Taxifahrer namens Leo dabei, dem ich fünfzig Dollar für zwei Stunden Chauffeurdienste versprochen hatte.

Louise wohnte im zweiten Stock eines Brownstonehauses auf der Uptownseite der West Eighty-seventh Street zwischen Broadway und West End. Wie die meisten Straßen mit ungeraden Zahlen ist auch die Eighty-seventh eine nur in westlicher Richtung befahrbare Einbahnstraße. Falls David Thompson in Kips Bay wohnte, würde er vermutlich ein Taxi nach Hause nehmen und zum Broadway gehen, um eines zu bekommen. Das war auch für den Fall anzunehmen, dass er anderswohin wollte. Falls er die U-Bahn nahm, war die nächste Station in der Eighty-sixth, Ecke Broadway, sodass er auch in diesem Fall gegen den Verkehr zum Broadway gehen würde.

Entsprechend hatten wir uns postiert. TJ und ich standen im Eingang eines Hauses, das direkt gegenüber dem lag, in dem Louise wohnte, und Leo hatte neben einem Hydranten im Broadway geparkt. Wenn ihn ein Cop verscheuchte, was allerdings um diese Uhrzeit eher unwahrscheinlich war, würde er einmal um den Block fahren. Er brauchte nur zu sagen, dass er auf einen Fahrgast wartete.

Sobald Thompson aus dem Haus kam, wollten wir ihm zum Broadway folgen, um dort in Leos Auto zu steigen und dem Taxi zu folgen, das er sich nahm. Falls er zur Eighty-sixth Street ging und die U-Bahn nahm, würde ihm nur TJ folgen und per Handy in Kontakt mit uns bleiben, damit wir möglichst schon zur Stelle waren, wenn er und Thompson aus der U-Bahn stiegen.

Im Moment kam Thompson gerade aus dem Haus und die Eingangstreppe herunter, schaute auf die Uhr, holte sein Handy heraus und machte einen Anruf. Zuerst ging niemand dran, doch dann schon, oder es schaltete sich eine Mailbox ein, denn er sprach kurz angeregt in das Handy, bevor er es zuklappte. Er hielt es von sich, betrachtete es und steckte es ein. Dann holte er eine Zigarette heraus, zündete sie an, blies den Rauch in die Luft und ging los, allerdings nicht zum Broadway, sondern in die andere Richtung, zur West End Avenue.

Scheiße.

»Jetzt kommt Plan B«, sagte ich und heftete mich an Thompsons Fersen, während TJ in Richtung Broadway um die Ecke rannte, wo Leo mit der ersten Ausgabe der *Daily News* über dem Lenkrad wartete. Er hatte den Motor gestartet, bevor TJ auf den Beifahrersitz gesprungen war. New York ist die einzige Stadt in ganz Amerika, in der man an einer roten Ampel nicht rechts abbiegen darf. Dafür ist hier der Verkehr zu chaotisch, aber David Letterman hat einmal gesagt, dass die New Yorker die Verkehrsregeln lediglich als Richtlinien betrachten, und Leo findet, ein erwachsener Mann sollte sich auf sein eigenes Urteil verlassen können. Er bog einfach um die Ecke und sammelte mich etwa in der Mitte des Blocks auf.

Ich stieg hinten ein und Leo fuhr zur nächsten Kreuzung, wo die Ampel für uns auf Rot stand. Wenn Thompson dort ankam, konnte er entweder versuchen, ein in südlicher Richtung fahrendes Taxi zu ergattern, oder die Eighty-seventh Street überqueren oder warten, bis die Ampel auf Grün schaltete, und die West End überqueren und zum Riverside Drive gehen.

Hätte er irgendetwas davon getan, hätten wir ihm mühelos folgen können, aber er bog an der West End rechts ab und ging in Richtung Uptown. Leo hätte es vielleicht darauf ankommen lassen und eine zweite rote Ampel überfahren können, aber dann hätte er auch noch in einer Einbahnstraße in der falschen Richtung fahren müssen, und das konnten wir nicht riskieren.

»Dieser Dreckskerl«, schimpfte er.

»Fahr zur Riverside rüber und dann auf der Eighty-eighth wieder zurück«, sagte ich, während ich bereits die Tür öffnete und ausstieg. »Ich versuche, an ihm dranzubleiben.«

Als ich losging, hatte Thompson einen halben Block Vorsprung, was eigentlich kein Problem hätte sein sollen, aber als er an der Eighty-eighth Street rechts abbog, verlor ich ihn aus den Augen. Ich begann zwar schneller zu gehen, aber als ich die Ecke erreichte, war er nirgendwo zu sehen.

Leo, der uns zur Ninth, Ecke Fifty-seventh zurückfuhr, wollte kein Geld nehmen. »Und ich dachte schon, das wird mal richtig spannend«, sagte er. »Nach dem Motto: ›Folgen Sie diesem Taxi!‹ Ich hatte gehofft, meine Fahr- künste unter Beweis stellen zu können und diesem Scheißkerl durch Teile von Brooklyn zu folgen, wo sogar Pete Hamill aufgeschmissen wäre. Aber worauf läuft das Ganze raus? Ich darf einmal um den Block fahren!«

»Ist ja nicht deine Schuld, Leo, dass er mich abgehängt hat.«

»Nein, es ist seine Schuld. Etwas einfacher hätte er es uns ruhig machen können. Steck dein Geld wieder ein, Matt, und ruf mich einfach wieder mal an, und dann machen wir einen drauf, und du darfst zahlen. Aber die Nummer heute Abend, die geht auf mich.«

Er ließ uns vor dem Morning Star raus, aber keinem von uns war danach reinzugehen. Wir überquerten die Straße zum Parc Vendome und gingen nach oben. Elaine hatte es sich mit einem Roman, den ihr Monica als eine Schmon- zette der Extraklasse empfohlen hatte, auf dem Sofa bequem gemacht. »Sie hat mir den Schmöker als literarisches Äquivalent zu einem Drei-Taschentü- cher-Film beschrieben«, erklärte sie, »und ich muss sagen, sie hat nicht über- trieben. Was hast du denn?«

»Der Typ ist einmal um den Block gegangen und hat uns abgehängt«, sag- te ich.

»Was denkt dieser Kerl sich eigentlich! Wollt ihr irgendwas?«

»Ich hätte nichts dagegen, das Ganze noch mal von vorn zu beginnen«, sagte ich, »aber das dürfte etwas schwierig werden. Mehr Kaffee will ich je- denfalls nicht, und auch sonst will ich, glaube ich, nichts. TJ, du?«

»Eine Coke vielleicht«, sagte er und ging sich gleich selber eine holen.

Ich folgte ihm in die Küche, wo wir uns zu erklären versuchten, was da in den West Eighties gerade passiert war. »Fast könnte man meinen, er hat uns entdeckt«, sagte TJ. »Aber so hat er sich eigentlich nicht verhalten.«

»Was ich nicht verstehe«, sagte ich, »ist, wie er so plötzlich verschwinden konnte.«

»Zauberkünstler geht Straße runter und verwandelt sich in Drogeriemarkt.«

»Etwas in der Art muss es wohl gewesen sein. So weit war er nämlich wirklich nicht vor mir, als er um die Ecke gebogen ist. Höchstens dreißig Meter, würde ich sagen. Außerdem habe ich den Abstand etwas verkürzt, weil ich schneller gegangen bin, sobald er um die Ecke gebogen ist und mich nicht mehr sehen konnte. Und als ich die Ecke erreicht habe, war er bereits verschwunden.«

»Selbst wenn er um die Ecke biegt und loszurennen anfängt, würdest du ihn noch sehen, sobald du an die Ecke kommst.«

»Möchte man eigentlich meinen.«

»Außer er ist gleich ins erste Haus rein.«

»Das Wohnhaus an der Ecke? Daran habe ich auch schon gedacht. Die Eingangstür ist nicht abgeschlossen, und jeder kommt in den kleinen Vorraum. Aber dann brauchst du einen Schlüssel oder jemand, der dir mit dem Türöffner aufmacht. Ich habe reingeschaut und ihn nicht gesehen. Allerdings habe ich es nicht sofort gemacht, sondern erst, nachdem ich mich auf der Straße noch eine Weile nach ihm umgeschaut habe. Du weißt ja, ich fand es etwas seltsam, dass er zur West End gegangen ist statt zum Broadway. Aber wenn er dort wohnt ...«

»Ist er nur jemand, der nach Hause geht.«

»Jemand, der gleich um die Ecke von einer Frau wohnt, der er aber erzählt, dass er ein paar Meilen weiter in den East Thirties wohnt.«

»Vielleicht will er einfach nicht, dass sie jeden zweiten Tag vorbeikommt, um sich ein bisschen Zucker zu borgen.«

»Eher eine Packung Zigaretten. Aber an sich fände ich das nicht mal so unwahrscheinlich. Wenn du dich im Internet nach einer Freundin umschaust, hoffst du erst mal, sie wohnt nicht irgendwo weit draußen in Brooklyn oder Queens, wo du zigmal umsteigen musst, um hinzukommen, aber wenn sie gleich um die Ecke wohnt, könnte dir das umgekehrt ein bisschen zu nah sein.«

»Ich weiß nicht«, sagte er. »Würde sie ihn dann nicht vom Sehen kennen? Ein Typ aus dem Viertel, den sie schon ein paarmal auf der Straße gesehen hat?«

»Möchte man eigentlich meinen. New Yorker wissen vielleicht nichts über ihre Nachbarn von nebenan, aber vom Sehen kennen sie sie schon. Außerdem hat er telefoniert, vergessen wir das mal nicht.«

»Bevor er sich eine Zigarette angezündet hat.«

Elaine war hereingekommen, um sich eine Tasse Tee zu machen. »Er hat seine Frau angerufen«, sagte sie, »um sich zu erkundigen, ob er noch eine Flasche Milch mitbringen soll.«

»Oder ein bisschen Zucker«, sagte ich. »Oder eine Schachtel Marlboro. Aber würde er sich eine Freundin zulegen, die gleich um die Ecke wohnt, wenn er verheiratet ist?«

»Nur wenn er einen ausgeprägten Todeswunsch hat«, sagte sie. »Mit wem hat er telefoniert, mit einem Mann oder mit einer Frau?«

»Wir konnte nicht mal ihn hören«, sagte ich.

»Hast du das nicht an seiner Körpersprache erkannt? Ob am anderen Ende der Leitung ein Mann oder eine Frau war?«

»Nein.«

»TJ?«

»Wenn ich raten müsste, würde ich sagen, eine Frau.«

»Ach ja«, sagte ich. »Warum?«

»Keine Ahnung.«

»Er ist gerade von einer Frau gekommen«, sagte ich, »und laut Louise hat er bei ihr nichts zu wünschen übriggelassen. Wenn er also nicht seine Frau angerufen hat, um ihr zu sagen, dass es im Büro etwas später geworden ist ...«

»Hat er auch sicher nicht«, flocht TJ ein. »Nicht, wenn er nur fünf Minuten weg wohnt. Er wäre einfach zu Hause aufgetaucht.«

»Da hast du natürlich auch wieder recht. Es war also nicht seine Ehefrau, die er angerufen hat.«

»Aber es könnte die von jemand anders gewesen sein.«

»Also jetzt aber«, sagte ich.

»Er könnte durchaus seine Frau angerufen haben«, sagte Elaine. »Draußen in Scarsdale, um ihr zu sagen, dass es etwas später wird oder dass er es gar nicht nach Hause schafft. Und dann ist er in das Haus um die Ecke gegangen.«

»Wer ist in dem Haus um die Ecke?«

»Keine Ahnung«, sagte Elaine. »Du bist hier schließlich der Detektiv.«

»Danke.«

TJ sagte: »Vielleicht eine andere Frau.«

»Im Haus an der Ecke?«

»Jeder muss irgendwo wohnen.«

»Dann treibt er es also nicht nur mit Louise, sondern auch noch mit jemand, der gleich um die Ecke von ihr wohnt?«

»Und mit seiner Frau, die in Scarsdale auf ihn wartet.«

»Vielleicht ist es eine Professionelle«, schlug Elaine vor.

»Louise? Also, ich kann mir nicht vorstellen ...«

»Doch nicht Louise. Die zweite Flamme, die Frau um die Ecke.«

»Aber er war doch gerade bei Louise.«

»Na und?«

»Soviel sie gesagt hat ...«

»Hat er sie ordentlich hergenommen?«

»So hat sie es zwar nicht ausgedrückt«, sagte ich, »aber das war der Eindruck, den sie mir vermittelt hat, doch.«

»Kann ja sein, dass es sie von den Socken gehauen hat, aber nicht ihn. Oder er hat es auf einen Hattrick angelegt. Wo haben sie das gleich wieder, beim Eishockey?«

Ich nickte. »Wenn ein Spieler in einem Spiel drei Tore hintereinander erzielt.«

»Dass es drei Tore sind, habe ich gewusst – nur nicht, ob es ursprünglich vom Eishockey kommt oder vom Fußball.«

»Inzwischen gibt es das auch in anderen Sportarten, aber ursprünglich kommt es vom Eishockey.«

»Habe ich also richtig vermutet. Jedenfalls, wenn er ein Mädchen kennt, das bei Louise gleich um die Ecke wohnt, warum sollte er dann hinterher nicht noch bei ihr vorbeigeschaut haben?«

Ich rief mir noch einmal vor Augen, wie er mit dem Handy in der Hand vor Louises Haus gestanden hatte. »Nachsehen musste er ihre Nummer jedenfalls nicht«, sagte ich. »Aber er könnte sie in seinem Schnellwahlverzeichnis gehabt haben.«

»Wahrscheinlich. Das hat heutzutage so gut wie jeder. Statt eines kleinen schwarzen Büchleins.«

»Wenn ihm nach mehr war«, sagte ich, »warum ist er dann nicht einfach noch etwas länger bei Louise geblieben?«

»Woher soll ich das wissen?«, sagte Elaine. »Könnte es vielleicht an diesem Y-Chromosom liegen, das er schon sein ganzes Leben lang mit sich herumschleppt?«

»Mit anderen Worten: Ein Mann eben.«

»Als ich noch aktiv war«, sagte sie, »hatte ich Freier, die sich erst noch einen runtergeholt haben, bevor sie vorbeigekommen sind, damit sie nicht so schnell gekommen sind. Einen hatte ich auch, der war das genaue Gegenteil. Der wollte, dass ich ihn eine ganze Stunde lang haarscharf an der Grenze halte und nicht kommen lasse, damit er hinterher nach Hause fahren und es seiner Frau so richtig besorgen konnte. Das fand ich dann doch etwas eigenartig, muss ich gestehen. Ich kam mir vor wie ein Picador bei einem Stierkampf.«

Ich warf einen kurzen Blick auf TJ, um zu sehen, wie er ihre Erinnerungen an vergangene Zeiten aufnahm. Falls es irgendeine Wirkung auf ihn hatte, war es ihm nicht anzusehen. Er wusste über ihre berufliche Vorgeschichte Bescheid, und er und Monica waren so ziemlich die einzigen Leute, mit denen wir regelmäßig zu tun hatten, auf die das zutraf, aber sie redete in seiner Gegenwart selten darüber.

TJ hatte seine eigene Mutter nicht gekannt. Sie starb, als er noch kein Jahr alt war, und seine Großmutter hatte ihn großgezogen, bis sie selbst starb. Verschiedenes, was sie TJ erzählt hatte, legte er dahingehend aus, dass sie eine Prostituierte gewesen war und er möglicherweise das Kind eines Freiers, ein ungeplanter Bonus von einem nichts ahnenden Kunden. Aber das lässt sich nicht sagen, war sein Kommentar dazu gewesen, und er schien ganz gut damit leben zu können, es nicht zu wissen.

Doch sie waren vom Thema abgekommen, und das Gespräch drehte sich nicht mehr um David Thompson, sondern um Männer generell und dass sie ganz schön eigenartig sein konnten.

Ich sagte: »Ich bin mir nicht sicher, ob er überhaupt in dieses Haus gegangen ist.«

»Dann eben in ein anderes.«

»Oder er ist gar nicht in ein Haus gegangen. Vielleicht hat er gemerkt, dass wir ihm gefolgt sind.«

»Unmöglich«, sagte TJ. »Außer er hat von Anfang an Verdacht geschöpft. Glaubst du, ihm könnte irgendwas an Louises Verhalten eigenartig vorgekommen sein.«

»Falls er verheiratet ist«, sagte ich, »könnte er seine Frau im Verdacht haben, dass sie ihn beschatten lässt. Vielleicht war er deshalb prinzipiell auf der Hut und hat den Braten gerochen.«

»So, wie er dagestanden hat, als er sich die Zigarette angezündet hat«, sagte TJ. »Als ob er einerseits überlegen würde, was er als Nächstes tun soll, und als ob er dringend eine Zigarette bräuchte.«

»Jedenfalls ist er nach rechts gegangen statt nach links«, sagte ich, »und dann an der West Ende noch mal rechts, gegen den Autoverkehr. Und dann hat er sich in ein Haus verdrückt oder einen Hauseingang oder eine Durchfahrt gefunden, wo er sich verstecken konnte.«

»Aber warum hätte er das tun sollen? Offensichtlich, um euch zwei abzuschütteln. Aber warum? Und hat er sich damit nicht ziemlich auffällig verhalten, obwohl man meinen könnte, dass er gerade das möglichst vermeiden würde, wenn er fürchtet, dass ihn seine Frau beschatten lässt?«

»Außer es ist wichtiger, dass sie nicht mitbekommt, wo er als Nächstes hingeht«, gab TJ zu bedenken.

»Vielleicht stand gleich um die Ecke ein Taxi in der Eighty-eighth«, sagte ich.

»Du meinst, er hat dort ein Taxi auf ihn warten lassen?«

»Nein, aber es könnte zufällig eins dort gestanden haben, das gerade einen Fahrgast abgesetzt hat. Und er könnte eingestiegen und bereits losgefahren sein, als ich um die Ecke gekommen bin.«

»Ein wegfahrendes Taxi wäre dir doch sicher aufgefallen.«

»Wenn ich nach einem Ausschau gehalten hätte, ja. Wenn es bereits ein Stück die Straße runtergefahren ist und ich nach einem Mann zu Fuß Ausschau gehalten habe, könnte ich es durchaus übersehen haben. Oder er könnte sein Auto dort geparkt haben.«

»Und eingestiegen und losgefahren sein, ohne dass du es gemerkt hast? Nur, wenn du um die Ecke gekrochen wärst.«

»Er könnte auch dort geparkt haben«, sagte ich, »und eingestiegen sein und die Tür zugezogen haben, aber nicht weggefahren sein. Weil er nicht entdeckt werden wollte.«

»Oder weil er vorher noch was anderes erledigen wollte«, sagte Elaine, »wie zum Beispiel jemand anrufen oder eine Adresse nachsehen.«

»Oder noch eine Zigarette rauchen«, sagte ich, »oder sonst was. Es gibt zu vieles, was wir nicht wissen, und zu viele Erklärungsmöglichkeiten.«

So stellten wir noch eine Weile weiter unsere Spekulationen an, und Elaine meinte, das alles hörte sich nach jemand an, der etwas zu verbergen hatte, und sie tendierte zu der Auffassung, dass unser Mann sexsüchtig war. Das, fügte sie hinzu, sei ein neuer Begriff, den man inzwischen für Leute verwendete, die gern einen draufmachten und von denen es früher hieß, sie seien keine Kostverächter oder hinter jedem Rock her.

Das lenkte unser Gespräch darauf, dass man immer strenger beurteilt wurde und die kleinen Freuden des Lebens von gestern zu den Pathologien von heute wurden. TJ trank seine Cola aus und ging nach Hause.

»Leo wollte kein Geld nehmen«, sagte ich zu Elaine, »und ich will auch keines. Der heutige Abend belastet also Louises Vorschuss nicht.«

»Die fünfhundert Dollar? Sind sie nicht sowieso längst aufgebraucht?«

»Nicht annähernd.«

»Du bist wirklich ein knallharter Geschäftsmann.«

»Das Geld spielt nur eine sekundäre Rolle.«

»Wem sagst du das?«

»Ich will bloß sehen, ob ich das Rätsel lösen kann«, sagte ich. »So schwer dürfte das doch nicht sein.«

Kapitel 11

Er hält den bronzenen Brieföffner in den Händen, dreht ihn um, fährt mit dem Finger über die Flachreliefverzierung des Griffs. Eine Hundemeute, die einen Hirsch in Schach hält. Sehr geschmackvoll und gut gelungen, findet er.

Die Frau, genauso geschmackvoll und gut gelungen wie der Brieföffner, steht geduldig auf der anderen Seite des Ladentisches. Er fragt sie, was sie ihm über das Stück sagen kann.

»Na ja, es ist natürlich ein Papiermesser. Art nouveau, wahrscheinlich aus Frankreich, möglicherweise aber auch aus Belgien.«

»Aus Belgien?«

»Es ist signiert«, sagt sie. »Auf der Rückseite.« Er dreht den Brieföffner um, und sie reicht ihm ein Vergrößerungsglas mit einem Hirschhorngriff. »Mit bloßem Auge ist es kaum zu erkennen. Zumindest mit meinem bloßen Auge. Sehen Sie es?«

»DeVreese.«

»Godfrey DeVreese«, sagt sie, »oder Godefroid, wenn Sie so wollen. Ich weiß nicht, was ihm lieber gewesen wäre. Er war Belgier. Ich hatte jahrelang ein Bronzemedaillon von ihm, ein wunderschönes Stück, fast zehn Zentimeter im Durchmesser. Auf einer Seite war Leopold der Zweite, mit einem Bart, der deutlich besser war als sein Träger. Wissen Sie, was es mit Leopold dem Zweiten auf sich hat?«

Er grinst locker. »Ich nehme mal an, er kam zwischen Leopold dem Ersten und Leopold dem Dritten.«

»Sein direkter Nachfolger war sein Sohn Albert. Leopold der Dritte kam etwas später. Nein, Nummer Zwei war der nette Herr, der Belgisch-Kongo als sein privates Lehen betrachtet hat. Er behandelte die Einheimischen wie Sklaven und hätte vor den Bewohnern eines Ameisenhaufens mehr Respekt gehabt. Haben Sie mal eins dieser Fotos von Einheimischen mit abgehackten Händen gesehen?«

Was redet die Frau da eigentlich? »Ach ja, stimmt«, sagt er.

»Aber gut ausgesehen hat er«, sagt sie, »vor allem in Bronze. Auf der anderen Seite war ein Pferd, und es sah noch besser aus als Leo. Es war ein Zugpferd, ein Hengst, eins von diesen Prachtexemplaren, die man nur noch in der Budweiser-Werbung zu sehen bekommt. Nur dass dieses ein Percheron war,

und die Budweisergäule sind Clydesdales. Die Medaille war eine Auszeichnung von irgendeiner Landwirtschaftsmesse. Wahrscheinlich das damalige Äquivalent zu Tractorpulling.«

»Haben Sie das Medaillon noch?«

»Eigentlich dachte ich, es würde mir für immer bleiben, aber dann hat es vor ein paar Monaten ein Pferdeliebhaber entdeckt, und weg war es. Ein zweites wird mir wahrscheinlich nicht mehr so schnell unter die Finger kommen.«

Er dreht den Brieföffner in den Händen. Er ist sehr schön, und ihm gefällt, wie er in der Hand liegt.

»Jahrhundertwende, sagen Sie?«

»DeVreese hätte vermutlich Fin de siècle gesagt. Oder wie man auf Flämisch dafür sagt. Genau datieren kann ich ihn leider nicht, aber er muss spätes neunzehntes oder frühes zwanzigstes Jahrhundert sein.«

»Dann ist er also etwa hundert Jahre alt.«

»Grob geschätzt, ja.«

Er testet mit dem Daumen die Spitze. Sie ist ziemlich scharf. Die Schneiden der Klinge jedoch nicht. Man kann damit einen Brief öffnen, aber zum Schneiden eignet er sich nicht.

Zum Stechen allerdings schon.

»Wie viel soll das gute Stück kosten?«

»Zweihundert Dollar.«

»Das kommt mir ein bisschen viel vor.«

»Ich weiß«, sagt sie mit entwaffnender Offenheit.

»Würden Sie denn mit dem Preis ein wenig heruntergehen?«

Sie denkt kurz nach. »Wenn Sie bar zahlen, erlasse ich Ihnen die Mehrwertsteuer.«

»Dann wären es also zweihundert statt etwas um die zweihundertsechzig?«

»Sogar ein paar Dollar mehr. Wenn Sie möchten, könnte ich es kurz ausrechnen, damit Sie auf den Cent genau wissen, wie viel Sie sparen.«

»Aber ich müsste auf jeden Fall zweihundert Dollar zahlen«, sagt er.

»Und bekämen dafür ein Stück Geschichte.«

»Es ist immer schön, ein Stück«, und jetzt macht er eine ganz kleine Pause, »Geschichte zu bekommen.« Hat sie die Pause überhaupt bemerkt? Sie macht ihm den Eindruck einer Frau, der kaum etwas entgeht, und er hat das Gefühl,

dass sie es registriert und zu ignorieren beschlossen hat – und alles, ohne eine Miene zu verziehen.

Stirnrunzelnd sieht er sich das Flachrelief noch einmal an und bemerkt die feste Entschlossenheit der Hunde wie auch der Beute. Es wäre nur eine Frage weniger Augenblicke, denkt er, die Hand um den Griff zu schließen und ohne Vorwarnung zuzustechen. Er stellt sich vor, wie seine Hand vorschnellt und die scharfe Bronzespitze unter der untersten Rippe eindringt, sich nach oben neigt und das Herz durchbohrt. Wie er sich umdreht und zur Tür geht, bevor sie hinter dem Ladentisch zu Boden gesunken ist, sogar schon bevor alles Leben aus ihren Augen gewichen ist.

Aber er hat alles Mögliche angefasst. Seine Fingerabdrücke sind über die ganze Vitrine verteilt, und auf nichts bleiben Fingerabdrücke besser haften als auf Glas.

»Ich glaube, ich nehme ihn.«

»Eine gute Entscheidung, finde ich.«

Außerdem ginge es zu schnell. Es wäre vorbei, bevor sie überhaupt mitbekam, wie ihr geschah. Es kann zwar manchmal sehr befriedigend sein, das blitzartige Zuschlagen, aber in diesem Fall fände er es besser, wenn sie es kommen sähe. Er würde gern sehen, wie sie diese Zuversicht verliert, dieses enervierende Selbstbewusstsein.

In seinen Lenden rumort es bei dem Gedanken, was er mit ihr anstellen wird, wenn es so weit ist.

Aber nichts davon spiegelt sich in seiner Miene wider, als er resigniert seufzt und die Scheine aus seiner Geldbörse pflückt. Sie nimmt das Geld, schlägt den Brieföffner in Seidenpapier ein, steckt ihn in eine Papiertüte. Er sagt, dass er keine Quittung braucht, und steckt seinen Kauf in die Innentasche seines Jacketts.

»Danke«, sagt sie. »Übrigens glaube ich nicht, dass Sie zu viel bezahlt haben. In einem der Läden in der Madison Avenue würden sie dafür um die fünfhundert nehmen.«

Er lächelt, murmelt etwas, geht zur Tür. Aber es ist der reinste Wahnsinn, wie es ihn juckt, sie umzubringen. Er will es nicht aufschieben. Er will sie auf der Stelle töten.

Kapitel 12

Ich hatte keine große Lust, meiner Klientin über den weiteren Verlauf des Abends Bericht zu erstatten, und das nicht nur, weil sie dadurch den Eindruck gewinnen könnte, einen Stümper engagiert zu haben. Oder um es auf den Punkt zu bringen: Jeder Hinweis darauf, dass mir ihr Mr. Thompson entwischt war, würde darauf hindeuten, dass er etwas zu verbergen hatte und nicht der war, der zu sein er vorgab. So sah es zumindest für mich aus, aber ich fand es übereilt, diesen Eindruck auch Louise zu vermitteln.

»Nichts Konkretes«, sagte ich deshalb. »Aber in ein, zwei Tagen müsste ich Ihnen Genaueres sagen können.«

Ich fand Thompsons Telefonnummer in meinem Notizbuch und rief ihn auf meinem Handy an. Ich hoffte, er würde nicht drangehen, und war erleichtert, als sich seine Mailbox meldete. »Hören Sie«, sagte ich. »Wir haben Ihnen einen Scheck geschickt, den vollen Betrag, und jetzt habe ich ihn vor mir liegen. Er ist zurückgekommen. Anscheinend haben wir eine falsche Adresse für Sie. Oh, Mist, da muss ich jetzt leider drangehen. Aber, rufen Sie mich einfach zurück, und wenn ich nicht drangehe, hinterlassen Sie mir einfach die Adresse. Und wenn Sie schon dabei sind ... nein, schon gut. Bis später.«

Ich hatte versucht, gehetzt zu wirken, wie jemand auf der mittleren Verwaltungsebene, bei dem alles auf einmal passiert, und ich wusste nicht, ob ich es glaubhaft rübergebracht hatte. Wenn er mich zurückrief – oder auch nicht –, würde ich klarer sehen.

Ich hatte mein Handy einstecken, als ich aus dem Haus ging, aber auf dem Gehsteig blieb ich stehen, um es auszumachen. Ich war auf dem Weg zu einem Treffen, und dort musste man Handys und Pager ausschalten; in den meisten Gruppen machen sie vorher sogar eine entsprechende Durchsage. Dass ich mein Handy, Treffen hin oder her, ausmachte, lag allerdings in erster Linie daran, dass ich auf keinen Fall wollte, dass ich ans Telefon ging und David Thompson dran war. Dann würde er mich nämlich als Erstes fragen, wer ich war und von welcher Firma der Scheck war, und was hätte ich darauf antworten sollen? Wenn er dagegen meine Mailbox dranbekam, hatte er niemand, den er fragen konnte, und wahrscheinlich dachte er, dass ihm jemand Geld schuldete. Und weil er das bestimmt haben wollte, würde er seine Adresse hinterlassen.

Vorausgesetzt natürlich, dass ein Teil seiner Story stimmte und er in einer Branche tätig war, in der ihm Firmen Geld schickten. Das konnte Direktmarketing sein oder auch nicht, genauso wie er David Thompson heißen konnte oder auch nicht, weshalb ich mich in meiner Nachricht möglichst vage ausgedrückt hatte.

Es hätte klappen müssen. Und wenn nicht, war es zumindest in anderer Hinsicht ein Erfolg. Wenn er so argwöhnisch war, hatte er wirklich etwas zu verbergen.

Ich ging zum YMCA in der West Sixty-third Street und kam gerade rechtzeitig zum Mittagstreffen der Fireside-Gruppe. Die Sprecherin erzählte eine verkürzte Trinkergeschichte und sprach die meiste Zeit über ihr aktuelles Dilemma: Sollte sie sich damit abfinden, dass die Schauspielerei nicht das Richtige für sie war und dass sie außer zwei Sätzen in einer Rolaids-Werbung, knapp fünfzig Tagen als Statistin und allen möglichen unbezahlten Rollen in Showcase-Produktionen, zu denen niemand kam, nicht allzu viel vorzuweisen hatte für fünf Jahre hingebungsvollen Einsatzes zur Erreichung ihres Berufsziels.

»Ich bin keine Schauspielerin, ich bin eine Bedienung«, sagte sie, »und das ist völlig okay, es gibt nichts an diesem Beruf auszusetzen. Ich bin bloß nicht sicher, ob ich das mein ganzes Leben lang machen möchte. Allerdings bin ich auch nicht mehr so sicher, ob ich wirklich Schauspielerin werden möchte, mal ganz unabhängig davon, ob ich die Chance bekommen werde, als solche zu arbeiten.«

Abie war auch da; ich hatte ihn nicht mehr gesehen, seit Ray Gruliow in St. Paul's gesprochen hatte, und er sagte, dass er seit Neuestem hauptsächlich zu Mittagstreffen ging, aber in Middle Village einen Abend als Sprecher bestritten hatte. Ich ging mit ihm und zwei Frauen um die Ecke mittagessen. Eine von ihnen hieß Rachel und jobbte als Aushilfe in einem Büro. Die andere, eine junge Frau mit scharf geschnittenem Gesicht, arbeitete als Aushilfslehrerin, wenn sie überhaupt arbeitete, was vermutlich nicht allzu oft der Fall war. Wie sie hieß, bekam ich nicht mit.

Aber egal, wer sie war, nahm sie kein Blatt vor den Mund, als sie sich über die Sprecherin des Treffens äußerte. »Das Gute an ihrer Schauspielausbildung ist«, sagte sie, »dass sie sehr klar und deutlich spricht, sodass man jedes Wort versteht, selbst wenn man in der letzten Reihe sitzt. Aber leider ist jedes Wort ich, ich, ich.«

Rachel meinte, sie käme ihr bekannt vor und sie hätte sie vielleicht schon mal im Fernsehen gesehen. Abie sagte, ihm käme sie nicht bekannt vor, und das sei komisch, weil er sich keine Rolaids-Werbung entgehen ließe.

»Sie hat gesagt, sie hätte nur zwei Sätze gehabt«, sagte Rachel. »Aber vielleicht war es nur ein Hintergrundkommentar, und sie war gar nicht zu sehen.« Es war schwer zu sagen, ob sie ihn beim Wort nahm oder ihrerseits mit Ironie auf seine Bemerkung reagierte.

Ich kam erst dazu, mein Handy wieder anzumachen, als ich nach Hause kam. In der Mailbox wartete eine Nachricht auf mich. Eine Stimme, die ich noch nie gehört hatte, sagte: »Hey, danke, Mann. Das ist meine Adresse.« Ich notierte sie mir: 755 Amsterdam #1217, New York NY 10025. »Und vergessen Sie die Wohnungsnummer nicht«, fügte er hinzu, »sonst kriege ich den Scheck nicht. Das ist wahrscheinlich, was letztes Mal passiert ist.«

In Manhattan verlaufen die nummerierten Straßen von Osten nach Westen, und begonnen wird mit der Zählung an der Fifth Avenue. Wenn man also die Hausnummer weiß, kann man sofort sagen, zwischen welchen Avenues ein Haus liegt.

Die Avenues verlaufen in nord-südlicher Richtung und haben je nachdem, wo sie beginnen, unterschiedliche Nummerierungssysteme. Aber in jedem Stadtplan und in den meisten Telefonbüchern findet man einen entsprechenden Schlüssel. Bei einigen Durchgangsstraßen kommt es zu leichten Abweichungen, aber letztlich läuft es darauf hinaus, dass man die Adresse nimmt, die letzte Ziffer streicht, die verbleibende Zahl durch zwei teilt und die für die fragliche Avenue angegebene Zahl addiert. Das Ergebnis ist dann die nächste quer verlaufende Straße.

Eine Immobilienmaklerin hatte die Tabelle auf eine in jeden Geldbeutel passende Plastikkarte drucken lassen, und das war ein besseres Werbegeschenk als ein Taschenkalender, denn ich habe diese Karte jetzt schon fünf Jahre und verwende sie ständig. Viel Geschäft wird die Maklerin deswegen allerdings nicht mit mir machen, denn Elaine und ich sind durch nichts vom Parc

Vendome wegzubewegen, aber meine Dankbarkeit ist ihr sicher, auch wenn sie sich nichts davon kaufen kann.

Jedenfalls wusste ich dank dieser Tabelle, dass sich die Adresse, die ich für David Thompson hatte, eine oder zwei Straßen nördlich von der Ninety-sixth Street befand. Das war knapp einen Kilometer von der Ecke West End und Eighty-eighth entfernt, aber wesentlich weiter von Kips Bay.

Ich fuhr mit der U-Bahn hin, ging vom Broadway eine Straße nach Osten und fand Haus Nummer 755 an der Stelle der Amsterdam Avenue, wo es laut Amalia Ferrantes Karte sein sollte, auf halber Höhe zwischen Ninety-seventh und Ninety-eighth. Es war ein fünfstöckiges Mietshaus, das noch keine erkennbaren Gentrifizierungsspuren aufwies. Trotzdem stimmte etwas damit nicht, denn selbst wenn sie das Haus im Lauf der Jahre in lauter Kaninchenställe von Wohnungen aufgeteilt hätten, konnte es dort unmöglich ein Apartment 1217 geben.

Vielleicht handelte es sich dabei um ein spezielles Verschlüsselungssystem Thompsons, damit er feststellen konnte, dass der Brief von dem Mann war, der ihn angerufen hatte, wenn in der Adresse die Wohnungsnummer mit 1217 angegeben war. Aber auch das ergab keinen Sinn.

Ich studierte den Klingelkasten neben dem Eingang. Es gab sechzehn Klingelknöpfe, jeweils vier für die Stockwerke eins bis vier, weil das gesamte Erdgeschoss ein Geschäft einnahm. Neben neun oder zehn davon stand ein Name in dem dafür vorgesehenen Fenster. Der Rest war leer. Die meisten Namen waren spanisch, ein Thompson war nicht dabei.

Ich trat wieder auf den Gehsteig hinaus und sah mir den Laden im Erdgeschoss an. Er war nicht wahnsinnig einladend mit den von Sonne oder Zeit verblichenen Waren im Schaufenster. Das versuchte er damit wettzumachen, dass er alles im Angebot hatte, was die Leute in einem Viertel wie diesem brauchen konnten: Scheckeinlösung, Passfotos, notarielle Beglaubigungen, Eisen- und Haushaltswaren, Regenschirme, Schuhcreme, Pampers und alle möglichen Snacks. Drei Neonreklamen für Bier, eine davon für eine Marke, die schon zehn Jahre nicht mehr hergestellt wurde, teilten sich das Schaufenster mit einem Café-Bustelo-Plakat. Das Angebot war so reichhaltig, dass ich erst nach einer Weile auf den einzigen relevanten Gegenstand im Schaufenster aufmerksam wurde, ein vergilbtes Blatt Papier mit dem handschriftlichen Hinweis PRIVATE POSTFÄCHER ERHÄLTLICH.

Im Innern des Ladens sah es wie zu erwarten aus. Ich entdeckte keine Postfächer und fragte mich, wo die zwölfhundert von ihnen versteckt sein könnten. Die Frau hinter dem Ladentisch, stämmige Figur und Haare wie Putzwolle, fasste mich scharf ins Auge. Ich weiß nicht, was ich ihrer Meinung nach hätte stehlen sollen.

Ich fragte, ob sie Postfächer zu vermieten habe, worauf sie nickte. Ich sagte, ich könne aber keine sehen. Ob sie mir zeigen könne, wo sie seien?

»Ist kein Post*fach*«, sagte sie und zeichnete mit den Händen einen Würfel in die Luft. »Ist Post*dienst*.«

»Wie funktioniert das?«

»Sie zahlen für den Monat und bekommen Nummer. Und dann Sie kommen und sagen mir Nummer und ich bringe Post für Sie.«

»Wie viel kostet das?«

»Nicht viel. Fünfzig Dollar. Sie zahlen drei Monate voraus, Sie bekommen vierten Monat gratis.«

Ich klappte meine Geldbörse auf und zeigte ihr eine Karte, die ich von Joe Durkin bekommen hatte. Es war eine Mitgliedskarte der Detectives Endowment Association. Sie hielte zwar eine Politesse nicht davon ab, einen abschleppen zu lassen, wenn man zu nah an einem Hydranten geparkt hatte, aber aus einiger Entfernung sah sie durchaus offiziell aus. »Ich interessiere mich für einen Ihrer Kunden«, sagte ich. »Sein Postfach hat die Nummer zwölfhundertsiebzehn. Eins-zwo-eins-sieben.«

Sie sah mich an.

»Wissen Sie, wie er heißt?«

Sie schüttelte den Kopf.

»Könnten Sie bitte nachsehen?«

Sie dachte kurz nach, zuckte mit den Achseln und ging nach hinten. Als sie zurückkam, lag ihre Stirn in tiefen Falten. Ich fragte sie, was los sei.

»Kein Name«, sagte sie.

Ich dachte, sie dürfte ihn mir nicht sagen, aber das war nicht der Grund. Sie sagte, dass sie keinen Namen für die Nummer hatte, und ich glaubte ihr. Ihre Verwirrung war nicht gespielt.

»Wenn Post für ihn da ist …«, begann ich.

»Darum ich so lang brauchen. Wenn Post für ihn kommt, sein Name drauf steht, ja? Keine Post für ihn. Er ein-, zweimal in Woche herkommen. Manchmal Post, manchmal nicht.«

»Und wenn er herkommt, sagt er Ihnen seine Nummer?«

»Zwölf-siebzehn. Und ich bringe ihm Post.«

»Und wenn er Briefe bekommt, steht dann sein Name auf dem Kuvert?«

»Darauf nicht achten.«

»Würden Sie den Namen erkennen, wenn Sie ihn hören?«

»Vielleicht. Aber nicht sicher.«

»Heißt er vielleicht David Thompson?«

»Ich nicht weiß. Nicht José Jiménez. Er ist Anglo, aber mehr ich nicht weiß.«

Sie entschuldigte sich, um einen anderen Kunden zu bedienen. Als sie wieder zu mir zurückkam, sagte sie: »Wenn Sie Dienst kaufen, Sie bekommen Nummer, wir schreiben Namen in Buch. Neben Nummer.«

»Aber neben 1217 steht kein Namen in Ihrem Buch?«

»Kein Name. Vielleicht er erstes Mal hergekommen, als jemand anders gearbeitet hat, jemand, der vergessen hat Namen schreiben. Ist nicht richtig, aber ...« Sie zuckte mit den Achseln, schüttelte den Kopf. Ich hatte den Eindruck, dass es sie mehr störte als mich.

Ich holte das Foto heraus, das Louise mir gegeben hatte, und zeigte es ihr. Ihre Augen leuchteten auf.

»Ja!«

»Ist er das?«

»Ja, ist er. Zwölf-siebzehn.«

»Aber wie er heißt, wissen Sie nicht?«

»Nein.«

Ich gab ihr eine meiner Visitenkarten und bat sie, mich anzurufen und mir den Namen auf dem Umschlag vorzulesen, wenn er das nächste Mal Post bekam. Sie sagte, das werde sie tun, und hielt meine Karte, als wäre sie ein kostbarer Edelstein. Sie reckte den Hals, schaute noch einmal auf das Foto und fragte:

»Er was Schlechtes getan, dieser Mann?«

»Wahrscheinlich nicht«, sagte ich. »Ich möchte nur wissen, wer er ist.«

*   *   *

Ich kam vor Elaine nach Hause. Sie rief an, um mir zu sagen, dass sie bereits unterwegs sei und ob ich schon Wasser aufsetzen könne. Das tat ich, und das Wasser begann gerade zu kochen, als sie zur Tür hereinkam. Sie machte einen Salat und Nudeln, und nach dem Essen stellten wir das Geschirr in die Spüle und gingen die Ninth hinunter zu einem kleinen Off-Broadway-Theater in der Forty-second Street, wo wir Karten für eine szenische Lesung eines Stücks mit dem Titel *Riga* hatten, in dem es um die Vernichtung der lettischen Juden ging. Ich kannte den Autor von den Anonymen Alkoholikern, und deshalb waren wir hier. Nach dem letzten Vorhang gratulierten wir ihm und sagten ihm, was für ein eindrucksvolles Stück es sei.

»Zu eindrucksvoll«, sagte er. »Niemand will es aufführen.«

Auf dem Nachhauseweg sagte Elaine: »Wie kann sich jemand die Gelegenheit entgehen lassen, dieses Stück aufzuführen? Man fühlt sich hinterher so rundum wohl.«

»Trotzdem bin ich froh, dass wir es gesehen haben.«

»Ich bin mir da nicht so sicher. Ich fürchte, das wird alles wieder passieren.«

»Das glaubst du doch nicht wirklich.«

»Und ob ich das glaube. Es gibt ganze Teile der *Times*, die ich nicht mehr lesen kann. Alles, was nationale und internationale Politik betrifft. Das Feuilleton schaffe ich gerade noch, auch wenn die Buchrezensionen nicht selten genauso schlimm sind wie die Nachrichten. Der Wissenschaftsteil am Dienstag ist okay, und die Kochrezepte und Restauranttipps am Mittwoch auch. Ich will zwar nie in die Restaurants gehen oder die Rezepte ausprobieren, aber zumindest schaffe ich es, sie zu lesen.«

»Wirklich schade, dass du dich nicht für Sport interessierst.«

»Ja, das wäre noch etwas, worüber ich mich auf dem Laufenden halten könnte, ohne Prozac-abhängig zu werden. Liest TJ den Wirtschaftsteil?«

»Ich denke schon.«

»Vielleicht unterstützt er uns im Alter – falls wir so alt werden.«

Ich trat an den Straßenrand und hob die Hand. Ein Taxi kam auf uns zu.

»Wollten wir nicht gehen?«, sagte Elaine. »Oder fühlst du dich nicht gut?«

»Nicht gut genug, um fünfzig Blocks zu Fuß zu gehen.« Ich sagte dem Fahrer, die Tenth Avenue raufzufahren, zur Ecke Amsterdam, Ninety-third.

»Ins Mother Blue's?«

»Ich war heute Nachmittag schon in der Ecke«, sagte ich. »Nur hat mich da nichts hingezogen. Aber jetzt haben sie dort Musik.«

»Und Danny Boy.«

»Außer heute ist einer seiner Abende im Poogan's. Aber unabhängig davon finde ich, dass wir ein bisschen Musik hören sollten.«

»Wahrscheinlich hast du recht«, sagte sie. »Auf jeden Fall ist es besser, als nach Hause zu gehen und uns umzubringen.«

Kapitel 13

Unten im Foyer nennt er seinen Namen. Als er oben aus dem Lift steigt, steht sie, gegen den Rahmen gelehnt, in der Tür ihrer Wohnung. Sie trägt einen mit einem Gürtel verschlossenen seidenen Morgenmantel mit einem farbenfrohen Blütenmuster. Ihre Pantoffeln sind an den Zehen offen, und ihre Zehennägel sind, passend zu ihrem Lippenstift, blutrot lackiert.

Er hat seine Aktentasche dabei und von dem koreanischen Gemüsehändler einen Blumenstrauß, vom Getränkemarkt eine Flasche mitgebracht. »*Neben deinem Morgenmantel sehen die Blumen ja richtig blass aus*«*, sagt er, als er ihr den Strauß reicht.*

»*Gefällt er dir? Ich kann mich nicht recht entscheiden, ob ich ihn elegant oder billig finden soll.*«

»*Warum kann er nicht beides sein?*«

»*Diese Frage stelle ich mir manchmal auch. Sie sind wunderschön, Schatz. Ich hole gleich mal eine Vase.*«

An der Spüle lässt sie Wasser in eine Vase laufen, arrangiert die Blumen darin und stellt sie aufs Kaminsims. Er packt die Flasche aus und zeigt sie ihr.

»*Strega*«*, liest sie vom Etikett ab.* »*Was ist das, ein Likör?*«

»*Ein Digestif. Ein italienischer natürlich. Strega heißt* Hexe.«

»*Moi?*«

»*Bezaubernd bist du auf jeden Fall.*«

»*Und du bist ein Schatz.*«

Sie kommt in seine Arme, und sie küssen sich. Ihr Körper, üppig und vollbusig, drückt sich an ihn. Sie ist nackt unter dem Morgenmantel, und er zieht sie an sich, fährt mit der Hand über ihren Rücken und streichelt ihren Po.

Er hat bereits einen Steifen. So geht es mit Unterbrechungen schon den ganzen Tag.

»*Das nenne ich eine Überraschung*«*, sagt sie.* »*Zwei Abende hintereinander. Womit habe ich das verdient?*«

»*Meine Zeit ist leider sehr begrenzt*«*, sagt er.* »*Habe ich dir doch erzählt.*«

»*Ja.*«

»*Und ich kann nie groß im Voraus planen. Manchmal muss ich mehrere Monate am Stück verreisen.*«

»Kein leichtes Leben.«

»Es hat auch seine Vorteile. Wenn ich dann doch mal Zeit habe, versuche ich, diese Momente in vollen Zügen zu genießen. Und deshalb bin ich heute Abend wieder hier.«

»Fass das bitte nicht falsch auf, ich wollte mich nicht beklagen. Sollen wir den Strega probieren? Ich glaube nicht, dass ich schon mal einen getrunken habe. Oder möchtest du lieber einen Scotch?«

Er sagt, er nimmt auch einen Digestif, er hat schon jahrelang keinen mehr getrunken. Sie findet zwei geeignete Gläser und schenkt für sie beide ein, dann stoßen sie an und nehmen einen Schluck.

»Mmm. Sehr komplexer Geschmack. Alle möglichen Kräuter, aber ich kann nicht rausschmecken, welche. Wirklich eine gute Idee, so was mitzubringen.«

»Vielleicht können wir den Strega ja im Schlafzimmer trinken.«

»Eine noch bessere Idee«, sagte sie. »Du bist ein Genie.«

Im Schlafzimmer umarmt er sie, zieht ihr den Bademantel von den Schultern. Sie ist ein paar Jahre älter als er, und ihr Körper ist der einer reifen Frau. Dank Diäten und Gymnastik kann er sich jedoch immer noch sehen lassen, und ihre Haut ist wunderbar, weich und samten.

Er zieht sich rasch aus, legte seine Sachen auf einen Stuhl. »O mein Gott«, haucht sie in gespieltem Entsetzen. »Du willst mir doch dieses Riesending nicht reinstecken?«

»Nicht sofort jedenfalls.«

Sie ist sehr empfänglich, das war sie von Anfang an. Zuerst bringt er sie mit den Fingern, dann mit dem Mund zum Höhepunkt.

»Wahnsinn«, sagt sie nach dem zweiten Orgasmus. »Wenn das so weitergeht, bringst du mich noch um.«

»So schnell noch nicht«, sagt er.

Er nimmt sie in allen möglichen Stellungen, bringt sie von einer zur anderen, löst sich nach jedem Orgasmus von ihr und bringt sie in eine neue Position. Es bereitet ihm keine Mühe, seinen eigenen Höhepunkt hinauszuzögern. Er lässt sich bis zum richtigen Moment Zeit.

Irgendwann nimmt sie ihn in den Mund. Darauf versteht sie sich gut, und er lässt sie eine ganze Weile machen, bevor er sie auf den Bauch rollt, mit einem

Gleitmittel vom Nachttisch präpariert und in ihren Arsch eindringt. Das haben sie auch schon vorher gemacht, unter anderem am Abend zuvor, als er sie dazu gebracht hat, sich vorne selbst zu streicheln und zum Höhepunkt zu bringen.

Heute tut sie das, ohne dass er es ihr sagen muss.

Sie lernt schnell, findet er. Wahrscheinlich könnte er sie dazu bringen, alles zu tun, was er will, und das ist eine reizvolle Vorstellung. Soll er es aufschieben und sie sich noch ein paar Tage oder Wochen länger aufheben?

Nein, es ist so weit.

»Schatz? Gibt es was, das ich für dich tun kann?«

»Nein, du machst das super«, sagt er.

»Aber ich möchte, dass du kommst.«

»Du kannst für uns beide kommen.«

»Ich bin in meinem ganzen Leben noch nicht so oft gekommen, aber das ist nicht fair. Jetzt bist du an der Reihe.«

»Ich komme voll auf meine Kosten.«

»Ich weiß, aber ...«

»Ich muss keinen Orgasmus haben, um befriedigt zu sein.«

»Das hast du gestern Abend auch schon gesagt.«

»Es hat gestern gestimmt, und es stimmt heute.«

»Aber es erregt mich, wenn du kommst«, sagt sie mit der Hand an ihm. »Ich finde es ganz toll, und du scheinst es doch auch zu genießen.«

»Aber klar, natürlich.«

»Drum sag mir, wenn ich irgendwas Bestimmtes tun kann.«

»Hm ...«

»Du kannst mich nicht so leicht schockieren«, sagt sie. »Ich komme nicht frisch aus dem Nonnenkloster.«

»Hätte mich auch gewundert.«

»Aber irgendwas gibt es doch, oder? Solange dabei kein Blut fließt und keine Knochen gebrochen werden, bin ich dabei.«

Er zögert, hauptsächlich um zu genießen, was sie gerade gesagt hat. Schließlich sagt er: »Wie wär's, wenn ich dich fessle?«

»Oh, wow.«

»Aber wenn es dir zu extrem ist ...«

»Nein, nein, ganz im Gegenteil. Das finde ich sogar extrem erregend.« Ihre Hand schließt sich fester um ihn. »Du anscheinend auch. Wahnsinn.«

»Na ja, es ist schon noch mal ein zusätzlicher Reiz.«

»Das alte je ne sais quoi, wie es die Franzosen nennen. Ich, ähm, habe aber keine spezielle Ausrüstung dafür.«

»Ich schon.«

»Du bist mir vielleicht einer!«

Er holte die Aktentasche, öffnet sie. Sie zelebrieren es, als er die Seidenbänder an ihren Hand- und Fußgelenken anbringt, sie mit einem Kissen unter ihrem Po auf das Bett legt, die ebenfalls seidenen Schnüre für Hand- und Fußgelenke an den vier Ecken des Betts festbindet. Sie macht große Augen, als er ihr einige der Gerätschaften zeigt, die er mitgebracht hat. Sie wirkt erregt, und ja, sie ist feucht, als er sie berührt, aber feucht ist diese hier immer, jederzeit bereit und willig und verfügbar.

Er schnalzt die Reitgerte über ihren Bauch. Es tut ihr ein bisschen weh, merkt er, aber es gefällt ihr.

Bisher.

»Du scheinst ja einen ganzen Pleasure Chest aufgekauft zu haben«, sagt sie. »Du hast es wirklich faustdick hinter den Ohren.«

Er holt ein Kondom heraus, streift es sich über.

»Aber so eins brauchst du doch gar nicht, Liebling. Wozu das denn? Ach, jetzt sag bloß, dass du deshalb nicht kommen wolltest! Das ist wirklich süß von dir, aber du brauchst dir wirklich keine Sorgen mehr zu machen, dass ich schwanger werde. Diese Zeiten sind leider längst vorbei.«

Langsam bekommt er es satt, ihr zuzuhören. Lieber macht er dem ewigen Geschnatter mal gleich ein Ende. Er reißt ein Stück Klebeband ab, hält ihr mit einer Hand den Kopf fest, befestigt mit der anderen das Tape auf ihrem Mund. Damit hat sie nicht gerechnet, und sie ist auch nicht besonders angetan darüber. Er beobachtet ihre Augen, als ihr das Ausmaß ihrer Wehrlosigkeit bewusst wird.

Aber es könnte auch dazugehören und den speziellen Reiz der Sache ausmachen. Sie ist sich noch nicht sicher.

Er lässt sie den Brieföffner sehen. Ihre Augen weiten sich, und wäre ihr Mund nicht zugetapt, würde sie den Mund aufreißen.

Er steigt zu ihr aufs Bett, packt ihre Brust, drückt mit dem Brieföffner fest zu, bis seine Spitze durch die Haut am Rand der Areola dringt. Er nimmt den

Blutstropfen, der an dieser Stelle austritt, mit der Spitze seines Zeigefingers auf und zeigt ihn ihr.

Einfach großartig, der Blick in ihren Augen ...

»Kein Blutvergießen, hast du gesagt, und ich habe dich in dem Glauben gelassen, dass ich mich daran halten werde. Das war wohl, was man eine Unterlassungslüge nennen könnte. Du wirst nämlich heute Abend schon etwas Blut vergießen.«

Er steckt den Finger in seinen Mund und schmeckt das Blut, weidet sich daran, weidet sich auch an ihrem Mienenspiel, als sie ihn dabei beobachtet. Hat sie in einem empfänglichen Alter Dracula gelesen? Hat sie das Buch, wie anscheinend viele Mädchen, erotisch gefunden?

Er nimmt den Brieföffner, um die Wunde zu vergrößern. Er drückt seinen Mund darauf und saugt ihr Blut auf, lässt seinen Mund damit volllaufen, lässt es seine Kehle hinunterfließen. Er mag den Geschmack von Blut, mag die Vorstellung, es zu trinken. Der Vampirmythos hat schon was, auch wenn, wie bei den meisten Mythen, viel daran Unsinn ist. Ewiges Leben, die Notwendigkeit, das Tageslicht zu meiden und in einem Sarg zu schlafen – sicher ganz witzig, aber total lächerlich.

Und doch gehen die mit Blut verbundenen Reize und Genüsse über das rein Mythische hinaus. Was könnte nahrhafter sein als dieser Saft, der die ganze Lebensenergie seines Besitzers enthält? Natürlich verjüngt es denjenigen, der es trinkt. Wie könnte es anders sein?

Er saugt gierig und widersteht standhaft dem Impuls, in das weiche Fleisch zu beißen. Bundy war ein Beißer, er hat Gebissspuren in seinen Opfern hinterlassen und wäre dem elektrischen Stuhl vielleicht entgangen, wenn er das hätte bleiben lassen. In dieser saftigen Titte werden keine Gebissspuren zurückbleiben, so gern er zweifellos hineinbeißen würde.

Sie zerrt an ihren Fesseln, versucht unter dem Tape zu schreien. Natürlich vergebens. Es gibt nichts, was sie tun könnte.

Er dagegen kann machen, was er will.

Er stützt sich auf, sodass sein Gesicht ganz dicht über ihrem ist. »Du hättest dich auf keinen Fall von mir fesseln lassen sollen«, sagt er in beiläufigem Ton. »Aber mach dir keine Vorwürfe. Die Würfel waren in dem Moment gefallen, als du mir die Tür geöffnet hast. Hättest du nein gesagt, hättest du dich zu wehren versucht, es hätte dir nichts genützt. Es wäre zu einem Handgemenge gekommen, aber du hättest keine Chance gehabt und wärst trotzdem genau da gelandet, wo du jetzt bist, gefesselt und vollkommen wehrlos.«

Er streicht mit der Hand über ihre Haut. Das Alter mag sie ein wenig erschlaffen lassen haben, und auch die Schwerkraft mag sich bemerkbar gemacht haben, aber es hat ihr zu wunderbar zarter Haut verholfen.

»Wie oft bist du heute Abend gekommen? Irgendwann habe ich zu zählen aufgehört. Ich hoffe nur, du hattest deinen Spaß. Denn was jetzt kommt, wird dir nicht mehr so gut gefallen. Darauf würdest du, glaube ich, lieber verzichten.«

Den Gnadenstoß (es ist allerdings kein großer Stoß, und um von Gnade sprechen zu können, erfolgt er reichlich spät) versetzt er ihr natürlich mit dem Brieföffner, und im Wesentlichen ist es der gleiche Stoß, den er schon der Frau in dem Laden hat versetzen wollen, ein gezielter Stich zwischen die Rippen und dann zum Herzen hoch. Er befindet sich in diesem Moment in ihr, und er versucht, seinen Höhepunkt so zu timen, dass er mit ihrem Tod zusammenfällt, doch sein Körper besteht darauf, sich an seinen eigenen Zeitplan zu halten, und vielleicht ist seine Weisheit die größere.

Denn so richtet sich seine Aufmerksamkeit ganz auf die Klinge in seiner Hand und auf den Ausdruck ihrer Augen, und er spürt ihr Herz an der Spitze der Klinge, spürt, wie es sich durchbohren lässt, und spürt, wie das Leben aus ihr entweicht. Und mit Sicherheit ist sie jetzt ein Teil von ihm, genau wie all die anderen, die er genommen hat, jede einzelne von ihnen. Ihr Verlust ist eindeutig sein Gewinn, ihr Schmerz seine Lust, ihr Tod sein Leben.

Und dann kommt er zum Ende. Er bewegt sich jetzt ganz langsam in ihr, in der Umhüllung von leblosem Fleisch, langsam und aufreizend, bis er es nicht mehr zurückhalten, nur noch alles über sich ergehen lassen kann, und er schreit auf vor Schmerz oder Lust, als er sein Ziel erreicht.

Zum Glück besteht kein Grund zur Eile. Er kann es kaum erwarten, von hier fortzukommen, möglichst große Distanz zwischen sich und die tote Frau zu bringen, aber er weiß auch, dass er nichts überstürzen darf. Er will keine Spuren hinterlassen oder sie zumindest auf ein Mindestmaß beschränken. Die Polizei wird sich intensivst mit seinen Anstrengungen befassen, und ihre forensischen

Fähigkeiten sind legendär. Es kann nur in seinem Interesse sein, ihnen so wenig wie möglich zu hinterlassen, womit sie arbeiten können.

Er hat zwei Orgasmen gehabt, einen deutlich vor ihrem Tod, einen unmittelbar danach, und folglich hat er zwei Kondome gefüllt. Beide sind jetzt verknotet, seine DNA in ihnen sichergestellt. Er kann sie in der Toilette hinunterspülen, die Abwasserentsorgung in einem New Yorker Wohnhaus dürfte das problemlos bewältigen, aber angenommen, eines verfängt sich in einem verstopften Abflussrohr? Da ist es sicherer, sie in einem Ziploc-Beutel zu verstauen und ihn zusammen mit den Hand- und Fußgelenksfesseln, den Seidenschnüren, der Reitgerte und dem Rest der Pleasure-Chest-Utensilien aus seiner Aktentasche zu entsorgen.

Blut gibt es nicht viel. Außer dem, was er ihr ausgesaugt hat, ist nur wenig aus ihrer Brust ausgetreten, und er hat es geschafft, etwas davon auf seine Brust und seine Unterarme zu bringen. Die letzte Wunde, der Stich, mit dem er ihr Herz zum Stillstand gebracht hat, hat keine Gelegenheit mehr bekommen zu bluten, und der Brieföffner steckt immer noch in ihrem Herz.

Zuerst eine Dusche. Aber in weiser Voraussicht hat er ein 15x15 Zentimeter großes Stück feinmaschiges Gewebe mitgebracht, wie es Heimwerker benutzen, um ein Loch in einem Fliegengitter zu reparieren. Er befestigt es mit Klebeband über dem Abfluss der Badewanne. Jegliche Kopf- oder Körperhaare oder sonstiges Spurenmaterial, das sich im Siphon verfangen könnte, gelangt jetzt erst gar nicht in den Abfluss.

Er duscht gründlich, verwendet ihre Seife, ihr Shampoo, ihren Conditioner. Er trocknet sich mit einem großen blauen Badetuch ab, das er anschließend zu den anderen Sachen packt, die er entsorgen muss. Dann entfernt er das Stück Fliegengitter und das Tape, mit dem er es befestigt hat, und verstaut es ebenfalls.

In einem Schrank findet er einen Staubsauger. Werden ihn die Nachbarn hören? Möglicherweise, aber was soll's? Er saugt alle Böden der großen Zweizimmerwohnung, dann tauscht er die Aufsätze und saugt das Bett, die Leiche und auch sonst alles.

Haare sind der Feind, Haare und Schweiß und andere Körpersekrete. Er stellt sich, nicht zum ersten Mal, vor, wie lächerlich einfach es vor hundert Jahren oder noch früher für einen Verbrecher gewesen sein muss, als DNA, Blutgruppen, Ballistik oder Forensik noch keine Wörter, geschweige denn eine Wissenschaft gewesen waren. Ein Wunder, dass damals überhaupt jemand gefasst wurde.

Und überhaupt, wie viele sind der Polizei tatsächlich ins Netz gegangen? Von den Cleveren, den Strategen, den Übermenschen des Mords? Es muss jede Menge gegeben haben, die ungestraft davongekommen sind, genauso wie er ungestraft davonkommt, Jahr für Jahr für Jahr.

Er hat gebadet und sich die Haare gewaschen, bevor er hierhergekommen ist, aber man verliert ständig Haare und Hautschuppen. Gerade als er mit dem Staubsaugen fertig wird, fällt ihm ein, dass er auch am Abend zuvor hier war und Gott weiß wie viele Haare und Hautzellen zurückgelassen hat. Und sie hat doch die Bettwäsche gewechselt, oder?

Er findet die Laken vom Vortag im Wäschekorb, nimmt sie heraus und mit ihnen sicherheitshalber auch noch alles andere, was sich darin befindet. Eine Kleinigkeit, möglicherweise eine unnötige Vorsichtsmaßnahme, aber warum ein Risiko eingehen?

Sie bewahrt ihr Bargeld in der Schublade mit ihrer Unterwäsche auf, stellt er fest. Es ist nicht gerade ein Vermögen, weniger als tausend Dollar, aber er wird bestimmt eine Verwendung dafür finden, ganz im Gegensatz zu ihr. Er hat Ausgaben gehabt – 200 Dollar für den bronzenen Brieföffner, etwa genauso viel für die erotischen Utensilien und dann noch der Strega und der Blumenstrauß. Mit ihrem Bargeld in seiner Brieftasche hat sich seine nächtliche Unternehmung locker selbst getragen.

Als Nächstes wischt er, um Fingerabdrücke zu entfernen, über alle glatten Oberflächen. Weder an diesem Abend noch bei seinen vorherigen Besuchen hat er viel angefasst. Er wischt die Flasche Strega und ihre Gläser ab. Er nimmt die Flasche Glenmorangie Scotch, die sie ihm gekauft hat, aus dem Getränkeschrank, schenkt sich ein Glas ein und trinkt es, dann wischt er die Flasche ab und stellt sie zurück. Die Vase mit den Blumen lässt er auf dem Kaminsims stehen. Die Vase hat er nicht angefasst, und auf Blumen bleiben keine Fingerabdrücke zurück.

Auf Papier allerdings schon, und er hat das Papier, in das der Blumenstrauß eingeschlagen war, lang in der Hand gehalten. Er findet es im Abfalleimer in der Küche und stopft es in einen seiner Müllsäcke.

Während er das alles tut, ist er nackt. Jetzt, nachdem er damit fertig ist, zieht er die Sachen an, die er auf den Stuhl im Schlafzimmer gelegt hat. Er stellt alles, was er mitnehmen will, an der Wohnungstür ab. Hat er an alles gedacht? Kann er jetzt gehen?

Eine Sache noch.

Er nimmt eine Nagelschere von ihrer Kommode, stellt sich vor den an der

Wand befestigten Vergrößerungsspiegel und schneidet sich drei Schnurrbarthaare ab. Eines lässt er neben ihrem rechten Arm auf dem Bettlaken, die anderen beiden platziert er in ihrem Schamhaar.

Voilà!

Kapitel 14

Das Mother Blue's war entweder halb voll oder halb leer, wahrscheinlich je nachdem, ob man Geld in den Club investiert hatte oder nicht. Heutzutage ist so etwas eine Seltenheit, ein Jazzclub, der nicht in Midtown, SoHo oder im Village liegt. Entsprechend wenig Nicht-New-Yorker verirren sich dorthin. Die Klientel ist eine ausgewogene Mischung aus Leuten aus der ganzen Stadt, die wegen der Musik herkommen, und Leuten aus dem Viertel, die nichts gegen die Musik haben und das Mother Blue's für einen angenehmen Club halten, in dem man entspannt abhängen kann. Das Publikum setzte sich immer zu etwa gleichen Teilen aus Schwarzen und Weißen zusammen, wobei in letzter Zeit der Anteil an Asiaten deutlich zugenommen hat.

Danny Boy ist drei, vier Abende die Woche dort, an den restlichen Tagen beehrt er das Poogan's Pub in der West Seventy-second zwischen Columbus und Amsterdam Avenue mit seiner Anwesenheit. Im Poogan's haben sie außer dem, was die Musikbox zu bieten hat, keine Musik, und falls es mit etwas punkten kann, dann höchstens mit einer gewissen unkonventionellen Geradlinigkeit. Ins Poogan's gehe ich nur, wenn ich mit Danny Boy sprechen will, während ich ins Mother Blue's auch nur wegen der Musik gehe.

Danny Boy saß an einem Tisch in Bühnennähe, und er entdeckte uns, bevor wir ihn sahen. Er lächelte, als mein Blick auf ihn fiel, und winkte uns an seinen Tisch.

»Matt und Elaine«, begrüßte er uns. »Setzt euch, setzt euch. Darf ich euch Jodie vorstellen. Jodie, das sind Matt und Elaine.«

Jodie war Chinesin, mit extrem geradem schulterlangem schwarzem Haar und zarten, perfekt geschnittenen Zügen in ihrem ovalen Gesicht. Sie wirkte insgeheim amüsiert, als Danny uns miteinander bekannt machte, und das blieb auch den Rest des Abends so. Mir war nicht recht klar, ob sie alles amüsant fand oder ob das ihr natürlicher Gesichtsausdruck war.

»Sie machen gerade Pause«, bemerkte Danny Boy mit einem Nicken in Richtung Bühne. »Die Rhythmusgruppe hast du schon öfter hier gehört.« Er nannte uns die Musiker. »Der Tenorsaxofonist ist gerade schwer angesagt, und phasenweise erinnert er mich, ohne Übertreibung, an Ben Webster. Er ist noch sehr jung, und ich weiß nicht, ob er überhaupt mal was von Ben Webster gehört hat. Live erlebt hat er ihn garantiert nicht, aber warte einfach ab, wie du ihn findest.«

Ich kenne niemanden wie Danny Boy Bell, aber das dürfte für jeden gelten. Er ist kaum eins fünfzig groß und damit klein genug, um sich in der Knabenabteilung von Barneys einkleiden zu können, aber seit zwanzig Jahren lässt er sich seine Anzüge von einem Schneider aus Hongkong machen, der ab und zu nach New York kommt. Das kostet ihn nicht mehr Geld und erspart ihm manche Peinlichkeit sowie die Unannehmlichkeit, vor Einbruch der Dunkelheit außer Haus gehen zu müssen. Er ist Albino und der Sohn schwarzer Eltern von den West Indies, und helles Licht ist unangenehm für seine Augen und schlecht für seine Haut. Deshalb verbringt er die Stunden mit Tageslicht in seiner Wohnung mit Lesen, Schlafen oder Telefonieren, die Nächte im Poogan's oder im Mother Blue's.

Beruflich macht er in Informationen. Die meisten seiner Kontakte sind schon das eine oder andere Mal mit dem Gesetz in Konflikt geraten, aber hin und wieder verhaftet worden zu sein, macht einen nicht gleich zum Kriminellen. Sie gehören der Unterwelt an, könnte man sagen, obwohl Elaine das französische Wort *demi-monde* passender findet, und sei es auch nur, weil es aus dem Französischen kommt. Weiberhelden und Prostituierte, Spieler, Trickbetrüger und Mauschler jeder Couleur, und alle tauchen sie an Danny Boys Tisch auf oder rufen ihn an. Manchmal zahlt er Geld für die Informationen, die er erhält, aber oft kommt das nicht vor, und die Beträge sind in der Regel niedrig. Meistens bezahlt er seine Quellen, wenn überhaupt, mit einem Gefallen oder anderen Informationen, weil ihm viele auch nur deshalb etwas erzählen, damit es in Umlauf kommt.

Er gehörte schon zu meinen Quellen, als ich noch bei der Polizei war, und als ich den Dienst quittierte, blieben wir weiter in Kontakt. In den vierzig Jahren, die ich Danny inzwischen kenne, sind wir gute Freunde geworden, und dass ich Elaine an seinem Tisch kennengelernt habe, habe ich, glaube ich, schon erwähnt.

Elaine versicherte ihm, dass er gut aussah, doch er schüttelte bedrückt den Kopf. »Der Tag, an dem mir das jemand zum ersten Mal gesagt hat«, erklärte er ihr, »war der Tag, an dem mir zum ersten Mal bewusst geworden ist, dass ich alt werde. Oder hast du schon mal gehört, dass jemand einem jungen Spund sagt, dass er gut aussieht? Nimm zum Beispiel Jodie, sie sieht absolut umwerfend aus, und das sage ich ihr auch, aber ich käme nicht auf die Idee, ihr zu sagen, dass sie gut aussieht. Sieh sie dir doch an, eine Haut wie eine Porzellanpuppe, wenn dieser Ausdruck gestattet ist. Bis ihr jemand sagt, dass sie gut aussieht, vergehen bestimmt noch zwanzig Jahre.«

»Ich nehme alles zurück, Danny.«

»Nein, warum denn, Elaine? Ich bin natürlich ein alter Knacker, das ist kein Geheimnis, und in meinem Alter tut es meinem Herz gut zu hören, dass ich gut aussehe. Vor allem von einem hübschen jungen Ding wie dir.«

»Danke, Danny, aber ich sehe auch schon ein paar Jährchen gut aus.«

»Trotzdem bist du noch ein süßes junges Ding. Frag deinen Mann, wenn du mir nicht glaubst. Matt, ist das, wie ich doch sehr hoffen möchte, ein privater Besuch? Wenn es allerdings was Geschäftliches ist, sollten wir es besser hinter uns bringen, bevor sie wieder zu spielen anfangen.«

»Rein privat«, sagte ich. »Wir hoffen, dass uns die Musik auf andere Gedanken bringt. Wir waren in einem Theaterstück über den Holocaust, und als wir aus dem Theater gekommen sind, war Elaine der festen Überzeugung, dass das nur der erste Akt war.«

Nach kurzem Nachdenken nickte Danny. »Ich schaue mir die Welt nicht genauer an, als ich muss, aber selbst das Wenige, was ich so zu sehen bekomme, reicht mir bereits.«

Elaine fragte ihn, ob er immer noch seine Liste führte.

»Oh«, sagte er. »Das weißt du?«

»Matt hat mir davon erzählt.«

Ein paar Jahre zuvor war bei Danny Boy Dickdarmkrebs diagnostiziert worden, und er hatte sich daher einer Operation und einer Chemotherapie unterziehen müssen. Als ich davon erfuhr, war er bereits wieder auf den Beinen, aber es hatte ihm die Augen für die menschliche Sterblichkeit geöffnet, eine Erfahrung, auf die er eine interessante Reaktion zeigte: Er stellte eine Liste all derer zusammen, die er gekannt hatte und die inzwischen gestorben waren, angefangen bei einem Jungen in seiner Schule, der von einem Auto überfahren worden war. Als ich an dem Abend damals von seinem Tisch aufstand, konnte ich mich nur mit Mühe davon abhalten, im Kopf eine ähnliche Liste zusammenzustellen.

Jetzt, Jahre danach, waren unsere Listen sicher länger.

»Als ich eine Weile keinen Rückfall mehr hatte«, sagte er, »habe ich damit aufgehört, bis ich irgendwann das Gefühl hatte, ich könnte dieser dummen Geschichte ein Schnippchen schlagen. Aber was dann endgültig den Ausschlag gegeben hat, waren die Twin Towers. Zwei Tage nachdem beide Türme eingestürzt waren, erzählt mir der Typ an der Ecke, der mir jetzt schon zwanzig Jahre lang jede Nacht auf meinem Weg nach Hause eine Zeitung verkauft, dass sein Sohn auf derselben Etage des North Tower war, in die das Flugzeug eingeschlagen hat. Wenn man an diesem Tag tief eingeatmet hat, hat man etwas von ihm in seine Lunge bekommen. Ich habe den Jungen gekannt. Als er noch klein war, hat er samstagabends seinem alten Herrn geholfen, alle Teile der *Sunday Times* zusammenzustellen. Tommy hat er geheißen. Ich bin nach Hause gegangen, ich wollte ihn auf meine Liste setzen, aber dann dachte ich mir plötzlich, Danny, was machst du da eigentlich? Sie sterben so schnell, dass du mit dem Schreiben nicht mehr mitkommst.«

»Nur gut, dass wir hierhergekommen sind«, sagte Elaine. »Inzwischen geht es mir schon wesentlich besser.«

Danny Boy entschuldigte sich, und sie sagte, das sei doch nicht seine Schuld, und er nahm seine Flasche Wodka aus dem silbernen Eiskübel und schenkte sich ein Glas ein. Dann brachte die Bedienung endlich die Drinks, die Elaine und ich vor einer Ewigkeit bestellt hatten, eine Coke für mich und einen Lime Rickey für sie und dazu einen weiteren Sea Breeze für Jodie. Dann kamen, keine Sekunde zu früh, die Musiker zurück und spielten unter anderem »Laura« und »Epistrophy« und »Mood Indigo« und »'Round Midnight«, und ich musste Danny Boy recht geben, der Tenorsaxofonist klang tatsächlich wie Ben Webster.

Kurz vor der nächsten Pause kündigte der Pianist, ein hagerer Schwarzer mit einer Hornbrille und einem akkurat gestutzten Ziegenbart, an, dass sie sich mit einer Nummer über eine Französin in England verabschieden würden, die für ihre kallipygischen Reize bekannt war. »Ladies and Gentlemen, freuen Sie sich auf ›London Derriere‹.«

Hier und da kicherte jemand, im Rest des Publikums herrschte Ratlosigkeit. Natürlich spielte er damit auf »Londonderry Air« an, den ursprünglichen Titel der Nummer, die den meisten als »Danny Boy« bekannt ist. Es ist eine der schönsten Melodien der Welt, auch wenn viele sie nicht sonderlich geeignet für eine Verjazzung halten. Die Musiker hatten die Nummer als eine Verbeugung vor Danny Boy Bell gedacht, der es schaffte, gleichzeitig geschmeichelt und peinlich berührt auszusehen. Der Saxofonist spielte einen Chorus in der Originalfassung, und das reichte, um einem das Herz zu brechen, und dann wechselten sie in einen Up-tempo-Beat und wandelten die Melodie ab. Für mich hörte es sich ganz okay an, aber im Grund war es ein neues Stück. Bis auf das erste Tenorsaxsolo, das man sich die ganze Nacht lang hätte anhören können, vor allem mit einem Glas in der Hand.

Sie brachten die Nummer zu Ende, bedankten sich für den Applaus und verließen die Bühne. Der Pianist kam an Danny Boys Tisch und sagte ihm, er hätte hoffentlich nichts dagegen gehabt, und Danny Boy versicherte ihm, natürlich nicht, und dass sie den Saxofonisten zu halten versuchen sollten. »Schön wär's«, sagte der Pianist. »Bis Donnerstag in einer Woche ist er noch hier, aber dann fliegt er nach Stockholm.« Als ihn Danny Boy fragte, was er denn dort wollte, sagte der Pianist: »Blonde Mösen bespielen.« Und dann merkte er, dass zwei Frauen an unserem Tisch waren. Er wurde sehr verlegen und entschuldigte sich ausgiebig und verdrückte sich eilig.

Danny nahm einen Schluck Wodka. »Ich kann euch nicht sagen, wie ich diesen Song immer gehasst habe.«

»Dabei ist es so eine schöne Melodie«, sagte Elaine.

»Und auch der Text ist nicht übel«, versicherte ihr Danny Boy. »›The summer's gone, the roses all are fallen.‹ Ich habe es nur ständig zu hören bekommen, als ich ein kleiner Junge war. Sie haben mich damit aufgezogen.«

»Wegen deines Namens.«

»Aufgezogen worden bin ich sowieso ständig«, sagte er, »weil ich so komisch ausgesehen habe, ein weißhaariger, weißgesichtiger Niggerpimpf, der keinen Sport machen durfte und eine Sonnenbrille tragen musste und zu allem Überfluss auch noch zehnmal cleverer war als sonst jemand in der Schule, die Lehrer eingeschlossen. ›Yo, Danny Boy! The pipes is callin'!‹«

»Aber der Spitzname ist dir geblieben«, sagte Jodie.

»Es war kein Spitzname. Ich wurde auf den Namen Daniel Boyd Bell getauft. Das war der Mädchenname meiner Mutter, Boyd, *B-O-Y-D*, wie ein Greenpointer, der Bird sagen will. Ich habe von dem Moment an auf Danny Boyd reagiert, als ich alt genug war, auf irgendetwas zu reagieren, und das *D* ist nur untergegangen, weil es die Leute nicht gehört haben und gedacht haben, ich heiße Danny Boy, *B-O-Y*, wie das Lied.«

Er runzelte die Stirn. »Wisst ihr«, fuhr er fort, »wenn ich mir die ganzen Leute so ansehe, die ich kenne und die von ihren Vätern missbraucht und ihren Müttern regelmäßig grün und blau geschlagen worden sind, habe ich es, genau besehen, wahrscheinlich gar nicht so schlecht getroffen.«

Wir hörten uns noch einen Set an, und Danny wollte mich nicht zahlen lassen. »Du hattest zwei Colas und ein Glas Sodawasser mit einem Stück Zitrone«, meinte er. »Das kann ich mir, glaube ich, gerade noch leisten.« Ich sagte was wegen des Eintritts, worauf er meinte, an seinem Tisch hätte noch niemand Eintritt gezahlt. »Sie wollen sich das Geschäft mit mir nicht entgehen lassen«, sagte er. »Frag mich nicht, warum.«

Irgendetwas veranlasste mich, das Foto unseres schwer zu fassenden David Thompson herauszuholen. Ich zeigte es Danny Boy und fragte ihn, ob ihm der Mann bekannt vorkam.

Er schüttelte den Kopf. »Sollte er das denn?«

»Wahrscheinlich nicht. Er hat ein paar Straßen weiter ein privates Postfach. Deshalb dachte ich, er könnte mal hier reingekommen sein.«

»Er hat zwar ein Gesicht, das man schnell wieder vergisst«, sagte er, »aber ich glaube nicht, dass ich es schon mal gesehen habe. Willst du Kopien von dem Foto machen lassen, damit ich sie rumzeige?«

»Ich glaube nicht, dass es die Mühe wert wäre.«

Er zuckte mit den Achseln. »Ganz wie du meinst. Wer ist er übrigens?«

»Entweder sein richtiger Name ist David Thompson«, sagte ich, »oder er ist es nicht.«

»Aha«, sagte Danny Boy. »Das lässt sich eigentlich von fast jedem sagen.«

Als wir nach Hause kamen, sagte Elaine: »Du bist echt ein Genie, weißt du das? Du hast einen absolut deprimierenden Abend ins genaue Gegenteil verkehrt. Oder hättest du dir vorstellen können, jemals zu erleben, dass sich jemand am selben Abend als Albino-Niggerpimpf und als alten Knacker bezeichnet?«

»Jetzt, wo du es sagst, nein.«

»Und wenn du nicht gewesen wärst, wäre uns das alles entgangen. Weißt du, was du dafür bekommst, mein Großer?«

»Was?«

»Eine Belohnung. Aber ich finde, du solltest deine Belohnung von jemand bekommen, der sauber ist und gut riecht, und deshalb werde ich mich erst mal frisch machen. Und vielleicht willst du dich ja rasieren.«

»Und duschen.«

»Und duschen. Dann würde ich vorschlagen, wir treffen uns einfach in einer halben Stunde im Schlafzimmer.«

Das war gegen halb eins, und es muss fast halb zwei gewesen sein, als sie sagte: »Und? Habe ich zu viel versprochen?«

»Hast du das denn überhaupt schon mal? Was Besseres als du hätte mir gar nicht passieren können.«

»Ach, du mein süßer alter Bär. Oh, wow.«

»Wow?«

»Ach, nur so ein Gedanke. Aber da ich keine Menschenseele mehr in der Branche kenne, könnte ich nicht mal jemand fragen.«

»Was fragen?«

»Na ja, ich habe mich nur gefragt, welche Auswirkung Viagra auf das horizontale Gewerbe hat. Es müsste sich doch deutlich bemerkbar machen, glaubst du nicht?«

»Ich glaube, du bist ein ganz schön verrücktes Huhn.«

»Was? Ein verrücktes Huhn? Du bist mir vielleicht einer!«

»Was soll an verrückten Hühnern schon auszusetzen sein. Da wird einem wenigstens nicht langweilig. Gute Nacht. Ich liebe dich.«

Und so wurde es doch noch ein schöner Abend, ein wundervoller Abend sogar. Was ich damals noch nicht wusste, war, dass danach mit schönen Abenden erst mal Schluss war.

Kapitel 15

Als ich aufwachte, stieg mir der Geruch von Kaffee in die Nase, und als ich in die Küche kam, hatte mir Elaine eine Tasse eingeschenkt und einen Muffin in den Toaster gesteckt. Der Fernseher war an, und es lief gerade *Today*, und Katie Couric versuchte angemessen gut gelaunt rüberzukommen, als ihr Gast über sein neues Buch über den Genozid im Sudan sprach.

»Dieser arme Teufel«, sagte Elaine. »Da kommt er im Fernsehen, er hat ein Buch über ein ernstes Thema geschrieben, und alles, was bei den Leuten hängen bleiben wird, ist, dass er ein Toupet hat.«

»Und kein besonders gutes noch dazu.«

»Wenn es ein gutes wäre«, sagte sie, »würden wir es nicht sofort merken. Und stell dir erst mal vor, wie heiß es ihm unter den Studioscheinwerfern sein muss mit diesem Ding, das er auf dem Kopf sitzen hat wie eine tote Bisamratte.«

Sie hatte eine Tasse Kaffee vor sich stehen, aber kein Frühstück. Sie war auf dem Sprung zu ihrem Yogakurs, zu dem sie zwei-, dreimal die Woche ging, und sie hatte das Gefühl, dass die Übungen mehr brachten, wenn sie sie mit leerem Magen machte. Um viertel nach acht war sie zur Tür hinaus, und wie sich herausstellte, war das gut so.

Denn sie war nicht zu Hause, als um 8.25 Uhr die Lokalnachrichten kamen. Ich hörte nur mit halbem Ohr zu, aber es drang gerade so weit zu mir durch, dass es meine Aufmerksamkeit weckte. In Manhattan war eine Frau ermordet worden. Allerdings sagten sie nicht wer oder wo. Das kommt öfter vor, denn es ist eine große Stadt und eine verrückte Welt. Trotzdem ließ mich etwas an der Meldung auf New York One umschalten, wo man rund um die Uhr ohne Unterbrechung mit Lokalnachrichten gefüttert wird, und ich ließ eine Erklärung des Bürgermeisters, einen optimistischen Wetterbericht und ein paar Werbesendungen über mich ergehen. Doch dann berichtete ein Reporter aus dem Off über den brutalen Foltermord an einer alleinstehenden Frau aus Manhattan, und mir sank das Herz in die Hose.

Dann erschien eine Aufnahme des Hauses, in dem sie wohnte, auf dem Bildschirm, aber das hieß nicht, dass sie es sein musste. Sie war nicht die einzige Bewohnerin des Hauses und wahrscheinlich auch nicht die einzige alleinstehende Frau. Es musste nicht sie sein. Es könnte eine andere Frau gewesen sein, die nackt in ihrem Schlafzimmer gefunden worden war. Sie war nach einem, wie es der Reporter bezeichnete, "Folter- und Missbrauchsmarathon« erstochen worden.

Aber ich wusste, dass sie es war.

Der Name des Opfers, hieß es, werde so lange zurückgehalten, bis ihre Angehörigen über ihren Tod in Kenntnis gesetzt worden seien. Hatte sie überhaupt Angehörige gehabt? Ich konnte mich nicht erinnern und war nicht sicher, ob das etwas war, was ich gewusst hatte. Ich war mir relativ sicher, dass ihre Eltern tot waren und dass sie keine Kinder gehabt hatte. Aber gab es nicht einen Exmann, und war er jemand, der verständigt werden musste? Hatte sie Geschwister gehabt?

Ich griff nach dem Telefon und wählte eine Nummer, die ich nicht nachsehen musste, worauf eine Stimme, die ich nicht kannte, sagte: »Bereitschaftsraum.« Erst dann fiel mir ein, dass Freitag schon vorbei war und Joe Durkin nicht mehr in Midtown North arbeitete. Ich kannte dort zwar auch ein paar andere Cops, aber keinen besonders gut. Außerdem war es nicht ihr Fall, es war nicht in ihrem Revier passiert. Joe hätte mir geholfen, er hätte ein paar Anrufe für mich gemacht, aber dass dort sonst jemand so entgegenkommend wäre, konnte ich nicht erwarten. Sie kannten mich nur als einen Freund Joes, einen Typen, der schon länger nicht mehr bei der Polizei war, als er davor dabei gewesen war, und waren mir gegenüber zu nichts verpflichtet.

Wen kannte ich sonst noch? Der letzte Cop, mit dem ich enger zusammengearbeitet hatte, war Ira Wentworth, ein Detective im Sechsundzwanzigsten in der West 126th Street. Wir waren einige Zeit in Verbindung geblieben, nachdem der Fall gelöst worden war – eigentlich hatte er sich mehr oder weniger von selbst gelöst –, und er hatte immer wieder gern bei uns vorbeigeschaut, weil er fand, dass Elaine den besten Kaffee in ganz New York machte.

Aber außer dass wir uns an Weihnachten eine Karte schrieben, hatten wir den Kontakt abreißen lassen, und es hätte auch keinen Sinn gehabt, ihn jetzt anzurufen, weil es nicht in seinem Revier passiert war.

Aber ich hatte ihre Nummer. Ich wählte sie. Wenn sie drangingen, würde mir schon etwas einfallen, was ich sagen konnte. Aber ich war mir ziemlich sicher, dass das nicht der Fall wäre.

Es läutete, bis sich der Anrufbeantworter einschaltete, und ich legte auf.

Früher oder später würden sie einen Anschluss für telefonische Hinweise einrichten, eine Nummer für Leute, die sachdienliche Hinweise geben konnten, aber in den Nachrichten brächten sie nichts darüber. Ich wusste, in welchem Revier es passiert war. Ich war ein paar Jahre selbst dort stationiert gewesen, auch wenn ich schon lange keinen Kontakt mehr zu den Leuten hatte, mit denen ich dort gearbeitet hatte. Es war vielleicht nicht ihr Fall, möglicherweise hatte ihn sich Homicide unter den Nagel gerissen, aber im Anfangsstadium hatten sie sicher Verschiedenes aufgeschnappt, und irgendjemand gab es dort bestimmt, der etwas über die Sache wusste.

Ich schlug die Nummer nach und bekam den Empfang dran. Ich nannte dem Mann meinen Namen und meine Telefonnummer, bevor er mich danach fragen konnte, und erklärte ihm, ich hätte in den Nachrichten von einer Frau gehört, die in seinem Revier ermordet worden war. Ich hätte das Haus wiedererkannt, weil eine Freundin von mir dort wohnte, und ich hätte den Namen des Opfers nicht mitbekommen und fürchtete, es könnte sie sein.

Er bat mich zu warten, und als er ans Telefon zurückkam, sagte er, sie gäben den Namen noch nicht heraus.

Ich sagte, das könnte ich verstehen, ich sei selbst ein pensionierter Polizist. Angenommen, ich sagte ihm den Namen meiner Freundin. Könnte er mir dann sagen, ob sie es war oder nicht?

Nach kurzem Nachdenken entschied er, das wäre okay. Ich sagte ihm ihren Namen, und sein kurzes Schweigen war Antwort genug.

»Ich sage es nur äußerst ungern«, erklärte er schließlich, »aber das ist der Name, den ich hier stehen habe. Wenn Sie noch kurz dranbleiben, stelle ich Sie zu jemand durch, der für den Fall zuständig ist.«

Ich wartete eine Weile, und ich vermute, er weihte den Kollegen vorher ein, bevor er ihn mit mir verband, denn als er sich meldete, wusste er bereits, wer ich war und was ich wollte. Er hieß Mark Sussman, und er und sein Partner hatten den Fall als Erste zugeteilt bekommen, weshalb sie so lange dafür zuständig blieben, bis ihn ihnen jemand wegnahm.

War ich vielleicht mit ihr verwandt? Ich sagte, dass ich das nicht war. Und dann, hatte ich irgendwelche Kontaktdaten für die Angehörigen des Opfers? Auch das verneinte ich und fügte hinzu, dass ich nicht sicher sei, ob sie überhaupt irgendwelche lebenden Angehörigen hatte. Den Exmann erwähnte ich nicht, weil ich nicht wusste, wie er hieß, und keine Ahnung hatte, wo er – falls er das überhaupt noch tat – lebte.

»Ein Nachbar hat sie identifiziert«, sagte er, »und sie sieht aus wie das Foto in ihrem Pass in der Kommode. Hinsichtlich ihrer Identität bestehen also kaum Zweifel. Es könnte allerdings nicht schaden, wenn Sie eine offizielle Identifizierung vornehmen könnten – falls Sie dazu bereit sind.«

War die Leiche noch in der Wohnung?

»Nein, sobald der Rechtsmediziner sie sich angesehen und der Fotograf seine Fotos gemacht hat, haben wir sie weggebracht. Jetzt ist sie im Leichenschauhaus in der ... was rede ich denn, wo das ist, wissen Sie ja.«

Allerdings. Ich sagte, es könnte noch eine Weile dauern, weil ich nicht weg könnte, bis meine Frau nicht nach Hause gekommen war. Er meinte, es hätte keine Eile.

»Ich würde mich sowieso gern mit Ihnen zusammensetzen und mit Ihnen reden«, sagte er. »Bevor oder nachdem Sie die Leiche identifiziert haben. Wenn Sie die Frau gekannt haben, können Sie uns vielleicht schon mal ein paar nützliche Tipps geben.«

»Wenn es mir möglich ist.«

»Wir haben nämlich noch nicht mal einen vorläufigen Befund aus der Rechtsmedizin. Aber es sieht nicht so aus, als hätte dieser Drecksack viel Spurenmaterial zurückgelassen. Wie es aussieht, könnte man in der Wohnung vom Boden essen. Falls einem danach wäre, was nicht sonderlich wahrscheinlich ist, wenn man gesehen hat, was er ihr angetan hat.«

Ich hatte nicht die leiseste Ahnung, was ich tun sollte. Aus Gewohnheit schenkte ich mir eine frische Tasse Kaffee ein, obwohl ich mich fühlte, als hätte ich schon tagelang Kaffee getrunken. Ich goss sie wieder aus und machte den Fernseher an, als könnte ich dort mehr erfahren als von Sussman. Der Sprecher ging mir auf die Nerven, und ich schaltete aus, bevor sie weiter kamen als bis zu den Verkehrsmeldungen.

Ich griff ständig nach dem Telefon und legte es wieder zurück. Wen sollte ich anrufen und was sollte ich sagen? Einmal hatte ich Sussmans Nummer schon zur Hälfte gewählt, bevor ich zur Besinnung kam und auflegte. Was sollte ich ihm sagen? Dass ich ziemlich sicher war, wer es getan hatte, aber weder seinen Namen wusste noch wo er zu finden sein könnte.

Ich schaute zum Telefon, und plötzlich schoss mir eine Nummer durch den Kopf, eine Nummer, die ich schon Jahre nicht mehr angerufen hatte. Es war die von Jim Faber, und ich wünschte mir nichts mehr, als seine Nummer zu wählen und die Stimme meines verstorbenen Tutors am anderen Ende der Leitung zu hören. Was würde er mir sagen? Das war einfach zu beantworten. Er würde sagen, dass ich nichts trinken sollte.

Ich wollte nichts trinken, hatte auch nicht bewusst mit diesem Gedanken gespielt, trotzdem war ich jetzt froh, dass Elaine und ich nie alkoholische Getränke zu Hause haben. Denn warum destillieren sie Whiskey und füllen ihn in Flaschen ab, wenn nicht für Situationen wie diese.

Es gab andere Freunde bei den Anonymen Alkoholikern, die ich anrufen konnte, andere Männer und Frauen, bei denen ich mich darauf verlassen konnte, dass sie mir sagen würden, nichts zu trinken. Aber ich würde sowieso nichts trinken, und ich hatte keine Lust auf den weiteren Verlauf dieser Gespräche.

Ich rief TJ an und brachte ihn auf den neuesten Stand. »O Mann«, sagte er, »das ist ja echt übel.«

»Ja, das ist es.«

»Ich habe Nachrichten geschaut, ich habe gehört, was sie gesagt haben, aber den Zusammenhang habe ich nicht hergestellt.«

»Klar, woher auch?«

»Irgendwie fühle ich mich jetzt richtig Scheiße.«

»Ich auch.«

»Ist Elaine zu Hause?«

»Sie hat ihren Yogakurs, aber sie müsste jeden Moment nach Hause kommen.«

»Außer sie ist direkt in den Laden gegangen. Wenn du möchtest, komme ich vorbei und leiste dir Gesellschaft, bis sie nach Hause kommt.«

»Hat der Markt noch nicht geöffnet?«

»Sie läuten gleich die Glocke, aber das spielt jetzt keine Rolle. Die New Yorker Börse kommt auch ohne mich klar.«

»Nein, schon gut«, sagte ich.

»Wenn du's dir doch noch anders überlegen solltest, ruf einfach an. Dauert nicht mal eine Minute, hier dicht zu machen und rüberzukommen.«

Ich legte auf und versuchte es unter ihrer Nummer im Laden. Ich glaubte nicht, dass sie gleich nach dem Kurs hingehen würde, denn sie öffnete nie vor elf, aber auszuschließen war es nicht. Als sich der Anrufbeantworter einschaltete, versuchte ich in möglichst unverfänglichem Ton zu sagen, dass ich es sei und dass sie drangehen solle, wenn sie da wäre. Das tat sie nicht, und es machte mir nicht groß was aus.

Ein paar Minuten später hörte ich ihren Schlüssel im Schloss.

Ich stand etwa einen Meter von der Tür entfernt, als sie aufging, und sie merkte sofort, dass etwas nicht stimmte, als sie mein Gesicht sah. Ich ließ sie hereinkommen, nahm ihr die Sporttasche ab und sagte ihr, sich zu setzen.

Ich weiß nicht, warum wir das tun. *Setz dich*, sagen wir und deuten auf einen Stuhl. *Sitzt du?*, erkundigen wir uns, bevor wir jemand am Telefon eine schlechte Nachricht übermitteln. Wozu das alles? Haben wir wirklich Angst, unsere Worte könnten den Adressaten von den Beinen holen? Verletzen sich wirklich so viele Menschen, weil sie hinfallen, wenn sie schlechte Nachrichten erfahren?

Mach dich auf was gefasst ist, was wir damit sagen wollen. Als ob das jemand könnte. Als ob sich jemand auf etwas derart Schreckliches vorbereiten könnte.

»Es ist im Fernsehen gekommen«, sagte ich. »Monica ist tot. Sie ist ermordet worden.«

Kapitel 16

Sie waren noch nicht so weit, um uns die Identifizierung vornehmen lassen zu können. Die Obduktion war noch nicht abgeschlossen, und eine Frau, die aussah, als hätte sie zu viel Zeit unter Toten verbracht, bat uns zu warten, bis sie uns endlich in einen großen Raum und zu einem Tisch führte, auf dem eine mit einem weißen Tuch zugedeckte Gestalt lag. Sie deckte den Kopf ab. Kein Zweifel, es war Monica.

»Nein«, stöhnte Elaine. »Nein, nein, nein.«

Draußen sagte sie: »Meine beste Freundin. Die beste Freundin, die ich je hatte. Wir haben jeden Tag miteinander gesprochen, es gab keinen Tag, an dem wir das nicht getan haben. Mit wem soll ich jetzt reden? Das darf einfach nicht sein, ich bin viel zu alt, um mir eine neue beste Freundin zuzulegen.«

Ein Taxi tauchte auf, und ich winkte ihm.

Ich hatte sie nicht ins Leichenschauhaus mitnehmen wollen, aber ich hatte sie auch nicht alleinlassen wollen. Außerdem war es nicht meine Entscheidung gewesen, sondern ihre, und sie hatte sich nicht umstimmen lassen. Sie wollte mit mir zusammen sein, und sie wollte ihre Freundin sehen. Als uns die Frau im Leichenschauhaus warnte, dass es kein schöner Anblick wäre, sagte ich Elaine, sie müsse sich das nicht antun. Aber sie wollte es.

Im Taxi sagte sie: »Das macht es real. Darum öffnen sie bei Begräbnissen die Särge. Damit man es sieht, damit man es akzeptiert. Andernfalls würde ein Teil von mir nicht wirklich glauben, dass sie nicht mehr unter uns ist. Ich würde weiter denken, ich bräuchte bloß nach dem Hörer greifen und ihre Nummer wählen und sie wäre da.«

Ich sagte nichts, sondern hielt nur ihre Hand. Ein Stück weiter sagte sie: »Das werde ich sowieso glauben. Auf einer bestimmten Ebene. Aber wenigstens etwas weniger, als wenn ich ihr süßes Gesicht nicht gesehen hätte. Einfach unfassbar, Matt.«

*   *   *

Als wir uns mit Mark Sussman trafen, war mein erster Gedanke, dass er furchtbar jung war, und mein zweiter, in Revision des ersten, dass er, ein, zwei Jahre hin oder her, in dem Alter war, in dem ich den Dienst quittiert hatte. Er war klein und hatte einen gut entwickelten Oberkörper, der auf regelmäßige Besuche im Fitnessstudio hindeutete, und seine dunklen Augen waren schwer zu ergründen.

Er hatte einen Collegeabschluss, was heutzutage kaum mehr der Rede wert zu sein scheint. Ich glaube nicht, dass in meinem Jahrgang auf der Akademie ein Mann auf dem College gewesen war, geschweige denn einen Abschluss hatte vorweisen können. Bei der Polizei herrschte damals die Meinung vor, dass das College nicht gut war für einen Cop, dass man dort zu viele falsche Dinge lernte und nicht genügend richtige und dass es einen entmännlichte und einem zugleich ein durch nichts begründetes Überlegenheitsgefühl einimpfte. Das war natürlich alles Blödsinn, aber das trifft auf die meisten Ansichten zu, die wir über die meisten Themen haben.

Sussman hatte am Brooklyn College einen Abschluss in Soziologie und Geschichte gemacht und wäre an mehreren Universitäten zu einem weiterführenden Studium zugelassen worden, doch dann wurde ihm klar, dass er keine Lust auf eine Dozentenkarriere hatte. Er machte an der John Jay ein paar Kurse in Kriminologie und merkte, dass er das, auch wenn es sein Fachbereich war, nicht studieren wollte. Er wollte sein Wissen praktisch anwenden. Das war vor zehn Jahren gewesen, und inzwischen hatte er eine goldene Dienstmarke und einen Schreibtisch im Bereitschaftsraum der Detectives des Sechsten Reviers in der West Tenth Street im Village.

Er saß an diesem Schreibtisch und wir nahmen daneben Platz. »Monica Driscoll«, sagte er. »Inzwischen sind wir auch auf Dokumente gestoßen, in denen sie Monica Wellbridge heißt.«

»So hieß ihr Exmann«, sagte Elaine. »Sie hat den Namen nie verwendet.«

»Sie hat wieder ihren Mädchennamen angenommen. Wann war die Scheidung, vor Kurzem?«

»Nein. Das ist bestimmt schon fünfzehn, wenn nicht sogar zwanzig Jahre her.« Und nein, Monica hatte keinen Kontakt mehr zu Derek Wellbridge gehabt, und sie hatte nicht gewusst, wie er zu erreichen war oder ob er überhaupt noch lebte.

»Ein ungewöhnlicher Name«, sagte Sussman. »Im Internet wäre er vielleicht zu finden, falls es einen Grund gibt, nach ihm zu suchen. Haben Sie nicht gesagt, sie hat sich mit einem Mann getroffen?«

»Ja, und er war sehr geheimnistuerisch.«

»Dann haben Sie ihn wahrscheinlich auch nicht kennengelernt.«

»Nein. Nicht mal seinen Namen wollte sie mir sagen. Zuerst dachte ich, das läge daran, dass er verheiratet war, obwohl wir im Lauf der Jahre mehrere ihrer verheirateten Freunde kennengelernt haben.«

»War das bei ihr häufig der Fall? Dass sie ein Verhältnis mit einem verheirateten Mann hatte?«

Das hätte eine leicht zu beantwortende Frage sein sollen, aber Elaine wollte ihre Freundin nicht als leicht zu haben oder anspruchslos hinstellen. »Wenn sie sich auf jemand einließ«, sagte sie nach kurzem Nachdenken, »stellte sich meistens heraus, dass er verheiratet war.«

»Sie hat immer wieder den gleichen Fehler gemacht?«

»Nein, das war durchaus in ihrem Sinn. Sie wollte nicht noch mal heiraten, sie wollte sich nicht noch einmal voll und ganz auf einen anderen Menschen einstellen.«

»Dieser geheimnisvolle Unbekannte, wie lang war sie schon mit ihm zusammen?«

»Nicht lange. Zwei Wochen? Vielleicht auch drei? Jedenfalls noch keinen Monat.«

»Was wissen Sie über ihn?«

»Oh, da muss ich erst mal nachdenken. Er hat ihr so gut wie nichts über sich erzählt, und wenn er mal verreisen musste, hat er ihr nie gesagt, wohin. Irgendwann hat sie sich das damit erklärt, dass er für die Regierung – oder für eine Regierung – arbeitet. Sie wissen schon, eine Art Agent.«

»Hat sie ihn Ihnen mal beschrieben?«

»Ja, dass er gut gekleidet und gepflegt war. Andererseits kann ich mich nicht erinnern, dass sie mal mit jemandem zusammen war, der das nicht war. Ach ja, und einen Schnurrbart hatte er.«

»Ja, das passt.« Er legte seinen Füller weg und sah uns an. »Gestern Abend hat der Türsteher gegen halb zehn, zehn jemand zu ihr hochgeschickt. Der Mann hat dem Türsteher seinen Namen genannt, und sie hat gesagt, er soll ihn nach oben schicken.«

»Wenn er dem Türsteher seinen Namen gesagt hat ...«

»Na ja, ich glaube, wir können von Glück reden, dass sich dieses Genie wenigstens an den Schnurrbart erinnert hat. Und an die Blumen.«

»Blumen?«

»Ja, das hat sich bestätigt. Wir haben in einer Vase auf dem Kaminsims frische Blumen gefunden. Er muss beide Hände voll gehabt haben, weil er etwas auf den Boden stellen musste, um sich den Schnurrbart glattstreichen zu können, während er auf den Lift gewartet hat.«

»Er hat etwas abgestellt, um sich den Schnurrbart glattzustreichen?«

»Na ja, um ihn in Form zu bringen. Sie wissen schon, so.« Er hielt Daumen und Zeigefinger in die Mitte seiner Oberlippe und strich damit nach außen. »Um sicherzugehen, dass er manierlich aussah, bevor er nach oben fuhr. Jedenfalls war das der Grund, wieso ...« Er zog seine Notizen zurate, »wieso Hector Ruiz den Schnurrbart überhaupt bemerkt hat.« Sussman sah Elaine an. »Ist das alles, was sie über sein Aussehen erzählt hat. Dass er gut gekleidet war und einen Schnurrbart hatte?«

»Das ist alles, woran ich mich erinnern kann. Sie hat gesagt, dass er ein guter Liebhaber war. Sehr dominant, sehr einfallsreich.«

»Und das um einiges mehr, als sie dachte.« Als ihn Elaine darauf fragend ansah, sagte er: »Sie werden sowieso über die Medien alles erfahren, auch wenn wir liebend gern den Deckel draufhalten würden. Es gibt Spuren von Fesseln an ihren Hand- und Fußgelenken und Reste von Klebeband auf ihrem Mund. Stand sie auf so was, wissen Sie das zufällig?«

»Sie war eine erfahrene Frau und nicht mehr die Jüngste«, sagte Elaine. »Sie hat allein in Greenwich Village gelebt. Ich meine, das können Sie sich doch selbst ausrechnen.«

»Na ja, schon, aber ...«

Sie bremste ihn. »Ich glaube nicht, dass sie pervers war. Ich glaube auch nicht, dass sie auf irgendwas Spezielles stand. Ich würde sagen, Sie wissen schon, wenn sie auf einen Typen stand und er irgendwas Bestimmtes wollte, wäre sie nicht heulend aus dem Zimmer gelaufen und hätte nach ihrer Mutter gerufen.«

»Das meinen Sie doch jetzt im übertragenen Sinn, oder? Denn soviel ich weiß, sind beide ihre Eltern verstorben.«

»Ja, schon lang.«

»Und Sie wissen auch nichts von irgendwelchen Verwandten?«

»Sie hatte einen Bruder, aber er ist gestorben. Sie könnte natürlich noch irgendwo eine Tante oder Cousine gehabt haben, aber niemand, von dem ich etwas weiß. Niemand, zu dem sie Kontakt hatte.«

»Was den Punkt angeht, dass sie nicht gezielt auf Bondage oder S&M oder wie man es nennen will stand, würde das in unser bisheriges Bild passen.« Und an mich gewandt, fuhr er fort: »Ich weiß nicht, ob Sie es mitbekommen haben, aber nachdem Sie mal in diesem Revier gearbeitet haben, dürfte es Ihnen eigentlich nicht entgangen sein. Jeder, der wirklich auf diesen perversen Kram steht, hat zu Hause einen ganzen Schrank voll von diesem Zeug, Leder und Gummi und Masken und Ketten. Da könnte man fast denken, die Utensilien sind ihnen wichtiger als das, was sie damit machen. Sie hatte absolut nichts zu Hause, keine Handschellen, keine Peitschen, nichts von diesem ganzen Kram. Nicht dass …« Er verstummte mitten im Satz und begann zu lachen. »Schauen Sie *Seinfeld*? Ich wollte schon sagen: ›Nicht, dass daran was auszusetzen ist.‹ Erinnern Sie sich an diese Folge?«

»Klar.«

»Entschuldigung, damit wollte ich das Ganze keineswegs ins Lächerliche ziehen. Allem Anschein nach hat er alles selbst mitgebracht, und hinterher hat er es wieder mitgenommen. Sie hat ihn doch als gepflegt und ordentlich beschrieben? Man kann ohne Übertreibung sagen, er war der ordentlichste heterosexuelle Mann, den man sich vorstellen kann. Da war eine Flasche Likör, ein italienischer Digestif. Ich habe mir den Namen irgendwo notiert. Aber eigentlich tut er nichts zur Sache, nur irgend so ein schickes Gesöff. Wir gehen davon aus, dass er es zusammen mit den Blumen mitgebracht hat, und sie haben beide was davon getrunken, aber er hat Flasche und Gläser saubergemacht, bevor er gegangen ist. Er hat alles abgewischt, und soweit wir das bisher sagen können, hat er in der ganzen Wohnung nicht einen Fingerabdruck hinterlassen. Früher oder später finden wir wahrscheinlich einen Teil eines Abdrucks, das ist eigentlich immer so, aber ich muss sagen, wetten würde ich in diesem Fall nicht darauf.«

»Weil er so ordentlich war.«

»Er hat sogar die Wohnung gesaugt. Der Nachbar drunter hat es irgendwann um Mitternacht gehört. Sich darüber zu beschweren, sah er jedoch keinen Grund. Es war nicht besonders laut, nur etwas unerwartet um diese Zeit. Offensichtlich hat sie sonst nicht mitten in der Nacht die Wohnung gesaugt.«

»Wenn überhaupt«, sagte Elaine. »Sie hatte eine Putzfrau, die einmal die Woche vorbeigekommen ist, und das Saugen hat immer sie übernommen.«

»Wahrscheinlich hätte die Putzfrau auch den Staubsaugerbeutel nicht mitgenommen, wie das dieser Typ gemacht hat. Sie dachte, er wäre so eine Art Geheimagent? Wenn er keiner war, könnte er durchaus einer gewesen sein. Er ist hochprofessionell vorgegangen und hat nichts zurückgelassen, was uns auf seine Spur führen könnte. Kennen Sie die Fernsehserie über diesen ganzen rechtsmedizinischen Kram? Inzwischen machen sie eine Nachfolgeserie, die in Miami spielt, aber sie ist nicht annähernd so gut. Sie sollten sie lieber absetzen, muss ich sagen, auch wenn das Original richtig klasse war.«

»Weil sie die Leute auf dumme Gedanken bringt?«

»Nein, diese Irren, die die Welt unsicher machen, braucht man nicht eigens auf dumme Gedanken zu bringen. Auf die kommen sie von allein. Aber es wird immer schwieriger, sie zu fassen. Sie lernen, welche Fehler sie nicht machen dürfen.«

»Glauben Sie, dieser Kerl wollte nur zeigen, was er im Fernsehen gelernt hat?«

»Nein, glaube ich nicht. Ich weiß nur nicht, was ich von diesem Typen halten soll. Das war der gruseligste Tatort, den ich je gesehen habe. Ich möchte hier nichts ins Detail gehen, und es tut mir leid, Mrs. Scudder, dass Sie sich das alles anhören müssen, aber er hat diese Frau lang gefoltert, bevor er sie umgebracht hat. Und dann die Wohnung in derart tadellosem Zustand zu hinterlassen, alles picobello und sie nackt und tot mittendrin, es war wie bei diesem Maler, diesem Franzosen.«

»Magritte«, sagte Elaine.

»Ja, der. Sie wissen schon, bei dem man sich immer fragt, was stimmt in diesem Bild nicht. Ich meine, wenn das der Mann ist, mit dem sie sich immer getroffen hat, und eigentlich muss er es sein, denn immerhin hat er dem Türsteher seinen Namen gesagt, worauf der ihn dann zu ihr rauf gelassen hat. Wenn er öfter zu ihr gekommen ist und mit ihr geschlafen hat – sie sind doch miteinander ins Bett gegangen?«

»Sie hat gesagt, er war ein guter Liebhaber.«

»Stimmt, haben Sie mir erzählt. Es gibt natürlich Typen, die durchdrehen und sich irgendeine arme Frau schnappen und irgendeine abgedrehte Nummer mit ihr durchziehen. Aber dann treffen sie sich vorher nicht mehrere Male mit ihr. Normalerweise sucht sich so jemand ein Straßenmädchen oder eine arme Frau, die zur falschen Zeit am falschen Ort ist. Hin und wieder bildet sich so ein Typ auch ein, er hätte eine Beziehung mit dieser Frau, aber das ist meistens nur in seinem Kopf so. Erotomanie nennt man das. Es hat wahnhafte Züge, und diese Sorte Täter glauben, sie hätten eine Beziehung mit der Frau, obwohl sie sie von Anfang an nur missbrauchen.«

Er hatte recht, es ergab keinen Sinn.

»Es wäre hilfreich«, fuhr er fort, »wenn sich einer von Ihnen noch an was anderes erinnern könnte, was sie vielleicht mal über diesen Kerl gesagt hat, egal was. Ob er zum Beispiel einen Akzent oder Dialekt hatte, ob er eher gebildet oder ungebildet war, auch Belanglosigkeiten wie: War er Baseballfan, hat er nach Deo gerochen. Man denkt oft, etwas wäre zu belanglos, um es zu erwähnen, aber dann passt es zu was anderem, und man bekommt einen Hinweis.«

»Er trinkt Scotch«, sagte Elaine.

»Na, das ist doch schon mal was. Hat sie das mal erwähnt?«

»Sie hat ihm was zu trinken angeboten, und er wollte Scotch, aber sie hatte keinen zu Hause. Deshalb hat er was anderes genommen, aber am nächsten Tag ist sie sofort losgegangen und hat eine Flasche Scotch gekauft. Richtig guten, nehme ich mal an. Und offensichtlich hat sie damit seinen Geschmack getroffen, weil er, als er das nächste Mal bei ihr war, gesagt hat, er wäre sehr gut. Weil er aber kaum etwas getrunken hat, hat sie sich schon gefragt, was länger halten würde, die Beziehung oder die Flasche Scotch.«

»Die Flasche«, sagte Sussman. »Sie ist immer noch da, Glen-Dingsbums, irgend so ein komischer schottischer Name.« Sussman machte sich eine Notiz. »Vielleicht hat er sie bei einem früheren Besuch angefasst, um sich was einzuschenken, und hat gestern Nacht vergessen, die Flasche abzuwischen. Aber darauf würde ich lieber nicht zählen. Trotzdem ist das genau die Sorte von Details, die ich gemeint habe. Es würde mich übrigens auch nicht wundern, wenn sie mal eine Bemerkung in Zusammenhang mit seinem Namen gemacht hätte. Lassen Sie sich ruhig Zeit, vielleicht fällt Ihnen ja noch was ein.«

»Schon möglich«, sagte sie.

»Strega«, sagte er unvermittelt. »Weil wir gerade von Dingen reden, die einem wieder einfallen. So hieß der Likör, den er mitgebracht hat. Das könnte eine Möglichkeit sein, ihn zu fassen. Es ist ja nicht gerade Georgi Vodka.

Wenn Sie in einem Liquor Store arbeiten, wie oft kommt da schon jemand rein und verlangt eine Flasche Strega?«

»Dann ziehen Sie also in den Läden in ihrem Viertel Erkundigungen ein?«

»Wir fangen in der unmittelbaren Umgebung ihrer Wohnung an und ziehen dann immer weitere Kreise. Hat sie denn keinerlei Andeutungen gemacht, wo er gewohnt hat? Können Sie ihn vielleicht in einem bestimmten Stadtteil ansiedeln? Irgendjemand muss ihm den Strega ja verkauft haben, und vielleicht ist der Verkäufer sogar im Laden, wenn jemand vorbeikommt, um sich zu erkundigen, und vielleicht erinnert er sich nicht nur an den Kunden, sondern findet es sogar okay, mit der Polizei zu kooperieren, und macht sich nicht gleich in die Hosen, dass er damit gegen das unveräußerliche Recht des Kunden auf seine Privatsphäre verstößt und einen Prozess angehängt bekommt. Vielleicht hat Mr. Strega sogar mit Kreditkarte bezahlt, auch wenn mir das fast ein bisschen viel verlangt erscheint. Vielleicht haben sie in dem Laden Überwachungskameras, die auch tatsächlich funktionieren, und vielleicht kommen wir auch hin, bevor die Bänder von gestern Nacht automatisch gelöscht werden. Aber da müssten wir schon sehr viel Glück haben. Man muss die Bänder nicht länger aufheben, weil sie ja nur dazu da sind, dass man den Penner identifizieren kann, der einen überfallen hat, und nicht jemand, der ein paar Tage zuvor eine Flasche teuren Likör gekauft hat.«

Das Haus, in dem Monica gewohnt hatte, war auffällig. Möglicherweise war das auch der Grund, weshalb ich es sofort erkannt hatte, als es in New York One kam. Es ist in der Jane Street in der Nordwestecke des Village, ein siebzehnstöckiger Art-deco-Bau mit einer gelbbraunen Backsteinfassade und aufwändigen Fensterumrahmungen und Gesimsen. Wir gingen, ohne viel zu reden, auf der Hudson Street in Richtung Uptown, und als Monicas Haus, höher als seine Nachbarn, in unseren Blick kam, schloss sich Elaines Hand fester um meine. Als wir auf der gegenüberliegenden Straßenseite stehen blieben, brach sie in Tränen aus.

»Falls sie mal was Böses getan hat, weiß ich nichts davon. Sie war nie böswillig, hat nie jemand verletzt. Nie. Sie hat einige verheiratete Männer gevögelt – ich meine, was soll's? – und sobald ihre Eltern gestorben sind und ihr genügend Geld hinterlassen haben, um davon leben zu können, hat sie zu arbeiten aufgehört. Und manchmal hatte sie was Süßes in ihrer Handtasche und aß es heimlich, weil sie sich schämte und nicht wollte, dass man es mitbekam. Und wahrscheinlich hat sie sich mehr Gedanken über ihre Garderobe gemacht als Mutter Teresa, weshalb sie vermutlich ein oberflächlicherer Mensch war als Mutter Teresa – aber auch erheblich amüsanter. Und das ist das Negativste, was ich über sie sagen kann, und besonders schlimm ist das wohl kaum. Jedenfalls ist es nicht schlimm genug, um dafür umgebracht zu werden, oder?«

»Nein.«

»Wenn ich ihr Haus anschaue, muss ich auf der Stelle weinen.«

»Ich besorge uns ein Taxi.«

»Nein, lass uns noch ein bisschen gehen. Ist das für dich okay?«

Wir gingen auf der Hudson Street, die nördlich der Fourteenth Street zur Ninth Avenue wird, in Richtung Norden. Als wir am Markt vorbeikamen, einem Restaurant, das gerade sehr in war, sagte sie: »René Magritte war kein Franzose, er war Belgier.«

»Trotzdem hast du gewusst, dass er der Maler war, den Sussman gemeint hat.«

»Weil ich das gleiche Bild im Kopf hatte, diese surreale Unstimmigkeit. Es ist Tag, aber der Himmel ist dunkel. Oder dieses Bild von einer Pfeife mit einem gekrümmten Stiel, unter der steht: ›Das ist keine Pfeife.‹ Übrigens, der Grund, warum ich gerade jetzt daran denke, ist ...«

»Dass das Markt ein belgisches Restaurant ist.«

»Ja, und das ist auch das kleine Lokal gegenüber in der Fourteenth Street, La Petite Dingsbums. Monica hat es sehr gemocht, sie haben dort auf die unterschiedlichste Art zubereitete Muscheln, und sie hatte immer schon eine Schwäche für Muscheln. Weißt du, wie sie aussehen?«

»Muscheln? Klar, wie Muscheln eben aussehen.«

»Nein, aus der Nähe, nachdem du sie aus der Schale genommen hast. Sie sehen aus wie Mösen.«

»Ach so.«

»Ich habe ihr gesagt, da käme ihre lesbische Ader zum Vorschein. Wir wollten mal dort essen gehen, sind aber nicht dazu gekommen. Und jetzt wird gar nichts mehr daraus.«

»Du hast heute doch noch nichts gegessen«, sagte ich.

»Aber dorthin will ich nicht.«

»Nein, natürlich nicht. Aber sollten wir nicht trotzdem was essen.«

»Ich glaube, ich brächte jetzt keinen Bissen hinunter.«

»Na gut.«

»Ich könnte jetzt nichts bei mir behalten. Aber wenn du Hunger hast ...«

»Nein, habe ich nicht.«

»Jedenfalls, wenn du was essen willst, können wir gern irgendwohin gehen. Aber ich habe keinen Appetit.«

Nachdem wir schweigend ein paar Straßen weiter gegangen waren, sagte sie: »Ständig sterben Leute.«

»Ja.«

»So ist das nun mal. Je länger man lebt, desto mehr Leute verliert man. Das ist der Gang der Dinge.«

Ich sagte nichts.

»Kann sein, dass ich die nächsten Tag ein bisschen von der Rolle bin.«

»Klar, kein Problem.«

»Oder auch länger. Darauf war ich nicht vorbereitet.«

»Wie auch?«

»Irgendwie habe ich geglaubt, ich würde sie immer haben. Ich dachte, wir würden gemeinsam zwei verrückte alte Schachteln. Sie ist die einzige Freundin, die weiß, dass ich mal im horizontalen Gewerbe war. Das heißt, mit den Zeiten habe ich da gerade was durcheinandergebracht. Sie *war* die einzige Freundin, die *wusste*, dass ich mal im horizontalen Gewerbe war. Künftig kann ich wohl nur noch in der Vergangenheitsform über sie reden. Sie ist Teil der Vergangenheit, aus Gegenwart und Zukunft ist sie ein für alle Mal verschwunden. Ich glaube, ich muss mich setzen.«

Zum Glück war gleich in der Nähe ein Latino-Café. Sie hatten kubanische Sandwiches und ich weiß nicht, was sonst noch alles, denn keiner von uns warf einen Blick in die Speisekarte. Ich bestellte zwei Kaffees, und Elaine sagte dem Kellner, sie wolle lieber eine Tasse Tee.

»Sie war deswegen nie voreingenommen. Sie hat sich dafür interessiert, ohne es toll zu finden, und sie hat nichts daran auszusetzen gehabt und auch nicht daran, dass ich das früher gemacht habe. Wer weiß es sonst überhaupt, wer sonst, mit dem ich noch Kontakt habe? Du und Danny Boy, weil ihr mich damals schon gekannt habt. Und TJ. Aber sonst fällt mir niemand mehr ein.«

»Tja.«

»Aber was mache ich da eigentlich? Ich rede die ganze Zeit nur von mir. Und dabei hat er sie gefoltert. Sie muss solche Angst gehabt haben. Einfach unvorstellbar, und zugleich kann ich nicht aufhören, es mir vorzustellen. Ich weiß nicht, wie ich das verarbeiten soll, Schatz.«

»Aber du bist doch schon dabei, es zu verarbeiten.«

»Du meinst, was ich mache, ist das Ganze verarbeiten? Also, ich weiß nicht. Na ja, vielleicht.«

Ich trank meinen Kaffee zur Hälfte aus, und sie nahm ein paar Schlucke von ihrem Tee, und dann verließen wir das Café und setzten unseren Weg nach Uptown fort. Ein paar Straßen weiter sagte sie, sie sei jetzt so weit, ein Taxi zu nehmen, und ich schaffte es, eins zu ergattern.

Auf der ganzen Fahrt nach Hause sagte sie nur ein Wort. »Warum.« Und sie sagte es ohne Fragezeichen dahinter. Sie hörte sich nicht so an, als erwartete sie eine Antwort, und ich hatte auch keine.

Sie setzte sich an ihren Computer und verbrachte etwa eine Stunde damit, eine Todesanzeige für die *Times* aufzusetzen, die sie schließlich ausdruckte und mir zu lesen gab, um zu sehen, wie ich sie fand. Doch bevor ich zu lesen anfangen konnte, nahm sie sie mir wieder weg und zerriss sie. »Bin ich etwa komplett verrückt geworden?«, sagte sie. »Was muss ich eine Todesanzeige aufgeben, um bekanntzugeben, dass sie nicht mehr ist. Das werden Presse und Fernsehen zur Genüge tun. Spätestens morgen wird jeder, den sie gekannt hat, und der Rest der Welt wissen, was ihr zugestoßen ist.«

Sie stellte sich ans Fenster und schaute nach draußen. Wir wohnen im vierzehnten Stock und konnten von unserem Südfenster die Türme des World Trade Center sehen. Inzwischen sind sie natürlich nicht mehr da, aber Elaine stellte sich noch Monate danach regelmäßig ans Fenster und schaute auf die Stelle hinaus, wo sie mal gestanden haben.

Gegen sechs rief der Türsteher an, um TJ anzukündigen. Elaine brach in Tränen aus, als sie ihn sah, und er umarmte sie. »Du hast bestimmt Hunger«, sagte sie zu ihm und wandte sich mir zu. »Und du auch. Habt ihr seid dem Frühstück schon was gegessen?«

Ich nicht.

»Wir müssen was essen«, erklärte sie. »Sind Nudeln okay? Und ein Salat?«

Wir sagten, das wäre prima.

»Das ist alles, was ich jemals koche. Mein Gott, was bin ich bloß langweilig. Wie könnt ihr mich überhaupt ertragen? Ich koche ständig das gleiche Essen, und die einzige Abwechslung ist die Form der Nudeln. Vielleicht sollte ich anfangen, was mit Fleisch zu machen. Bloß weil ich beschlossen habe, Vegetarierin zu werden, heißt das nicht, dass ihr beide kein Fleisch essen sollt.«

»Mach doch einfach für uns alle Nudeln«, sagte ich.

»Danke«, sagte sie. »Genau das werde ich jetzt tun.«

Ich hatte nicht vorgehabt, zu einem Treffen zu gehen, aber als es an der Zeit war, schlug es mir Elaine vor. Ich sagte, ich könnte genauso gut zu Hause bleiben, aber sie sagte: »Geh ruhig. TJ und ich werden Karten spielen. Weißt du, wie Gin Rummy geht?«

»Klar.«

»Und Cribbage?«

»Auch, ein bisschen.«

»Dann lieber nicht. Casino? Kannst du Casino?«

»Das hab ich immer mit meiner Oma gespielt.«

»Hat sie dich gewinnen lassen?«

»Von wegen. Wenn nötig, hat sie sogar geschummelt.«

»Das musste sie bestimmt nicht. Irgendein Kartenspiel muss es doch geben, das du nicht kannst. Wie sieht's mit Binokel aus?«

»Dafür muss man doch zu dritt sein, oder nicht?«

»Ich meine Zweier-Binokel«, sagte Elaine. »Das ist ein völlig anderes Spiel. Weißt du nicht, wie das geht?«

»Davon habe ich noch nicht mal was gehört.«

»Wunderbar«, sagte sie. »Dann bringe ich es dir bei. Matt, geh du zu deinem Treffen.«

In St. Columba's, einer kleinen Kirche in der West Twenty-fifth Street, haben sie mittwochs ein Männertreffen. Es ist ausdrücklich für Männer über vierzig, und es nehmen fast ausschließlich Schwule daran teil, obwohl das keine Bedingung ist. Aber es entspricht der demographischen Zusammensetzung des Viertels. Es ist in Chelsea, wo das Gros der männlichen Bevölkerung schwul ist, wenn auch nicht über vierzig.

Ich hätte zu meinem Stammtreffen in St. Paul's gehen können, zu dem ich nur fünf Minuten hatte, aber aus irgendeinem Grund hatte ich keine Lust auf bekannte Gesichter und Leute, die mich fragen würden, wie es mir ging. Es ging mir nicht gut, und ich wollte nicht darüber sprechen.

Es gibt einen Bus, der die Ninth Avenue hinunterfährt, aber ich verpasste ihn ganz knapp und nahm mir ein Taxi. Bei meiner Ankunft verlasen sie gerade die Präambel, die Kollekte hatten sie bereits beendet. Ich fand, dass sie die Miete auch ohne meinen Dollar bezahlen könnten, schenkte mir eine Tasse Kaffee ein und suchte mir einen Sitzplatz. Der Sprecher, angezogen und gestylt wie eine Werbung in *GQ*, erzählte eine Geschichte von einem Besuch in der Four Seasons Bar, wo er die Aufmerksamkeit eines anderen unbegleiteten Herrn zu erregen versuchte, um sich dann in der Hoffnung, der Auserkorene würde ihm folgen, in ein herrlich dekadentes Etablissement auf der anderen Straßenseite zu begeben. Wenn nicht, hatte er vorgehabt, einfach dort zu bleiben und sich zu besaufen. »Wir haben uns damals noch alle so tief im Schrank verkrochen«, sagte er, »dass wir Abdrücke von den Kleiderbügeln hatten. Man hätte meinen können, Joan Crawford wäre unsere Mutter.«

Als er fertig war, gingen sie im Saal rum, statt uns per Handzeichen abstimmen zu lassen. Als ich an die Reihe kam, hatte ich bereits alles gesagt, was ich zu sagen hatte, auch wenn ich es nur im stillen Kämmerlein meines Kopfs getan hatte. »Ich heiße Matt«, sagte ich, »und ich bin Alkoholiker. Die Qualifikation hat mir gut gefallen. Aber ich möchte heute Abend lieber nur zuhören.«

Etwas später sagte eine Stimme, die ich kannte: »Ich bin wirklich froh, dass ich heute hergekommen bin. Das ist kein Treffen, zu dem ich regelmäßig gehe, aber ich sehe ein paar bekannte Gesichter unter den Teilnehmern. Die Geschichte des heutigen Sprechers hat Verschiedenes in mir angesprochen. Ich heiße Abie, und ich bin Alkoholiker.«

Danach erzählte er, dass er in letzter Zeit oft Überstunden machen musste und nur selten zu Treffen gehen konnte und dass er sich immer wieder in

Erinnerung rufen musste, dass das Wichtigste war, trocken zu bleiben. »Wenn ich das verliere«, sagte er, »verliere ich alles, was damit einhergeht.«

Das war nichts, was ich im Lauf der Jahre nicht schon ein paar tausendmal gehört hatte, aber es schadete mir nicht, es noch einmal zu hören.

Auf dem Weg nach draußen kam er an meine Seite. »Ich bin heute zum ersten Mal hier«, sagte er. »Ich wusste nicht mal, dass es ein Spezialtreffen ist.«

»Für Männer über vierzig.«

»Das wusste ich bereits aufgrund des Eintrags im Buch. Was ich allerdings nicht wusste, ist, dass alle schwul sind.«

»Nicht alle.«

»Außer Ihnen und mir vielleicht.« Er grinste. »Ich habe nichts gegen Schwule, im Gegenteil, ich finde die Energie in einem Raum voller Schwuler sogar richtig klasse. Ich habe nur nicht damit gerechnet.«

Woran ja auch nichts auszusetzen ist, dachte ich.

»Matt? Es hat mich übrigens überrascht, dass Sie heute Abend nichts gesagt haben.«

»Ich würde mich zwar nicht auf eine Stufe mit Wilhelm dem Schweiger stellen, aber ich habe nicht das Gefühl, etwas sagen zu müssen, bloß weil ich an der Reihe bin.«

»Außer dass Sie den Eindruck erwecken, als gäbe es etwas, das Sie unbedingt loswerden wollen.«

»Tatsächlich?«

»Als ob Sie etwas stark beschäftigen würde.« Er legte mir die Hand auf die Schulter. »Haben Sie Lust, auf eine Tasse Kaffee mitzukommen?«

»Ich habe beim Treffen schon zwei Tassen getrunken. Ich glaube, das ist für heute genug.«

»Sie könnten ja auch was essen.«

»Ich glaube nicht, Abie.«

»Mein erster Tutor hat immer gesagt, wir sind keine Leute, die sich den Luxus leisten können, etwas für sich zu behalten.«

»Nur gut, dass er nicht bei der CIA war.«

»Wahrscheinlich, aber was ich damit sagen will ...«

»Ich glaube, ich weiß, worauf Sie hinauswollen.«

Er machte einen Schritt zurück und kniff sich stirnrunzelnd in die

Oberlippe, eine Marotte, die ich schon öfter an ihm beobachtet hatte. »Dann nichts für ungut«, sagte er. »Sie wollen heute Abend wohl lieber allein sein.« Von dieser Meinung brachte ich ihn nicht ab.

Ich nahm wieder ein Taxi und bekam eines, in dem laute arabische Musik lief. Ich sagte dem Fahrer, er solle sie leiser stellen. Er schaute mich an, und vermutlich sah er etwas in meinem Gesicht, das ihn davon abbrachte, sich auf lange Diskussionen mit mir einzulassen. Er drehte die Musik leiser und stellte das Radio ganz ab, und wir fuhren in willkommenem, aber eisigem Schweigen nach Hause.

Die Partie Binokel war immer noch in vollem Gang, als ich die Wohnung betrat. Ich fragte, wer am Gewinnen war, worauf Elaine ein Gesicht schnitt und über den Tisch deutete. »Er schwört Stein und Bein, das Spiel nie zuvor gespielt zu haben«, sagte sie, »und es tut mir in der Seele weh, einem derart reizenden jungen Mann zu unterstellen, dass er lügen könnte wie gedruckt.«

»Hab ich noch nie getan«, sagte TJ.

»Wie kommt es dann, dass du mir nicht den Hauch einer Chance lässt?«

»Du bist einfach eine gute Lehrerin, mehr nicht.«

»Das muss es wohl sein.« Sie sammelte die Karten ein. »Geh nach Hause. Du bist wirklich ein Schatz, dass du mir Gesellschaft geleistet hast, auch wenn du nicht so nett warst, mich gewinnen zu lassen. Moment. Hast du Hunger? Möchtest du einen Keks?«

Er schüttelte den Kopf.

»Wirklich nicht? Ich habe sie unter dem Namen Mrs. Fields selbst gebacken.«

Er schüttelte noch einmal den Kopf, und sie umarmte ihn und ließ ihn gehen. Sie räumte die Karten weg und stellte sich wieder ans Fenster, an das, aus dem man die Twin Towers nicht mehr sehen konnte. Sie seufzte und drehte sich zu mir um und sagte: »Nur so eine Idee. Sie hatte außer mir noch andere Freundinnen. Keine von ihnen stand ihr so nahe wie ich, aber es gab andere Frauen, mit denen sie essen gegangen ist oder telefoniert hat.«

»Klar.«

»Vielleicht ist ihr bei einer von ihnen etwas über diesen Kerl rausgerutscht. Mir hat sie immerhin erzählt, dass er gern Scotch trinkt und einen Schnurrbart hat. Jemand anders könnte sie auch etwas gesagt haben.«

»Und wenn man alles zusammenträgt, könnte sich ein Bild abzeichnen.«

»Na ja, hältst du das denn nicht für möglich?«

»Natürlich weiß ich, dass es möglich ist«, sagte ich, »und das weiß auch Sussman. Sie werden ihr Adressbuch oder ihren Rolodex durchgehen oder was sie eben hatte, und sie werden jeden Eintrag überprüfen. Dort könnte er sogar stehen. Bloß weil sie niemandem seinen Namen gesagt hat, heißt das nicht, dass er ihn ihr nicht gesagt hat. Falls er ihr seine Telefonnummer gegeben hat, könnte sie ebenfalls in ihrem Adressbuch stehen.«

»Glaubst du, dass sie ihn so erwischen?«

Das glaubte ich nicht, aber ich sagte, es sei möglich.

»Und da ist noch ein Gedanke, der mir gekommen ist. Sie könnte ihre Therapeutin wieder aufgesucht haben. Sie hat ihre Therapie zwar schon vor Jahren beendet, aber sie hat danach immer wieder mal ein paar Sitzungen gehabt. Und ich weiß, dass ich in letzter Zeit das Gefühl hatte, dass sie wieder damit angefangen haben könnte. Ich weiß nicht, wie ich darauf gekommen bin, aber das war das Gefühl, das ich hatte.«

»Und du meinst, sie könnte der Therapeutin etwas über diesen Kerl erzählt haben?«

»Na ja, wenn sie schon das Gefühl hatte, mit sonst niemand über ihn sprechen zu können …«

»Da ist tatsächlich was dran.«

»Aber dürfte die Therapeutin denn überhaupt was sagen? Unterliegt so was denn nicht der Schweigepflicht?«

Das sei durchaus richtig, sagte ich, aber es gäbe auch hier eine Grauzone. Wenn der Patient tot war und die Ermittler einen Mörder zu finden versuchten, fühlten sich manche Ärzte nicht mehr an die Schweigepflicht gebunden, andere aber schon.

»Ihre Therapeutin war Brigitte Dufy. Sie ist Französin und hat den gleichen Nachnamen wie der Maler Raoul Dufy, und möglicherweise ist sie sogar verwandt mit ihm. Ich weiß, dass Monica sie mal gefragt hat, kann mich aber nicht mehr an ihre Antwort erinnern. Als ob das eine Rolle spielen würde. Sie ist hier im Viertel aufgewachsen, ihr Vater war Souschef im Brittany du Soir. Erinnerst du dich noch daran?«

»Ja, natürlich.«

»Ein tolles Restaurant. Was wohl daraus geworden ist. Eines Tages war es plötzlich weg. Wie auch immer, Brigitte ist hier aufgewachsen, mit einem Akzent, der reinstes Hell's Kitchen Irisch war, weshalb Monica sie immer Bridget Duffy genannt hat. Wahrscheinlich werden sie ihren Namen in Monicas Adressbuch finden, aber vielleicht auch nicht. Weil man ja, wenn man ein neues Adressbuch anlegt, oft die Namen der Leute, mit denen man nichts mehr zu tun hat, nicht übernimmt. Warum sich die Mühe machen, wenn man sie ja sowieso nicht mehr anrufen wird? Deshalb, wenn sie die Therapie beendet hat ...«

»Ich werde Sussman morgen auf jeden Fall darauf hinweisen.«

»Ich finde es furchtbar, dass sie nicht mehr hier ist«, fuhr Elaine fort. »Aber ich werde mich daran gewöhnen. So ist es nun mal, man gewöhnt sich daran, dass Leute sterben. Aber was ich einfach unerträglich finde, ist der Gedanke, dass der Kerl, der ihr das angetan hat, ungestraft davonkommen könnte. Daran möchte ich mich nicht gewöhnen.«

»Sie werden ihn kriegen.«

»Versprichst du mir das?«

Wie hätte ich ihr so etwas versprechen können? Aber wie hätte ich es ihr auch abschlagen können?

»Das verspreche ich dir.«

»Gibt es etwas, was du tun kannst?«

»Außer allen im Weg zu stehen? Ich weiß nicht. Ich werde sehen, ob mir was einfällt.«

»Ich erwarte nicht von dir, dass du losziehst und ihn zu finden versuchst«, sagte sie. »Nur dass ich natürlich genau das tue. Du weißt, du bist mein großer weißer Ritter. Bist du immer schon gewesen.«

»Ich glaube, mit Spiderman wärst du besser beraten.«

»Nein«, sagte sie. »Nein, ich bin absolut zufrieden mit meiner Wahl.«

Kapitel 17

Er sitzt an einem der Computer des Kinko's in der Columbus Avenue, wo er gegen eine geringe stündliche Gebühr anonymen Zugang zum Internet erhält. Er geht auf die Yahoo-Seite und eröffnet dort in wenigen Minuten einen kostenlosen Account. Der Username, den er dabei angibt, ist ein bedeutungsloses Konglomerat aus Buchstaben und Zahlen, das schwer zu merken wäre. Aber er muss es sich nicht merken, weil er den Account kein zweites Mal benutzen wird. Es ist ein Einmal-Account, der praktisch unmöglich zurückzuverfolgen ist, und wenn es ihnen doch gelingen sollte, kommen sie nicht weiter als bis zu diesem öffentlich zugänglichen Computer, der Tag für Tag von Dutzenden von Leuten benutzt wird.

Er erinnert sich, dass er sich einmal gefragt hat, wie vor hundert Jahren angesichts des Fehlens jeglicher forensischer Methoden überhaupt jemand eines Verbrechens überführt wurde. Arbeitet die Wissenschaft andererseits nicht mit einer Hand genauso den Kriminellen zu, wie sie mit der anderen den Kriminologen zuarbeitet? Irgendwo hat er mal einen Satz gelesen, der ihm als die perfekte Erklärung von Darwins Evolutionstheorie erschienen ist: Wenn du eine bessere Mausefalle baust, wird die Natur eine bessere Maus bauen.

Darüber denkt er eine Weile nach, bevor er sich widerstrebend in die Gegenwart zurückholt. Er klickt auf NEUE MAIL und beginnt zu schreiben:

Ich schreibe Ihnen, weil mich der Gedanke an die bedauernswerten Eltern von Jeffrey Willis belastet, für dessen Ermordung Preston Applewhite vor Kurzem mit seinem Leben gebüßt hat. So schwer es ist, einen Sohn zu verlieren, muss es noch schwerer sein, wenn seine Leiche nicht gefunden wird. Es ist eine schreckliche Vorstellung, sich damit abfinden zu müssen, dass sein eigen Fleisch und Blut für immer in einem unbekannten Grab liegen wird, obwohl ich bei genauerer Überlegung nicht sagen könnte, dass ich persönlich lieber in einem bekannten Grab läge. Für die Person, die darin liegt, dürfte das meinem Dafürhalten nach keinen Unterschied machen.

Dennoch erscheint es mir mehr als angebracht, Ihnen mitzuteilen, dass mir letzte Nacht in einem Zustand tiefer Zerknirschung der Geist Preston Applewhites (Fluch sei seiner Seele!) erschienen ist. »Sie müssen den braven Leute beim *Richmond Times-Dispatch* sagen«, trug er mir in einem angemessen gespenstischen Ton auf, »dass ich zutiefst bedaure, was ich getan habe, und dies wenigstens bis zu einem gewissen Grad wieder gutzumachen versuche, indem ich ihnen sage, wo sie nach den Überresten des Willis-Jungen suchen sollen.«

Und das ist die Stelle, an der Sie seinen Aussagen zufolge suchen sollen ...

Er erteilt detaillierte Anweisungen und erstellt eine perfekte schriftliche Schatzkarte, die denjenigen, der ihr folgt, zu der Stelle auf dem alten Familienfriedhof führt, wo er sich so köstlich mit dem kleinen Jeffrey vergnügt hat, auch wenn das Vergnügen nicht annähernd im gleichen Maß auf dessen Seite gewesen sein dürfte. Das ruft alles wieder in ihm wach, und er ist versucht, eine detaillierte Schilderung von Jeffreys letzten Momenten beizufügen. Aber das würde nicht zu Inhalt und Ton des Briefs passen.

Auch wenn es bestimmt witzig wäre. Er muss an Albert Fish denken, den geistesgestörten Kannibalen, der kleine Kinder ermordete und verspeiste. Nachdem er Grace Budd getötet und gegessen hatte, schrieb er ihren Eltern einen Brief, in dem er den Mord schilderte und die Saftigkeit ihrer Tochter auf dem Esstisch pries. Aber er versicherte ihnen feierlich: »Ich habe sie nicht gefickt. Sie ist als Jungfrau gestorben.«

Eine Budd (bud steht im Englischen für Knospe; Anm. d. Übs.), die nie gezwungen war, zu erblühen. Wie tröstlich das für die älteren Budds gewesen sein muss!

Zuerst werden Sie bestimmt denken, dass es sich hier um einen Schwindel handelt, denn wie könnte ein halbwegs intelligenter Mensch etwas anderes annehmen? Trotzdem werden Sie es sich wohl kaum nehmen lassen, ein paar Männer mit Schaufeln loszuschicken, falls auch nur die geringste Wahrscheinlichkeit besteht, dass Jeffreys Knochen (denn der Rest von ihm ist sicher längst verwest) tatsächlich an der Stelle sind, wo sie laut Aussagen des Geistes vergraben sind.

Wenn Sie sie, was sicher der Fall sein wird, finden, werden Sie und Ihre Leser und die zuständigen Behörden sich einige Gedanken machen müssen. Wollen

Sie an Geister und ihre Enthüllungen glauben? Oder ist da jemandem ein schwerer Fehler unterlaufen?

Sie werden bestimmt Verständnis dafür haben, dass ich dieses Schreiben nicht unterzeichne. Mir ist unlängst bewusst geworden, wie wichtig Anonymität ist. Sie ist zweifellos die spirituelle Grundlage aller unserer Traditionen.

Die Richmond Times-Dispatch *hat, wie sollte es anders sein, eine Homepage, auf der er die Email-Adresse des für den Lokalteil verantwortlichen Redakteurs gefunden hat. Er gibt sie in das dafür gedachte Fenster ein, und dann, der Cursor schwebt über dem SENDEN-Button, sitzt er mehrere Minuten nur da. Senden oder nicht senden, das ist die Frage, und es gibt keine eindeutige Antwort darauf. Die ganze Preston-Applewhite-Geschichte hat einen optimalen Ausgang genommen, was sehr dafür spricht, die Sache auf sich beruhen zu lassen.*

Andererseits findet er, dass es lohnender *wäre, die Nachricht zu senden, im Topf zu rühren und zu sehen, was passiert. Denn irgendetwas wird auf jeden Fall passieren. Wenn er dagegen die Sache auf sich beruhen lässt, wird nichts passieren, jedenfalls nichts, was über das hinausgeht, was bereits passiert ist.*

Und es soll sich doch lohnen, oder nicht?

Wegen des letzten Absatzes hat er jedoch Zweifel. Er wird bei einigen der Leute, die ihn lesen, bestimmte Saiten zum Schwingen bringen und sie hektisch in alle möglichen falschen Richtungen davonstieben lassen, aber eigentlich ist es nur ein Insiderwitz, der ihn der Möglichkeit berauben würde, sein Werk zu signieren. Er markiert den letzten Abschnitt, drückt auf LÖSCHEN, denkt kurz nach und ersetzt ihn damit:

Nun machen Sie sich an die Arbeit, liebe Freunde, wie ich mich an die meine mache. Dazu gehört auch, meine aktuelle Email-Adresse aufzugeben, weshalb Sie zu meinem Bedauern nicht in der Lage sein werden, mich zu kontaktieren. Sollte es sich so ergeben, dass ich mich ein weiteres Mal an Sie wenden muss, so werde ich dies mit einer anderen Email-Adresse tun, die sich leider ebenso wenig auf mich zurückverfolgen lassen wird wie diese. Doch Sie werden mich anhand meiner Unterschrift erkennen; ich habe die Ehre, Sir, Ihr gehorsamster Diener zu sein,

Abel Baker

Er lächelt sein betrübtes Lächeln und klickt auf den SENDEN-Button.

Er mag New York.

Er hat schon einmal mehrere Jahre lang hier gelebt und wäre länger geblieben, hätten ihn die Umstände nicht gezwungen, der Stadt den Rücken zu kehren. Damals sahen diese Umstände nach einer Pechsträhne aus, aber es ist alles nur eine Frage der richtigen Einstellung, wie er gern sagt, und er war klug genug, sich dazu zu bringen, die damaligen Widrigkeiten als Chance zu sehen. Hat ihm sein Exil aus New York nicht zu der Gelegenheit verholfen, etwas vom Land zu sehen? Hat es nicht eine beträchtliche Zahl von Abenteuern mit sich gebracht, die vor Kurzem in der bemerkenswerten Affäre um Preston Applewhite ihren Höhepunkt gefunden haben?

Als er die Stadt verlassen musste, standen an der Spitze Manhattans noch stolz die Twin Towers. Manchmal fragt er sich, wie es gewesen wäre, in der Stadt zu sein, als ihr dieser schwere Schlag zugefügt wurde.

Auf ihn persönlich hat der damalige Verlust an Menschenleben keine große Wirkung gehabt. Was ihn jedoch nachhaltig beschäftigt – und inspiriert –, ist die beeindruckende Macht des Mannes, der im Hintergrund die Fäden gezogen hat, des Puppenspielers, der seine Anhänger dazu gebracht hat, Passagierflugzeuge in Gebäude zu steuern. Das zeugt von einem beneidenswerten Manipulationstalent.

Auch er muss sich in dieser Hinsicht nicht verstecken. Als er hier gelebt hat, hat er einige beachtliche Proben seines Könnens geliefert, auch wenn keine seiner Versuchspersonen jemals etwas auch nur annähernd so Spektakuläres getan hat. Trotzdem, seine Probanden waren nicht auf den Kopf gefallen, und das hat eine Art psychologisches Ju-Jutsu erfordert; er hat gewonnen, weil er ihre eigene mentale Stärke gegen sie eingesetzt hat.

Er war zu Fuß unterwegs, als ihm diese Gedanken gekommen sind, und mit einer gewisser Genugtuung stellt er jetzt fest, dass ihn seine Schritte und seine Gedanken an denselben Ort geführt haben, zu einem Haus in der West Seventy-fourth Street. Vor diesem Haus ist er viele Male gewesen, in seinem Innern nur ein einziges Mal. Bei dieser Gelegenheit waren drei andere Personen bei ihm, und zwei von ihnen hat er in eben diesem Haus getötet, eine mit einer Pistole, eine mit einem Messer, und die dritte Person hat er eine Stunde später in einem Haus mehrere Meilen weiter südlich getötet.

Er hat damals gedacht, das Haus würde seine Belohnung werden, und die Morde würden ihn zu seinem Besitzer machen. Er hat gedacht, dass das war, was er wollte, ein schönes Brownstonehaus in unmittelbarer Nähe des Central Park. Er hat gedacht, aus diesem Grund getötet zu haben.

Wie viel freier ist er doch jetzt, wo er die Wahrheit über sich kennt!

Bei seiner Rückkehr in die Stadt hat er sich gefragt, ob dieses Haus überhaupt noch steht. Vor Jahren war in Downtown ein Brownstonehaus, das in der West Eleventh Street in einer Reihe ähnlicher Häuser gestanden hatte, einfach verschwunden. Es hatte den Eltern eines Mitglieds einer Gruppe radikaler Studenten gehört und ihnen als Bombenfabrik gedient, und hätte es eine bessere Möglichkeit gegeben, ihre unbewussten Motive auszuleben, als das Haus der Eltern eines der Ihren in die Luft zu jagen? War das denn nicht, alles in allem betrachtet, der eigentliche Zweck ihrer politischen Ziele?

Als er zum ersten Mal nach New York gekommen ist, war an der Stelle bereits ein neues Haus errichtet worden. Es hat die gleiche Größe wie die anderen Häuser in der Reihe, aber zugleich hat es der Architekt von ihnen abzuheben versucht, indem er einen Teil davon in einem schiefen Winkel aus der Fassade hat vorstehen lassen. Das sollte, weiß er, dem vordergründigen Zweck dienen, das Zeitgemäße mit dem Traditionellen zu verbinden, aber er sieht dahinter einen tieferen Grund, den Wunsch, die explosive Wucht, die den ursprünglichen Bau zerstört hat, in seinem Nachfolger zum Ausdruck kommen zu lassen.

Aber hier, in der West Fourty-ninth Street, war keine Bombenfabrik. Daher besteht auch kein Grund, weshalb dieses schöne Haus verschwunden sein sollte, bloß weil es aufgehört hat, in seinen Gedanken eine Rolle zu spielen. Es steht nach wie vor und wird noch immer von derselben jungen Frau bewohnt – bis auf das Erdgeschoss, wo dieselbe alte, inzwischen älter gewordene Frau denselben mittelmäßigen Antiquitätenladen betreibt.

Er muss an einen anderen Laden denken, an den Brieföffner, den er dort gekauft hat. An die Frau, die ihn ihm verkauft hat und ihn ein Papiermesser genannt hat. Der Begriff, findet er, ist zweideutig und könnte entweder ein Messer zum Schneiden von Papier bezeichnen oder ein Messer aus Papier. Oder ein Messer, das nur dem Namen nach eines ist, wie ein Papiertiger.

Er hat es nicht mehr, egal, wie man es nennen will. Selbstverständlich existiert es noch, wie auch das Haus noch existiert, aber es ist nicht mehr Teil seines Lebens.

Ist das Haus Teil seines Lebens? Fällt es, wie so vieles andere in dieser außergewöhnlichen Stadt, unter die Rubrik Unerledigte Angelegenheiten?

Darüber muss er noch ausführlicher nachdenken.

Auf dem Heimweg bleibt er kurz direkt gegenüber einem anderen, wesentlich größeren Haus stehen, das an der Südwestecke von Fifty-seventh Street und Ninth Avenue steht. Dort hat rund um die Uhr ein Türsteher Dienst, und im Aufzug und im Foyer gibt es Überwachungskameras. Trotzdem, was für ein großes Hindernis sollen sie schon darstellen? Von Menschen gebaut und installiert und gewartet, können sie von einem Menschen sicher auch unterlaufen werden.

Aber das hat noch Zeit.

Er geht nach Hause. Manchmal sieht er sich als einen Einsiedlerkrebs, der von Wohnstätten Besitz ergreift und sie wieder ablegt, wenn er zu groß für sie geworden ist. Die Unterkunft, die jetzt seine Anforderungen erfüllt, sein aktuelles Zuhause, besteht aus drei Zimmern im obersten Geschoss eines Wohnblocks in der Fifty-third Street westlich der Tenth Avenue. Der Bau zeigt Anzeichen von Gentrifizierung. Seine Backsteinfassade ist neu verfugt worden, seine Flure und Treppen renoviert, der Eingangsbereich komplett neu gestaltet. Auch viele Wohnungen sind renoviert worden, wenn ihre Bewohner ausgezogen oder gestorben sind, und an ihre Stelle sind Mieter getreten, die marktübliche Preise bezahlen. Nur noch wenige Bewohner aus den Zeiten der Mietpreisbindung sind übrig geblieben, und eine von ihnen, Mrs. Laskowski, hat vermutlich nicht mehr lang zu leben. Sie hat zwanzig Kilo Übergewicht und Diabetes und leidet außerdem an etwas, das ihre Gelenke bei schlechtem Wetter schmerzen lässt. Aber sie steht auf der Eingangstreppe und raucht einen übelriechenden italienischen Zigarillo, als er die Stufen hinaufsteigt.

»Oh, hallo«, begrüßt sie ihn. »Wie geht's Ihrem Onkel?«

»Ich war ihn gerade besuchen.«

»Sie können mir glauben, das würde auch ich gern tun. Wenn man jemand so viele Jahre regelmäßig sieht, vermisst man ihn einfach. Wirklich schade, dass sie ihn nicht im St. Clare's unterbringen konnten. Meine Cousine Marie, Gott

hab sie selig, war im St. Clare's, und ich konnte sie bis zu ihrem Tod jeden Tag
besuchen.«

Was für ein tolles Privileg das gewesen sein muss.

»Im VA kümmern sie sich auch gut um ihn«, ruft er ihr in Erinnerung.
»Besser könnte er es gar nicht haben. Und alles kostenlos.«

»Ich habe gar nicht gewusst, dass er beim Militär war.«

»Doch, doch, und er war sehr stolz darauf. Aber er hat nicht gern darüber
gesprochen.«

»Er hat es mit keinem Wort erwähnt. Das Veterans Hospital ist doch oben in
der Bronx, oder?«

»In der Kingsbridge Road.«

»Ich weiß nicht mal, wo das ist. Da ist man mit der U-Bahn wahrscheinlich
ganz schön lange unterwegs.«

»Man muss umsteigen«, sagt er, »und dann noch ein ordentliches Stück zu
Fuß gehen.« Er hat keine Ahnung, ob das stimmt. Er war nur ein einziges Mal
in der Bronx, und das ist schon lange her. »Und es kann ganz schön frustrierend
sein, ihn zu besuchen. Heute hat er mich zum Beispiel gar nicht erkannt.«

»Sie sind extra da raufgefahren, und er hat sie nicht erkannt?«

»Na ja, man kann nicht alles haben, Mrs. L. Sie wissen ja, was mein Onkel
immer gesagt hat: ›Man bekommt, was man bekommt.‹«

Er steigt die Treppe hinauf, betritt die Wohnung, schließt hinter sich ab. Die
Wohnung ist schäbig und heruntergekommen. Er hätte liebend gern jemand da-
mit beauftragt, gründlich sauberzumachen, aber das hätte Aufmerksamkeit er-
regen können. Deshalb hat er es, so gut es ging, selbst gemacht, Böden und Wände
geschrubbt, Raumspray versprüht. Aber das hat nur bis zu einem gewissen Grad
geholfen, und in der Wohnung hängt noch immer der Gestank von fünfzig Jahren
intensivem Zigarettenkonsum und dem hartnäckigen Körpergeruch von Joe Bo-
han selbst, einem Mann, der allein gelebt und offensichtlich keinen großen Wert
auf Hygiene gelegt hat.

Trotzdem, in einer Stadt, in der selbst das lausigste Hotel absurd viel Geld
kostet, ist nichts einzuwenden gegen eine kostenlose Wohnung, vor allem gegen
eine, die so nahe bei seinen unerledigten Angelegenheiten liegt.

Er hat in einem Deli in der Tenth Avenue, in das er auf ein Sandwich und
eine Tasse Kaffee gegangen ist, zwei alte Männer über Joe Bohan reden gehört. Er
lebt sehr zurückgezogen und verkriecht sich mehr und mehr in seiner Wohnung,

hat einer von ihnen gesagt, aber man könnte sich keinen sympathischeren Typen vorstellen.

Er hat einen Joseph Bohan im Telefonbuch gefunden und unter der Nummer angerufen, und es hat sich ein Mann mit einer krächzenden Stimme gemeldet. Nein, hat der Mann gesagt, es gibt keine Mary Eileen Bohan unter dieser Adresse. Er ist schon alt, er lebt allein. Nahe Verwandte? Nein, hat er keine. Es gibt zwar viele Bohans, aber von einer Mary Eileen hat er noch nie etwas gehört.

Er lässt dem alten Mann ein paar Tage Zeit, um den Anruf zu vergessen, dann packt er seine Sachen und zieht aus dem Zimmer in der viel zu teuren Klitsche aus, in der er ein paar Straßen von der Penn Station entfernt gewohnt hat. Mit einem Koffer in jeder Hand steigt er die Eingangstreppe in der West Fifty-third hinauf, drückt auf den Klingelknopf, neben dem BOHAN steht, und geht in den zweiten Stock hinauf, wo ein unrasiertes altes Wrack in einem grauen Nachthemd und mindestens eine Woche altem Körpergeruch in der Tür steht.

»Onkel Joe? Ich bin dein Neffe Al. Ich bin den ganzen weiten Weg gekommen, um dich zu sehen.«

Der alte Mann reagiert verwirrt, lässt ihn aber in die Wohnung. Er raucht eine Zigarette, an der er zieht, als wäre sie der Schlauch einer Sauerstoffflasche, und zwischen den einzelnen Zügen spuckt er seine Fragen aus. Wessen Sohn er denn sei? Neils Junge? Und was ist in den Koffern? Und lebt er denn noch, Neil? Er hat gedacht, sein Bruder wäre tot; dass er gestorben wäre, ohne je geheiratet zu haben.

Der alte Mann ist wacklig auf den Beinen, sein Atem geht pfeifend. In seinem Gesicht sind zwei kanzerös wirkende Wucherungen, und er hat eine ungesunde Gesichtsfarbe, und erst der Gestank dieses Kerls. Er packt Bohan, legt eine Hand unter sein stoppliges Kinn, ergreift mit der anderen die knochige Schulter und bricht dem alten Mann ohne große Mühe das Genick. Ist doch schön, wenn das zweckdienliche Vorgehen auch noch human ist!

In den nächsten Tagen entsorgt er sowohl Bohans Kleider und Habseligkeiten als auch den alten Mann selbst und gibt den anderen Hausbewohnern Gelegenheit, sich an ihn zu gewöhnen. Mal gründlich ausmisten, erklärt er den Nachbarn, wenn er jeden Tag ein paar Müllsäcke die Treppe hinunter und nach draußen schleppt. In den letzten Jahren hat mein Onkel nie mehr was weggeworfen. Es fällt ihm schwer, sich von etwas zu trennen.

Manche Müllsäcke lässt er am Straßenrand stehen, damit die Müllabfuhr sie mitnimmt. Andere, mit Leichenteilen des alten Mannes, lassen sich nicht so nonchalant entsorgen. Er hat den Toten in die Badewanne gelegt, alle Körperflüssigkeiten ablaufen lassen und ihn mit einer Knochensäge aus einem Küchengeschäft in der Ninth Avenue in tragbare Stücke zerlegt. Teile von Joe Bohan, eingepackt wie Fleischstücke, trägt er, immer nur ein paar davon, über den West Side Highway zum Hudson. Sollten sie jemals an die Oberfläche steigen – was sehr unwahrscheinlich ist, da es keine Gase gibt, die ihr spezifisches Gewicht verringern –, kann er sich nicht vorstellen, dass sich jemand einen Reim auf sie machen kann. Und sollte dies infolge eines forensischen Wunders doch der Fall sein, wäre der Einsiedlerkrebs seiner Behausung mitsamt dem Namen Aloysius Bohan längst entwachsen.

Sobald die letzten sterblichen Überreste Joe Bohans, mit Ausnahme seines hartnäckigen Geruchs, beseitigt sind, erzählt er überall herum, er habe seinen Onkel ins Krankenhaus gebracht. »Ich habe versucht, mich selbst um ihn zu kümmern«, erzählt er Mrs. Laskowski, »aber ich kann ihm nicht die nötige Pflege zukommen lassen. Deshalb habe ich ihn gestern Abend nach unten gebracht, und dann haben wir uns ein Taxi ins VA genommen. Das Taxi hat zwar ein Vermögen gekostet, aber was will man machen? Außer mir hat er niemand mehr. Er möchte, dass ich hier bleibe, bis er wieder aus dem Krankenhaus kommt. Eigentlich sollte ich in San Francisco sein und dort eine Stelle antreten, aber ich kann ihn doch nicht allein hier lassen. Er ist mein Onkel.«

Und damit hatte es sich.

Jetzt sitzt er am Küchentisch, dessen Platte von Hunderten von Joe Bohans übersehenen Zigaretten zerschunden ist. Er berührt seine Oberlippe, dann runzelt er, verärgert über sich selbst, die Stirn. Angewohnheiten, denkt er, wie schnell man sie sich zulegt, und wie mühsam es ist, sie wieder abzulegen. Er fährt seinen Computer hoch, der Alleinanspruch auf Joe Bohans Telefonanschluss hat. Die Verbindung kommt heute langsam zustande, und er würde sich gern einen DSL-Anschluss zulegen, aber das kommt nicht in Frage.

Aber vielleicht muss er gar nicht mehr so lange hierbleiben.

Kapitel 18

»Dir ist der Gedanke bestimmt auch schon gekommen«, sagte TJ, »obwohl es eigentlich total unwahrscheinlich ist, aber wenn ich es nicht laut ausspreche, bekomme ich es garantiert nicht aus dem Kopf.«

»Okay.«

»Höchstwahrscheinlich weißt du bereits, was jetzt kommt.«

Wir waren im Morning Star. Er hatte mich angerufen und gefragt, ob wir uns dort treffen könnten, und ich hatte zu Hause eine Tasse Kaffee stehen lassen, die wesentlich besser war als die, die ich jetzt trank.

»Schon möglich«, sagte ich.

»Trotzdem muss ich es sagen. Also. Wäre es möglich, dass David Thompson und Monicas Mörder dieselbe Person sind?«

»Der wichtigste Punkt, den sie gemeinsam haben«, sagte ich, »ist, dass wir beide nicht wissen, wer sie sind und wie wir sie finden können.«

»Das ist nicht alles.«

»Nicht?«

»Beide haben einen Schnurrbart.«

»Vielleicht sind beide Hitler, der im Führerbunker doch nicht ums Leben gekommen ist. Schau dir doch das Timing an, dann wird sofort klar, dass sie nicht dieselbe Person sein können. Thompson – das ist zwar wahrscheinlich nicht sein Name, aber irgendwie müssen wir ihn ja nennen – Thompson war am Montagabend von dem Zeitpunkt an, als sich Louise in dem Restaurant mit ihm getroffen hat, bis kurz vor Mitternacht mit ihr zusammen, als wir ihn aus den Augen verloren haben.«

»Na und?«

»Laut Sussman, der es vom Türsteher weiß, ist er zwischen halb zehn und zehn im Foyer von Monicas Haus aufgetaucht.«

»Das war am Dienstag. Also vorgestern Abend.«

»Richtig.«

»Kann eigentlich nicht so schwer sein, in – wie viel? – zweiundzwanzig Stunden nach Downtown zu kommen.«

Ich schüttelte den Kopf. »Montagabend war er aber auch bei ihr«, sagte ich. »Bei Monica. Das hat sie Elaine erzählt.«

»Dann war er also Montag- und Dienstagabend bei ihr. Ist das sicher?«

»Wir können Monica nicht anrufen und fragen. Trotzdem, es ist sicher.«

»Aber wir wissen nicht, wann. Für Dienstag haben wir einen zeitlichen Rahmen. Wann er zu ihr gekommen ist, und wann er wieder gegangen ist. Aber für Montag nicht.«

Darüber dachte ich kurz nach, dann nickte ich.

»Also gut, er verabschiedet sich viertel vor zwölf von Louise, und wir wissen, dass er gleich als Erstes sein Handy rausholt und jemand anruft.«

»Monica. Um ihr seinen Besuch anzukündigen. Wenn ich richtig in Erinnerung habe, was Elaine gesagt hat, hat er sich für Montag bereits mit Monica verabredet.«

»›Sorry, Schatz, aber ich bin etwas spät dran. Ich komme, so schnell ich kann.‹«

»Laut Monica war er immer sehr schick gekleidet. Hat David Thompson ausgesehen, als könnte Monicas Beschreibung auf ihn zutreffen?«

»Er war in Jeans und Polohemd.«

»Irgendwie kann ich mir unseren Mann nicht vorstellen, wie er mit einem Blumenstrauß und einer Flasche Strega in der Jane Street anrückt«, sagte ich und vergegenwärtigte ihn mir dabei, wie er aus Louises Haus kam. »Und er hat sich eine Zigarette angezündet«, fiel mir dabei ein. »Das war ein Punkt, den sie bereits online geklärt hat, bevor sie sich zum ersten Mal mit ihm getroffen hat. Dass er geraucht hat. Wenn nicht, hätte sie sich nämlich nicht auf ihn eingelassen.«

»Soll heißen?«

»Monica hat früher geraucht, und sie hasste es, in einem Zimmer zu sein, in dem jemand rauchte. Da war sie extrem empfindlich, was bei vielen Leuten der Fall zu sein scheint, wenn sie ein paar Jahre lang nicht mehr geraucht haben. Wenn er also ein starker Raucher war ...«

»Ob er wirklich viel geraucht hat, wissen wir nicht. Vielleicht hat er sich in Louises Gegenwart nur ihr zuliebe hin und wieder eine Zigarette angezündet.«

»Um sich nur zur Show auch sofort eine anzustecken, sobald er aus ihrem Haus kommt?«

»Ich weiß, was du meinst. Wen rufst du an?«

»Einen Cop«, sagte ich. Sussman hatte uns seine Visitenkarte gegeben, und ich tippte seine Nummer in mein Handy ein. Als ich ihn dranbekam, sagte ich, dass ich nur eine Frage hätte. Gab es irgendeinen Hinweis, dass in Monica Driscolls Wohnung jemand eine Zigarette geraucht hatte?

»Warum?«

Ich konnte ihm die Frage nicht verdenken. Bei vertauschten Rollen hätte ich genauso reagiert. Trotzdem wäre es mir lieber gewesen, er hätte sie nicht gestellt.

»Ich stelle seit einiger Zeit für eine Freundin Ermittlungen an«, sagte ich. »Es gibt keine Verbindung zwischen ihr und Monica Driscoll und auch keine Gemeinsamkeiten, außer dass es auch in ihrem Leben einen geheimnisvollen Unbekannten gibt. Bisher ist es mir nicht gelungen, irgendetwas über ihn herauszufinden. Der Kerl scheint es wirklich darauf angelegt zu haben, seinen Anonymität um jeden Preis ...«

»Und jetzt glauben Sie, es könnte ein und derselbe sein.«

»Nein«, sagte ich, »ich dachte und denke weiterhin, dass es sich nicht um dieselbe Person handelt, aber wenn ich diese Möglichkeit mit einem Anruf ein für alle Mal ausschließen kann ...«

»Schon klar. Demnach wissen Sie also, ob dieser zweite Mann raucht oder nicht.«

»Ich weiß, dass er raucht.«

»Und Ms. Driscoll war Nichtraucherin?«

»Und extrem allergisch gegen Zigarettenrauch.«

Sussman sagte, er würde sich bei mir melden, und legte auf. TJ erkundigte sich nach Elaine. Ich sagte, dass sie schon weg gewesen sei, als ich am Morgen in die Küche kam, und wahrscheinlich ins Fitnessstudio gegangen sei. Ich sagte, dass ich es für ein gutes Zeichen hielt, dass sie sich aufgerafft hatte, weil ich mir ziemlich sicher war, dass ihr nicht danach gewesen war.

Aber genau das wäre doch der Witz an der Sache, meinte er. Man müsste regelmäßig gehen, nicht nur an den Tagen, an denen einem danach wäre. Ich sagte ihm, trocken zu bleiben wäre genauso.

»Gestern Abend«, sagte er, »war sie ganz schön fertig, und sie hat immer wieder geweint, aber irgendwann ist sie dann drüber weggekommen und hat sich ganz aufs Kartenspielen konzentriert. Weißt du, wie Binokel geht?«

»Nein.«

»Sie könnte es dir beibringen. Sie ist richtig gut drin, einem Spiele beizubringen. Binokel ist ganz okay. Wenn es auf der Welt nichts anderes mehr gibt als zwei Leute und einen Satz Spielkarten, brauchst du dir eigentlich keine Gedanken mehr zu machen. Es müsste natürlich ein Satz Binokelkarten sein. Das heißt, du bräuchtest zwei Sätze Karten. Du nimmst zwei Sätze und wirfst von den Zweien bis zu den Achten alles raus und verwendest nur die Karten von den Neunen aufwärts bis zu den Assen.«

»Finde ich klasse, dass du mir das alles erzählst.«

»Na ja, weil im Moment nur wir zwei hier sind und nicht mal einen Satz Karten haben und warten, dass endlich das blöde Telefon läutet. Aber schon klar, dieser ganze Scheiß über Binokel interessiert dich wahrscheinlich nicht besonders.«

»Nein, schon gut.«

»Was ich damit sagen will, selbst wenn sie ganz okay gewirkt hat, du weißt schon, Karten gespielt und Witze gemacht hat, war es ihr ganz deutlich anzumerken. Du weißt schon, so eine tiefe Traurigkeit, die einem richtig in den Knochen steckt.«

»Man könnte meinen, das wäre eine leicht zu beantwortende Frage«, sagte Sussman. »In dem wissenschaftlichen Zeitalter, in dem wir leben, wo man bloß sein Geburtsdatum mit dem Kleingeld in seiner Tasche multiplizieren und in einen Computer eingeben muss, damit er einem sagt, was man zum Frühstück gegessen hat. *Hat jemand in der Wohnung, in der sich der Mord ereignet hat, eine Zigarette geraucht? Was soll daran so schwer sein?*«

»Dann war es wohl nicht so einfach.«

»Zuallererst«, sagte er, »war der Typ zwanghaft ordentlich. Dass er in der ganzen Wohnung gestaubsaugt und alle glatten Oberflächen außer der Zimmerdecke abgewischt hat, habe ich Ihnen, glaube ich, bereits erzählt. Es haben also nirgendwo Kippen rumgelegen, und es war auch keine Asche in den Aschenbechern. Das ist übrigens was, das mir bisher gar nicht aufgefallen ist. Es war kein einziger Aschenbecher in der Wohnung. Daher ist ziemlich sicher, dass *sie* nicht geraucht hat und auch keinen Besuch von Leuten bekommen hat, die geraucht haben.«

»Okay.«

»Nun könnte er natürlich Raucher gewesen sein und aus Rücksicht auf sie in ihrer Wohnung nicht geraucht haben.«

»Durchaus möglich«, sagte ich. »Aber sobald er sie gefesselt und zu foltern begonnen hat, dürfte Rücksichtnahme kein Thema mehr für ihn gewesen sein.«

»Allerdings. Er fesselt sie und klebt ihr mit Tape den Mund zu, und dann zündet er sich als Erstes eine an und benutzt sie auch noch gleich als Aschenbecher. Aber ich kann Ihnen jetzt schon sagen, wir haben nichts gefunden, was darauf hindeutet.«

»Keine Verbrennungen.«

»Er hat sie übel zugerichtet. Ihrer Frau wollte ich die Einzelheiten lieber ersparen, aber dieser Typ ist ein richtiges Monster. Wenn der sich eine Zigarette angezündet hätte, wären auf der Leiche Spuren zu sehen gewesen.«

»Sie selber rauchen nicht.«

»Ich habe zum Glück nie damit angefangen.«

»Als Sie an den Tatort gekommen sind ...«

»Diese Frage habe ich mir auch schon gestellt. Habe ich Zigarettenrauch gerochen? Aufgefallen ist mir nichts, aber hätte ich es überhaupt gemerkt? Das kann ich nicht beantworten. Außerdem waren mein Partner und ich nicht die Ersten am Tatort. Das waren zwei Streifenpolizisten, die auf einen Notruf reagiert haben. Sie war noch nicht sehr lang tot, weshalb sich noch kein Verwesungsgeruch entwickelt hatte, aber das ist ja in der Regel nicht alles. Der Darm entleert sich, die Blase entleert sich. Man merkt sofort, dass man nicht in einer Parfümfabrik ist.«

»Es könnte sich also einer von den Streifenpolizisten eine Zigarette angezündet haben.«

»Das sollen sie eigentlich nicht«, sagte Sussman, »aber Sie wissen ja, wie das ist. Um den Gestank zu überdecken und weil man bloß rumsteht und eine Leiche im Zimmer ist, und es ist mitten in der Nacht, und man ist Raucher und würde gern eine rauchen, dann steckt man sich eben eine an. Aber mir ist nicht aufgefallen, dass es nach Rauch gerochen hat, und meinem Partner auch nicht, und ich habe bei den zwei Streifenpolizisten anfragen lassen, ob *ihnen* aufgefallen ist, dass jemand geraucht hat, als sie in die Wohnung gekommen sind. Aber wenn sie selber rauchen, haben sie bestimmt nichts gerochen.«

»Wenn sie nein sagen, sind sie zu sehr an den Geruch gewöhnt, um ihn zu riechen. Wenn sie ja sagen, lügen sie vielleicht, um zu vertuschen, dass sie selbst geraucht haben.«

»Sie wissen, wie ein Cop denkt«, bemerkte er anerkennend. »Aber egal, das überzeugendste Argument, dass er kein Raucher ist, ist für mich, dass er seine Zigaretten nicht auf ihr ausgedrückt hat. Und jetzt, wo wir Ihren Typen ausschließen können, werden Sie mir doch sicher erzählen, wer er ist und wo wir ihn finden können.«

»Jetzt, wo wir ihn ausschließen können.«

»Ja.«

Ich erklärte ihm, dass das nicht so einfach wäre, weil ich damit den Interessen meiner Klientin zuwiderhandelte. Um sicherzugehen, dass ihr neuer Liebhaber nicht vorbestraft war oder eine Frau in Mamaroneck hatte, wollte sie, dass ich diskrete Nachforschungen über ihn anstellte, und das Letzte, was sie wollte, war, dass ich ihn ins Fadenkreuz von Mordermittlungen rückte.

»Haben Sie nicht gesagt, Sie stellen für eine Freundin Nachforschungen an«, hielt er mir entgegen. »Jetzt ist sie plötzlich eine Klientin. Haben Sie überhaupt eine Lizenz? Arbeiten Sie für einen Anwalt? Wenn nicht, besteht keine Schweigepflicht.«

»Das habe ich auch nie behauptet. Wenn ich es auch nur ansatzweise für möglich hielte, dass hier ein Zusammenhang besteht ...«

»Müssen Sie doch aber, sonst hätten Sie das Ganze nicht zur Sprache gebracht. Irgendeinen Verdacht müssen Sie haben, sonst wären Sie erst gar nicht damit angekommen, und ich habe fast eine Stunde dafür geopfert. Wie wollen Sie mir jetzt damit kommen, Sie können mir nichts über die Sache erzählen?«

»Das ist vollkommen richtig«, sagte ich, »bloß habe ich nichts, was ich Ihnen erzählen könnte. Er heißt David Thompson, aber das ist nicht unbedingt sein richtiger Name. Jetzt wissen Sie alles, was ich weiß.«

»Von wegen. Wer ist Ihre Klientin?«

»Das sage ich Ihnen nicht, ob ich nun der Schweigepflicht unterliege oder nicht. Ich werde mit ihr reden, und wenn sie einverstanden ist, sage ich Ihnen, wer sie ist. Aber Sie wollen doch Ihre Ermittlungen nicht wirklich in diese Richtung lenken. Wenn Sie anfangen, jeden Kerl zu überprüfen, der einer Frau was vormacht ...«

»Belassen wir es einfach dabei, dass Sie mit ihr reden.«

Dabei beließ er es dann auch, aber kaum hatte ich aufgelegt, fiel mir etwas ein, was mir schon die ganze Zeit durch den Kopf gegangen war. Ich rief ihn sofort noch einmal an. »Der Notruf«, sagte ich. »Ist er mitten in der Nacht eingegangen?«

»Nicht ganz. Um vier Uhr früh. Das ist nicht lang nach mitten in der Nacht, obwohl es in Prag vermutlich schon zehn oder elf Uhr vormittags war.«

»Der Anruf war aus Prag?«

»Hätte er zumindest sein können. Auf der Anrufererkennung ist er jedenfalls nicht aufgetaucht, und als wir bei LUDS nachgefragt haben, hat sich herausgestellt, dass er von einem nicht registrierten Handy erfolgt ist.«

»Das ist, wo sie die Notrufe aufzeichnen, oder?«

»Ja, und sie haben alles auf Band, beziehungsweise digital. Inzwischen wird ja alles digital gespeichert.«

»Jemand hat um vier Uhr früh angerufen. Sie haben ›er‹ gesagt. War der Anrufer ein Mann?«

»Wahrscheinlich. Wenn jemand flüstert, ist das schwer zu sagen.«

»Er hat geflüstert? Das heißt, keine Stimmabdruckidentifizierung, wenn sie die Technik nicht verbessert haben.«

»Das ist meines Wissens leider richtig.«

»Dann war er es. Er hat es selbst gemeldet.«

»Davon gehen wir im Moment aus«, sagte Sussman. »Um nicht identifiziert werden zu können, hat er geflüstert. Es sei denn, er wollte seine Frau nicht wecken, was ich allerdings für eher unwahrscheinlich halte.«

»Was hat er gesagt?«

»›Da ist eine Frau ermordet worden.‹ Und dann Adresse und Wohnungsnummer. Die Zentrale hat alles versucht, damit er noch länger dran bleibt, aber danach hat er sofort aufgelegt. Bei solchen Anrufen ist normalerweise nichts dahinter. Meistens irgendein Besoffener, der einen Cop durch die Gegend scheuchen oder irgendeinen armen Tropf, mit dem er noch eine Rechnung offen hat, aus dem Schlaf reißen lassen will. Aber nachgehen muss man der Sache trotzdem. Also sind die zwei Streifenpolizisten losgezogen und haben den Türsteher in der Wohnung anrufen lassen, und als sich niemand gemeldet hat, haben sie sich einen Schlüssel von ihm geben lassen. Und was sie dann in der Wohnung gefunden haben, hat ihre wildesten Fantasien überstiegen.«

»Er wollte, dass die Leiche entdeckt wird«, sagte ich.

»Danach sieht es jedenfalls aus.«

»Er wollte, dass sie sofort gefunden wird. Er hat sich mächtig ins Zeug gelegt, um alle Spuren zu beseitigen, er hat die ganze Wohnung gesaugt. Hätten Sie da an seiner Stelle nicht auch großes Interesse daran gehabt, dass die Leiche so lang wie möglich unentdeckt bleibt?«

»Wenn ich dieser Kerl wäre, würde ich der Welt einen Riesengefallen tun und mir selber die Kehle durchschneiden. Aber dieser Gedanke ist mir auch schon gekommen. Dieser Typ hat sie nicht alle. Das passt alles irgendwie nicht so richtig zusammen.«

»Wie ein Bild von Magritte«, sagte ich.

»In gewisser Hinsicht. Aber in einem Gemälde würde sich diese Unstimmigkeit nicht zeigen, weil es nichts Visuelles ist, aber letztlich läuft es auf dasselbe hinaus. Es hat was sehr Widersprüchliches.«

»Keine Ahnung, aber vielleicht kann man von einem Irren auch nicht erwarten, dass sein Verhalten irgendwie nachvollziehbar ist, denn einen Sprung in der Schüssel hat dieser Typ auf jeden Fall. Das Ganze ist irgendwo zwischen Magritte und einem Scheißbollen in einer Bowleschale anzusiedeln. Letzteres Bild hatte ich übrigens schon gestern im Kopf, aber ich habe es lieber für mich behalten.«

»Danke, dass Sie mir's trotzdem verraten haben.«

»Jedenfalls, ich habe keine Ahnung, warum er angerufen hat. Vielleicht, weil er stolz auf sein Werk war und Angst hatte, dass ihm die verdiente Anerkennung versagt bleibt.«

»Und das um vier Uhr früh. Er kann nicht schlafen, er hat sonst nichts zu tun ...«

»Vielleicht ist es ein Fehler zu versuchen, aus dem Kerl schlau zu werden. Andererseits, wie sollte man das nicht versuchen? Ich weiß nicht, ob das genügt, um es ein Schema zu nennen, aber fast könnte man sagen, dieser Scheißkerl ist konsequent inkonsequent. Wie bei der Mordwaffe.«

»Inwiefern?«

»Na ja, er hat alles mitgenommen«, sagte Sussman, »und nur das zurückgelassen, was die meisten Mörder mitnehmen würden. Habe ich Ihnen das nicht gesagt? Er hat sein Messer in ihrer Brust stecken lassen. Er hat ihr ins Herz gestochen und es dort stecken gelassen.«

»Oh! Nein, das haben Sie gestern nicht erwähnt.«

»Wahrscheinlich auch hier wieder aus Rücksicht auf Ihre Frau. Da malt man nicht alles in den leuchtendsten Farben aus. Aber trotzdem, ganz schön verrückt, nicht?«

»Es erscheint mir nur total atypisch für ihn. Glauben Sie, es lässt sich zurückverfolgen?«

»Eher nicht, sonst hätte er es wahrscheinlich auch nicht zurückgelassen. Wir können seiner Spur zu folgen versuchen, soviel wir wollen, und trotzdem wird es uns nur wieder in ihre Wohnung führen. Ich habe zwar gerade von einem Messer gesprochen, aber es ist eher ein Dolch, eigentlich nur ein Zierstück. Er hat was sehr Dekoratives, und wenn man ihn so sieht, käme man nicht auf die Idee, es könnte eine Waffe sein, jedenfalls nicht, bevor man gesehen hat, was dieser Kerl damit gemacht hat. Ich vermute, dass er ihm einfach gefallen hat. Entweder hat er vergessen, eine Waffe mitzubringen, oder er hatte vor, sich in ihrer Besteckschublade zu bedienen, und dann hat er dieses Ding auf ihrem Schreibtisch oder auf dem Couchtisch oder sonst wo entdeckt. Es ist ästhetisch wirklich sehr ansprechend und man würde es irgendwo hinlegen, wo man es sehen kann. Und das hat er weiß Gott getan. Er hat es mit dem Griff nach oben in ihrem Herz stecken lassen.«

Kapitel 19

»Du willst sicher nach oben gehen«, sagte ich zu TJ. »Musst du nicht nach deinen Aktien sehen?«

»Ich hab keine Aktien.«

»Hast du solche Verluste gemacht?«

»Nein, ich habe alles verkauft. Mache ich jeden Tag. Wie es sich gehört.«

Er erklärte es mir. Im Idealfall beginnt und beendet ein Daytrader den Tag mit nichts als Cash auf seinem Konto. Was er im Lauf des Tages gekauft hat, verkauft er vor der Schlussglocke wieder. Hat er Leerverkäufe getätigt, deckt er sie. Egal ob Gewinn oder Verlust, Plus oder Minus, er beginnt den Tag immer mit einer leeren Tafel. Ich sagte, es sei ein Jammer, dass das nicht auch im Leben ging.

»Es gibt Aktien, die ich beobachte«, sagte er. »Charts, die ich studiere. Hier ein Dollar verdient, dort einer verloren. Die Gebühr ist bei jeder Transaktion die gleiche, egal ob du im großen Stil oder bloß um ein paar Cents zockst. Eins Komma neunundneunzig pro Trade. Wenn du auf Basketballspiele wettest, kommst du nicht so günstig weg.«

»Und dabei kommst du auf einen ganz passablen Schnitt?«

Er zuckte mit den Achseln. »Was sagst du in so einem Fall immer? Eine Frau fällt vom Empire State Building, und was schreit sie, wenn sie am vierunddreißigsten Stock vorbeisegelt?«

»›So weit, so gut.‹«

»Gedanken muss man sich bloß wegen des letzten Zentimeters machen.«

»Genau«, sagte ich und nickte.

»So weit, so gut. Ich habe mehr, als ich am Anfang hatte, und ab und zu nehme ich für irgendwelche Ausgaben Cash raus.«

»Ist das nicht ziemlich nervenaufreibend?«

»Alles nur halb so wild. Schlimmstenfalls bist du am Ende des Tags im Minus statt im Plus. Wenn du dich bei Lucent Technology verschätzt, kommt der Typ, der richtig gelegen hat, nicht mit einer Knarre an und legt dich um. Man verliert nur ein paar Dollar, mehr nicht.«

»Und du meinst, das ist besser als irgendwas zu verkaufen.«

»Keine Frage, Mann. Und du musst nicht an irgendwelchen Straßenecken rumstehen, wenn es regnet. Das macht schon mal einen gewaltigen Unterschied.« Er winkte dem Kellner und bestellte einen weiteren Bagel. Zu mir sagte er: »Dieser David Thompson. Glaubst du, die Cops finden ihn?«

»Ich glaube nicht, dass sie sich groß reinhängen werden. Sussman hat es zwar nicht ausdrücklich gesagt, aber an seiner Stelle würde ich einfach eine Internetsuche im Branchenbuch starten. Ich würde alle David Thompsons rausziehen, sie nach Alter und Hautfarbe sortieren, diejenigen, die gerade einsitzen, rausschmeißen und mir den Rest für einen Abend aufheben, an dem nichts Gescheites im Fernsehen kommt.«

»Gibst du ihm Louise?«

»Ich schätze, er vergisst zu fragen. Und was halte ich schon groß zurück? Wir wissen nur zu gut, dass es zwei verschiedene Typen sind.«

»Seit Monica tot ist«, sagte er, »kommt es mir gar nicht mehr so wichtig vor, dass wir was über David Thompson rausfinden. Ob er zum Beispiel verheiratet ist oder nicht.«

»Ich weiß. Was interessiert uns das jetzt noch groß?«

»Aber was Louise angeht, bleibt alles beim Alten.«

»Klar«, sagte ich, »wenn er irgendwelche Spielchen mit ihr treibt, sollte sie das unbedingt wissen. Wenn er sauber ist, allerdings auch, damit sie alles Weitere entspannt genießen kann. Ich möchte, was Thompson angeht, keineswegs aufgeben, bloß weiß ich im Moment nicht, was wir anderes tun könnten, als zu warten. Wenn sich Louise das nächste Mal mit ihm trifft, können wir noch mal versuchen, ihm zu folgen. Oder die Frau mit den Postfächern ruft an und hat einen Namen für uns.«

»Darüber habe ich auch schon nachgedacht. Vielleicht sollten wir die Sache ein bisschen beschleunigen.«

»Wie?«

»Wir könnten ihm einen Brief schreiben, mit der Wohnungsnummer drauf und allem. Sobald sie ihn bekommt, ruft sie dich an.«

»Wenn sie sich noch an mich erinnert.«

»Wenn nicht, kannst du sie ja anrufen und noch mal dran erinnern. Oder notfalls sogar selber hinfahren und persönlich mit ihr reden.«

»Und?«

»Na ja, sie schaut auf den Brief und ...« Er verstummte, schloss die Augen und schlug die Hände vors Gesicht. »Und nichts. Weil sie den Namen nur vom Kuvert kriegt, und um ihn dort draufzuschreiben, müssten wir ihn selbst erst mal wissen. Nur gut, dass ich so, wie ich heute hirnmäßig drauf bin, nicht am Computer sitze.«

Der Daytrader schnappte sich die Rechnung mit der Begründung, er habe mit dem Herumsitzen im Morning Star Geld gespart. Ich sagte ihm, sein Vorschlag sei gar nicht so schlecht. Er zeige, dass er noch denken könne, wenn auch nicht besonders stringent. »Und es würde bestens funktionieren«, fügte ich hinzu, »wenn wir ihm bloß eine Briefbombe schicken wollten.«

»Damit wären alle unsere Probleme gelöst«, sagte er. »Bis sich Louise den nächsten Nikotinsüchtigen von Craig's List anlacht.«

Ich ging auf die andere Straßenseite. Elaine war nicht da, aber da ihre Sportsachen im Wäschekorb waren, nahm ich an, dass sie nach Hause gekommen war, um zu duschen und sich umzuziehen. So scharfsinnig kombiniert hatte ich schon lange nicht mehr, und ich war richtig stolz auf mich. Als ich sie im Laden anrief, bekam ich den Anrufbeantworter dran. Ich hinterließ keine Nachricht, und während ich noch überlegte, ob ich es in zehn Minuten noch mal versuchen oder lieber gleich hingehen sollte, ging die Tür auf, und sie kam herein.

»Ich war im Laden und habe ihn geöffnet«, sagte sie, »aber dann habe ich mir gesagt, was soll das Ganze eigentlich, und habe ihn wieder geschlossen und bin nach Hause gegangen.«

»Und da bist du jetzt.«

»Und da bin ich jetzt.« Sie merkte, dass ich sie anschaute, und sagte: »Ich sehe zum Fürchten aus, stimmt's? Mach mir bloß nichts vor.«

»All die Jahre, die ich dich kenne, hast du noch nie zum Fürchten ausgesehen. Nicht ein einziges Mal.«

»Bis jetzt.«

»Auch jetzt nicht.«

»Willst du mir etwa weismachen, ich habe nie besser ausgesehen? Finde ich nämlich nicht.«

»Du siehst völlig in Ordnung aus.«

Ich folgte ihr, als sie zum Spiegel in der Diele ging und ihre Zeigefinger an die Wangen legte. Sie drückte sie nach oben und ließ sie los. »Diese

Scheißschwerkraft«, sagte sie. »Total überflüssig. Ich wollte die Frau werden, die nie altert. Aber soll ich dir mal was sagen? Ich bin genau wie alle anderen.« Sie drehte sich zu mir um. »Mein Gott, was rede ich da eigentlich? Das Einzige, was noch schlimmer ist als die Fältchen um meinen Mund, sind die Wörter, die aus ihm kommen. Immer nur ich, ich, ich. Wen interessiert es schon, ob mir mein Alter anzusehen ist, und überhaupt, warum sollte es das nicht? Nur, weil ich mich nicht so gebe.«

»Das ist ein schwerer Tag heute«, sagte ich.

»Wahrscheinlich. Gestern Nacht habe ich nicht viel geschlafen. Natürlich könnte ich mich jetzt hinlegen, aber dann würde ich heute Nacht wieder nur die ganze Zeit aus dem Fenster starren. Weißt du was? Die Twin Towers kommen nicht zurück und Monica auch nicht.«

»Nein.«

»Es ist kein Traum. Und bloß vom Aufwachen wird nicht alles wieder gut.«

»Nein.«

»Es wird einfach dauern. Es ist jetzt – wie lang? – vierundzwanzig Stunden her, seit wir es erfahren haben. Ich wäre entsetzt über mich, wenn es mir jetzt schon besser ginge. Zeit braucht Zeit, so heißt es doch immer?«

»Ja.«

»Am liebsten würde ich einfach eine Pille schlucken und in sechs Monaten wieder aufwachen. Bloß würde ich mich dann noch genauso fühlen, weil ich mich keine sechs Monate damit herumgeschlagen hätte. Außerdem gibt es bisher noch keine Sechs-Monate-Pille.«

»Wäre mir auch neu.«

»Es gibt eine permanente Pille. Man nimmt sie und wacht überhaupt nicht mehr auf. Aber so weit bin ich noch nicht.«

»Gott sei Dank.«

»Manchmal«, sagte sie, »kann ich ganz gut nachvollziehen, warum du getrunken hast.«

»Damit habe ich alles von mir ferngehalten.«

»Ich muss zugeben, dass ich das durchaus verstehen kann. Aber zum Teufel damit und zum Teufel mit meinem ständigen Ich, ich, ich. Hast du mit Sussman gesprochen?«

»Sie sind noch nicht weitergekommen«, sagte ich. »Oder falls doch, haben sie es mir nicht erzählt.« Ich erzählte ihr von TJs verrückter Idee, und wie ich sie an Sussman getestet hatte, obwohl wir es beide für höchst unwahrscheinlich hielten.

»Wenn er geraucht hätte«, sagte Elaine, »hätte sie es mir erzählt. Dann hätte sie sich auf keinen Fall auf ihn eingelassen, denn sie fand es schon fürchterlich, mit Leuten zu tun zu haben, deren Kleider nach Rauch rochen. Und wenn sie tatsächlich so hingerissen von ihm gewesen wäre, dass sie seine Qualmerei toleriert hätte, hätte sie es mir bestimmt auch erzählt. ›Ich darf dir nichts über ihn erzählen, aber stell dir vor, er raucht, und ich mag ihn trotzdem.‹ Wie auch immer, sie hätte es bestimmt erwähnt.«

»Früher oder später werden sie was Neues hinstellen«, sagte sie. »Aber zuerst darf jeder New Yorker seine Meinung dazu äußern, und die Angehörigen der Opfer bekommen zwei Stimmen, und irgendwann werden sie was bauen. Und ich bin schon gespannt, was dabei herauskommt, wenn ich jetzt hier so stehe und rausschaue.«

Sie stand natürlich wieder mal am Fenster.

»Jedenfalls hoffe ich, dass was passiert«, sagte sie.

In diesem Moment läutete mein Handy. Es war die Frau, der ich meine Visitenkarte gegeben hatte, die Postfachvermieterin. Sie rief an, um mir zu sagen, dass am Morgen ein Brief an den Inhaber von Postfach 1217 eingegangen war.

»Ich Namen aufgeschrieben«, sagte sie. »Ist, glaube ich, der gleiche, den Sie gesagt. David Thompson.«

»Richtig«, bestätigte ich ihr. »Von wem ist der Brief?«

»Von wem? Woher ich wissen, von wem?«

»In der linken oberen Ecke eines Briefs«, sagte ich, »steht normalerweise der Absender.«

»Kann sein. Aber darauf ich nicht geachtet.«

Meine Güte, musste ich ihr wirklich jeden Wurm einzeln aus der Nase ziehen? »Könnten Sie den Brief vielleicht holen und nachsehen?«

»Er weg.«

»Er ist weg?«

»Er hergekommen und ihn abgeholt. Gleicher Mann wie auf Bild, das Sie mir gezeigt.«

»Er ist gekommen und hat ihn abgeholt.«

»Es ist sein Brief. Er hat gefragt, und ich ihm habe gegeben. Sie nichts gesagt, dass ich nicht machen soll.«

Ebenso wenig hatte ich ihr gesagt, sich den Absender zu notieren. Es war nicht ihre Schuld, sondern meine, aber diese Einsicht änderte wenig an meinem Ärger.

Ich fragte sie, ob sie sich in Zusammenhang mit dem Umschlag an irgendetwas erinnern könnte. Es war ein längliches Kuvert, sagte sie, keins von denen, in denen Rechnungen verschickt werden. Und die Adresse war getippt oder ausgedruckt, nicht von Hand geschrieben.

»Und er enttäuscht«, fügte sie von sich aus hinzu.

»Enttäuscht?«

»Er Brief geöffnet und reingeschaut und Gesicht gemacht.«

Weil kein Scheck drinnen war, dachte ich. Darum war er hingegangen, wegen des Schecks, den er von mir erwartete. Stattdessen hatte er ein anderes Schreiben erhalten, wahrscheinlich von einem penetranten Kreditkartenunternehmen, das ihm mitteilte, dass sein noch gar nicht gestellter Zulassungsantrag bereits genehmigt war. Entsprechend frustriert hatte er verständlicherweise reagiert.

Ich bedankte mich bei der Frau, und sie sagte, nächstes Mal würde sie alles aufschreiben, was auf dem Umschlag stand. Sie würde ihn sogar kopieren. Mir war kein Kopiergerät in ihrem Laden aufgefallen, aber jetzt, wo sie es sagte, erinnerte ich mich an ein anderes von Hand geschriebenes Schild im Fenster, auf dem Kopien zu fünfzehn Cent das Stück angeboten wurden. Das wäre nett, sagte ich, dankte ihr noch einmal und legte auf.

»Er wird morgen oder übermorgen wieder hinkommen«, sagte ich zu Elaine. »Er wartet auf den Scheck, von dem er glaubt, dass ich ihn ihm schicke. Jedenfalls hört er sich zusehends legitimer an. Der Name, der auf dem Brief gestanden hat, den er heute abgeholt hat, ist der gleiche wie der, den er Louise gesagt hat. Und um den vermeintlichen Scheck abholen zu kommen, musste er nicht wissen, von wem er war, weil er in seiner Branche von allen möglichen Firmen bezahlt wird. Er glaubt, er wird sehen, von welcher Firma der Scheck ist, sobald er ihn in der Hand hat. Wirklich blöd, dass sie nicht auf den Absender geachtet hat, aber sie kann leider keine Gedanken lesen.«

»Hört sich fast so an, als wäre das der einzige Service, den sie dort nicht bieten.«

»Jedenfalls fast. Er wird morgen wieder hinkommen, aber das bringt uns nicht weiter. Außer jemand anders schickt ihm einen Brief.«

Ich ging für Elaine in die Reinigung, und auf dem Rückweg nahm ich aus dem Deli Sandwiches mit. Keiner von uns hatte Lust darauf, aber wir aßen sie trotzdem.

Dann unterhielten wir uns wieder über den Blick aus dem Fenster und wie es wäre, wenn wie auch immer geartete neue Türme in unserem Blickfeld hochsteigen würden. Das brachte uns, ich weiß nicht wie, auf Magritte und Unstimmigkeiten oder Paradoxien oder wie man es sonst nennen will, und ich erzählte ihr von der auffälligen Unstimmigkeit, die Sussman einen Tag zuvor zu erwähnen vergessen hatte, dass der Täter die Mordwaffe am Tatort zurückgelassen hatte.

»Einen Dolch«, sagte sie.

»Eher eine Art Ziermesser. Sussman ist nicht unbedingt eine Autorität in Sachen Stichwaffen.«

»Und er meint, er hat ihn rumliegen sehen? Ich war bestimmt mehrere hundert Male in ihrer Wohnung und habe dort nie einen Dolch gesehen.«

»Es muss nicht unbedingt ein Dolch gewesen sein. Es könnte auch, keine Ahnung ...«

»Ein Brieföffner vielleicht?«

»Irgendwas in der Art, ja.«

»Auch einen Brieföffner habe ich bei ihr nie gesehen.«

»Wäre er dir denn überhaupt aufgefallen, wenn du ihn gesehen hättest? Soweit ...«

Sie ließ mich nicht weitersprechen. »Ruf ihn an«, sagte sie.

»Wen?«

»Sussman. Mark Sussman. Ruf ihn an.«

Es dauerte eine Weile, aber schließlich kam ich zu ihm durch. Sie streckte die Hand nach dem Telefon aus, und ich gab es ihr.

»Hier Elaine Scudder«, meldete sie sich. »Danke, es geht so, aber deshalb rufe ich nicht an. Ich möchte Sie bitten, mir die Mordwaffe zu beschreiben.

War sie aus Bronze? War sie bronzefarben? Und hatte sie eine scharfe Spitze, aber keine scharfen Schneiden? Haben Sie sie vor sich liegen? Könnten Sie sie dann vielleicht holen? Ja, natürlich ist es wichtig. Wenn es nicht wichtig wäre, würde ich Sie nicht darum bitten. Entschuldigung, ich wollte nicht pampig werden. Ja, ich warte.«

Ich wollte etwas sagen, aber sie gebot mir mit erhobener Hand Einhalt. »Gut«, sagte sie, »ich beschreibe sie Ihnen, ja? Und dann sehen wir, ob es ist, was ich glaube, dass es ist. Es ist ein Brieföffner oder ein Papiermesser aus Bronze, zwischen fünfundzwanzig und dreißig Zentimeter lang. Auf einer Seite ist ein Flachrelief, das zwei Jagdhunde darstellt, die einen Hirsch in Schach halten. Auf der anderen Seite ist in Großbuchstaben der Name des Künstlers eingeprägt. Er lautet DeVreese. D-E-V-R-E-E-S-E. Möglicherweise brauchen Sie ein Vergrößerungsglas, um ihn lesen zu können.«

Sie lauschte eine Weile in das Telefon, dann sagte sie: »Mark? Bleiben Sie, wo Sie sind. Ich habe ihn gesehen, ich habe den Mann, der sie umgebracht hat, gesehen. Ich habe ihm die Tatwaffe verkauft. Nicht zu fassen. Bleiben Sie, wo Sie sind, wir kommen sofort zu Ihnen.«

Kapitel 20

Der Brieföffner war in einer durchsichtigen Plastiktüte. Sussman hielt ihn ihr hin, und ich spürte, wie sehr es ihr widerstrebte, ihn anzufassen, obwohl er in Plastik verpackt war. Sie nahm ihn vorsichtig mit beiden Händen und betrachtete ihn, und eine Träne floss aus ihrem Augenwinkel über ihre Wange. Ich glaube nicht, dass sie sich dessen bewusst war.

»Ja, das ist er«, sagte sie. »Sehen Sie die kleine Kerbe hier? Das ist der, den ich im Laden hatte. Er muss es sein. Ich weiß nicht, wie viele von diesen Dingern hergestellt worden sind, aber das ist der Einzige, den ich je gesehen habe, und auch in einem Katalog ist mir noch keiner untergekommen.« Sie gab ihn zurück. »Er ist in meinen Laden gekommen. Er hat dagestanden und mit mir gesprochen, er hat gezahlt, hat ihn eingesteckt und ist gegangen. Und dann hat er meine Freundin damit umgebracht.«

»Und das war am Dienstag?«

»Ja, vorgestern. Er hat nicht lang gebraucht, um Gebrauch davon zu machen. Am Nachmittag hat er ihn bei mir gekauft, und am Abend hat er sie damit umgebracht. Ich glaube, mir wird schlecht.«

Sussman sagte ihr, am Ende des Flurs sei eine Toilette, und ein anderer Detective kam mit einem Abfalleimer angestürzt. Ein Dritter brachte ihr ein Glas Wasser. Sie beschloss, sich nicht zu übergeben, nahm einen Schluck daraus und atmete tief durch.

Sussman fragte, ob er mit Kreditkarte bezahlt hatte.

»Dummerweise nicht«, sagte sie. »Ich habe ihm einen kleinen Nachlass angeboten, wenn er bar zahlen würde. Ich habe ihm gesagt, ich würde ihm die Mehrwertsteuer erlassen. Ich führe die Steuer zwar trotzdem ab – es lohnt sich nicht, gegen das Gesetz zu verstoßen, bloß um ein paar Dollar zu sparen –, aber ich spare mir die Kreditkartengebühr, und so kann ich dem Kunden einen kleinen Nachlass geben. Wenn ich bloß den Mund gehalten hätte ...«

»Er hätte in jedem Fall bar bezahlt«, sagte ich. »Oder eine gefälschte Karte benutzt. Du hast nichts verbockt.«

»Warum musste ich ihm das blöde Ding überhaupt verkaufen? Warum habe ich ihm nicht gesagt, es wäre unverkäuflich?« Darauf hatte niemand eine Antwort, aber sie beantwortete sich ihre Frage selbst. »Ich verhalte mich total irrational, oder? Ich will die Vergangenheit ungeschehen machen oder es zumindest versuchen. Aber egal. Er ist in meinen Laden gekommen und hat sich den Brieföffner ausgesucht, und ich habe ihn ihm verkauft.«

»Wie viel hat er dafür bezahlt?«

»Zweihundert Dollar. Es gibt keinen Katalogpreis, weil er nicht im Katalog steht, aber er hat nicht zu viel bezahlt.«

»Erinnern Sie sich noch, was es für Scheine waren?«

»Zwanziger, glaube ich. Ich glaube, er hat zehn Zwanziger abgezählt.«

Jemand äußerte die Vermutung, dass vielleicht ein Fingerabdruck auf einem der Scheine war. Elaine erinnerte sich, einige der Zwanziger noch am gleichen Tag einem Kunden gegeben zu haben, der für zwölf Dollar einen kleinen Porzellanhund gekauft und mit einem Hunderter bezahlt hatte. Und sie hatte zwei Zwanziger aus der Ladenkasse genommen und beim Einkaufen ausgegeben. Aber ein paar der Zwanziger des Mörders könnten noch in der Kasse sein, und vielleicht waren Fingerabdrücke darauf, von denen einige von ihm hätten stammen können, und …

Für mich hörte es sich sehr unwahrscheinlich an. Aber jemand würde es nachprüfen müssen, weil wir uns an jeden Strohhalm klammern mussten.

»Irgendwie war mir der Kerl spontan unheimlich«, sagte sie

»Jetzt, wenn Sie daran zurückdenken?«, fragte Sussman. »Oder schon damals?«

»Schon damals. Irgendwas an ihm war eigenartig. Zunächst dachte ich, er wollte mich vielleicht anmachen, was ziemlich oft vorkommt. Das geht jeder Frau so. Manchmal ist es nur ein Flirt, und manchmal geht es etwas weiter.«

»Und was war es in diesem Fall?«

»Irgendwas dazwischen. Zumindest habe ich es so empfunden, aber es war eindeutig gruselig. Es lag nicht an irgendetwas, das er getan hat, nur wie er mich angesehen hat.« Ihre Augen leuchteten auf, und sie schauderte. »Er wollte mich umbringen. Es gab einen Moment, in dem er über etwas nachgedacht hat, es war ihm richtig anzusehen, und ich dachte, er wollte einen Annäherungsversuch starten. Aber er hatte das Papiermesser in der Hand, und er hat überlegt, ob er mich damit erstechen soll.«

Sussman meinte, das könnte sie doch unmöglich wissen.

»Meinetwegen«, sagte sie. »Sie brauchen es ja auch nicht zu Protokoll nehmen. Aber das ist, was in ihm abgelaufen ist. Oder glauben Sie, er hat rein zufällig die Mordwaffe von einer Frau gekauft, die rein zufällig die beste Freundin des Opfers war?«

»Das habe ich nicht gesagt.«

»Er hat dir nachgestellt«, sagte ich.

»Ja, genau das hat er getan.«

»Haben Sie den Mann vorher schon mal gesehen?«

»Ich glaube nicht. Aber auszuschließen ist es nicht. Er hat, na ja, ziemlich unauffällig ausgesehen.«

»Aber Sie können ihn sich vorstellen?«

»Ich glaube schon. Möchten Sie, dass ich mich mit einem Polizeizeichner zusammensetze?«

»Wenn es Ihnen nichts ausmacht«, sagte Sussman, worauf sie ihn völlig entgeistert ansah. Ob es ihr was ausmachte? Was sollte es ihr ausmachen?

Der Zeichner gehörte einer neuen Generation an. Er nahm kein einziges Mal einen Bleistift in die Hand, sondern saß an einem Computer mit einer speziellen Software, die Zeichnungen überflüssig machte. Aber er arbeitete genauso mit Elaine, wie das ein Polizeizeichner der alten Schule getan hätte; er fragte sie, ob die Augenbrauen buschiger waren, das Kinn markanter, und entsprechend morphte er das Bild auf dem Monitor. Sie saß neben ihm, beantwortete seine Fragen und deutete gelegentlich auf einen Bereich des Bildschirms, in dem ihr etwas nicht richtig erschien. Ein paar von uns standen um die beiden herum, sahen ihnen zu und hielten den Mund.

Als sie das Gefühl hatte, es nicht mehr besser hinzubekommen, speicherte er das Phantombild und druckte es fünfmal aus, worauf jeder von uns einen Ausdruck nahm und lange grimmig darauf blickte. Ich jedenfalls kannte diesen Dreckskerl nicht. Er sah aus wie jeder und niemand.

Einer der Cops sagte: »Typen, die so aussehen, gibt es bestimmt eine Million.«

»Eine Million vielleicht nicht«, sagte Sussman, »aber ich weiß, was du meinst.«

»Er hatte keine ausgeprägten Gesichtszüge«, sagte Elaine. »Oder auch keine besonders wenig ausgeprägten. Nur seine Augen waren irgendwie speziell, aber das lag vermutlich an ihrem Ausdruck. Aber wie soll das ein Computer hinkriegen?«

»Aber die Zeichnung ähnelt ihm?«

Sie runzelte die Stirn. »Nein, sie ähnelt ihm nicht.«

»Wie meinen Sie das?«

»Ich weiß auch nicht. Vielleicht habe ich nicht richtig hingeschaut, vielleicht wollte ich ihn auch gar nicht ansehen. Vielleicht habe ich nur den Schnurrbart wahrgenommen und war so darauf fixiert, dass ich nicht genügend auf den Rest seines Gesichts geachtet habe.«

Ein Cop sagte: »Er passt zu ihm, der Schnurrbart. Das heißt, man kann verstehen, warum er sich einen hat stehen lassen. Er macht sein Gesicht etwas weniger unauffällig.«

»Nur gut also, dass wir den Schnurrbart haben«, sagte Sussman, »denn wir werden einen Strick daraus flechten und ihn daran aufhängen. Das haben Sie wirklich gut gemacht, Mrs. Scudder.«

»Elaine«, sagte sie.

»Dann also Elaine. Das haben Sie gut gemacht. Auch wenn Sie vielleicht den Eindruck haben, dass die Zeichnung nicht besonders gut getroffen ist, finde ich, Sie haben eine gute Beobachtungsgabe, und ich würde sagen, die Skizze sieht ihm ähnlicher, als Sie glauben. Sie sollten mal die Phantombilder sehen, die uns manche Leute liefern. Einmal waren wir auf der Suche nach einem Kerl, auf dessen Konto mehrere Vergewaltigungen im Morris Park in der Bronx gingen. Sie haben drei Phantombilder von ihm in den Nachrichten gebracht, eins neben dem anderen, und man hatte ohne Übertreibung das Gefühl, drei völlig verschiedene Typen vor sich zu haben.«

»Wieso haben sie dann nicht alle drei verhaftet?«, bemerkte einer der Umstehenden. »Dann hätten sie auf keinen Fall was falsch machen können.«

Kapitel 21

Die Canarsie Line läuft von der Eighth Avenue, Ecke Fourteenth Street nach Osten zur Station Rockaway Parkway an der Ecke Rockaway und Glennwood in Canarsie, einem Stadtteil von Brooklyn. Offiziell heißt sie L Train. Bis vor Kurzem war sie der LL oder Doppel-L. Dann beschloss jemand in der entsprechenden Machtposition (wenn auch nicht mit besonders viel Macht, nehme ich mal an), mit den ganzen Doppelbuchstaben aufzuräumen. Der GG Train wurde zum G und der LL zum L. Gleichzeitig wurde der AA, weil es bereits einen A gab, zum K, um schließlich irgendwann ganz zu verschwinden. Ich weiß nicht, wer solche Entscheidungen trifft oder was so jemand sonst beruflich machen könnte, wenn er seinen Job verlöre.

Ich habe nicht oft Gelegenheit, den L Train zu nehmen, und wenn doch, muss ich unweigerlich an meinen Vater denken, der bei einer Fahrt mit diesem Zug ums Leben gekommen ist. Er stand, wahrscheinlich um eine zu rauchen, auf der Plattform zwischen zwei Waggons, fiel auf die Gleise und kam buchstäblich unter die Räder. Wahrscheinlich war er betrunken, als es passierte, weshalb man die Schuld beim Alkohol suchen könnte, oder beim Nikotin, wenn man es auf die Spitze treiben wollte. Als ich ein kleiner Junge war, gab ich die Schuld natürlich dem Zug.

Der L Train fährt entlang der Fourteenth Street und dann unter dem East River hindurch nach Brooklyn. Schließlich kommt er wieder an die Oberfläche, worauf die Gleise, wie das bei den meisten Strecken in den Außenbezirken der Fall ist, erhöht weiterlaufen. Aber so weit nahmen wir den L nicht. Wir stiegen an der ersten Haltestelle in Brooklyn, der Bedford Avenue in Williamsburg, aus und gingen auf der Bedford an mehreren nummerierten Straßen vorbei nach Norden, bis wir zu einem schönen dreistöckigen Haus in einer Reihe anderer schöner dreistöckiger Häuser kamen. Früher waren sie mit Bitumen- oder Aluminiumplatten verkleidet gewesen, aber im Lauf der letzten Jahre waren sie alle renoviert worden, und Elaine fand sie sehr schön und das ganze Viertel ausgesprochen reizend.

»Hier könnte ich glatt leben«, erklärte sie.

Sie war noch nie hier draußen gewesen. Ich schon, wenn auch nicht in jüngster Zeit, und ich erkannte Ray und Bitsys Haus, ohne in meinem Adressbuch die Nummer nachsehen zu müssen. Ray musste uns kommen sehen haben; die Tür ging auf, bevor ich klopfen konnte, und als wir ihm ins Wohnzimmer folgten, kam seine Frau Bitsy mit einer Platte mit Keksen und einer Kanne Kaffee aus der Küche. Es war puerto-ricanischer Kaffee, dunkel und aromatisch, und mich gelüstete schon nach einer Tasse, seit ich die Café-Bustelo-Reklame in dem Schaufenster in der Amsterdam Avenue gesehen hatte.

Ray versicherte uns, wir sähen beide großartig aus, und Elaine erkundigte sich nach ihren Kindern, und sie und ich nahmen uns jeder einen Keks, obwohl sie nur einen Bissen davon hinunterbekam. »Wir können natürlich erst mal stundenlang reden«, sagte Ray, »aber ich schlage vor, wir kommen gleich zur Sache.« Elaine nickte und stand auf und ging mit ihm in das Zimmer im zweiten Stock, in dem er sein Arbeitszimmer hatte.

Ich setzte mich wieder und nahm mir einen zweiten Keks, und Bitsy sagte: »Es gibt noch mehr davon. Es ist das erste Mal, dass ich das Rezept ausprobiert habe, und ich finde, sie sind gut gelungen. Allerdings sind sie auch ganz einfach zu machen. Ist der Kaffee okay?«

»Um einiges besser als okay.«

»Matt? Ist irgendwas mit ihr?«

»Ihre beste Freundin wurde gestern ermordet.«

»O Gott, wie furchtbar. Aber ehrlich gestanden bin ich fast erleichtert, das zu hören, weil ich eigentlich Angst hatte, sie könnte krank sein.«

»Wenn ihr etwas zusetzt, ist ihr das immer sehr deutlich anzusehen.«

»Aber nicht nur das. Ihre Energie ist total aus dem Lot. Ihre Aura ist ein einziges Chaos.«

»Du kannst anderer Leute Aura sehen?«

»Nicht unbedingt sehen«, sagte sie. »Eher spüre ich sie. Meine Mutter war genauso. Ich weiß nicht, es ist schwer zu erklären. Vielleicht ist alles auch nur Einbildung. Aber ihre beste Freundin zu verlieren ... und sie ist ermordet worden, sagst du? Dann ist es kein Wunder. Schrecklich.«

Wir hatten uns beim Verlassen der Polizeiwache nach rechts gewandt und waren noch keine zehn Schritte weit gekommen, als Elaine abrupt stehen geblieben war und gesagt hatte: »Ray.« Wir kennen mehrere Rays, unter anderem auch Ray Gruliow, dessen Haus mehr oder weniger gleich um die Ecke im

Sixth Precinct ist, aber sie musste seinen Nachnamen nicht sagen, damit ich wusste, welchen Ray sie meinte.

Ray Galindez war ein Junge aus El Barrio, der zur Polizei ging und dort seine wahre Berufung entdeckte, als sie merkten, dass er gut zeichnen konnte, und ihn zum Polizeizeichner ausbildeten. Die IdentiKit-Software brachte ihn nicht um seinen Job. Sie hätten ihn zwar nur zu gern im Umgang mit ihr ausgebildet, aber er fand, dass sie ihm den Spaß an der Sache verderben würde.

Elaine war der Ansicht, dass seine Fähigkeit weit mehr war als nur ein berufliches Talent; sie fand, dass er ein hochbegabter Künstler war, der über eine besondere Fähigkeit verfügte, sich in andere Menschen hineinzuversetzen und ihre visuellen Eindrücke zu Papier zu bringen. In Koproduktion hatten die beiden ein Porträt ihres lang verstorbenen Vaters geschaffen, und danach hatte sie ihm immer wieder Aufträge anderer Leute verschafft, die Porträts verstorbener Angehöriger haben wollten, darunter auch von einer Holocaust-Überlebenden, die ihre ganze Familie in einem Lager verloren hatte. Es war ein erstaunlich kathartisches Erlebnis für Elaine gewesen, und sie war der Ansicht, dass seine Wirkung mit dem Effekt von ein, zwei Jahren Psychotherapie vergleichbar war. Ich weiß nicht, wie es für die anderen war, die es ausprobierten, aber keiner von ihnen wollte sein Geld zurückhaben.

Weil Elaine ihn ernst nahm, begann auch Ray selbst seine Kunst ernst zu nehmen. Sie stellte seine Arbeiten in ihrem Laden aus, verkaufte ein paar und brachte eine Stadtteilzeitung, die *Chelsea-Clinton News*, dazu, eine Rezension zu veröffentlichen. Das brachte ihm weitere Aufträge ein, und auf Bitsys Zureden kündigte Ray beim NYPD und versuchte sein Glück als Künstler. Damals hatten sie bereits ein Haus in Williamsburg, das sie renovierten und das sich als ideales Zuhause für sein neues Dasein als Künstler erwies, und er konnte genügend Aufträge an Land ziehen, um die monatlichen Zinsen für die Hypothek zu bedienen. Auch seine Frau Bitsy, eine gelernte Buchhalterin, machte sich selbständig und half Leuten aus dem Viertel, die besser mit Farben umgehen konnten als mit Zahlen, bei der Buchführung, und damit ließen sich Strom- und Telefonrechnung bezahlen und der Kühlschrank füllen, während sie zugleich zu Hause arbeiten und Vollzeitmutter sein konnte und auch noch genügend Zeit hatte, um Kekse zu backen.

Die IdentiKit-Software ist erstaunlich gut und ermöglicht nach einer kurzen Einweisung jedem mit einem halbwegs guten Auge, brauchbare

Phantombilder anzufertigen. Was dagegen Ray machte, war auch nicht mit den besten Programmen und einer noch so guten Ausbildung hinzubekommen. Es war so, als wäre seine zeichnende Hand eine Fortsetzung des visuellen Gedächtnisses seiner Probanden. Elaine war nicht zufrieden mit dem, was der Computer auf der Polizeiwache produziert hatte, und wenn es eine Möglichkeit gab, es zu verbessern, würden wir sie in Williamsburg finden.

Ich liebäugelte mit einem weiteren Keks und versuchte mir einzureden, dass ich nicht wirklich einen wollte, als Ray und Elaine nach unten kamen. »Zeig Ray mal, was bei der Polizei rausgekommen ist«, bat sie mich, worauf ich unsere Kopie des Phantombilds herausholte und entfaltete. Ray legte die zwei Porträts nebeneinander auf den Couchtisch, und Elaine sagte: »Siehst du? Ein Unterschied wie Tag und Nacht.«

Das war ein wenig übertrieben. Gemeinsam betrachtet, sahen die zwei Bilder aus wie zwei verschiedene Porträts desselben Manns. Welches besser getroffen war, konnte ich nicht beurteilen, da ich den Kerl nie gesehen hatte. Elaine hatte das allerdings schon, und sie fand, der Unterschied war gewaltig.

»Rays Zeichnung sieht weniger stereotyp aus«, musste ich zugeben. »Es fällt mir schwer, auf irgendwas Bestimmtes zu deuten und zu sagen, das ist anders. Aber irgendetwas ist eindeutig anders.«

»Die Ausstrahlung ist anders«, sagte Elaine. »Das Phantombild von der Polizei sieht aus wie etwas, das jemand mit einer besseren Version von diesem Kinderspielzeug – na, wie heißt es gleich wieder? – fabriziert hat.«

»Mr. Potato Head«, kam ihr Bitsy zu Hilfe.

»Ich habe Mr. Potato Head geliebt«, sagte Elaine, »und konnte nie verstehen, warum meine Mutter die Kartoffel zurück wollte, um sie fürs Essen zu kochen. Ich fing zu weinen an. Dann nahm mich mein Vater auf den Schoß und erklärte mir, es gäbe immer eine neue Kartoffel.«

»Das allerdings«, sagte ich.

»Irgendwie fand ich das beruhigend. Dieses Bild sieht genauso aus wie er, Ray. Und willst du wissen, woher ich das weiß? Weil ich es nur anzusehen brauche, und mir wird sofort übel.«

Meine Reaktion war nicht so extrem, aber ich hatte ein komisches Gefühl, wenn ich Rays Zeichnung ansah. Er hatte nicht nur festzuhalten geschafft, wie

Elaine das Gesicht in Erinnerung hatte, sondern auch was es jetzt in ihr auslöste, seit sie wusste, was der Mann getan hatte. Es war etwas in den Augen, vermute ich, aber egal, was es war, hatte es etwas zutiefst Beängstigendes.

»Irgendwie kommt er mir bekannt vor«, sagte ich.

»Vielleicht, weil du das andere Phantombild so lang angesehen hast.«

»Vielleicht.«

Elaine wandte sich mir zu. »Nein, jetzt im Ernst. Kennst du ihn?«

»Ich kann bestenfalls behaupten, dass er mir bekannt vorkommt. Vielleicht habe ich ihn auf der Straße oder in der U-Bahn gesehen. Ihn oder jemand mit einer ähnlichen Ausstrahlung. Man sieht so viele Menschen in New York, so viele flüchtige Eindrücke.«

»Aber du achtest immer sehr genau auf das, was du siehst.«

Das lag vermutlich an der Polizeiausbildung. Ich sagte Ray, dass ich Kopien von der Zeichnung machen wollte, und fragte, ob es in der Nähe einen Copyshop gab? Er sah mich nur an und ging mit der Zeichnung in der Hand nach oben, um wenig später mit einem braunen Umschlag mit dem Original und einem Dutzend Kopien zurückzukommen.

Als wir uns ans Gehen machten, nahm mich Ray kurz beiseite. »So habe ich sie ja noch nie gesehen«, sagte er. »Sie hat Todesangst vor diesem Kerl.«

Wir hätten die U-Bahn nach Hause genommen, den L und den A Train, aber Ray rief uns einen Fahrdienst. Das Gute daran, in Brooklyn zu wohnen, ist, dass man das tun kann, die Kehrseite ist allerdings, dass man es tun muss, da man dort nur selten ein freies Taxi findet. Unser Fahrer war gut gelaunt und redselig, aber als wir nicht darauf einstiegen, verfiel er bald in gekränktes Schweigen. Als er vor dem Parc Vendome hielt, stieg ich als Erster aus und schaute mich um, bevor ich Elaine aus dem Taxi half.

Der Türsteher, der gerade Dienst hatte, war einer der fest angestellten und arbeitete schon fast genauso lange in unserem Haus, wie wir dort wohnten. Ich fragte ihn, ob uns jemand hatte besuchen wollen, seit er Dienst hatte, was er verneinte. Dann bat ich ihn, niemand nach oben zu lassen.

»Außer es ist TJ«, sagte Elaine.

Ich korrigierte meine Anweisungen. »Aber sonst niemand«, schärfte ich ihm ein. »Egal, wie sich der Betreffende bei Ihnen ausweist. Er kann eine

Dienstmarke haben, er kann eine blaue Uniform tragen, aber das heißt nicht, dass er ein Cop ist.«

Wir gingen nach oben, und ich sagte: »Mir ist eben klargeworden, was ich da eigentlich tue. Ich bin wie ein General, der sich auf einen früheren Krieg vorbereitet.«

»Motley«, sagte sie.

Damit meinte sie James Leo Motley, der in der Uniform und mit der Dienstmarke und dem Schlagstock eines Hilfspolizisten, den er ermordet hatte, an ihrem Türsteher vorbeigekommen war. Er hatte ausgesehen wie ein Cop, warum also hätte der Türsteher ihn abweisen sollen? Er hatte mit einem Messer auf Elaine eingestochen, und um ein Haar wäre sie gestorben.

Das war ... mein Gott, es war fünfzehn Jahre her, und Motley, der uns beide umzubringen versucht hatte, hatte zugleich dazu beigetragen, uns wieder zusammenzubringen, nachdem wir etwa genauso viele Jahre keinen Kontakt mehr gehabt hatten. Wahrscheinlich waren wir ihm deswegen etwas schuldig, aber ich war froh, dass wir nie Gelegenheit haben würden, es ihm zu vergelten, und unsäglich dankbar, dass der Dreckskerl tot war.

Jetzt hatten wir einen Nachfolger am Hals, dem durchaus zuzutrauen war, dass er in Uniform anrückte oder sich sonst etwas in dieser Richtung einfallen ließ.

Als wir aus dem Lift stiegen, schaute ich mich im Flur um und ließ Elaine dann so lange dort warten, bis ich mich vergewissert hatte, dass auch in der Wohnung niemand war. Schließlich sagte ich ihr, nach drinnen zu kommen, und schloss sofort die Tür hinter ihr ab.

»Dann werde ich wohl erst mal nicht mehr in den Laden gehen können«, sagte sie.

»Solange das nicht geklärt ist, nicht.«

»Für morgen Nachmittag hat sich eine Frau angemeldet. Eine Russin, vielleicht ist sie auch aus der Ukraine. Als ob das eine Rolle spielen würde. Sie hat ein paar Ikonen, die sie verkaufen möchte, und wenn sie echt sind, würde ich sie gern kaufen. Oder auch, wenn sie es nicht sind, solange der Preis stimmt und sie gut aussehen. Ich könnte ihr vorschlagen, stattdessen hierher zu kommen.«

»Du könntest ihr auch sagen, nächsten Monat zu kommen.«

»Wird es so lang dauern?«

»Diesen Kerl zu finden? Das lässt sich nicht sagen. Sie könnten ihn heute Abend fassen, aber er kann auch noch wochenlang auf freiem Fuß bleiben.«

»O Gott. Du glaubst also tatsächlich, es ist zu riskant, sie hierher kommen zu lassen? Sie ist eine harmlose alte Frau, wie eine von diesen Matrjoschka-Puppen.«

»Unsere Türsteher sind ziemlich gut«, sagte ich, »aber sie sind keine Marines, die eine Botschaft bewachen. Wenn man auf einer eisernen Einhaltung der Anweisungen besteht, merken sie wahrscheinlich, dass es wichtig sein könnte. Aber sobald man Ausnahmen macht, nehmen sie die Sache schon nicht mehr so ernst.«

Sie wollte Einspruch erheben, überlegte es sich dann aber anders und sagte, dass ich recht hätte. »Wenn er es wirklich auf mich abgesehen hat.«

»Wie würdest du es denn sonst nennen?«

»Er wollte mich eindeutig umbringen. Ich kann zwar nicht Gedanken lesen, aber für so was hat man eine Antenne. Jedenfalls war das, was er gesendet hat. Er hatte diese Waffe in der Hand und hat mich angesehen, und dabei ist ihm dieser Gedanke durch den Kopf gegangen. Aber vielleicht war es nur die Gelegenheit. Er hatte eine Waffe, und ich war zufällig gerade da, und er ist ein Irrer, der darauf abfährt, Frauen umzubringen, aber …«

»Ja, was aber?«

»Warum war er da? Warum in meinem Laden? Es muss gewesen sein, weil ich Monicas Freundin war, und das muss er gewusst haben. Wegen etwas, was sie gesagt hat, oder weil er ihr gefolgt ist.«

»Oder weil er dir gefolgt ist und so auf Monica gestoßen ist.«

»Glaubst du?«

»Ich halte beides für gleich wahrscheinlich.«

»Ja, durchaus möglich. Aber Matt, er kommt doch nicht in meinen Laden, um dort eine Mordwaffe zu kaufen. Das ist ein trendiger kleiner Kunst- und Antiquitätenladen, kein Shop für irgendwelche Macho-Utensilien. Der Brieföffner war vermutlich der einzige Gegenstand im Laden, mit dem man jemand umbringen könnte, außer man erstickt ihn mit einer Häkeldecke oder erschlägt ihn mit einer Marmorbuchstütze. Er ist reingekommen, weil er mich aus nächster Nähe sehen wollte.«

»Hört sich einleuchtend an.«

»Was soll ich schon mit den blöden Ikonen? Ich bin Jüdin, du könntest sie mir nicht mal ins Grab legen. Es ist mir nur peinlich, diese Frau umsonst in den Laden kommen zu lassen.«

»Von woher kommt sie, aus Brighton Beach?«

»Nein, ich glaube, sie wohnt irgendwo in der Nähe. Trotzdem sollte sie die Ikonen nicht umsonst anschleppen müssen. Ich habe ihre Nummer im Laden.«

»Ich gehe später hin und hole sie.«

»Das wäre lieb von dir. Dann rufe ich sie an und sage ihr ... ja, was? Dass der Laden bis auf weiteres geschlossen ist? Da wäre übrigens noch etwas, was du tun könntest, wenn du schon dabei bist ...«

»Einen Zettel ins Fenster hängen.«

»Ich drucke dir einen aus. Das mache ich ordentlicher als du.«

»Du bist ja auch ein Mädchen.«

»Das muss es wohl sein. Wen rufst du an?«

»Sussman«, sagte ich. »Ich will ihm etwas geben, von dem er noch nicht weiß, dass er es braucht, und mir damit zugleich einen Weg sparen.«

Ich wartete im Laden, als Sussman mit einem Techniker im Schlepptau ankam. Ich ließ sie nach drinnen, und der Techniker gab jedem von uns ein Paar Handschuhe, bevor er sich an die Arbeit machte und von allen in Frage kommenden Oberflächen, insbesondere den Glasvitrinen, Fingerabdrücke abnahm. Ich öffnete die Geldkassette, nahm die drei Zwanziger heraus, die sie enthielt, und gab sie Sussman. Er tütete sie ein und schrieb mir einen Beleg für sie aus. Mir waren die sechzig Dollar egal, was auch gut so war, weil mir der Beleg nicht viel nützen würde. Diesen Scheinen war es jetzt schon vom Schicksal bestimmt, bis in alle Ewigkeit in einem Polizeischließfach für Beweismaterial zu versauern.

»Und wo ist jetzt dieses Phantombild, von dem ich schon so viel gehört habe?«, fragte Sussman. Ich zeigte es ihm, und er fand, es sähe nicht so viel anders aus als das aus dem Computer, und ich sagte, wenn sie nebeneinander lägen, würde er den Unterschied schon sehen.

»Das hier ist eindeutig künstlerischer«, sagte er. »Es sieht aus, als wäre es von einem Menschen und nicht von einer Maschine gemacht worden. Aber deswegen ist er darauf nicht unbedingt besser getroffen.«

»Das findet Elaine aber schon.«

»Sie muss es ja wissen. Sie ist die Einzige, die das Original gesehen hat. Von wem, sagen Sie, ist diese Zeichnung hier?«

Ich erzählte ihm ein wenig über Ray und deutete auf eine gerahmte Zeichnung, die von ihm stammte. Sie zeigte einen alten Mann, der mit einem Buch in einem Sessel saß. Es war ein Onkel Bitsys, der in einem Seniorenheim in Santurce lebte. Die Zeichnung zeigte ihn so, wie sie ihn in Erinnerung hatte, aber sie hatte Ray gesagt, er könne es verkaufen, wenn jemand es kaufen wolle. »Wir brauchen nicht unbedingt alles mit Bildern meiner Familie vollhängen«, hatte sie gesagt. »Weißt du eigentlich, wie viele Cousins und Cousinen ich habe.«

»Der Typ ist echt gut«, sagte Sussman. »Wie viel kostet so eine Zeichnung, wissen Sie das zufällig?«

»Da müsste ich Elaine fragen.«

»Wenn das hier vorbei ist«, sagte er, »müssen wir vielleicht noch mal darüber reden. Je länger man es sich ansieht, desto mehr entdeckt man. Für so was hätte ich auf jeden Fall noch Platz an einer Wand. Und der Umstand, dass er mal bei der Polizei war, macht es für mich noch mal interessanter. Ich weiß zwar nicht, warum, aber es ist eindeutig so. Hat sie noch mehr Arbeiten von ihm?«

»Im Lager hinten, aber ...«

»Nein, nein, damit habe ich nicht gemeint, dass Sie sie holen sollen. Nur für später. Die hier gefällt mir richtig gut.« Er richtete seine Aufmerksamkeit wieder auf die Zeichnung, die Ray vor ein paar Stunden gemacht hatte. »Die hier auch«, sagte er nach einer Weile. »Aber an die Wand hängen würde ich sie mir nicht. Ich nehme sie mal mit, rufe die andere zurück und bringe die hier in Umlauf. Selbst ohne die Vorlage zu kennen, kann ich sagen, dass er darauf besser getroffen ist. Und wissen Sie, woran ich das merke? Weil man einen Eindruck von dem Kerl bekommt.«

Kapitel 22

Nachdem sie gegangen waren, sah ich in Elaines Terminkalender nach. Ich wollte mich gerade daran machen, Namen und Telefonnummer einer Mrs. Federenko aufzuschreiben, doch dann vereinfachte ich die Sache und rief die Frau selbst an. Ich erklärte ihr, ich riefe im Auftrag Mrs. Scudders an, um ihr zu sagen, dass sie sich die Ikonen am nächsten Tag nicht ansehen könne, weil der Laden bis auf Weiteres geschlossen sei.

Das stand auch auf dem Blatt Papier, das mir Elaine mitgegeben hatte und das ich mit Klebstreifen von innen an der Fensterscheibe befestigte. Außerdem sprach ich eine neue Nachricht auf den Anrufbeantworter des Ladens: *»Danke für Ihren Anruf bei Elaine Scudder Art and Antiques. Das Geschäft ist bis auf Weiteres geschlossen.«*

Ich zog das Eisengitter zu und ging in Richtung Uptown los. An der Fifty-seventh Street rief ich TJ an und sagte ihm, dass ich mit ihm reden wollte. Er schlug vor, nach unten zu kommen, aber ich sagte, er solle bleiben, wo er war, ich würde zu ihm hochkommen. Ich überquerte die Straße und betrat das Foyer des alten Hotels. Vinnie arbeitete immer noch dort. Er hatte diesen Job inzwischen mindestens dreißig Jahre. Er nickte bloß und sparte es sich, TJ anzurufen, dass ich im Anmarsch war. Es war gut möglich, dass er glaubte, dass ich immer noch im Hotel wohnte. Ich hatte ja auch weiß Gott genügend Zeit in diesem kleinen Zimmer verbracht.

»Du hättest nicht hochkommen brauchen«, begrüßte mich TJ. Auf dem Computermonitor war eine Patience, und als er merkte, dass ich darauf schaute, machte er ihn aus. »Die Wall Street ist seit vier geschlossen«, sagte er, »und ich habe schon vor drei alles abgestoßen. War heute ein wildes Auf und Ab.«

»Ach ja?«

»Als ich heute Morgen eingestiegen bin, wann genau, weiß ich nicht mehr, da war diese Aktie, die ich schon eine Weile beobachte, und sie hat sich bewegt, sie hat ein spezielles Limit durchbrochen, deshalb habe ich ein paar Stück gekauft. Und dann ist sie weiter gestiegen.«

»Das sollen sie doch auch tun, oder nicht?«

»Klar, schon, bloß tun sie nicht immer, was sie tun sollen. Und diese steigt und steigt also, und irgendwann setze ich eine Trailing-Stop-Loss-Order, damit ich aussteige, wenn sie runtergeht, aber jedes Mal, wenn sie ein Stück hochgeht, geht auch die Stop-Loss-Order mit hoch ... du verstehst nur noch Bahnhof, oder?«

»Nein, nein, grob komme ich schon mit.«

»Jedenfalls, sie steigt, keine Ahnung, ungefähr zwei Stunden ständig weiter, und dann fällt sie ein bisschen, und als sie bei meiner Stop-Loss-Order ankommt, muss ich nichts tun und steige automatisch aus. Wegen meiner Order haben sie alles verkauft. Und dann fängt die Aktie natürlich wieder zu steigen an, und ich, warum hast du das gemacht? Und ich überlege, ob ich noch mal einsteigen soll.«

»Wenn man dich so reden hört, könnte man meinen, du bist so ein typisches bescheuertes Valley Girl.«

»Tatsächlich?« Er runzelte die Stirn. »Das ist eigentlich nicht im Sinn des Erfinders. Jedenfalls, was ich getan habe, ich habe mir gesagt, jetzt bleib mal lieber schön cool, und das war gut so, weil die Aktie plötzlich gekippt ist und so weit gefallen, dass sie bei Börsenschluss ganze zwei Punkte schlechter stand als zu dem Zeitpunkt, als ich sie gekauft habe.«

»Dann hast du ja alles richtig gemacht.«

»Ich habe einen richtig guten Schnitt gemacht. Wenn sie mal eine Liste mit zufriedenen Aktieninhabern aufstellen wollen, können sie mich glatt draufsetzen.«

»Welches Unternehmen war das?«

»Keine Ahnung. Das Tickersymbol ist NFI. Wie das Unternehmen heißt, habe ich noch nicht rausgefunden.«

»Weißt du, was sie machen?«

»Nein.«

»Spielt das denn keine Rolle?«

»Nicht, wenn du die Aktie nicht länger als zwei Stunden hältst. Aber wir können ja mal nachsehen.« Er griff nach einer Zeitung, überflog den Kurszettel im Börsenteil. »Es heißt Novastar. Zahlt eine ordentliche Dividende, muss ein REIT oder eine MLP sein. Um die Dividende zu kassieren, musst du sie natürlich ein bisschen länger halten. Wer ist das? Doch nicht Louises Lover?«

»Findest du ihn nicht gut getroffen?«

»Wie der Typ, den ich gesehen habe, sieht er jedenfalls nicht aus.«

»Das ist jemand anders«, sagte ich. »Das ist der Kerl, der Monica umgebracht hat.«

Nachdem ich TJ auf den neuesten Stand gebracht hatte, gingen wir auf die andere Straßenseite. Ich fand, dass möglichst immer einer von uns bei Elaine bleiben sollte. Ich hatte keine Ahnung, ob er es vor allem auf sie abgesehen hatte, denn genauso gut hätte er ins erste Flugzeug nach Las Vegas steigen können, nachdem er Monica umgebracht hatte. Aber bis sie ihn identifiziert und gefasst hatten, wollte ich kein Risiko eingehen. Wie es inzwischen aussah, war dieser Kerl die schlimmste Kombination, die man sich denken konnte: ein selten mordgieriger Irrer, der extrem clever war und absolut methodisch vorging. Bei so jemand konnte man nicht darauf warten, dass er einen Fehler machte, und man konnte auch nicht darauf zählen, dass er sich vorhersehbar verhielt. Der Kerl war so unberechenbar wie ein tollwütiger Fuchs, und bestenfalls konnte man hoffen, dass er vor ein Auto lief.

Gegen sieben ging ich los und holte uns bei dem Chinesen um die Ecke was zu essen. Normalerweise rufen wir an und lassen das Essen liefern, aber das kam vorerst nicht mehr in Frage. Außer uns dreien käme niemand nach oben, und wenn das auch etwas zusätzliche Lauferei bedeutete, konnte ich damit leben.

Ich bestellte mehr, als wir aller Wahrscheinlichkeit nach essen würden, und auch das war vermutlich dem Belagerungszustand geschuldet, in dem wir uns sahen. »Dann werde ich wohl in nächster Zeit nicht viel außer Haus gehen«, bemerkte Elaine, mit ihren Stäbchen hantierend, und ich erklärte ihr, dass sie gar nicht außer Haus gehen würde. Sie nahm sich ein wenig Zeit, um sich an diese Vorstellung zu gewöhnen, bevor sie einen weiteren Bissen Kokosrindfleisch nahm.

Ich fragte TJ, ob er eine Pistole hatte. Hatte er nicht, und ich ebenfalls nicht. Ein paar Jahre zuvor hatten Mick und ich uns mit einer Gang bekriegt, die sich in seiner Farm oben in Sullivan County eingenistet hatte, und wir fuhren schwer bewaffnet da rauf und verballerten in ein paar Minuten so viel

Munition, wie sie normalerweise zehn Jahre gereicht hätte. Seit dieser Nacht hatte ich keine Schusswaffe mehr in der Hand gehabt.

»Wenn du eine Pistole hättest«, fragte ich ihn, »könntest du damit umgehen?«

»Schießen lernen kann nicht so wahnsinnig schwer sein«, sagte er. »Einige der dümmsten Dudes, die ich kenne, haben jedenfalls keine Probleme damit.«

»Und du?«, fragte ich Elaine. »Würdest du von einer Schusswaffe Gebrauch machen?«

»Ob ich von einer Gebrauch machen würde?«

»Wenn er hier rauf käme«, sagte ich, »und du allein zu Hause wärst, oder wenn er den, der bei dir ist, ausgeschaltet hätte. Könntest du nach einer Pistole greifen und ihn erschießen?«

»Das ist wie mit diesen vollautomatischen Kameras, oder? Man muss nur zielen und abdrücken? Ich würde zielen und abdrücken.«

»Wenn er, sagen wir mal, einfach nur vor dir stünde, ohne Waffe in den Händen, und dir erzählen würde, dass er es gar nicht war, dass ihm jemand den Brieföffner gestohlen hat, und ...«

»Mit anderen Worten, wenn er mich nicht angreift und sich benimmt wie ein Gentleman. Könnte ich ihn trotzdem erschießen? Ich weiß ehrlich gesagt nicht, wie du auf die Idee kommst, ich wäre so eine Art welkes Veilchen. Wir reden hier von dem Kerl, der meine Freundin umgebracht hat. Ob ich ihn erschießen würde? Er könnte hier auf der Couch liegen und ein Nickerchen machen, und ich würde ihm die Birne wegballern, wenn ich eine Pistole hätte. Willst du ein paar Pistolen besorgen?«

»Ich werde es versuchen.«

»Dann sieh unbedingt zu, dass du drei bekommst«, sagte sie. »Für jeden von uns eine. Ab jetzt ist Schluss mit lustig.«

Kapitel 23

Messer sind etwas Wunderbares.

Zum Beispiel dieses hier. Es ist 27 Zentimeter lang, ein Bowie-Messer, ganz ähnlich dem herrlichen von Randall gefertigten Messer, das er in Richmond zurücklassen musste. Dieses Messer hat jedoch nicht der legendäre Randall gemacht, sondern ein junger Mann aus Idaho mit dem sinnigen Namen Reinhold Messer. Er hat es von seinem Hersteller persönlich gekauft, einem langhaarigen, bärtigen Bären von einem Mann, der auf einer Messermesse in Provo, Utah, hinter seinem Tisch gesessen und seine Schöpfungen mit so behutsam ausdrucksstarken Handbewegungen präsentiert hat wie ein Dirigent.

Alle Messer Messers sind schön gewesen, aber dieses hat ihm am besten gefallen. Es ist schwer, und man könnte mit dem Griffende Nägel einschlagen, aber es ist so perfekt austariert, dass es sich in der Hand gewichtslos anfühlt. Oder genauer, es fühlt sich an wie ein Teil der Hand.

Die zwei abgerundeten Griffschalen sind aus Micarta, einem Material auf Kunstharzbasis, das Messermacher bevorzugt verwenden, weil es ihrer Ansicht nach natürlichen Materialien wie Holz, Stein, Elfenbein oder Penisknochen überlegen ist. (Sie verwenden auch solche Materialien, und er hat schon Griffe aus Rosenholz und seltenen tropischen Hölzern gesehen, aus Malachit und Lapislazuli, aus Elefanten-, Walross- und Mammutelfenbein und aus Oosik, wie Inuit den Penisknochen des Walrosses bezeichnen. Wer weiß überhaupt, dass es so etwas gibt? Man muss sich nur gründlich mit etwas befassen, stellt er zufrieden fest, und schon eignet man sich alles nur erdenkliche arkane Wissen an.)

Ein Messer wie dieses, findet er, ist Handwerkskunst in höchster Vollendung. Die Form folgt immer der Funktion, und aus der Synthese dieser beiden entsteht Schönheit. Die Klinge setzt sich über das Heft hinaus bis zum Griffende fort, ein einziges Stück Stahl, dessen über dem Heft befindlicher Teil als Erl bezeichnet wird. (Wer hätte gedacht, dass es dafür ein Wort gibt, und so ein schönes noch dazu.) Diese spezielle Klinge ist aus Damaszenerstahl, der jedoch nicht, wie man vielleicht meinen könnte, aus Syrien kommt – nein, er ist hier, in den guten alten U.S. von A. hergestellt worden, aber nach einem altbewährten Verfahren, das seinen Ursprung vermutlich in Damaskus hat und bei dem ein Stück Stahl so lange gefaltet und flach gehämmert, gefaltet und gehämmert wird, immer und immer wieder, bis die Klinge aus zahlreichen Schichten besteht, die sich beim fertigen Messer in einer an Holz erinnernden Maserung zeigen. Jede Damaszenerklinge ist einzigartig, und jede ist schön, aber der Sinn dieses Herstellungsverfahrens ist nicht Schönheit, sondern Stabilität; jedes Mal wenn der Stahl gehämmert und gehärtet und gefaltet und wieder gehämmert wird, wird er stabiler und widerstandsfähiger. Die Schönheit entsteht aus der Funktionalität, und wer wollte nicht eine solche Art von Schönheit besitzen? Wer wollte so eine Klinge nicht wie einen Taktstock schwingen, wie einen Zauberstab handhaben, wie den Degen eines Fechtmeisters führen? Wer wäre nicht stolz, sie an seinem Gürtel zu tragen und damit die Straße hinunter zu spazieren?

Wer wäre nicht begierig darauf, sie in einer einzigen flüssigen Bewegung aus ihrer Scheide und über eine Kehle zu ziehen?

Er hat sie zweimal verwendet, und einmal hat er tatsächlich eine Kehle damit durchtrennt. Es hatte auch etwas Überraschendes, denn es war, als passierte es ohne sein Zutun, als hätte das Messer ein Eigenleben.

Er kann sich gut an diesen Moment erinnern, obwohl es ihm manchmal schwerfällt, die Ereignisse in die richtige zeitliche Abfolge zu bringen. Es war in Colorado, in einer Stadt namens Durango, in der er nie gelebt, nie auch nur eine ganze Nacht verbracht hat. Er war auf der Durchreise und machte dort zum Abendessen Halt, und die Bedienung, die ihm zuerst ein hochwillkommenes Glas Scotch on the rocks und dann ein gleichermaßen hochwillkommenes blood-rare Steak brachte, flirtete auf eine Art mit ihm, die auf mehr als ein gutes Trinkgeld abzuzielen schien. Er flirtete zurück und sagte ihr, sie sähe aus wie ein Filmstar, an deren Namen er sich bloß nicht mehr erinnern könne. Er läge ihm, versicherte er ihr, auf der Zunge. Strecken Sie die Zunge raus, sagte sie, vielleicht sehe ich ihn ja.

Er fragte sie, wann sie Feierabend hätte. Um halb elf, sagte sie, er solle doch am Ende des Parkplatzes auf sie warten; sie wolle nicht, dass jemand etwas von ihrem Techtelmechtel mitbekäme.

Er war in seiner Cowboymontur, in Stiefeln, Jeans und einem Westernhemd mit Druckknöpfen, und es war ganz normal, dass er das Messer am Gürtel hatte. Er wartete in seinem Auto auf sie und folgte ihr zu ihrem Wohnwagen, in dem er sie zu ihrer beiden Zufriedenheit vögelte und neben ihr einschlief. Als er nach einer Stunde aufwachte, lag sie schlafend neben ihm; ihr wasserstoffblondes Haar war über das Kissen gebreitet, ihr Kinn schlaff nach unten gesackt. Sie schnarchte, und ihr Atem roch. Er hatte ihr den Namen der Schauspielerin, an die sie ihn erinnerte, nicht gesagt – eine solche Schauspielerin gab es natürlich nicht –, und jetzt fand er, dass sie nicht besonders hübsch war, obwohl sie eine gute Sexualpartnerin gewesen war. Er hätte eine Weile bleiben können, und sei es nur, um herauszufinden, was sie zu tun bereit wäre und was nicht. Er hatte nichts Bestimmtes vor, und diese Stadt war wahrscheinlich genauso gut wie die nächste, um ein paar Tage oder eine Woche oder einen Monat in ihr zu verbringen.

Er griff nach seiner Hose, und seine Hand streifte über das in der Scheide steckende Messer, und es war, als entschiede das Messer. Denn ehe er sich's versah, war das Messer in seiner Hand, und die blanke Klinge blitzte im Licht der Nachttischlampe. Wenn sie das Licht ausgemacht hätte, bevor sie einschlief, wenn er nicht gesehen hätte, wie sich das Licht in der herrlichen Messerklinge brach, wenn sie nicht auf dem Rücken gelegen und ihm so einen unverstellten Blick auf ihre blasse Kehle geboten hätte, wenn ...

Spürte sie das Messer überhaupt? Er zog es in einer einzigen flüssigen Bewegung über ihre Kehle, und die Haut leistete keinerlei Widerstand. Es war, als glitte die Klinge durch warme Butter. Ihre Augen gingen auf, sahen aber nichts mehr. Das Licht war bereits aus ihnen gewichen.

Er zog sich an und ging, und als sich die Sonne vom Horizont löste, hatte er Durango bereits hundert Meilen hinter sich gelassen. Er hatte hinterher nur in begrenztem Umfang saubergemacht. Er hatte sein Sperma in ihr gelassen, daran ließ sich nichts ändern, und es hatte keinen Sinn, sich wegen Haaren und anderem Spurenmaterial Gedanken zu machen, wo er ihnen doch schon eine gute DNA-Probe geliefert hatte. Dann mal viel Glück, ein paar Kleinstadtpolizisten, und das nächste brauchbare Labor war wo, in Denver? Sie konnten seine DNA gern haben, sie konnten sie gern in irgendeinem Hinterzimmer in einem Reagenzglas aufbewahren, denn was konnte sie ihm schon schaden? Nur, wenn sie ihn verhafteten, und dazu würde es nicht kommen.

Er wischte seine Fingerabdrücke weg. Das genügte. Niemand wusste, dass er überhaupt in Durango gewesen war, geschweige denn, dass er sich mit der Bedienung getroffen hatte. Wenn jemand sie beobachtet hatte, hatte er gesehen, wie sie allein in ihr Auto gestiegen und weggefahren war. Niemand hätte mitbekommen, dass er ihr in seinem Auto gefolgt war.

Das Essen hatte er bar bezahlt. Nicht einmal getankt hatte er in Durango.

Keine Spur von ihm in der ganzen Stadt außer ein paar Milliliter Sperma in der Vagina eines toten Mädchens.

Außerdem hatte er ein Alibi. Nicht er war es, der es getan hatte. Es war das Messer.

Er geht in seine Newsgroup. Dort ist inzwischen fieberhafte Aktivität zum The-ma Preston Applewhite ausgebrochen, stellt er zufrieden fest. Mehrere ihrer en-gagierteren Mitglieder haben die Berichterstattung in der Richmonder Zeitung verfolgt. Auf dem Privatfriedhof einer aufgelassenen Farm wurden menschliche Überreste ausgegraben, und erste Untersuchungsergebnisse deuten darauf hin, dass sie tatsächlich von dem Willis-Jungen stammen.

Den Spekulationen sind keine Grenzen gesetzt. Hat Applewhite, obgleich nicht bereit, seine Taten zu gestehen, dafür gesorgt, dass jemand aus dem Grab für ihn spricht? Hatte er einen Komplizen – ein Theoretiker bezeichnet ihn als einen »nicht gerichtlich belangten Mitverschwörer« –, der an seinen Taten be-teiligt war? War Applewhite doch, wie lange gemunkelt wurde, Mitglied eines Satanskults?

Die Zeitung hat einen Teil der Email veröffentlicht, die er ihnen zusammen mit seiner Signatur geschickt hat, und eins der Newsgroup-Mitglieder hat sich schnell auf Abel Baker eingeschossen. »Die Jüngeren unter euch wissen das wahr-scheinlich nicht«, schreibt er, »aber dabei handelt es sich um die ersten zwei Buchstaben der alten englischen Buchstabiertafel. Able Baker Charlie Dog Easy Fox ... Weiß noch jemand, wie es weitergeht?«

Natürlich weiß es noch jemand, und jemand anders steuert die moderne Ver-sion bei, die mit Alpha und Bravo beginnt. Und ein Dritter will wissen, wann genau Alpha Bravo usw. Able Baker ersetzt hat, und jemand nennt ein Datum, das ein anderer anficht, worauf der Thread rasch zu einer Diskussion über Sinn und Nutzen der zwei Buchstabiertafeln verflacht und welche Rolle dabei die zu-nehmende Bedeutung des Militärs gespielt hat.

Er verlässt die Newsgroup und googelt sich auf die Homepage der Times-Di-spatch. *Er liest alles, was er über die ganze Angelegenheit finden kann, darunter auch einen Leitartikel über die Todesstrafe als solche und eine Kolumne, die eine gegenteilige Auffassung vertritt und dafür plädiert, das Verfahren zu beschleuni-gen, damit zwischen dem Urteilsspruch und seinem Vollzug weniger »Zeit für*

Unfug« bleibt. Keiner der beiden Artikel, findet er, ist ein Glanzstück rationalen Denkens.

Er liest weiter, und ja, irgendein eifriger Reporter hat festgestellt, dass Applewhite vor seinem Tod einen Besucher hatte und in den Tagen vor seiner Hinrichtung mehrere Stunden mit einem gewissen Arnold Bodinson verbracht hat. Sie haben den Vornamen anglisiert, bemerkt er, weil sie wahrscheinlich Arne für das gleich klingende Arnie gehalten und sich für die förmlichere Version des Namens entschieden haben, ein Versehen, das sie in absehbarer Zeit sicher korrigieren werden. Dr. Bodinson wird als ein bekannter Psychologe an der Universität Yale identifiziert, und die Übereinstimmung seiner Initialen mit Abel Baker ist nicht unbemerkt geblieben. Dazu werden zweifellos auch die ernstzunehmenderen Herren in der Newsgroup etwas zu sagen haben.

Die Bemühungen, Dr. Bodinson zu erreichen, sind bisher erfolglos geblieben, erklärt der Reporter. Und werden das auch weiterhin bleiben, denkt er, doch die morgige Ausgabe der Zeitung wird aller Wahrscheinlichkeit nach mit der Meldung aufwarten, dass man in Yale nie etwas von einem Arnold – oder auch Arne – Bodinson gehört hat.

Wenn das nicht interessant ist.

Er muss an Reinhold Messer denken und fragt sich, ob dieser Name, wie Arne Bodinson, ein Pseudonym ist. Es scheint fast zu schön, um wahr zu sein, denn Messer ist das deutsche Wort für knife. *Von seinem Erscheinungsbild her war Messer eindeutig der Aryan-Brotherhood-Typ, und falls er ursprünglich, sagen wir mal, Cuthbert Lavender geheißen hatte, wäre eine Namensänderung fast unausweichlich gewesen.*

Er hat im Internet nach Messer gesucht, aber der Mann hat keine Homepage und hat ihm nicht einmal eine Visitenkarte in die Hand gedrückt. Sie finden mich auf Messen, hatte er gesagt, was auf ein Leben am Rand der Legalität hindeutete. Nicht so im Fall des Mannes, der das andere Messer in seinem Besitz hergestellt hat, ein eulenäugiger großer Junge namens Thad Jenkins, den seine Kollegen Thaddy nennen. Jenkins hat sich auf Klappmesser spezialisiert, weil er ihre Herstellung für eine größere Herausforderung hält. Außerdem, hatte er genuschelt, gibt es niemand, der kein Taschenmesser brauchen kann.

Aus Thaddys Angebot an Klappmessern hatte er sich ein Prachtstück ausgesucht, in geschlossenem Zustand fast 15 Zentimeter lang und in offenem etwa genauso lang wie Messers Bowie. Obwohl es weder ein Fall- noch ein Springmesser war, waren sein Mechanismus und seine Tarierung so gut, dass ein rasch zu erlernendes Schlenkern des Handgelenks genügte, um es zu öffnen und die ausgefahrene Klinge bombenfest zu verankern.

Er dreht es in seinen Händen. Die Schalen sind aus einem tropischen Hartholz von außergewöhnlicher Dichte, mit einer Farbe wie Pekan und einer sehr engen Maserung. Sie sind so glatt wie Glas und sehr schön, und nach und nach werden die von seiner Handfläche abgesonderten Öle das Holz beizen und noch schöner machen.

Natürlich ist gut möglich, dass er es nicht lang genug besitzen wird, um das mitzubekommen. Dinge treten in sein Leben und verschwinden wieder daraus. Ich kam wie Wasser und gehe wie Wind, *hat er einmal geschrieben. Es ist ein Zitat von Omar Chayyam, aber er hat es Aubrey Beardsley zugeschrieben. Kommen denn nicht die meisten Dinge wie Wasser und gehen wie der Wind? Eine Weile hat er um der geistigen Klarheit willen eine Scheibe aus rosafarbenem Rhodochrosit getragen, aber er hat sie damals in diesem Keller zurücklassen müssen. Doch inzwischen hat er die Eigenschaften dieses Minerals verinnerlicht und braucht es nicht mehr. Danach ist er dazu übergegangen, um der Unsterblichkeit willen einen Amethyst zu tragen, und auch ihn hat er schon lange nicht mehr, wobei er sich nicht einmal mehr erinnern kann, was daraus geworden ist. Aber er hat auch die besonderen Eigenschaften des Amethysts verinnerlicht.*

Wird er ewig leben? Tja, wer kann das schon sagen? Man braucht sich nur die vielen Leute anzusehen, die er bereits überlebt hat ...

Er lässt die Klinge mit einer kurzen Bewegung des Handgelenks herausschnellen und arretieren. Sie ist schmal, nur halb so breit wie die des Bowie-Messers, und das ganze Messer wiegt nicht einmal ein Drittel so viel wie sein massiverer Gefährte. Haben Messer ein Geschlecht? In gewisser Hinsicht sind sie alle männlich, lauter geschärfte Phalli. Doch wenn man manche als männlich, andere als weiblich betrachten wollte, liegt es nahe, Messers Kreation mit ihrer Durchschlagskraft als durch und durch männlich zu sehen, Jenkins' Klappmesser aufgrund seiner Anmut als weiblich.

Der Mann, Scudder, die schwierigere Beute, würde der massiveren Waffe zum Opfer fallen. Es war Scudder, der ihn um das Haus in der Seventy-fourth Street gebracht hat. Das Haus ist ihm schon lange egal, er weiß inzwischen, dass er es nie wirklich gewollt hat, aber das ist nicht der Punkt. Es war auch Scudder, dessentwegen er New York verlassen musste. Er hatte eine gutgehende Praxis, er hatte ein Haus voller Leute, die ihn geliebt und verehrt und, ja, gebraucht haben, und er musste sie alle erstechen und mitsamt ihrem Haus verbrennen. Und ja, es hatte einen unleugbaren Reiz gehabt, diese Männer und Frauen zu opfern, aber auch das war nicht der Punkt, denn es war Scudder, der ihm keine andere Wahl gelassen hatte, als zu morden und unterzutauchen, und es war Scudder, der dafür büßen würde.

Scudder war ein ungehobelter, grober Klotz. Ein richtiger Stier, und er würde gegen ihn kämpfen wie gegen einen Stier, ihn mit einem Schlenker der Muleta täuschen und dann mit einem einzigen Stich der Klinge aus Damaszenerstahl erledigen.

Bei der Frau wird es auch das Klappmesser tun.

Und es wird sich wesentlich besser für seine Aufgabe eignen als dieses elegante Bronzeding, das er in der Jane Street zurückgelassen hat. Es war weiß Gott ein raffinierter Zug, von der einen Frau die Waffe zu kaufen, mit der er die andere getötet hat, und der Brieföffner hat seine Schuldigkeit getan und genauso wirksam, wie er sonst Kuverts geöffnet hat, ein Loch geöffnet, durch das ihr Leben entwichen ist. Doch Jenkins' Klappmesser wird mehr tun, und das mit großer Anmut.

Und sie weiß, was ihr blüht, er ist sicher, dass sie es weiß. Nicht wie oder wann, nur, dass er es auf sie abgesehen hat. Ihr Laden, steht auf einem Zettel im Schaufenster, ist bis auf Weiteres geschlossen. Auf ihrem Anrufbeantworter ist eine Nachricht gleichen Inhalts. Bis auf Weiteres geschlossen.

Für immer geschlossen, sollte es besser heißen. Geschlossen bis zur Eröffnung unter neuer Geschäftsleitung.

Ihr Wissen wird sie vorsichtig machen. Daher wird sie eine scheuere Beute werden als ihre Freundin Monica (die es ihm fast zu einfach gemacht hat), aber sie wird sich ihm nicht auf Dauer entziehen können. Er wird eine Möglichkeit finden. Und er hat unbegrenzt Zeit.

Er hält das Messer, es ist so leicht, so anmutig, so feminin in seiner geschmeidigen Eleganz. Er löst die Verriegelung und klappt die Klinge aus. Elastisch und elegant, ja, aber auch stabil. Den Aussagen des Mannes zufolge, der es gemacht hat, eignet es sich auch hervorragend zum Ausweiden von Großwild.

Da kommt ihm eine Idee. Vielleicht wird er sie häuten, ihr bei lebendigem

Leib die Haut abziehen. Und vorher wird er ihr mit Tape die Augenlider fest-kleben und einen Spiegel so über ihr anbringen, dass sie zusehen kann, und den Mund wird er ihr zukleben, damit ihre Schreie unterdrückt werden.

Die Vorstellung entzückt ihn, und das so sehr, dass er nicht länger stillsitzen kann. Bevor er Joe Bohans Wohnung verlässt, klappt er das Messer zu und steckt es ein. Es ist schließlich eine gefährliche Stadt. Man ist gut beraten, auf ihren Straßen nicht unbewaffnet unterwegs zu sein.

Kapitel 24

Zuerst ging ich ins Grogan's, die urige irische Kneipe in der Fiftieth, Ecke Tenth. Nichts an ihr deutete darauf hin, dass sie vor wenigen Jahren Schauplatz eines Massakers geworden war, bei dem eine Bombe hinter die Bar geworfen und der Gastraum mit einer Salve aus einer aktualisierten Version einer Tommy Gun durchsiebt wurde. Aber die meisten Gäste wussten es, und einige von ihnen konnten einem sogar die Zahl der Opfer nennen. Das Grogan's lief seit seiner Eröffnung ausgesprochen gut, zumal auch die neuen arrivierten neuen Bewohner von Hell's Kitchen den Laden für sich entdeckt und wegen seiner Oldschool-Authentizität zu schätzen gelernt hatten, auch wenn ihre Anwesenheit dort gerade das zerstörte, was sie daran anzog.

Es war eine Form von Gangster Chic, wie sie in New York, zumindest seit Jimmy Walker Bürgermeister war, weit verbreitet war und dank der *Sopranos* gerade wieder einen neuen Aufschwung erlebte, was sich unter anderem darin zeigte, dass junge Anwälte und Werbeleute ihren Kollegen erzählen können wollten, dass sie den Abend zuvor Whiskey trinkend an Mick Ballous Seite verbracht hatten.

Die Klientel dieses Abends würde das jedoch nicht behaupten können, weil der Inhaber des Grogan's nicht da war. Zumindest so viel erfuhr ich von dem maulfaulen Barmann, dem letzten jungen Burschen, den es von County Antrim direkt ins Grogan's verschlagen hatte, um bei Mick Unterschlupf und einen Job zu finden. Ich habe den Verdacht, dass ich nicht der Erste war, der sich nach ihm erkundigte, und ich bekam die gleiche Antwort wie alle anderen auch – Ballou war nicht hier, und ob er später vorbeischauen würde, keine Ahnung.

»Es ist Matt Scudder, der ihn sprechen will«, sagte ich und senkte dabei die Stimme, aber nicht, weil niemand mitbekommen sollte, was ich sagte, sondern weil ich den Kerl am Zapfhahn beeindrucken wollte. Es würde ihm zwar keine Antwort entlocken, aber falls Mick im Hinterzimmer war, würde der junge Bursche eine Möglichkeit finden, ihn mit dem Haustelefon unauffällig anzurufen. Als er das nicht versuchte, trank ich meine Coke aus und ging.

*   *   *

Ich hätte mich eine Stunde in ein Treffen setzen können, was mir vermutlich nicht geschadet hätte, aber mir war nicht danach. Wenn ich schon Zeit totschlagen musste, tat ich es lieber in einer Bar. Davon wird einem bei den Anonymen Alkoholikern zwar dringend abgeraten, und ich kann auch verstehen, warum, aber es war mir egal.

Ich rief in der Wohnung an, und es meldete sich, wie vereinbart, der Anrufbeantworter; Elaine sollte ihre Anrufe überwachen und nur drangehen, wenn sie den Anrufer kannte. Ich sagte ein paar Worte, worauf sie abnahm. Ich sagte ihr, dass es bei mir noch eine Weile dauern würde, und sie sagte, kein Problem.

Ich legte auf und nahm mir ein Taxi ins Poogan's.

Die Beleuchtung des Clubs ist gedämpft, was einen Teil seines Reizes für Danny Boy ausmacht, der gelegentlich eine Bemerkung des Inhalts fallen lässt, dass das, was die Welt am dringendsten benötigt, ein Lautstärkeregler und ein Dimmerschalter sind, weil es auf ihr immer zu laut und zu hell ist. Ich wartete, bis sich meine Augen an das Schummerlicht gewöhnt hatten, aber auch dann sah ich Danny Boy nicht, nur seinen Tisch. Im Poogan's bekommt er seinen Wodka wie im Mother Blue's in einer Flasche, die er in einem Eiskübel auf seinem Tisch stehen hat. Meines Wissens ist das eigentlich verboten, aber bisher hat sich noch niemand daran gestoßen.

Ich stand mit einem Glas Sodawasser mit Eis an der Bar – auf eine Coke hatte ich keine Lust mehr –, und in der Musikbox ging eine Platte zu Ende und wurde von einer anderen abgelöst, und dann sah ich Danny Boy aus der Herrentoilette kommen. Mir fiel auf, dass er alt aussah, was ich aber auf meine Augen schob, weil ich in letzter Zeit dazu neigte, in jedem Gesicht, auf das mein Blick fiel, das Alter zu sehen, und ich brauchte keinen Spiegel, um zu wissen, dass ich es auch in meinem entdecken würde.

Er ließ sich schwer auf seinen Stuhl niedersinken, griff nach einem Glas, neigte es ein Stück, als wollte er sich ein Bier einschenken, und füllte es zur Hälfte mit eisgekühltem Stolichnaya. Dann hielt er es hoch und betrachtete es, und ich erinnerte mich, wie ich das mit Bourbon getan hatte, und ich erinnerte mich auch, wie der Bourbon geschmeckt hatte, wenn ich aufhörte, ihn bloß anzuschauen, und damit machte, was man normalerweise damit macht.

Meine Gedanken beunruhigten mich nicht weniger als mein Verhalten, denn irgendwie kam ich mir vor, als spionierte ich. Ich ging mit meinem Glas Wasser zu Danny Boys Tisch, und er schaute zu mir auf, als ich mir einen Stuhl heranzog. »Womit habe ich das verdient, Matthew?«, sagte er. »Da sehe ich dich monatelang nicht, und dann wird mir das Vergnügen deiner Gesellschaft in einer einzigen Woche gleich zweimal zuteil. Bist du heute Abend allein hier?«

»Jetzt nicht mehr.«

»Stimmt, denn jetzt bist du mit einem alten Freund hier und ich auch.« Er hielt nach der Bedienung Ausschau, sah dann aber, dass ich bereits etwas zu trinken hatte. Bisher hatte er mit seinem Stoli noch nichts gemacht, als ihn sich einzuschenken und anzuschauen, doch jetzt hob er sein Glas und sagte: »Auf alte Freunde.« Auch ich hob mein Glas und nahm einen Schluck von meinem Wasser, und er trank die Hälfte von seinem Wodka.

Er fragte, was mich hierherführte, und ich sagte, ich müsste etwas Zeit totschlagen, worauf er lachte und sagte, dann würden wir sie gemeinsam totschlagen.

»Früher oder später wäre ich aber auf jeden Fall hergekommen«, sagte ich und zeigte ihm Rays Zeichnung.

»Die hast du mir doch kürzlich schon gezeigt«, sagte er. »Im Mother's. Moment, ist das derselbe Typ?«

»Nein, ein völlig anderer.«

»Das war auch mein Eindruck, obwohl ich nicht behaupten könnte, dass sich mir seine Gesichtszüge ins Gedächtnis eingebrannt haben. Der hier sieht richtig bedrohlich aus.«

»Das liegt zum Teil vielleicht an den Befindlichkeiten der Person, die dem Zeichner gesagt hat, was er zeichnen soll. Das ist der Mann, der vorgestern Nacht im Village eine Frau ermordet hat.«

»Im Fernsehen bringen sie fast nichts anderes mehr«, sagte er. »Lass mir kurz Zeit, dann sage ich dir, wie sie geheißen hat.«

Ich sagte ihm den Namen selbst und fügte hinzu, dass sie Elaines beste Freundin gewesen war und ihm die Mordwaffe verkauft hatte. Wenn man Danny Boy den ersten Satz gab, hatte er normalerweise die ganze Seite. Entsprechend sagte er: »Du hast sie hoffentlich ins Flugzeug gesetzt.«

»Dazu könnte es noch kommen. Ich weiß noch nicht.« Ich schilderte ihm die Sicherheitsvorkehrungen, die wir getroffen hatten, und dass ich ihr eine Pistole besorgen wollte. Er wollte wissen, ob sie damit umgehen könnte, und ich sagte, um jemand aus nächster Nähe zu erschießen, müsste man nicht besonders viel wissen.

Er sagte: »Obwohl ich ständig mit Banditen und Ganoven zu tun hatte, habe ich mein ganzes Leben lang keinen einzigen Schuss abgegeben, Matthew. Ich bin gerade am Überlegen, ob ich überhaupt mal eine Pistole in der Hand gehabt habe. Nein, ich glaube nicht.«

»Du bist ja noch jung, Danny.«

»Das versucht mir die Gelbe Gefahr auch immer weiszumachen. Jodie, du hast sie neulich kennengelernt. ›Danny, du bist wirklich erstaunlich!‹ Für einen Mann meines Alters natürlich, meint sie. Und solange sie diese kleinen blauen Pillen machen, kann ich sie weiter in Erstaunen versetzen.«

»Wenn wir die Wissenschaft nicht hätten.«

»Allerdings.«

Irgendetwas veranlasste mich, mich nach seiner Gesundheit zu erkundigen. Es war jetzt schon mehr als fünf Jahre her, und er hatte keinen Rückfall gehabt. Jetzt war er doch über den Berg, oder?

»Über den Berg, Matthew? Siehst du hier irgendwo auch nur einen Hügel?«

»Ist doch super.«

»Ich habe den Darmkrebs besiegt. Ein komischer Ausdruck, findest du nicht auch? Als ob ich mit ihm in den Ring gestiegen wäre und ihn windelweich geprügelt hätte. Den Darmkrebs auf die Bretter geschickt, und da liegt er jetzt und wird ausgezählt. Ehrlich gesagt hatte ich selbst aber gar nicht so viel mit der ganzen Sache zu tun. Sie haben mich aufgeschnitten und wieder zusammengeflickt und mit Chemikalien vollgepumpt, und als sie damit fertig waren, war ich am Leben und der Krebs nicht mehr. ›Ich habe den Darmkrebs besiegt.‹ Das ist etwa so, als würde man sagen, man hat einen Spielautomaten besiegt, während man in Wirklichkeit bloß im richtigen Moment seinen Quarter eingeworfen hat.«

»Hauptsache, dir geht's gut.«

»Das ist die gute Nachricht«, sagte er und wartete darauf, dass ich ihn fragte, was die schlechte war. Aber ich hatte in letzter Zeit zu viele schlechte Nachrichten gehört, dass ich das lieber nicht herausfinden wollte.

Ich fragte ihn also nicht, aber er sagte es mir trotzdem.

»Prostatakrebs, aber auch da gibt es gute Nachrichten, weil ich einen niedrigen Gleason-Wert habe. Bei Gleason war mein erster Gedanke natürlich die *Honeymooners*. Aber ein niedriger Gleason bedeutet, dass er langsam wächst. Ich kann ihn behandeln lassen und Impotenz und Inkontinenz riskieren, oder ich kann damit leben und laut Aussagen des Doktors mit ziemlicher Sicherheit an was anderem Sterben, bevor mir der Prostatakrebs den Garaus macht. ›Wenn Sie weiter so trinken wie bisher‹, hat er gesagt, und ich schwöre dir, er hat gegrinst, als er es gesagt hat, ›wird Ihre Leber mit hoher Wahrscheinlichkeit eher den Geist aufgeben, als Ihre Prostata sie umbringt.‹ Und jetzt rate mal, was ich mir genehmigt habe, sobald ich aus der Praxis raus war.«

»Ein Glas Stoli.«

»Um genau zu sein, war es ein Glas Absolut, aber grundsätzlich liegst du richtig. Man darf die Ärzte einfach nicht immer allzu ernst nehmen, aber damit du jetzt nicht anfängst, mir ins Gewissen zu reden, sollte ich vielleicht grundsätzlich etwas klarstellen. Es ist ein absolutes Wunder, dass ich überhaupt so lange lebe. Bei meiner Geburt hat der Arzt meinen Eltern gesagt, ich würde wahrscheinlich keine Woche alt werden. Danach sollte ich die Kindheit nicht überleben. ›Schenken Sie ihm Ihre ganze Liebe jetzt‹, hat ihnen der Kinderarzt geraten, ›denn sie werden ihn nicht mehr lange haben. Gott, der Herr, wird ihn wahrscheinlich bald zurückfordern.‹ Für mich war das natürlich klasse, weil sie mich nach Hause mitgenommen und unglaublich verwöhnt haben. Und Gott, der Herr, hat mich anscheinend noch einmal genauer angesehen und ist daraufhin zu dem Ergebnis gelangt, dass er mich doch nicht so dringend zurückhaben will.«

»Das kannst du ihm eigentlich nicht zum Vorwurf machen, oder?«

»Ich mache niemand was zum Vorwurf«, sagte er, »egal was. Ich hatte ein gutes Leben, und wahrscheinlich war alles, was über die erste Woche hinausgegangen ist, ein Bonus. Ich höre Musik, wann immer ich will, ich trinke so viel, wie ich will, und ich bekomme mehr als genug Mösen, und wenn mich die kleine Jodie irgendwann über kriegt, finde ich jemand anders, weil es immer jemand gibt, den man findet. Ich brauche dir also nicht leidzutun.«

Ich versicherte ihm, dass ich daran nicht mal im Traum dächte.

Als ich wieder ins Grogan's kam, sagte Mick, ich hätte ihn nur um ein paar Minuten verpasst. »Heute war ziemlich viel los. Deshalb habe ich Con hinterm

Tresen geholfen. Das macht mir nichts. Es ist anständige Arbeit, was Anständiges zu trinken einzuschenken.«

Das meiste, was er tat, entsprach nicht der Vorstellung der meisten Leute von anständiger Arbeit. Einige Jahre zuvor, als die lose organisierte irische Mafia, die von der Presse als die Westies bezeichnet wurde, voll im Geschäft war, hatte Mick Ballou eine ihrer Fraktionen geführt und das mit brutaler Effizienz. Er war ein Berufsverbrecher und war mein bester Freund geworden, und Joe Durkin war nicht der Einzige, der das seltsam fand. Ich verstand es selbst nicht ganz.

»Inzwischen ist es etwas ruhiger geworden«, fuhr er fort, »obwohl grundsätzlich immer mehr los ist als früher. Nur die Nachmittage gehen noch. Das ist die angenehmste Zeit in einer Bar, würde ich sagen: wenn die einzigen Gäste Männer sind, die in Ruhe was trinken wollen. Oder spät nachts, wenn niemand mehr da ist außer zwei alten Freunden, die einfach ein bisschen quatschen.«

»Solche Nächte hatten wir schon zur Genüge.«

»Und keine, die ich bereut hätte. Wir haben schon einige Zeit nicht mehr durchgemacht, aber das ist nicht der Grund, weshalb du heute hergekommen bist, oder?«

»Nein, deshalb bin ich heute nicht hier.«

Ich erzählte es ihm. Er hatte Monica mal kennengelernt, aber ich musste seinem Gedächtnis auf die Sprünge helfen. Wir hatten sie mal ins Grogan's mitgenommen, nachdem wir uns im Irish Art Centre ein Stück von Brian Friel angesehen hatten, und er war an unseren Tisch gekommen, worauf ihn Monica damit aufgezogen hatte, dass er im Grogan's Dichterlesungen veranstalten sollte, weil das bestimmt gut fürs Geschäft wäre. Yeats wäre ideal, meinte sie, und er hatte noch eins draufgesetzt, indem er zustimmend nickte und mit einem Gespür und Gefühl fürs Timing, das sich auch auf der Bühne des Abbey nicht hätte verstecken müssen, »An Irish Airman Foresees His Death« rezitierte.

»Sie hatte einen großartigen Humor«, erinnerte er sich. »Und mein Gedicht hat ihr gefallen.«

»Allerdings.«

»Töten ist schon schlimm genug, wenn es aus einem bestimmten Grund geschieht. Wirklich fürchterlich. Und trotzdem verschafft es einem auch Genugtuung.«

»Ich weiß.«

»Aber die Genugtuung darf auf keinen Fall der Grund sein. Wenn ich das zuließe, was wäre ich dann? Und ich bin, weiß Gott, schon so schlimm genug.«

Wir gingen in sein Büro, und er öffnete den großen alten Mosler-Safe und kramte in einer umfangreichen Auswahl von Handfeuerwaffen herum. Für TJ und mich wählte ich zwei 9-mm-Pistolen aus, für Elaine einen .38-Special-Revolver. Er hatte nicht so viel Durchschlagskraft wie die Pistolen, aber ich glaubte, er wäre leichter zu bedienen; er hatte keine Sicherung, an der man erst rumfummeln musste, er würde nicht so leicht blockieren, und sie musste nichts tun, als so lange abzudrücken, bis ihr die Munition ausging.

Zurück an unserem Tisch, mit den drei Knarren und zwei Schachteln Munition in einer alten Sporttasche auf dem Boden, sagte er, ich könnte die Waffen gern haben, aber er hoffte, ich würde sie nicht brauchen.

»Die Polizei wird ihn morgen fassen«, sagte ich, »und du bekommst sie so gut wie neu zurück.«

»Wirst du denn Hilfe brauchen?«

»Wenn ja, gebe ich dir Bescheid, aber ich glaube nicht. Ich werde nichts weiter tun, als dafür zu sorgen, dass sie da bleibt, wo er nicht an sie rankommt. Und wir werden sie nicht allein lassen. Wenn ich nicht bei ihr bin, wird TJ auf sie aufpassen.«

»Ich kann gern auch mal eine Schicht übernehmen. Du musst es nur sagen.«

»Danke.«

Er sah sich die Zeichnung noch einmal an. »Der Kranke«, sagte er, und es hört sich viel schlimmer an als eine Beschimpfung. »Irgendwie kommt er mir bekannt vor.«

»Das habe ich auch gesagt. Und Danny Boy ebenfalls. Er lässt dich übrigens grüßen.«

»Tatsächlich? Und wie geht's dem jungen Hüpfer so?«

»Gut, aber was den ›jungen Hüpfer‹ angeht, ist er so alt wie wir.«

»Im Ernst? Klar, muss er eigentlich. Wahrscheinlich liegt es an seiner Größe, dass ich ihn für jünger halte, als er ist. Aber klar, wir werden alle alt.«

»Wem sagst du das?«

»Ich beklage mich über meine Gäste, diese ganzen Anwälte und Börsenmakler, die hierherkommen und mit dem Teufel trinken wollen, aber genau davon lebe ich. Ob du's glaubst oder nicht, mit dem Laden hier bestreite ich meinen Lebensunterhalt. Mit der Bar und den paar anderen Geschäften, die mir gehören. Ich muss einmal die Woche nach draußen gehen und auf die Straße spucken, damit ich nicht vergesse, wie es ist, gegen das Gesetz zu verstoßen. Mein Gott, ich bin ein zahnloser alter Löwe, der es gerade noch schafft, sich über den Wärter zu ärgern, der ihm sein Fressen zwischen den Gitterstäben durchschiebt.«

»In Milch eingeweichtes Brot«, sagte ich, »damit du es noch runterkriegst.«

»Und du? Wartest drauf, dass dir die Polizei abnimmt, was du früher selber erledigt hättest.«

»Sie haben Mittel und Wege.«

»Klar haben sie.«

»Ich weiß nicht mal, wer er ist. Und ich habe auch keine Ahnung, wo ich anfangen sollte, nach ihm zu suchen.«

»Du passt nur auf, dass ihr nichts passiert. Mehr brauchst du nicht zu tun.« Er legte den Zeigefinger auf Rays Zeichnung. »Ich könnte schwören, dass er schon mal hier war. Oder gibt es einen Schauspieler, dem er ähnlich sieht?«

»Da gibt es wahrscheinlich ein ganzes Dutzend.«

»Du könntest ihn ansehen und ihn gar nicht bemerken. Dein Blick gleitet einfach über ihn weg, weil es nichts an ihm gibt, das ihn festhalten könnte. Aber jetzt werde ich mich an ihn erinnern, wenn ich ihn sehe. Diese arme Frau. Und er hat ihr einen schweren Tod bereitet, sagst du?«

»Ein leichter kann es nicht gewesen sein. Er hat sie gefoltert.«

»Dazu besteht nie ein Anlass«, sagte er. »Es gibt schon genug Leid auf der Welt. Da muss man nicht noch mehr verursachen. Ich würde diesen Kerl ohne Zögern töten, sollte Gott mir die Gelegenheit dazu bieten, aber ich würde ihn nicht leiden lassen. Ich würde ihn bloß töten, und damit hätte es sich.«

Kapitel 25

Ich nahm den langen Weg vom Grogan's nach Hause, die Tenth Avenue hinauf zur Fifty-eighth Street, dann zwei lange Blocks nach Osten zur Eighth Avenue und dann zurück zur Fifty-seventh Street, wo ich auf der Nordseite blieb und zur Kreuzung mit der Ninth ging. Wahrscheinlich hielt ich nach ihm Ausschau, nach jemand, der sich im Viertel herumtrieb und den Eingang unseres Hauses beobachtete. Ich sah einen Betrunkenen in einen Hauseingang pinkeln, ich sah einen Mann mit einer Gehhilfe, der sich quälend langsam zum Chaldean Deli mühte, ich sah einen Mann und eine Frau, die ich kannte, einen Streit ausfechten, den ich sie schon zigmal hatte ausfechten sehen. Ich sah jede Menge meiner Mitbürger, die zu U-Bahnstationen hinabstiegen, auf Busse warteten, in Taxis einstiegen oder aus ihnen ausstiegen oder zu Fuß irgendwohin gingen, einige in aller Ruhe, andere in New Yorker Hektik. Aber den Mann, den ich suchte, sah ich nicht, und irgendwann merkte ich, dass ich mit meinem Verhalten vielleicht Aufmerksamkeit erregte, was nicht besonders schlau war, wenn man bedachte, dass ich drei nicht registrierte Handfeuerwaffen und genügend Munition einstecken hatte, um einen Bandenkrieg zu starten. Deshalb machte ich Schluss damit, bevor ich Ärger bekam, und ging nach oben.

Elaine döste im Sessel. TJ machte sich an ihrem Computer zu schaffen. Ich gab ihm eine der Pistolen und einen vollen Ladestreifen, und er checkte sie, als täte er das nicht zum ersten Mal. Er fragte, ob ich wollte, dass er blieb. Er könnte auf der Couch schlafen, schlug er vor. Ich schickte ihn nach Hause, weckte Elaine so weit, dass sie in unser Bett umziehen konnte, und stellte mich dann selbst ans Südfenster.

Die Twin Towers fehlten immer noch, und in meiner persönlichen Skyline schienen weitere Lücken zu entstehen. Ich schaute noch eine Weile nach draußen, und als sich nichts änderte, ging ich ins Bett.

Wir saßen gerade beim Frühstück, als TJ anrief. Brauchten wir ihn? Sonst hätte er nämlich vor, eine Weile wegzugehen. Ich sagte ihm, er solle ruhig gehen, und er erinnerte mich daran, dass er sein Handy einstecken hatte. Wir müssten ihn bloß anrufen, wenn wir ihn bräuchten.

Nach einer zweiten Tasse Kaffee legte ich die zwei Schusswaffen auf den Küchentisch, die Pistole und den Revolver. Elaine nahm eine nach der anderen, hielt sie vorsichtig in den Händen und sagte, dass ihr die Pistole besser gefiel. Sie sei nicht so schwer, meinte sie, und sie mochte, wie sie in der Hand lag. Ich erklärte ihr, dass ich den Revolver für sie ausgesucht hatte und warum ich fand, dass er sich für sie besser eignete. Sie zeigte sich einverstanden, schien aber enttäuscht.

Ihre Enttäuschung ließ nach, als sie vertrauter damit wurde. Ich brachte ihr bei, ihn zu laden und zu entladen, ließ sie damit zielen und trocken schießen. Ich habe einhändig zu schießen gelernt. So haben sie es einem beigebracht, als ich zur Polizei ging, aber heutzutage halten alle ihre Schusswaffe mit zwei Händen. Angefangen hat das Ganze, glaube ich, als Chris Evert aller Welt demonstrierte, dass eine beidhändige Rückhand nichts Tussihaftes hat, obwohl ich hier eigentlich keinen Zusammenhang sehe. Ich weiß nicht, wie eine zweite Hand die Zielgenauigkeit verbessern soll, aber sie schwächt die Wirkung des Rückstoßes ab, und das war Grund genug, um Elaine beizubringen, mit beiden Händen zu schießen.

Sie dürfte vor allem nicht vergessen, immer weiter zu feuern, erklärte ich ihr. Infolge des Rückstoßes würde sich der Lauf heben, weshalb sie wieder zielen und wieder abdrücken und immer so weitermachen müsste, bis das Magazin leer war. Selbst wenn sie ihn mit dem ersten Schuss traf und umnietete, wenn er zu Boden fiel und tot liegen blieb, war das kein Grund aufzuhören. Liegt er mit dem Gesicht nach oben, schießt du ihn in die Brust. Liegt er mit dem Gesicht nach unten, schießt du ihn in den Rücken. Und dann schießt du ihm in den Kopf.

Und dann schneidest du ihm den Kopf ab, dachte ich, und steckst ihn auf einen Stange, und so tragen wir ihn dann durch die ganze Stadt.

Gegen zehn rief TJ an, um sich zu erkundigen, ob bei uns alles okay sei. Bei ihm könnte es noch eine Weile dauern, meinte er. Ich sagte, bei uns sei alles in Ordnung. Eine Stunde später rief er wieder an und sagte, er sei unterwegs nach Hause und ob wir irgendwas bräuchten. Ich bat ihn, ein paar Zeitungen mitzunehmen, und er hatte die *Times* und die *Post* dabei, als er kurz vor Mittag auftauchte.

»Ich weiß, das ist momentan nicht so wichtig«, sagte er, »aber ich hab nicht gewusst, was ich sonst tun soll. Deshalb habe ich David Thompson ausgecheckt.«

»Wie?«

»Er wartet doch auf den Scheck, von dem du gesagt hast, dass du ihn im schicken willst. Deshalb bin ich zur Amsterdam Avenue hochgefahren und hab mich dort ein bisschen umgeschaut. Wäre natürlich klasse gewesen, wenn gleich gegenüber ein Café oder so wäre, wo du was essen und aus dem Fenster schauen kannst, aber so was gibt's dort nicht, und deshalb habe ich mich an eine Hauswand gelehnt.«

»Das muss aber schnell ein bisschen anstrengend geworden sein«, sagte Elaine.

»Ja, irgendwann hab ich's in den Beinen gespürt«, gab er zu. »Ich hab mir mehr und mehr gewünscht, mich irgendwo setzen zu können, aber setz dich mal mitten auf den Gehsteig, und die Leute fangen ganz schön dumm zu glotzen an.«

»Dürfte jedenfalls nicht ganz einfach sein, so keine Aufmerksamkeit zu erregen«, pflichtete ich ihm bei.

»Außerdem, wenn du dich hinsetzt, bekommst du vielleicht nicht mit, was auf der anderen Straßenseite passiert, vor allem wenn es eine so breite Straße wie die Amsterdam ist. Deshalb, was ich gemacht habe, ich bin über die Straße gegangen und habe mich direkt neben dem Laden mit den Postfächern auf den Gehsteig gesetzt.«

»Um keine Aufmerksamkeit auf dich zu lenken.«

Er grinste. »Ich habe die hier aufgesetzt«, sagte er und nahm eine Schirmmütze aus zusammengenähten Jeansstofffflicken ab. »Damit mir die Sonne nicht so ins Gesicht scheint. Und weil eine Mütze eine gute Tarnung ist. Man setzt sie auf, man nimmt sie ab, man verändert sein Aussehen. Hat mir mal ein älterer Typ beigebracht.«

»Hab gar nicht gewusst, dass du mir tatsächlich zuhörst.«

»Mann, ich höre immer auf die Stimme der Erfahrung. Wie soll ich sonst was lernen? Was ich gemacht habe, ich habe die Mütze vor mir auf den Boden gelegt, mein ganzes Kleingeld reingeworfen und eine Weile mit einem Bein so komisch abgewinkelt dagesessen. Wenn mich jemand angesehen hat, haben sie gedacht, ich bin ein Krüppel.«

»Und wenn sie dich gesehen haben, wie du über die Straße gegangen bist und dich dort in Szene gesetzt hast?«

»Dann denken sie eben, ich bin kein richtiger Krüppel. Wenn du glaubst, so 'ne Bettlernummer ist ganz easy, täuschst du dich gewaltig. Die Leute gehen einfach an einem vorbei, die wollen dich nicht mal ansehen.«

»Mit Daytrading kommst du wahrscheinlich auf einen besseren Schnitt«, sagte Elaine.

»Bloß musst du beim Betteln keine Angst haben, dass du am Ende des Tags mit weniger dastehst, als du angefangen hast. Hin und wieder bleibt jemand stehen und gibt dir was. Ein Typ hat einen Dollar reingelegt und sich Wechselgeld genommen.«

»Nicht im Ernst.«

»Er hat nur einen Quarter genommen«, sagte er. »Hat sich entschuldigt und gesagt, er braucht ihn für die Parkuhr. Bleiben immer noch fünfundsiebzig Cent für mich, warum entschuldigt er sich da? Die Leute sind schon komisch manchmal.«

Elaine sagte: »Da siehst du's wieder. Was du heute Morgen alles gelernt hast.«

»Das hab ich bereits gewusst. Was ich gelernt habe, ist, dass du nur an der richtigen Stelle warten musst, damit du kriegst, wonach du suchst.«

»Er ist aufgetaucht?«

TJ nickte. »Er ist seine Post holen gekommen. Reingegangen ist er zuversichtlich, rausgekommen angefressen. Wahrscheinlich wartet er immer noch auf diesen Scheck. Und es war nicht der Typ auf der Zeichnung, falls du das immer noch für möglich hältst. Es war der Typ, der aus Louises Haus gekommen ist, der Typ, der uns entwischt ist.«

»Hattest du diesmal mehr Glück? Bist du ihm gefolgt?«

»Hab ich erst gar nicht versucht. Er ist in einem dicken alten Chevy Caprice vorgefahren, hat an einem Hydranten gehalten, war nach maximal zwei Minuten wieder zurück. Ist eingestiegen und weggefahren. Ich habe seine Autonummer. Bringt uns die weiter?«

*   *   *

»Habe ich dir das nicht erzählt?«, sagte Joe Durkin. »Ich bin jetzt ein stink-normaler Bürger, hab meinen letzten Tag im Dienst der Stadt New York schon runtergerissen. Ich bin jetzt offiziell in Rente.«

»Aber in der Kfz-Zulassungsstelle haben sie das sicher noch nicht mitge-kriegt.«

»Ich würde gegen das Gesetz verstoßen«, sagte er, »wenn ich mich als Polizeibeamter ausgebe.«

»Herrje, daran habe ich gar nicht gedacht.«

»Klar, du mal wieder. Warum machst du es dann nicht selbst? Du verstößt doch schon seit Jahren bei jeder Gelegenheit gegen das Gesetz.«

»Aber du kennst den Ablauf. Er hat sich in den letzten dreißig Jahren ge-ändert.«

»In den letzten dreißig Jahren? Was du nicht sagst. Hatten sie vor dreißig Jahren überhaupt schon Nummernschilder?«

»Sicher, aber sie sind ständig von den Pferden abgefallen.«

»Von den Pferdeärschen, meinst du wohl ... weil wir gerade von Pferdeär-schen reden, bist du nicht auch schon mehr oder weniger in Rente.«

»Es hat sich was ergeben.«

»Was du nicht sagst. Gib mir schon diese blöde Autonummer. Ich sehe, was ich tun kann.«

Er brauchte nicht lang. Fünfzehn Minuten später rief er zurück und sagte: »Wenn wir das nächste Mal essen gehen, bist du mit Zahlen dran. Und wir gehen auch nicht in irgendeine billige Klitsche wie die, in der ich dich letztes Mal ausgeführt habe. Hast du was zu schreiben? David Joel Thompson, 118 Manhattan Avenue, Apartment 4-C wie Charlie. Postleitzahl 10025. Telefon-nummer ...«

»Sie haben sogar seine Telefonnummer?«

»Sie könnten dir wahrscheinlich sogar seine Lieblingsfarbe sagen, wenn du wüsstest, wen du fragen musst.« Er sagte mir Thompsons Telefonnummer und sein Geburtsdatum, womit er einundvierzig war. »Und Schütze«, fügte er hinzu, »falls Elaine ein Horoskop für ihn erstellen will. Eins fünfundsiebzig groß, dreiundsiebzig Kilo, Haarfarbe braun, Augenfarbe braun. Hilft dir das weiter?«

»Du bist der Größte, Joe.«

»Der Größte im Ruhestand«, brummte er. »Der Größte in Rente.«

*   *   *

Es war der gleiche Name, den er Louise gesagt hatte, und seine Adresse war fünf Minuten Fußweg von seinem Postfach entfernt. Da seine Telefonnummer die Vorwahl 212 hatte, war es ein Festnetzanschluss und kein Handy. Ich wählte sie, und es läutete fünfmal an, bevor mir eine Stimme vom Band mitteilte: »Kein Anschluss unter dieser Nummer.«

Es spielte keine Rolle, David Thompson spielte keine Rolle, trotzdem interessierte mich die Sache. Hätte ich etwas Besseres zu tun gehabt, hätte ich es getan, aber es gab nichts. Ich konnte herumsitzen und warten, dass Sussman anrief, oder ich konnte losziehen und etwas tun.

Ich bat TJ, bei Elaine zu bleiben, und vergewisserte mich, dass er die Pistole bei sich hatte. Er hatte sie sich am Rücken in den Gürtel gesteckt, wo sie von dem weiten blauen Chambray-Arbeitshemd verdeckt wurde, das er über dem Bund trug. »Ist schon eine gefährliche Stadt, New York«, sagte er in einem ziemlich überzeugenden Mittelwesten-Akzent. »Hier sind sogar die Bettler bewaffnet.«

Der Himmel war bedeckt, und bis ich aus der U-Bahn kam, hatte er sich so verdunkelt, dass ich bereute, keinen Regenschirm mitgenommen zu haben. Ich hatte den One Train genommen und war eine Station nach der Ninety-sixth Street in der 103rd, Ecke Broadway ausgestiegen. Die Manhattan Avenue verläuft einen kurzen Block westlich vom Central Park in nord-südlicher Richtung von der 100th Street bis kurz unterhalb der 125th. Ich ging bis zu Nummer 118. Es gab kein Klingelschild mit dem Namen Thompson, und sowohl das Klingelschild als auch der Briefkasten von Apartment 4-C wie Charlie waren mit kleinen Plastikstreifen versehen, in die der Name KOSTAKIS geprägt war.

Ich drückte auf den Klingelknopf und wartete und klingelte noch einmal, und niemand meldete sich. Ich klingelte beim Hausmeister, und auch da meldete sich niemand. Ich hatte mich bereits zum Gehen gewandt, als eine Tür im Eingangsbereich aufging und ein Mann mit einer stark belegten Stimme fragte, was ich wollte.

Das sagte ich ihm, worauf er die Stirn runzelte und sich am Kopf kratzte. »David Thompson«, sagte er. »Gibt es hier nicht. In 4-C wohnt ein griechisches Paar, schon fast ein Jahr. Sehr nette Leute. Der Typ, der vor ihnen hier gewohnt hat, ehrlich gesagt, ich weiß nicht mehr, wie er geheißen hat. Aber komisch, weil wie er ausgesehen hat weiß ich noch.«

Ich zeigte ihm das Foto, und er überlegte nicht lange. »Das ist er«, sagte er. »Hat beim Auszug aber keine neue Adresse hinterlegt. Und jetzt erinnere ich mich auch wieder an den Namen, weil ein, zwei Wochen nach seinem Auszug immer noch Post für ihn gekommen ist, aber ich musste sie dem Briefträger zurückgeben. Dann war auch damit Schluss, und ich konnte ihn vergessen, was ich auch getan habe.«

»Er hat die Miete nicht mehr gezahlt«, erzählte ich TJ und Elaine. »Er war ein paar Monate im Rückstand und hat die Mahnungen, die sie ihm geschickt haben, ignoriert. So eine Zwangsräumung kann sich hinziehen, aber der Hausmeister hat nicht lang gefackelt. Er hat gewartet, bis Thompson mal aus dem Haus war, dann hat er die Schlösser ausgetauscht und zusammen mit einem Freund Thompsons Sachen auf die Straße gestellt. Sie sind nach und nach weniger geworden, hat er gesagt. Die Leute sind vorbeigekommen und haben sich genommen, was sie brauchen konnten, und den Rest hat die Müllabfuhr weggebracht.«

»Und Thompson ist nicht mehr aufgetaucht?«

»Wenn doch, hat es der Hausmeister nicht mitbekommen, obwohl ich nicht sagen könnte, wie viel er mitbekommt. Thompson könnte schon ausgezogen sein, bevor er die Schlösser ausgewechselt hat, und es nur niemand gesagt haben.«

»Und er hat einfach alles zurückgelassen.«

»Alles, was der Hausmeister auf die Straße gestellt hat. Was er mitgenommen haben könnte, wissen wir nicht.«

»Haben wir einen Plan?«, fragte TJ.

»Nein«, sagte ich. »Nicht wirklich.«

Kapitel 26

Das war am Freitag, und laut *Times* war es der längste Tag des Jahres. Das hätte auch ich ihnen sagen können, auch wenn ich damit nicht das Verhältnis von Tageslicht und Dunkelheit gemeint hätte. Die Stunden zogen sich, und außerdem schienen es mehr zu sein als sonst.

Wir saßen zu dritt herum und lasen Zeitung oder sahen fern, und eine Weile spielten TJ und Elaine Canasta, was nicht besonders gut klappte, weil keiner von beiden die Regeln so genau kannte. Irgendwann ging TJ nach Hause, und wir legten uns schlafen, und als wir aufstanden, war es Samstag, und bis auf das Wetter hatte sich nichts geändert. Der Regen, der gestern zu fallen gedroht hatte, fiel jetzt und tat das mit Unterbrechungen den ganzen Tag lang.

»Ich denke ständig, dass ich Monica anrufen sollte«, sagte Elaine.

Ich dachte ständig, dass ich Sussman anrufen sollte, und schließlich tat ich das auch. Er hatte Fortschritte zu vermelden, obwohl ich nicht das Gefühl hatte, dass sie uns weiterbrächten. Sie hatten den Getränkemarkt gefunden, in dem er den Strega gekauft hatte. Er hatte bar bezahlt, und der Verkäufer hatte ihn anhand des Phantombilds sehr bestimmt identifiziert. Vorausgesetzt, das wurde als Beweismittel zugelassen, war es nur ein Indizienbeweis, also etwas, das Ray Gruliow gern als »eine Feder auf den Waagschalen der Justiz« bezeichnete.

Auch Sussman gab zu, dass es nicht viel Gewicht hatte. »Es heißt lediglich, dass wir keine Leute mehr losschicken müssen, um sich in Getränkemärkten nach ihm zu erkundigen, und das ist schon mal etwas. Wie geht es Ihnen und Ihrer Frau?«

Ich sagte, es ginge, aber dass uns wesentlich wohler wäre, wenn der Fall geklärt wäre.

»Da geht es mir nicht anders«, sagte er. »Was ich gemacht habe, ich bin die ganzen Ungelösten durchgegangen und habe etwas zu finden versucht, was wenigstens ansatzweise ins Bild passt. Eigentlich möchte man meinen, er hat so was schon mal gemacht, finden Sie nicht auch?«

Daran hatte ich noch gar nicht gedacht, aber er hatte natürlich recht. Der Mord an Monica war zu gut in Szene gesetzt und zu sorgfältig geplant, um ein erster Versuch zu sein.

»Aber es gibt absolut nichts mit seinen Fingerabdrücken drauf. Und nicht bloß im buchstäblichen Sinn mit seinen Fingerabdrücken, wenn Sie wissen, was ich meine.«

»Klar.«

»Ich habe seinen Modus operandi in NCIC eingegeben, und ich habe einen Termin bei einem FBI-Agenten, einem der wenigen, die ich kenne, die auch menschliche Züge haben. Mir ist nämlich der Gedanke gekommen, dass unser Mann von anderswo sein könnte. Das hieße, dass er zwar nicht in unsere Ungelösten passt, aber vielleicht umso besser in die von Oshkosh oder Kokomo.«

»Vielleicht hält er's wie der Blitz und schlägt nirgendwo zweimal ein.«

»Dann wäre er auch so schwer zu fassen wie ein Blitz, weil niemand irgendwo ein Muster erkennen könnte. Außer er hat die Morde alle nach Schema F begangen, sodass sie einander so ähnlich sind, dass der FBI-Computer gar nicht anders kann, als auf sie aufmerksam zu werden. Andernfalls fährt er einfach kreuz und quer durchs ganze Land, bringt mal hier, mal da jemand um, und es wird nie richtig nach ihm gefahndet, weil niemand merkt, dass es sich hier um eine Ein-Mann-Verbrechenswelle handelt.«

»Gab es nicht vor ein paar Jahren mal so einen Fall? Wie sich dann herausgestellt hat, war es ein Fernfahrer.«

»Ja, kommt mir irgendwie bekannt vor. Bloß kann ich mir unseren Mann nicht am Steuer eines Sattelzugs vorstellen.«

»Ich auch nicht.«

»Vielleicht hat er in New York sein Soll schon erfüllt«, sagte er, »und jetzt will er die Leute in El Paso mit seiner speziellen Vorstellung von Spaß bekannt machen. Damit wäre er außerhalb unserer Reichweite, aber wir hätten ihn auch los, und Ihre Frau könnte ihren Laden wieder aufmachen und mir diese Zeichnung verkaufen. Sie hat mir wirklich gefallen.«

»Fassen Sie diesen Dreckskerl, und sie schenkt sie Ihnen.«

»Da würde ich Sie nur zu gern beim Wort nehmen. Aber wenn er sich aus dem Staub macht und wir nie mehr etwas von ihm hören? Im Moment muss ich sagen, nichts lieber als das.«

*   *   *

Als ich auflegte, hatte ich das Gefühl, etwas übersehen zu haben, etwas, das er gesagt hatte und das ich hätte aufgreifen sollen. Es gibt eine Möglichkeit, den Anrufbeantworter als Aufnahmegerät zu verwenden, was ich aber noch nie gemacht hatte, weshalb ich dafür die Bedienungsanleitung hätte zurate ziehen müssen. Ich hatte es bis dahin nie in Erwägung gezogen, aber jetzt wurde mir klar, dass es nicht schlecht gewesen wäre, das Gespräch auf Band zu haben, damit ich es mir noch einmal anhören konnte.

Und da war noch etwas, was Sussman kürzlich gesagt hatte, etwas, auf das ich nicht weiter geachtet hatte und das mir erst später wieder eingefallen war, als es schon zu spät war, um ihn zu fragen, was er damit gemeint hatte. Was war das bloß gewesen?

Sieht man einmal von den Dingen ab, die ich zu vergessen beschließe, habe ich ein gutes Gedächtnis. Ähnlich, wie Elaine insgeheim geglaubt hat, das Alter würde an ihrem Äußeren niemals sichtbare Spuren hinterlassen, habe ich mir einzureden geschafft, gegen die fortschreitende Erosion des Gedächtnisses immun zu sein. Vermutlich ist es unser Stolz, der uns glauben macht, wir wären eine Ausnahme und für uns träfe das Leben eine Sonderregelung. Und Elaine sieht, weiß Gott, jung für ihr Alter aus und ist immer noch die schönste Frau, die ich kenne. Und mein Gedächtnis ist immer noch ziemlich gut.

Aber hin und wieder passiert etwas, das mir vor Augen führt, dass es nicht mehr so gut ist, wie es einmal war.

Als ich das Elaine sagte, meinte sie: »Da fällt mir ein. Etwas, wovor Monica immer Angst hatte, war Alzheimer. In ihrer Familie waren ein paar davon betroffen, und sie fürchtete, sie würde es auch bekommen, wenn sie lang genug lebte.« Der Gedanke ließ sie zusammenzucken. »Sie hat mir das Versprechen abgenommen, ihr das nicht zuzumuten. Sie hatte zwar eine Patientenverfügung, aber die hilft einem bei Alzheimer nichts, weil es da keinen Stecker gibt, den man ziehen könnte. Man ist kerngesund, man hat bloß keinen Verstand mehr.

»Deshalb musste ich ihr versprechen, eine Möglichkeit zu finden, sie von ihrem Leid zu erlösen. Wahrscheinlich sollte ich sie dazu bringen, Schlaftabletten zu schlucken. Ins Detail sind wir dabei nicht gegangen. Und ich kann beim besten Willen nicht sagen, was ich getan hätte, wenn es so weit gekommen wäre, aber versprochen habe ich es ihr.

»Und sie hat gesagt: ›Klar, super. Aber was wird mir das nützen? Ich werde komplett gaga rumhängen und nicht mehr geradeaus schauen können, mir wird der Sabbel aus den Mundwinkeln laufen, und du wirst danebenstehen und sagen: ›Ach, war da nicht was? Irgendwas sollte ich doch für Monica tun, bloß fällt mir partout nicht mehr ein, was eigentlich.‹«

Am Sonntagmorgen kam TJ schon früh mit einer Tüte mit Räucherlachs, Bagels und Cream Cheese vorbei. Ich frühstückte rasch und ließ die beiden allein am Küchentisch zurück, um zum Elf-Uhr-Treffen in der Perry Street ins Village zu fahren. Zu diesem Treffen kommen viele alte Hasen, und ich treffe dort immer ein paar alte Freunde.

Es regnete, als ich aus dem Haus ging, und als ich zum Treffen kam, hörte es auf, um prompt wieder anzufangen, als es um halb eins endete. Auf dem Heimweg kaufte ich eine *Sunday Times*, und wir saßen zu dritt zu Hause und lasen verschiedene Teile der Zeitung. Es wäre die perfekte häusliche Idylle gewesen, wäre Elaine nicht immer wieder in Phasen tiefer Traurigkeit verfallen. Und natürlich war irgendwo in der Stadt jemand, der sie umbringen wollte.

Ich hatte den Sportteil und las gerade einen Bericht über Golf, einen Zeitvertreib, der mich nicht im Geringsten interessiert, als Elaine sagte: »Das solltest du mal lesen.«

»Ich?«

»Mhm. Vielleicht hast du es auch schon gelesen. Über den Mann, der in Richmond drei Jungen ermordet hat und vor Kurzem hingerichtet wurde.«

»Hab ich gesehen.«

»Heute?«

»Gestern, oder vielleicht auch schon am Freitag.« Wenn man nichts tut, verschwimmen die Tage ineinander. »Es ist mir deshalb aufgefallen, weil der Fall ein paar Tage vor seiner Hinrichtung in zwei Unterhaltungen zur Sprache gekommen ist. Sie haben einen Hinweis erhalten, wo die Leiche des immer noch vermissten Jungen vergraben ist, stimmt's?«

»In der heutigen Zeitung steht etwas mehr.«

»Und jetzt springen die Leute im Dreieck und behaupten, sie haben einen Unschuldigen hingerichtet«, sagte ich. »Es wäre nicht das erste Mal, dass so etwas passiert. Angenommen, ich sitze im Todestrakt und warte darauf, dass ich für einen Mord hingerichtet werde, den ich sehr wohl begangen habe. Und was mache ich in so einem Fall? Ich verrate dir ein paar Einzelheiten über die Tat, und du gerätst in einen heftigen Gewissenskonflikt und verrätst Details, die von der Polizei zurückgehalten worden sind und nur dem wahren Mörder bekannt sein können. Na ja, klar, und erfahren hast du sie natürlich vom wahren Mörder. Es ist ein uralter Trick, und geschickt angewandt, sorgt er für einige Verunsicherung, sodass manchmal sogar ein Hinrichtungsaufschub dabei herausspringt. Aber auf Dauer hat ein solches Manöver keinen Bestand.«

»Das scheint mir in diesem Fall etwas anders zu sein.«

»Weil sie diesen Hinweis erst erhalten haben, als der Typ bereits die Todesspritze verpasst bekommen hat? Und haben sie diese Information nicht in einer nicht zurückverfolgbaren Email erhalten? Da muss man sich höchstens fragen, warum sich der Informant überhaupt die Mühe gemacht hat. Um seinen Kumpel zu retten, hat er zu lang damit hinter dem Berg gehalten, mal abgesehen davon, dass es ohnehin nichts gebracht hätte.«

»Vielleicht hat er die Mail sehr wohl rechtzeitig abgeschickt«, warf TJ ein, »und sie ist nur irgendwo im Cyberspace hängengeblieben. Es gibt Tage, da sind die Provider so langsam wie die Post.«

»Ich kann nur noch mal darauf hinweisen«, sagte Elaine, »dass in der heutigen Zeitung wesentlich mehr steht. Ist es wirklich zu viel verlangt, diesen blöden Artikel einfach zu lesen?«

»Wahrscheinlich nicht«, sagte ich. »Wo ist er?«

»Schon gut. Entschuldige, ich hätte nicht gleich so hochzugehen brauchen.«

»Kann ich den Artikel mal sehen?«

»Wahrscheinlich ist er doch nicht so interessant.«

»Elaine ...«

TJ verdrehte die Augen, stand auf und ging zu ihr, um ihr die Zeitung aus der Hand zu nehmen und mir zu bringen. »Echt super, eine Familie zu haben«, bemerkte er dazu, »selbst wenn es eine dysfunktionale ist.«

Ich las den Artikel.

Nach den ersten zwei Absätzen sagte ich: »Ich weiß, was du meinst.«

»Schon komisch, oder?«

»Und kompliziert«, sagte ich. »Lass mich erst zu Ende lesen.«

Ein Reporter der *Times-Dispatch* war auf die Idee gekommen, die Behörden in Greenville zu kontaktieren, wo Preston Applewhite hingerichtet worden war. Der dortige Gefängnisdirektor erinnerte sich an mehrere Besuche eines Psychologieprofessors aus Yale namens Arne Bodinson. Bodinsons Initialen waren die gleichen wie die des ziemlich durchsichtigen Pseudonyms des Email-Verfassers, was allerdings auch ein Zufall sein konnte.

Das war der Punkt, an dem ich neugierig wurde, da alles Vorangegangene bereits in dem Artikel gestanden hatte, den ich einen oder zwei Tage zuvor gelesen hatte – sah man einmal davon ab, dass darin Bodinsons Vorname fälschlicherweise mit Arnold angegeben worden war. In der Zwischenzeit hatte der Reporter den Nachweis erbracht, dass in Yale nie jemand etwas von einem Arne oder auch Arnold Bodinson gehört hatte und dass eine Person dieses Namens weder dem Lehrkörper der Universität angehörte noch, wie in seinem Lebenslauf behauptet wurde, in Yale promoviert hatte. Das veranlasste den Reporter, sich mit der University of Virginia in Charlottesville in Verbindung zu setzen, wo Bodinson angeblich ursprünglich studiert hatte. Allerdings gab es auch dort keinerlei Hinweise, dass er dort jemals immatrikuliert gewesen war oder gar einen Abschluss gemacht hatte.

»Jetzt wird es richtig interessant«, sagte ich. »Dieser Bodinson war sogar bei der Hinrichtung dabei? Weil Applewhite ihn eingeladen hat?«

»Jetzt schaust du, was? Wenn wir mal zu was eingeladen werden, dann höchstens zum Galadinner des Mostly-Mozart-Fördervereins.«

»Immerhin habt ihr dort auch noch ein T-Shirt bekommen«, bemerkte TJ. »So eins hat Bodinson garantiert nicht gekriegt.«

»›Mein Freund hat gerade die Todesspritze bekommen‹«, sagte Elaine, »›und alles was ich bekommen habe, ist dieses bescheuerte T-Shirt.‹«

»Reichlich undurchsichtig diese Geschichte«, sagte ich. »Von diesem Bodinson scheint jede Spur zu fehlen. Er war mehrere Tage in der Gegend, er hat Applewhite mehrmals in seiner Zelle besucht, aber in keinem der lokalen Motels kann sich jemand an ihn erinnern. Es gibt allerdings ein Foto von ihm.«

»Wo? Das habe ich nicht gesehen.«

»Nicht in der Zeitung. Wer in Greensville durch die Sicherheitskontrolle muss, wird von einer Überwachungskamera erfasst. Im Moment haben sie zwar noch kein Foto, aber es ist nur eine Frage der Zeit. Sie müssen nur alle Überwachungsvideos durchsehen. Wenn Bodinson natürlich ausgebufft genug war, um die Dokumente zu fälschen, die ihm Zutritt zu Applewhites Zelle verschafft haben, hat er vermutlich auch darauf geachtet, dass ihn die

Überwachungskameras nicht allzu gut erfasst haben. Vielleicht bekommen sie nur Aufnahmen von ihm, auf denen er die Hand vors Gesicht hält oder den Kopf abgewendet hat. Wahrscheinlich sind sie schon morgen in allen Zeitungen, denn diese Geschichte wird für einiges Furore sorgen.«

»Was ich gut nachvollziehen kann.«

»Laut Aussagen des Gefängnisdirektors hat Bodinson Applewhite erzählt, er wäre von seiner Unschuld überzeugt. Natürlich wissen wir nicht, ob er das Applewhite tatsächlich gesagt hat, weil es außer Applewhite niemand gehört hat, und der kann sich bekanntlich nicht mehr dazu äußern. Aber dem Gefängnisdirektor gegenüber hat er behauptet, dass er Applewhite das sagen wollte. Zugleich hat er dem Gefängnisdirektor aber auch gestanden, dass er Applewhite wegen seiner Studie etwas vormachen wollte und dass er keinerlei Zweifel hätte, dass er die ihm vorgeworfenen Taten begangen hat. Wie soll also jemand aus diesem Dreckskerl schlauwerden?«

»Vermutlich wird noch mehr an den Tag kommen.«

»Na, ich weiß nicht. Warum hat er Applewhite, wenn er ihn von früher kannte, nicht ganz normal besucht? Von Freunden darf man Besuch erhalten. Und wenn er ihn nicht gekannt hat, wozu das Ganze?«

Elaine äußerte die Vermutung, sie könnten Seelenverwandte gewesen sein, Mitglieder eines geheimen Netzwerks brutaler Pädophiler.

»Du meinst, er wollte einem gefallenen Kameraden in seiner schwersten Stunde beistehen?«, sagte ich. »Und anonym bleiben? Er hat dem Gefängnisdirektor versprochen, er würde herauszufinden versuchen, wo der vermisste Junge begraben ist. Und allem Anschein nach hat er es herausgefunden, aber anstatt dem Gefängnisdirektor zu erzählen, was er erfahren hat, hat er es für sich behalten und der Richmonder Zeitung erst eine Weile nach der Hinrichtung gesteckt. Das verstehe ich nicht.«

»Vielleicht hat es ihm Applewhite erzählt, aber ihm das Versprechen abgenommen, es bis nach seiner Hinrichtung für sich zu behalten. Vielleicht wollte er bis zum letzten Moment behaupten können, unschuldig zu sein.«

»Das ist alles höchst undurchsichtig«, sagte ich. »Applewhite ist einfach ein perverser Mörder, aber Arne Bodinson alias Abel Baker ist noch einmal was völlig anderes. Da fragt man sich schon, wo er als Nächstes auftaucht.«

Kapitel 27

Er muss zugeben, das Phantombild ist erstaunlich gut getroffen. Es ist in allen Zeitungen und im Fernsehen, eine Zeichnung seines Gesichts, aus dem einem durchdringende Augen entgegenblicken, wie auf einem Foto, bei dem der Abgebildete direkt in die Kamera schaut. Aber es ist kein Foto, es muss von einem Polizeizeichner nach den Angaben eines Zeugen gezeichnet worden sein.

Aber wer könnte dieser Zeuge gewesen sein? Sicher nicht der Türsteher des Hauses in der Jane Street. Der Mann hatte kaum die Augen aufbekommen, geschweige denn Gebrauch von ihnen gemacht. Und der andere Türsteher, der Dienst hatte, als er ging, hatte ihn kaum eines Blickes gewürdigt. Seine Aufgabe war, Personen auf dem Weg nach drinnen zu kontrollieren, nicht nach draußen.

Wer also?

Ach so, klar. Die Frau in dem Laden. Elaine Scudder, Kunst- und Antiquitätenhändlerin. Die Frau des Detektivs. Die Freundin Monicas, Gott hab sie selig.

Ja, er wird sie auf jeden Fall häuten. Anfangen wird er an Händen und Füßen und sich dann zu den interessanten Teilen vorarbeiten.

Aber zuerst muss er sich mit dem Problem herumschlagen, das diese Zeichnung aufgeworfen hat. Er kann nicht zielgerichtet vorgehen, nicht tun, was er tun muss, wenn ihn bloß irgendein x-beliebiger Passant etwas genauer anzusehen braucht, um Alarm zu schlagen. Wie soll er sich voll und ganz auf die Jagd konzentrieren, wenn er sich dabei in der Rolle der Beute befindet?

Er hat eine Kopie der Zeichnung vor sich liegen. Er hat sie aus der heutigen Daily News *herausgerissen. Wie die Augen leuchten! Erst jetzt beginnt ihm klarzuwerden, welche Energie und Entschlossenheit sie ausstrahlen. Die Intensität seines Blicks ist bestimmt das Ergebnis einer kontinuierlichen Entwicklung, eines unaufhaltsamen Evolutionsprozesses. Heißt es von den Augen nicht, dass sie das Fenster zur Seele sind? Die Seele ist auf jeden Fall nur eine Fantasievorstellung, aber setzt man stattdessen* Geist *oder* Persönlichkeit *ein, trifft es die Sache ganz gut. Seine Augen bringen zum Ausdruck, wer er ist, und parallel zu seinem inneren Wachstum haben auch sie sich weiterentwickelt.*

Er betrachtet sich im Badezimmerspiegel, in dem sich auch der verstorbene

Joseph Bohan bei den seltenen Gelegenheiten begutachtet haben muss, in denen er daran gedacht hat, sich zu rasieren. Ja, seine Augen brennen tatsächlich wie die Augen auf der Zeichnung.

Das freut ihn.

Es freut ihn auch, dass der Schnurrbart auf der Zeichnung eine so wichtige Rolle spielt. Es ist ein ganz wesentlicher Zug, er lenkt den Blick auf sich, und ein oberflächlicher Betrachter wird sich an den Schnurrbart erinnern und darüber den Rest des Gesichts vergessen.

Und den Schnurrbart hat er nicht mehr.

Das hilft, aber er ist nicht sicher, ob es genügt. Angesichts der acht Millionen Menschen, die in dieser Stadt leben, ist keineswegs auszuschließen, dass einer hinter das Fallgatter des Schnurrbarts blickt und das Gesicht als solches sieht.

Demnach besteht seine Aufgabe darin, sein Erscheinungsbild zu verändern, damit er dem Phantombild nicht mehr so ähnlich sieht. Und hat er etwa keine Erfahrung darin, sich neu zu erfinden? Ist das Leben nicht ein nie endender Prozess der Neuerfindung?

Es wäre einfach, denkt er, sich einfach den Kopf kahl zu rasieren. Vor Jahren hat er das einmal getan, einfach nur, um es auszuprobieren, und dabei hat er zu seiner Freude, um nicht zu sagen zu seiner nicht geringen Überraschung festgestellt, dass er einen schön geformten Kopf hat, mit keiner dieser Beulen oder Vertiefungen, die man lieber verbirgt.

Sich den Kopf zu rasieren brächte eine sofortige radikale Veränderung mit sich, aber ihm ist klar, dass das keine gute Idee wäre. Ein Mann mit glattrasiertem Schädel sticht sofort heraus. Eine Glatze lenkt Blicke auf sich. Und die Betrachter stellen sich fast zwangsläufig die Frage, wie der kahle Kopf ohne das Eingreifen des Rasiermessers aussähe.

Nein, das Ziel muss sein, keine Blicke auf sich zu lenken. Man will anders aussehen als auf den Bildern, die von einem existieren, aber zugleich mit seiner Umgebung verschmelzen. Man versucht, nicht aus der Menge herauszustechen, sondern in ihr unterzutauchen und vollkommen unauffällig und geradezu unsichtbar zu werden.

Er war im Drogeriemarkt, und jetzt stellt er seine Einkäufe auf das Bord im Schlafzimmer. Er zieht sich bis auf die Hose aus und macht sich ans Werk.

Zuerst der Haaransatz. Er ist mit dichtem Haarwuchs gesegnet, der auf dem Phantombild genauso üppig ist wie in Wirklichkeit. Blicke, die auf einen kahl *rasierten Schädel gelenkt würden, blieben von einem zurückweichenden Haaransatz unbeeindruckt. Zuerst greift er zur Schere und macht den Weg für den Rasierapparat frei, den er mit der Präzision eines Schönheitschirurgen handhabt, als er einen neuen Haaransatz gestaltet. Er ist jetzt vier Zentimeter höher und an den Seiten ausgeprägter. Was dabei herauskommt, ist ein Paradebeispiel männlichen Haarausfalls, und das Einzige, was fehlt, ist eine kahle Stelle am Hinterkopf. Allerdings kann man sich so eine kahle Stelle am Hinterkopf nicht selbst verpassen, wenn sie überzeugend wirken soll.*

Immer schön einfach, sagt er sich.

Ein gutes Motto. Immer schön einfach, nur nichts übertreiben, sich auf das Wesentliche konzentrieren. In letzter Zeit hat er sich mit einer großen Ansammlung von Einfaltspinseln herumgeschlagen, lauter Leute, die er nicht mehr sehen wird. Trotzdem hat er sich mit einigen ihrer Slogans angefreundet, und wenn er den einen oder anderen dieser Sprüche selbst einmal bei ihnen angebracht hat, schienen sie immer sehr angetan davon zu sein.

Man bekommt, was man bekommt, hat er einmal gesagt und beobachtet, wie ihre kleinen Puppenköpfe zustimmend zu nicken begonnen haben.

Er beherzigt sein Motto »Immer schön einfach« und wird mit seinem Haaransatz fertig. Als Nächstes sind die Augenbrauen dran, und für diese Operation wird er die kleine Schere und die Pinzette benötigen.

Seine Augenbrauen sind nicht besonders buschig, aber trotzdem relativ ausgeprägt. Etwas Stutzen und Zupfen wird das ändern, und es ist erstaunlich, wie diese Maßnahme auch das Aussehen seiner Augen verändert. Wenn sie unter dünneren, weniger dichten Brauen hervorblicken, wirken sie irgendwie sanfter und weniger verstörend.

Dann die Haarfarbe. Sein mittelbraunes Haar hat den Vorteil fast völliger Unsichtbarkeit; in Asien oder Skandinavien würde es vielleicht etwas Aufmerksamkeit erregen, aber in Amerika ist es vollkommen alltäglich. Das spräche dafür, es so zu lassen, wie es ist, aber nach reiflicher Überlegung befolgt er die beiliegende Gebrauchsanleitung und färbt es eine Spur dunkler. Er ist nicht so dumm, es schwarz zu färben – schwarzes Haar, selbst natürliches, sieht irgendwie immer gefärbt aus –, und der Farbton, für den er sich entschieden hat, ist fast so unscheinbar wie sein natürlicher, aber zugleich eindeutig anders.

Die Augenbrauen färbt er nicht, damit sie noch unauffälliger sind.

Sein neuer Haaransatz hat Hautpartien freigelegt, die bisher von der Sonne unberührt geblieben und folglich heller als der Rest sind. Der Unterschied ist geringfügig, aber dennoch sichtbar, wie Spuren eines früher getragenen Rings oder einer Armbanduhr. Damit hat er gerechnet, weshalb er etwas Bräunungscreme auf die blassen Bereiche und auch auf den Rest seines Gesichts aufträgt. Er hat von Natur aus helle Haut und meidet die Sonne, weshalb ihn etwas mehr Farbe im Gesicht nur noch durchschnittlicher aussehen lassen wird.

Und zu guter Letzt eine Brille.

Keine Sonnenbrille. Damit kann man zwar die Augen verbergen und das Gesicht verändern, aber zugleich sehen Sonnenbrillen immer wie eine Tarnung aus. Mit einer normalen Brille kann man dagegen fast genauso gut die Augen verbergen und die Gesichtsform verändern, ohne dass der Anschein entsteht, man würde es absichtlich tun.

Seine Fernsicht ist tadellos, besser als 20/20, und obwohl er bereits in einem Alter ist, in dem sich erste Anzeichen von Kurzsichtigkeit einstellen können, sieht er auf die Nähe ähnlich gut. Er braucht nicht einmal zum Lesen eine Brille.

Er hat sich für eine richtige Brille entschieden, keine mit Fensterglas oder ein Billigmodell aus dem Drogeriemarkt. Deshalb hat er gestern einen LensCrafters-Laden aufgesucht und sich von einem Optiker die Augen untersuchen lassen. Er hat bei einer der unteren Buchstabenreihen Schwierigkeiten vorgegeben und den Optiker eine Brillenstärke ermitteln lassen, die sein Sehvermögen »verbessert«. Das tut die Brille natürlich nicht, aber zugleich ist sie schwach genug, um es nicht zu beeinträchtigen. Er wird mit seiner neuen Brille nicht besser sehen, aber auch nicht nennenswert schlechter, und er glaubt nicht, dass er davon Kopfschmerzen bekommen wird.

Außerdem wird er sie nur in der Öffentlichkeit tragen.

Er steht mit aufgesetzter Brille vor dem Spiegel im Bad und lässt den Blick hin und her wandern, von seinem Spiegelbild zum Phantombild und wieder zurück.

Wirklich erstaunlich, nicht einmal seine Mutter würde ihn wiedererkennen.

Aber das ist etwas, woran er nicht denken will, nicht jetzt und auch sonst nicht, und er verdrängt den Gedanken rasch. Niemand wird ihn erkennen, das ist der entscheidende Punkt. Weder die Leser der Daily News noch die Zuschauer von Live at Five. Die Cops, die wie üblich im Dunkeln tappen, werden ihn keines Blickes würdigen. Matthew Scudder wird ihn erst erkennen, wenn er ihm mit dem Bowie-Messer den Bauch aufschlitzt. Und was Elaine angeht …

Ja, er wird sie auf jeden Fall häuten.

Einen Haken hat die Sache allerdings. Die anderen Hausbewohner, Joe Bohans Wohnungsnachbarn, wissen, wie er ursprünglich ausgesehen hat – den Schnurrbart hat er hier zwar von Anfang an nicht getragen, aber sie kennen ihn mit dichterem hellerem Haar, blasserer Haut, buschigeren Augenbrauen und ohne Brille. Nur wenige haben, vielleicht im Vorübergehen auf der Treppe, mehr als einen flüchtigen Blick auf ihn erhascht. Aber er hat sich mehrere Male mit Mrs. Laskowski und ein paar anderen Hausbewohnern unterhalten.

Deshalb ist es bestimmt das Beste, ihnen aus dem Weg zu gehen und sich im Haus möglichst wenig blicken zu lassen. Möglicherweise wäre es sogar ratsam, ganz auszuziehen und sich nach einer neuen Bleibe umzusehen. Aber nicht in einem Hotel. In dieser Sorte Unterkünfte wird die Polizei als Erstes nach ihm suchen.

Vielleicht kann er doch hier bleiben. Die Zeit ist auf seiner Seite; wenn die Cops nach den ersten erfolglosen Tagen die Witterung verloren haben werden, wird auch ihr Eifer nachlassen. Die Presse wird es müde werden, sein Bild zu zeigen, und die mit immer neuen Bildern und Schrecken bombardierte Öffentlichkeit wird allmählich vergessen, wie er aussieht.

Zeit braucht Zeit. Und man bekommt, was man bekommt.

Aber er wartet bis Einbruch der Dunkelheit, bevor er das Haus verlässt, und vor allem wartet er, bis Mrs. Laskowski ihren Beobachtungsposten auf der Eingangstreppe gegen die Behaglichkeit ihres Fernsehers tauscht. Dann begibt er sich mit dem Jenkins-Klappmesser in seiner Tasche in die Nacht hinaus.

In einem anderen Kinko's, es ist drüben in der East Side, loggt er sich ein und geht auf eine seiner Newsgroups. Er überfliegt die neuen Posts, liest einige von ihnen aufmerksamer, beginnt einen neuen eigenen Thread.

Er schreibt:

Die Fachleute, selbsternannte und anderweitige, Kriminologen, Psychologen und Journalisten, betrachten diejenigen von uns, die aus purer Lust töten, als Getriebene, als mehr oder weniger hilflose Opfer ihrer übermächtigen inneren Zwänge. Es ist zweifellos weniger beunruhigend, glauben zu können, dass ein

Mensch einfach töten muss, als zu akzeptieren, dass es ihm Spaß macht zu töten.

Wir töten nach dem Kalender, wollen sie uns weismachen, und dass unser Verhalten häufig von den Mondphasen beeinflusst wird. Es wurde viel Aufhebens davon gemacht, dass unser von uns gegangener Bruder Preston Applewhite seine jungen Freunde in Abständen von einem Monat ins Jenseits befördert hat. Wenn natürlich jemand ein Muster etablieren wollte, um der Öffentlichkeit nahezulegen, dass da ein Serienmörder am Werk ist, könnte er dann nicht absichtlich immer einen Monat lang zwischen den Vorfällen gewartet haben? Aber diese Möglichkeit scheint niemand in Betracht gezogen zu haben.

Selbstverständlich gibt es diejenigen von uns, die ihren Trieben wehrlos ausgeliefert sind. Aber es gibt auch diejenigen, die dies nicht sind. Wir können, wenn nötig, warten, egal, ob der Mond gerade Ebbe oder Flut in unserem Blut hervorruft. Und wenn es sich anbietet, können wir auch ohne inneren Anstoß unverzüglich zur Tat schreiten. Wir sind gefährlicher und wesentlich unberechenbarer, als Sie gern glauben würden.

Er liest noch einmal alles durch, denkt über eine Unterschrift nach, findet, dass keine nötig ist. Und klickt auf SENDEN.

Zurück in der Wohnung, denkt er über seinen Post nach. Eins ist sicher, er muss sich unbedingt Zeit lassen, das hat absolute Priorität. Damit die Scudders unvorsichtig werden. Damit die Polizei das Interesse verliert. Damit die Öffentlichkeit vergisst.

Kurz vorher, als er in der Stadt unterwegs war, hat er nach oben geschaut und einen Blick auf den Mond erhascht. Und er hat ihm verraten, was ihm sein Blut längst gesagt hat: In einem, spätestens in zwei Tagen wird er voll sein.

Er ist kein Automat. Er reagiert nicht einfach auf Stimuli. Er existiert nicht aufgrund irgendwelcher Launen des Schicksals. Er schafft sich sein eigenes Schicksal, schmiedet sein Glück selbst.

Doch wie wollte er behaupten, dass der Vollmond keinen Einfluss auf ihn hat?

Immerhin wirkt er sich sogar auf das Meer aus. Niemand zweifelt seine Rolle beim Wechsel der Gezeiten an. Wie wollte angesichts dessen jemand in Abrede stellen, dass er auch Einfluss auf das Blut in den Adern der Menschen hat?

War der Mond damals, in dieser Nacht in Durango, voll? Ist außer dem
Schein der Nachttischlampe auch das Licht des Mondes auf diese Kehle gefallen
und hat so das Bowie-Messer zu ihr gezogen?
Dessen ist er sich ziemlich sicher.
Morgen, weiß er, wird die Wirkung des Mondes am stärksten sein. Wird sie
unwiderstehlich sein? Nein, sicher nicht. Sein Willen ist stärker als die Gezeiten,
stärker als der Mond.
Aber er könnte ihn dazu drängen, die Sache zu überstürzen und unnötige
Risiken einzugehen. Je mehr er sich Zeit lässt, um die Rechnung mit den Scudders
zu begleichen, umso sicherer kann er sich des Erfolgs sein. Muss er also die vom
Mond geweckten Triebe unterdrücken? Muss er sie hintanstellen, vielleicht bis
zum nächsten Vollmond, muss er vielleicht noch länger warten?
In den Therapiesitzungen hat er seine Patienten immer wieder darauf hin-
gewiesen, wie wichtig es ist, sich von binärem Denken zu verabschieden. Seien Sie
auf der Hut vor der Falle der zwei Alternativen, hat er ihnen geraten. Nur zu
oft werden Sie, wenn Sie nur danach suchen, eine dritte Möglichkeit entdecken.
Für ihn liegt die dritte Möglichkeit, die einzige wirkliche Möglichkeit, auf der
Hand. Alles, was er tun muss, ist Druck ablassen.

Am späten Montagnachmittag, auf dem Höhepunkt der Rushhour, steht er in
einen Waggon des E Train gepfercht. Als die U-Bahn in südlicher Richtung aus
der Station in der Fiftieth Street fährt, zieht er das Messer aus der Hosentasche
und öffnet es mit einem gekonnten Schlenker des Handgelenks. Die Körper der
anderen Fahrgäste verdecken, was er tut, und niemand kann ihn sehen, als er der
Frau, gegen die er gedrückt wird, das Messer zwischen die Rippen sticht.
Er bekommt das abrupte Atemholen mit, das ebenso abrupt abbricht, als die
Messerspitze in das Herz eindringt. Kurz scheint die Frau am Ende der Klinge
zu tanzen. Dann ist der Tanz vorbei. Er spürt, wie das Leben aus ihr entweicht,
und atmet es zusammen mit ihrem Duft ein.
Die U-Bahn fährt in die Station am Times Square ein. Die Türen gehen auf.
Er ist einer der vielen, die aussteigen, und befindet sich bereits auf dem Bahnsteig,
als die Frau, die er gerade getötet hat, genügend Platz hat, um zu Boden zu fallen.
Als sie genügend Platz um sie herum geschaffen haben, um versuchen zu können,
ihr zu helfen, ist er bereits die Treppe hinauf. Und lange bevor jemand auch nur

den leisesten Verdacht schöpft, dass sie tot sein könnte, ist er oben auf der Straße angelangt.

Da.

Es ist so einfach. Weil Vollmond ist oder einfach nur, weil er gern tut, was ihm Vergnügen bereitet, hat er das Bedürfnis verspürt zu töten. Aber er hat nicht zu-gelassen, dass dieses Bedürfnis ihn zur Eile getrieben oder unnötige Risiken hat eingehen lassen. Er hat eine einfache und risikolose Möglichkeit gefunden, es zu befriedigen, was ihm sehr erfolgreich gelungen ist.

Jetzt kann er warten. Jetzt hat er, eingeigelt in Joe Bohans gemütlicher Woh-nung, alle Zeit der Welt. Er kann sich mit seinen Newsgroups beschäftigen, im Internet surfen und verfolgen, wie die Applewhite-Story (die rasch zur Bodin-son-Story wird) in Richmond immer abenteuerlichere Züge annimmt.

Der Mond wird erst in vier Wochen wieder voll sein. Und sollte es ihn schon vorher überkommen, wie schwer kann es schon sein, jemand anders zu finden, den er um die Ecke bringen kann? Menschen gibt es in dieser Stadt mehr als ge-nug. Auf ein paar mehr oder weniger kommt es da nicht an.

Man kann mit einem Teelöffel oder mit einem Eimer ans Meer gehen, hat er seinen Patienten immer gesagt. Dem Meer ist es egal.

Ein nützliches Bild, um jemand den unendlichen Überfluss des Universums klarzumachen. Es hat ihm schon immer gefallen.

Weiß Gott. Mit einem Teelöffel oder mit einem Eimer. Oder mit einem Messer.

Kapitel 28

»Wie ich sehe, ist der Laden Ihrer Frau bis auf Weiteres geschlossen«, sagte Sussman. »Das soll vermutlich heißen, bis das hier vorüber ist.«

»Und das hoffentlich bald.«

»Und sie entfernt sich nicht allzu weit von Ihrer Wohnung?«

»Sie bleibt zu Hause«, sagte ich. »Keine Diskussionen.«

»Mir ist nämlich eine Idee gekommen.«

»Ach ja?«

»Es muss doch tödlich langweilig für sie sein, den ganzen Tag zu Hause rumzusitzen. Ich weiß zwar nicht, was sie in ihrem kleinen Laden verkauft, aber Geschäft wird sie wohl keines machen, wenn sie nicht auf hat.«

»Ich glaube, ich weiß, worauf Sie hinauswollen.«

»Habe ich mir fast gedacht. Wir könnten sie durchaus schützen. Ich würde zwei Männer im Hinterzimmer postieren und zwei weitere in einem Lieferwagen direkt vor dem Eingang, ich würde den ganzen Laden verkabeln. Er käme nicht mal in ihre Nähe.«

»Nein«, sagte ich.

»Denken Sie erst mal in Ruhe darüber nach. Immerhin wäre das eine Möglichkeit, proaktiv zu werden. Ist das nicht besser, als nur rumzusitzen und zu warten, dass etwas passiert?«

»Man braucht einen Cop nur auf die Uni zu schicken«, sagte ich, »und schon wirft er mit Ausdrücken wie *proaktiv* um sich.«

»Was haben Sie gegen proaktiv? Wir haben eine Möglichkeit, nicht mehr länger nur herumsitzen und Däumchen drehen zu müssen. Ist Ihnen das etwa lieber?«

»Was mir an der Sache nicht gefällt«, sagte ich, »ist, dass meine Frau als Lockvogel herhalten müsste.«

Dabei blieb es nicht, und wir wurden beide zunehmend lauter. Als ich auflegte, fragte mich Elaine, worin die Rolle des Lockvogels bestünde. Ich sagte, das solle sie lieber gleich wieder vergessen.

»Wollen sie, dass ich den Laden wieder auf mache?«

»Das ist keine gute Idee. Sussman findet sie nur deshalb gut, weil er endlich was tun könnte.«

»Hier kommt also das proaktive Vorgehen ins Spiel.«

»Er kann natürlich überall seine Leute postieren und dafür sorgen, dass sie über Walkie-Talkies miteinander in Verbindung sind. Und er ist der General, er führt Regie in diesem Film. Aber du wärst diejenige, die das Risiko eingeht, und das völlig umsonst, weil dieser Kerl nicht blöd ist.«

»Du meinst also, es würde nicht klappen?«

»Nicht annähernd. Glaubst du, er kommt einfach in den Laden spaziert? Sie können zwei Typen in einem Con-Ed-Laster postieren und so tun lassen, als würden sie in einem Kanalschacht was reparieren, und sie können einen anderen Typen als bettelnden Penner verkleidet mit einem Pappbecher an der Ecke stehen lassen ...«

»Wie TJ mit seiner Jeansmütze.«

»... und dazu zwei Cops im Hinterzimmer postieren und einen im Keller und einen auf dem Dach und was weiß ich, wo sonst noch überall. Dieser Kerl wird sie sofort entdecken und einen weiten Bogen um den Laden machen.«

»Angenommen, es ist so. Jedenfalls käme dabei niemand zu Schaden, und ich hätte was zu tun, statt die ganze Zeit nur hier rumzusitzen wie eine Wedgwood-Tasse, die zu zerbrechlich ist, um sie auf den Tisch zu stellen. Was sind die Nachteile bei der Sache?«

»Dass sie dich als Lockvogel benutzen«, sagte ich.

»Na, und wenn schon. Wenn er sowieso nicht anbeißt? Heißt das, es ist nicht mal einen Versuch wert?«

»Wenn sie nachlässig werden, ja. Sie warten auf etwas, das partout nicht eintreten will, und gelangen schließlich mehr und mehr zu der Überzeugung, dass nichts passieren wird. Sie werden nachlässig und unvorsichtig. Und er sieht sich das alles seelenruhig an und wartet ab, und wenn er schließlich zuschlägt, merkt es erst jemand, wenn es zu spät ist.«

»Glaubst du wirklich, so würde es kommen?«

»Ja.«

»Hm.«

»Außerdem würdest du nicht bloß jeden Tag sechs, sieben Stunden im Laden stehen. Du müsstest hin und wieder hierher zurückkommen. Du bekämst eine Polizeieskorte, und glaubst du, das würde er nicht merken? Und sich was einfallen lassen, wie er an ihr vorbeikommt?«

»Langsam verstehe ich, was du meinst«, sagte sie. »Man kann nicht unbegrenzt lange auf der Hut sein. Früher oder später wird man nachlässig. Aber besteht diese Gefahr nicht auch, wenn ich zu Hause bleibe? Mir beginnt langsam die Decke auf den Kopf zu fallen. Wir haben eine schöne, geräumige Wohnung, sodass ich mehr als vier Wände habe, an die ich starren kann. Trotzdem bekomme ich sie langsam über. Bisher geht es zwar noch einigermaßen, ich mache im Wohnzimmer meine Yoga-Übungen, aber ich weiß nicht, wie lange ich das noch schaffe, ohne durchzudrehen.«

»Versuche es einfach Tag für Tag.«

»Als ob ich versuchen würde, trocken zu bleiben, hm?«

»Wie du auch irgendwas anderes durchzustehen versuchen würdest. Wenn du im Knast sitzt, ist das auch nicht anders. Du gehst es Tag für Tag an und stehst es einfach durch.«

»Du hast natürlich völlig recht«, sagte sie. Dann verfiel sie eine Weile in Schweigen, bevor sie fortfuhr: »Und wenn du es wärst?«

»Wenn ich was wäre?«

»Wenn du auf der Abschussliste dieses Dreckskerls stündest. Wobei wir nicht einmal wissen, ob das nicht sowieso der Fall ist. Ist dir vielleicht schon mal der Gedanke gekommen, dass er nicht bloß mich umbringen will?«

»Wenn er mir ans Leder will, kann ich nur hoffen, dass er keine Flasche Strega mitnimmt.«

»Nein, jetzt im Ernst.«

»Einen Blumenstrauß, meinetwegen. Aber keinen Strega.«

Etwas später sagte sie: »Du gehst Risiken ein. Du hast auch selbst mal den Lockvogel gespielt. Wie war das, als sich dieser Kolumbianer mit einer Machete auf dich gestürzt hat?«

»Das ist über zwanzig Jahre her. Damals war ich noch jung und leichtsinnig.«

»Auch jetzt gehst du noch Risiken ein. Zum Beispiel, als du mit Mick zu seiner Farm hochgefahren bist, um diese Männer ...«

»Da hatten wir keine andere Wahl.«

»Ich weiß.«

»Wir hätten unmöglich die Cops einschalten können, und wir hätten nicht einfach abwarten können. Das war eine völlig andere Situation.«

Sie nickte. »In letzter Zeit muss ich ziemlich oft daran denken, wie damals dieser Irre auf mich eingestochen hat. Eigentlich möchte man meinen, das müsste ziemlich wehgetan haben. Aber komischerweise kann ich mich nur an die Schmerzen nach der OP erinnern, als ich darauf gewartet habe, dass meine Wunden verheilen. Ich wäre doch um ein Haar gestorben, oder?«

»Ja, es stand wirklich auf der Kippe.«

»Sie mussten mir die Milz rausnehmen.«

»Mhm.«

»Aber dich wollte er auch umbringen. Zuerst mich, dann dich. Ich glaube, in diesem Fall verhält es sich ähnlich.«

»Wie kommst du denn darauf?«

»Nur so ein Gefühl. Könnte höchstens sein, dass es dieser mit der Reihenfolge nicht so genau nimmt. Ich bleibe zu Hause, ich igle mich hier schon seit Tagen ein, aber du gehst immer wieder raus.«

»Worauf willst du hinaus?«

»Na ja, dass du vorsichtig sein solltest. Ich weiß nicht, was ich täte, wenn dir was zustößt.«

»Wenn ich dich verlöre«, sagte ich, »würde ich nicht mehr weitermachen wollen.«

»Sag so was erst gar nicht.«

»Ich sage ja nicht, dass ich mich umbringen würde. Ich würde bloß nicht mehr leben wollen. Wenn man in ein bestimmtes Alter kommt, kann es ganz schön trostlos werden. Man tut nichts anderes mehr, als auf anderer Leute Beerdigungen zu gehen und auf seine eigene zu warten. Körper und Geist fangen an abzubauen, und man kann nur noch hoffen, dass einen beide gleichzeitig im Stich lassen. Aber damit kann ich leben, solange du mir Gesellschaft leistest, aber ohne dich, also, ich weiß wirklich nicht, was ich dann noch groß sollte. Deshalb, mir ist durchaus klar, wie nervig es ist, ständig in der Wohnung zu bleiben, aber tu's trotzdem, ja? Mir zuliebe.«

»Okay.«

*　　*　　*

Kurz nach Mittag bekam ich einen Anruf. Es war die Frau aus dem Laden in der Amsterdam Avenue. Postfach Nummer 1217 war wieder vorbeigekommen, um seine Post abzuholen, aber es war nichts für ihn da gewesen. Deshalb war ihr eine Idee gekommen. Sagen Sie mir Ihren Namen, hatte sie ihm vorgeschlagen, dann sehe ich nach, ob vielleicht Post für Sie ins falsche Fach geraten ist.

»Darauf er mir hat gesagt seine Name, und er tatsächlich heißt David Thompson.«

Ich bedankte mich und verriet ihr wohlweislich nicht, dass wir das schon vor ein paar Tagen herausgefunden hatten. Es war trotzdem eine nützliche Bestätigung und sagte uns, dass David Thompson nicht nur auf seinem Führerschein stand, sondern dass er unter diesem Namen auch seine Post erhielt.

Das alles ließ ihn zunehmend vertrauenswürdiger erscheinen. Andererseits war er aus seiner Wohnung geworfen worden, weil er die Miete nicht mehr gezahlt hatte. Und wozu brauchte er ein Postfach in der Upper West Side, wenn er in Kips Bay wohnte?

Ich hatte da schon eine Idee, und dann klingelte keine Stunde später noch einmal mein Telefon, und es überraschte mich nicht wirklich, dass er dran war.

»Hier David Thompson«, sagte er. »Ich habe diesen Scheck immer noch nicht bekommen.«

»Ich weiß«, sagte ich, »und es tut mir wirklich leid, aber bei uns ist im Moment echt der Teufel los.«

»Aha?«

»Hören Sie, ich habe Ihren Scheck hier vor mir liegen, aber ich würde ihn Ihnen gern persönlich geben. Und weil wir gerade dabei sind, ich hätte auch noch mehr für Sie zu tun, einen größeren Auftrag, über den ich gern persönlich mit Ihnen sprechen würde. Und ich verspreche Ihnen, diesmal müssen Sie nicht so lange warten, dass Sie bezahlt werden.«

Darauf trat eine kurze Pause ein, und schließlich sagte er, ich solle ihm unsere Adresse lieber noch mal geben. Der arme Teufel hatte keine Ahnung, mit wem er redete, wollte es sich aber nicht anmerken lassen.

»Nein, kommen Sie lieber nicht zu uns«, sagte ich. »Das ist hier im Moment der reinste Affenstall. Aber es gibt da ein Café an der Nordwestecke von Fifty-seventh und Ninth, das Morning Star. Könnten Sie da in einer halben

Stunde hinkommen? Sie werden mich problemlos erkennen. Ich bin der Einzige in Anzug und Krawatte.«

Er sagte, er würde kommen. Ich ging ins Schlafzimmer, um einen Anzug und eine Krawatte auszusuchen.

Auch er erschien in Anzug und Krawatte. Vermutlich hatte er gedacht, er solle sich für das Treffen in Schale schmeißen. Als er mich sah, wurde ihm sofort klar, dass er mich nicht kannte, und er schaute sich nach einem anderen Anzug um.

»David?«, sagte ich.

Darauf drehte er sich zu mir um und tat so, als würde er mich doch noch erkennen. Er sagte: »Ich weiß gar nicht, wie ich Sie übersehen konnte«, und kam auf mich zu, um mir die Hand zu schütteln. Seine Handfläche war trocken, sein Händedruck fest. Er sagte etwas über das Wetter oder den Verkehr, und ich reagierte entsprechend und bedeutete ihm, Platz zu nehmen. Ich hatte bereits eine Tasse Kaffee vor mir stehen, und der Kellner war ausnahmsweise sofort zur Stelle. Thompson bestellte einen Tee; bei Kaffee, sagte er, wollte er unweigerlich eine Zigarette.

Er wirkte gepflegt und ordentlich. Sein Anzug war gebügelt, sein Hemd nicht zerknittert, und er war frisch rasiert. Sein Haar war etwas zerzaust, aber nicht auf eine unvorteilhafte Art, und sein Schnurrbart war sauber gestutzt.

»Zuallererst muss ich mich entschuldigen«, begann ich. »Ich habe Sie unter falschen Voraussetzungen hierher gelockt. Ich komme Ihnen nicht ohne Grund nicht bekannt vor. Wir sind uns nie begegnet. Ich habe Ihnen keinen Auftrag erteilt, und ich habe auch keinen Scheck für Sie.«

»Das müssen Sie mir genauer erklären.«

»Natürlich. Ich heiße Matthew Scudder und war einmal bei der Polizei. Eine Bekannte von mir hat Sie im Internet kennengelernt. Sie hat einmal schlechte Erfahrungen gemacht, und deshalb zieht sie inzwischen über jeden, für den sie sich interessiert, Erkundigungen ein, damit sich der Betreffende nicht in einem falschen Licht darstellt.«

»Louise«, sagte er.

»Irgendwie sind wir nicht recht schlau aus Ihnen geworden«, sagte ich. »Ihr Name ist so geläufig, dass es nicht leicht ist, Erkundigungen über Sie einzuziehen, und das Wenige, was wir über Sie herausgefunden haben, ist ziemlich lückenhaft. Inzwischen glaube ich jedoch zu wissen, was Sache ist.«

»Das ist mir jetzt aber sehr unangenehm.«

»Sie können jederzeit gehen. Ich kann Sie nicht festhalten. Aber wieso hören Sie sich nicht einfach an, was ich zu sagen habe, und dann können Sie mir sagen, ob ich richtig liege oder nicht, oder auch, dass ich mich zum Teufel scheren soll. Es liegt ganz bei Ihnen.«

Kapitel 29

»Es hat ihn schwer gebeutelt«, sagte ich. »Er hatte einen Job und eine Freundin und hat beides etwa zur gleichen Zeit verloren, und das hat ihm ziemlich zugesetzt. Er hat fünfzehn oder mehr Stunden am Tag geschlafen, den Rest der Zeit vor der Glotze gehockt. Depressionen vergehen normalerweise irgendwann von selbst, und früher oder später findet man wieder den Weg ins Leben zurück – wenn man sich vorher nicht schon umgebracht hat. Das hat er zum Glück nicht getan, aber als er schließlich wieder auf die Beine kam, war er pleite und mit der Miete drei Monate in Rückstand, und ihm war klar, dass er in absehbarer Zeit auf die Straße gesetzt würde. Deshalb nahm er seinen Laptop und einen Teil seiner Sachen und packte alles in sein Auto – gerade noch rechtzeitig, wie sich herausstellte, weil er den Rest seiner Sachen auf dem Gehsteig stehen sah, als er zwei Tage später wieder zurückkam. Daraufhin hat er einfach kehrtgemacht und sich aus dem Staub gemacht.«

Das alles hätte ich ihr wahrscheinlich auch am Telefon erzählen können, aber ich fand, sie hatte mehr verdient. Deshalb rief ich sie im Büro an und traf mich um halb sechs in einem Café um die Ecke mit ihr.

»Total pleite war er nicht«, sagte ich, »aber er hatte alle seine Kreditkartenguthaben ausgereizt und hatte kaum mehr Cash. Um ein paar Aufträge zu bekommen, hat er alle seine Kontakte in der Branche angerufen und konnte auch einige an Land ziehen. Allerdings musste er nicht selten mehrere Monate warten, bis er bezahlt wurde. Das scheint in dieser Branche so üblich zu sein.«

»Das ist in jeder Branche so üblich«, sagte Louise.

»Er hat eine Wohnung gesucht«, fuhr ich fort, »hat aber unter zweitausend Dollar im Monat keine gefunden, in der er leben wollte. Selbst weit draußen in Brooklyn oder Queens hat alles, was er sich angesehen hat, weit über tausend gekostet, und er hätte auch noch eine Monatsmiete und die Kaution vorstrecken müssen.«

»Möbel hätte er auch gebraucht.«

»Das Hauptproblem war allerdings die Miete. Selbst wenn er eine Möglichkeit gefunden hätte, sie zu stemmen, wären die monatlichen Grundkosten enorm hoch gewesen, zumal seine Auftragslage nicht gerade gut war und er auch nicht das nötige finanzielle Polster hatte, um Durststrecken zu überstehen. Deshalb hat er beschlossen, lieber gar keine Miete zu zahlen, und wohnt jetzt schon die ganze Zeit in seinem Auto.«

»Im Ernst? Ich wusste gar nicht, dass er überhaupt ein Auto hat.«

»Es ist so alt und marode, dass er auf der Straße parken kann. Einen Stellplatz in einer Garage könnte er sich nämlich gar nicht leisten. Und es ist ein Chevy Caprice, eine viertürige alte Kutsche mit einer geräumigen Rückbank.«

»Und dort schläft er?«

»Er sagt, so unbequem ist das gar nicht. Er hat schon im Auto geschlafen, als er eine Wohnung gesucht hat, und als ihm klar wurde, dass er nichts Gescheites finden würde, das er sich leisten konnte, hat er sich schon so daran gewöhnt, dass er einfach weiter im Auto geschlafen hat, wobei das Problem dabei eher ist, immer einen Parkplatz zu finden. Sollte er mal abgeschleppt werden, muss er ein paar hundert Dollar zahlen, um den Wagen zurückzubekommen, und darauf will er es lieber nicht ankommen lassen.«

»Aber er sieht nicht wie jemand aus, der in seinem Auto wohnt. Er ist immer ordentlich gekämmt und frisch rasiert, er trägt saubere Sachen, er riecht gut ...«

»Er ist Mitglied in einem relativ teuren Fitnessstudio. Der Mitgliedsbeitrag beträgt mehr als hundert Dollar im Monat, aber das ist deutlich billiger als eine Wohnung. Er geht jeden Morgen hin und trainiert ein bisschen, und dann duscht und rasiert er sich und schlüpft in die Sachen, die er mitgebracht hat. Er hat seine gesamte Garderobe im Kofferraum des Autos und wäscht alles in einem Waschsalon, wenn es wieder mal an der Zeit ist.«

»Und was macht er beruflich? Ist er tatsächlich Werbetexter?«

»Ja, es ist genau so, wie er gesagt hat. Er hat einen Laptop, den er unter dem Vordersitz versteckt, falls jemand den Wagen aufbrechen sollte. Wenn er ins Internet will, geht er in ein Café, in dem sie Wi-Fi haben. Was das allerdings genau ist, ist mir nicht ganz klar.«

»Ich weiß, wie das funktioniert. Ich habe in meinem Laptop eine Karte dafür, die ich allerdings nie verwende. Meine Güte, da habe ich mir ja wieder genau den Richtigen ausgesucht. Da finde ich den Mann meiner Träume, und jetzt wohnt er in seinem Auto.«

»Er ist nicht verheiratet«, sagte ich, »und er führt kein Doppelleben.«

»Wie auch? Das hört sich alles an, als würde er nicht mal ein Einzelleben führen.«

»Er kommt über die Runden. Er hat Mühe, schwarze Zahlen zu schreiben, aber er rutscht auch nicht ins Minus, und das ist angesichts der augenblicklichen Wirtschaftslage schon mal etwas. Er lässt sich nicht unterkriegen. Ich muss sagen, ich fand ihn sympathisch.«

»Ich ja auch. Oder zumindest die Person, die zu sein er vorgegeben hat.«

»Diese Heimlichtuerei hat ihn auch gestört«, sagte ich. »Unsere Unterhaltung war ihm sichtlich peinlich ...«

»Das kann ich mir denken.«

»... aber er hat auch sehr erleichtert gewirkt, es sich von der Seele geredet zu haben. Er wollte es auch Ihnen sagen, er wusste bloß nicht, wie.«

»›Liebling, ich bin leider ein Penner.‹«

»Er hat ja nicht unbedingt vor, sein ganzes Leben lang in seinem Auto zu wohnen. Er hofft, eine Vollzeitstelle zu bekommen oder sich als Selbständiger etwas aufzubauen, damit er davon leben kann. Jedenfalls ist er sich nicht sicher, wie sehr Sie ihn mögen und ob sich das Ganze zu einer dauerhaften Beziehung entwickeln könnte. Warum hätte er sich sonst so bloßstellen und mir das alles erzählen sollen?«

»Als wir essen gegangen sind«, sagte sie, »habe ich ihm vorgeschlagen, die Rechnung zu teilen. Aber davon wollte er nichts hören.«

»Er ist, wie bereits gesagt, nicht mittellos. Er hat nur keine Rücklagen.«

»Und keine Wohnung. Er hätte ohne weiteres bleiben können – und zur Abwechslung mal in einem richtigen Bett schlafen.«

»Das war wahrscheinlich eine Frage der Ehre für ihn.«

»O je.« Sie trommelte mit den Fingern auf die Tischplatte. »Wenn er mich jetzt anruft, weiß ich ja gar nicht, was ich ihm sagen soll.«

»Ich glaube nicht, dass er anrufen wird.«

»Will er mir den Laufpass geben? Wieso das auf einmal?«

»Er wird warten, dass Sie anrufen«, sagte ich. »Und wenn Sie das nicht tun, tja, dann wird er das als ein Zeichen auffassen, dass Sie nichts mehr von ihm wissen wollen.«

»Ach so.« Sie dachte kurz nach. »Das macht die Sache natürlich einfacher. Es erspart uns beiden eine peinliche Aussprache.« Sie dachte noch einmal nach. »Nur wäre das vielleicht doch ein bisschen stillos. Ich weiß, wie toll es ist, zu Hause zu sitzen und zu warten, dass endlich das Telefon läutet. Vielleicht ist es einfacher, anzurufen und es hinter mich zu bringen.«

Ich sagte, das müsse sie entscheiden. Sie wollte wissen, wie viel sie mir schuldig sei, und ich versicherte ihr, der Vorschuss deckte meinen Aufwand locker ab. Um genau zu sein, sagte ich, als ich nach der Rechnung griff, reichte er sogar noch für den Kaffee.

»Ich bin froh, dass Sie es rausgefunden haben«, sagte sie, »auch wenn ich nicht gerade begeistert bin über das, was Sie rausgefunden haben. Ich habe geahnt, dass etwas nicht stimmt. Es war einfach zu schön, um wahr zu sein, mit diesem tollen Schnurrbart. Und rauchen tut er auch.«

»Der Schnurrbart«, sagte ich.

»Was? Sagen Sie bloß nicht, er hat ihn abgemacht.«

»Nein, nein, keine Angst. Sie haben mich nur an was erinnert, mehr nicht.«

Ich wartete nicht, bis ich zu Hause war. Ich fand einen Hauseingang, in dem der Verkehrslärm nicht so schlimm war, und rief Sussman auf dem Handy an.

Er sagte: »Sie haben darüber nachgedacht und es sich anders überlegt.«

»Nein, absolut nicht. Ich rufe wegen was völlig anderem an, etwas, das Sie neulich gesagt haben und weswegen ich Sie schon die ganze Zeit fragen wollte.«

»Dann haben Sie jetzt Gelegenheit dazu. Was habe ich gesagt?«

»Es hatte was mit dem Schnurrbart zu tun. Es kam irgendwie zur Sprache, und Sie haben gesagt, der Schnurrbart wäre eine gute Sache, weil man einen Strick daraus flechten und ihn daran aufhängen könnte.«

»Das habe ich gesagt?«

»Etwas in der Art jedenfalls.«

»Das ist wahrscheinlich auch aufs Brooklyn College zurückzuführen«, sagte er. »Eine besonders bildhafte Ausdrucksweise, wenn ich nicht mit Wörtern wie *proaktiv* um mich werfe. Und weiter?«

»Was haben Sie damit gemeint?«

»Ach so, Sie waren wahrscheinlich nicht dabei, als das rausgekommen ist. Aber wie auch? Das Staubsaugen hat nur bis zu einem bestimmten Punkt was genützt. Wir haben nämlich doch drei Härchen gefunden, und die waren nicht von der Frau. Eins neben ihr auf dem Bettlaken und zwei in ihrem Busch, wenn Sie die Ausdrucksweise gestatten.«

»Schnurrbarthaare.«

»Sagt das Labor. Jedenfalls Gesichtshaare, und sie genügen für ein DNA-Profil. Das wird uns zwar nicht helfen, ihn zu finden, aber wenn es uns trotzdem irgendwann gelingt, sind wir fein raus. Wenn es etwas gibt, worauf die Staatsanwälte stehen, dann saubere Sachbeweise.«

Ich ging eine Straße weiter und rief ihn wieder an. Ich vermute, er hatte Anrufererkennung und mein Handy blockierte meine Nummer nicht, denn er begrüßte mich mit den Worten: »Und jetzt?«

»Noch mal zu dem Schnurrbart«, sagte ich.

»Ja?«

»Wenn mir das etwas sagt, dann dass er glattrasiert ist.«

»Jetzt, meinen Sie? Wie kommen Sie darauf? Er weiß nicht, dass er ein paar Härchen zurückgelassen hat, als er genascht hat. Und selbst wenn doch, ist die DNA nicht auf den Schnurrbart beschränkt. Sie ist in jeder Körperzelle die gleiche.«

»Er hat sich nicht rasiert«, sagte ich. »Musste er gar nicht. Er hat ihn nur mit ein bisschen Lösungsmittel entfernt.«

Kurz dachte ich, die Verbindung wäre unterbrochen. Dann sagte er: »Sie meinen, es ist ein falscher Schnurrbart?«

»Ja, genau das meine ich.«

»Und es war kein Versehen, dass er die Haare am Tatort zurückgelassen hat? Er hat sie absichtlich dort platziert, damit wir sie finden?«

»Genau.«

»Das ist aber ganz schön kompliziert.«

»Wir wissen, dass er alles bis ins Kleinste plant.«

»Und ein hinterfotziger Scheißkerl ist er noch dazu. Trotzdem leuchtet mir das nicht ein, Matthew. Wenn er uns die DNA von jemand anders unterschiebt, lockt er uns damit nicht auf eine falsche Fährte. Es ist ja nicht so, dass er das Ganze jemand anders anhängen will. Schließlich weiß er, dass wir eine Augenzeugin haben, eine Freundin des Opfers, die ihm die Mordwaffe verkauft hat. Wenn wir ihn fassen, werden wir ihn nicht wieder laufenlassen, bloß weil die DNA nicht passt.«

»Aber er gibt seinem Anwalt etwas, womit er uns vor Gericht das Leben schwermachen kann«, sagte ich.

»›Trifft es denn nicht zu, dass Sie männliche Gesichtshaare am Tatort gefunden haben? Und trifft es nicht zu, dass es Ihnen nicht gelungen ist, eine Übereinstimmung dieser DNA mit der des Angeklagten festzustellen?‹«

»›Und ist es nicht denkbar, dass ein anderer Mann das Opfer in seiner Wohnung aufgesucht hat, *nachdem* mein Mandant diese verlassen hat, und wie wollen Sie die Möglichkeit ausschließen, dass dieser andere Mann ihren Tod verschuldet hat?‹«

»Ja, so könnte sich das in etwa anhören«, sagte Sussman. »Aber welcher perverse Psycho von einem Mörder ist dermaßen gewissenhaft? Hören Sie, sind Sie in den nächsten paar Stunden noch in der Nähe?«

»Wenn nicht, habe ich mein Handy dabei.«

»Gut. Ich möchte erst mal mit dem Labor reden, und dann melde ich mich noch mal bei Ihnen.«

Ich schloss gerade die Wohnungstür auf, als das Telefon klingelte. »Sie mussten gar nichts tun«, sagte er. »Ich musste bloß fragen. Bei den drei Härchen, die sie gefunden haben, handelt es sich, wie bereits gesagt, um die Gesichtshaare eines Mannes. Mit der Gesichtsbehaarung verhält es sich wie mit der Körperbehaarung, das Haar erreicht eine bestimmte Länge, und dann fällt es aus, worauf der Follikel ein neues Haar bildet.«

»Und?«

»Und diese Haare sind nicht ausgefallen. Sie wurden abgeschnitten, wahrscheinlich mit einer Schere. Das soll hin und wieder passieren, wenn man sich mit einer Schere den Schnurrbart stutzt und ihn hinterher nicht kämmt, und dann bleiben einige der gestutzten Haare im Schnurrbart hängen und lösen sich erst später. Aus diesem Grund haben sie auch keinen Verdacht geschöpft, als sie bei der Untersuchung der Haare festgestellt haben, dass sie abgeschnitten waren.«

»Okay.«

»So könnte es auch tatsächlich gewesen sein. Ich kann jedenfalls nicht beweisen, dass es nicht so war. Aber ich *weiß*, dass es nicht so war, weil nämlich unser Mr. Superordentlich seinen Schnurrbart garantiert hinterher gekämmt hätte, wenn er ihn wirklich gestutzt hat.«

»Klingt einleuchtend.«

»Er hat ihre Schamhaare gekämmt. Entweder das, oder er hat sich seine abrasiert, wie das manche tun, um keine verräterischen Spuren zu hinterlassen. Jede Wette, dass in jedem Knast in jedem Fernseher nichts anderes läuft als *CSI* und dann hocken diese ganzen Arschlöcher vor der Glotze und schreiben mit. Wie auch immer, wir haben keine losen Schamhaare gefunden, weder von ihm noch von ihr, aber wir haben diese Haare aus seinem Schnurrbart gefunden. Folglich sollten sie uns auf eine falsche Fährte locken.«

»So muss es wohl sein.«

»Und er hat ihn schon die ganze Zeit getragen. Als er sie kennengelernt hat, als er in den Laden Ihrer Frau gekommen ist. Übrigens, vergessen Sie meinen Vorschlag, sie wieder in den Laden zu schicken. Dieser Kerl ist einfach zu gerissen.«

»Allerdings.«

»Ich weiß nicht, ob wir das Phantombild für Presse und Fernsehen ändern sollten. Es könnte ihn warnen, dass wir wissen, was er im Schild führt. Außerdem könnte er inzwischen einen Vollbart haben.«

»Wenn er jemand gefunden hat, der ihm einen verkauft.«

»Das wäre etwas, dem wir vielleicht noch nachgehen sollten. Geschäfte für Theaterrequisiten, denn irgendjemand muss ihm diesen Schnurrbart verkauft haben. Aber erst mal vielen Dank für diesen Tipp, Matt. An einen falschen Schnurrbart hätte ich nie gedacht. Ich bin es nicht gewohnt, in solchen Bahnen zu denken. Vielleicht waren die Kriminellen früher einfach deutlich gerissener.«

»Muss wohl so sein«, sagte ich. »Dieser Typ ist ein Atavismus.«

TJ saß am Computer, und Elaine las eine Zeitschrift, aber beide hielten in ihrer Tätigkeit inne, um sich anzuhören, was ich über David Thompson zu berichten hatte. Elaine machte sich Sorgen, Louise könnte mit ihm Schluss machen. »Er hat also keine Wohnung. Na und?«

»Ich glaube, sie stört vor allem, dass er es ihr nicht gesagt hat.«

»Das ist wie mit Herpes«, sagte Elaine. »Das erzählt man jemand erst, wenn er es wissen muss. Außerdem hat er ihr doch gesagt, seine Wohnung sei zu klein, um sich dort mit ihr zu treffen. Er hat ihr nur nicht gesagt, wie klein sie wirklich ist.«

»Er hat gesagt, sie wäre in Kips Bay.«

»Vielleicht parkt er dort gern, vielleicht gibt es dort viele Parkplätze. Ich finde, sie sollte sich in Montclair ein Haus kaufen und ihn in ihrer Einfahrt parken lassen.«

»Du willst immer, dass alles ein Happy End hat.«

»Da hast du nicht ganz unrecht.«

TJ fiel ein, dass Thompson an dem Abend, an dem wir versucht hatten, ihn zu beschatten, kurz telefoniert hatte, als er aus Louises Haus kam.

»Wir dachten, er ruft eine Frau an«, sagte ich, »und das hat auch gestimmt. Er hat Louise angerufen, um ihr zu sagen, was für ein schöner Abend es gewesen wäre. Dann ist er losgegangen, rüber zur West End und dann hoch zur Eighty-eighth, weil dort sein Wagen gestanden hat. Und als er eingestiegen ist, hat er uns gewissermaßen abgeschüttelt, ohne auch nur zu ahnen, dass wir im gefolgt sind.«

»Du meinst, er ist bloß eingestiegen und hat dann nicht den Motor angelassen?«

»Wozu auch? Er hatte einen Parkplatz, an dem er bis zum nächsten Morgen um sieben stehen bleiben konnte.«

»Und so was ist typisch Mann, würdest du sagen? Nachdem er mit einer Frau geschlafen hat, will er nur noch in sein Auto steigen und schlafen.«

»Immerhin hat er ein Auto«, sagte TJ. »Sie könnten damit rumfahren.«

»Er könnte sie in ein Autokino einladen«, sagte Elaine, »wenn es noch welche gäbe. Oder er könnte irgendwo parken und sie auf den Rücksitz locken.«

»Und auf der Stelle einschlafen.«

»Aus purer Gewohnheit. Echt witzig.«

Sie wurden ernster, als ich ihnen von den Schnurrbarthaaren erzählte, die Monicas Mörder zurückgelassen hatte, und von den Schlüssen, die wir daraus gezogen hatten. Ich fragte Elaine, ob ihr der Schnurrbart falsch vorgekommen sei, was sie verneinte. Und wenn es so gewesen wäre, meinte sie, hätte sie etwas gesagt.

»Andererseits geht man normalerweise nicht davon aus, dass ein Schnurrbart falsch ist«, sagte sie. »Bei bestimmten Haaransätzen sieht man normalerweise genauer hin, ob irgendetwas darauf hindeutet, dass es ein Toupet ist. Aber selbst dann lässt sich das, wenn es ein gutes ist, oft nicht erkennen. Ein falscher Schnurrbart fällt vermutlich weniger auf, weil niemand darauf achtet.«

Das brachte mich auf eine Idee, und ich fragte, wo das Phantombild sei.

»Auf dem Tisch, ein ganzer Stoß davon.«

»Nein, das Original.«

»Ach so. Lass mich mal kurz überlegen ... doch, ich glaube, ich weiß, wo ich es hingelegt habe.«

»Könntest du mir auch einen Radiergummi bringen?«

»Einen Radiergummi? Wozu brauchst du ... ach so, jetzt verstehe ich. Klar.«

Sie kam mit Rays Bleistiftzeichnung und einem Würfel Artgum zurück und sagte: »Lass mich das machen, ja? Du willst also den Schnurrbart weghaben, aber sonst alles lassen, richtig?«

»Richtig.«

»Deshalb mache das besser ich. Mit solchem Fummelkram bin ich geschickter als du.«

»Und schöner schreiben kannst du auch.«

»Und alles nur, weil ich ein Mädchen bin. Das ist übrigens auch der Grund, warum ich keinen Baseball werfen kann.«

»Und die Infield-Fly-Regel nicht verstehst.«

»Obwohl ich durchaus einen Baseball werfen könnte, wenn ich lesbisch wäre. Ob ich dann allerdings auch die Infield-Fly-Regel kapieren würde, ist eine andere Frage.« Sie beugte sich vor und blies die Radiergummibrösel weg. »So! Wie findest du's?«

»Nein!«, entfuhr es mir.

»Was hast du denn plötzlich? Was ist?«

»Nichts, alles in Ordnung.«

»So siehst du aber nicht aus. Eher so, als ob dir gleich übel würde. Was hast du denn?«

»Ich glaube, ich kenne ihn«, sagte ich. »Ich glaube, das ist Abie.«

»Er heißt Abie. Ich kenne ihn, keine Ahnung, wie lange schon. Ein, zwei Monate vielleicht? Er ist neu in New York, aber er ist schon etwa zehn Jahre trocken. Er kommt zu den Treffen in St. Paul's und Fireside, und erst kürzlich ist er bei einem Schwulentreffen in Chelsea aufgetaucht. Es kam mir etwas eigenartig vor, ihn dort zu treffen. Und auch sein Verhalten kam mir komisch vor. Vermutlich habe ich es mir so erklärt, dass er schwul ist und nicht wollte, dass ich es wüsste. Er wollte reden, er hat versucht, mich zum Reden zu bringen, aber ich wollte an diesem Abend meine Ruhe haben.«

»Er hat dich ausspioniert.«

Ich konnte nicht mehr stillsitzen. Ich stand auf und ging beim Reden im Zimmer auf und ab.

»Aber das ergibt doch alles keinen Sinn. Er ist schon zehn Jahre bei den Anonymen Alkoholikern, Herrgott noch mal.«

»Woher willst du das wissen?«

»Weil er es gesagt hat, und weshalb sollte jemand wegen so etwas lügen? Es ist wie bei einem Schnurrbart, man sieht nicht so genau hin.« Ich runzelte die Stirn. »Ich bin derjenige, den er im Visier hat. Ich habe immer angenommen, es wäre Monica gewesen und dann du oder vielleicht auch umgekehrt, aber in Wirklichkeit hat er es auf mich abgesehen. Er hat mitbekommen, dass ich bei den Anonymen Alkoholikern bin, und hat dann angefangen, zu Treffen zu gehen. Wie er allerdings auf Monica gekommen ist, ist mir schleierhaft.«

»Sie ist oft bei uns. *War* oft bei uns.«

»Dann hat er eine Möglichkeit gefunden, sich an sie ranzumachen, was nicht allzu schwer gewesen sein dürfte. Und er hat ihr eingeschärft, niemand etwas über ihn zu erzählen, weshalb sie auch uns gegenüber nichts über ihn rausgerückt hat. Hat sie nicht eine Flasche Scotch für ihn gekauft?«

»Ja.«

»Und er hat ihr eine Flasche von diesem italienischen Gesöff mitgebracht.«

»Strega.«

»Richtig, Strega. Er ist zu den Treffen gekommen und dort mehrmals als Redner aufgetreten, er hat von seinen zehn trockenen Jahren erzählt, und dann besucht er Monica und trinkt ein bisschen Scotch. Warum auch nicht, wenn er gar kein Alkoholiker ist?«

Ich griff nach dem Telefon, sah eine Nummer nach, wählte sie. Ich stand schon kurz davor aufzulegen, als Bill endlich dranging. »Hi Bill, hier Matt. Wie geht's? Du bist doch Abies Tutor, oder? Hast du ihn in letzter Zeit mal bei einem Treffen gesehen? Also, warum ich frage, und ich möchte dich keinesfalls zu einem Vertrauensbruch anstiften, aber ich habe Grund zu der Annahme, dass er eine schwere Straftat begangen hat. Was richtig Gravierendes sogar. Jedenfalls glaube ich, dass er uns was vormacht, dass er wahrscheinlich gar nicht trocken ist. Das ist nicht das Gravierende, das möchte ich vorerst lieber noch nicht sagen ... Ah, das ist ja interessant. Weißt du zufällig, wie er mit Nachnamen heißt? ... Und weißt du, wo er wohnt? ... Verstehe. Klar, sicher, Bill. Mach ich und danke.«

Ich legte auf und sagte: »Er hat ihn schon einige Tage nicht mehr gesehen, er weiß nicht, wie er mit Nachnamen heißt, und er hat keine Ahnung, wo er wohnt. Einmal hatte er eine Fahne, aber er hat nichts gesagt, und Abie muss es wohl gemerkt haben, weil er dem Ganzen zuvorgekommen ist und erzählt hat, dass ihm in einem Restaurant jemand einen Drink übergekippt hätte und dass es ihn ganz verrückt machte, ständig den Alkohol an sich zu riechen. Aber im Nachhinein betrachtet, meint Bill, dass das Quatsch war, weil der Alkoholgeruch in seinem Atem war und nicht an seinen Kleidern.«

»Möchtest du eine Tasse Tee, Schatz? Oder was zu essen? Du bist ...«

»Ja, das ist etwas, worüber ich mich total aufregen könnte, und völlig zu Recht, finde ich. Bill war sein Tutor, aber Abie hat ihm seinen Nachnamen nicht gesagt.«

»Abie ist ein komischer Name. Kurz für Abraham vermutlich.«

»Möchte man eigentlich meinen. Aber er hat dich korrigiert, wenn du ihn so genannt hast. Oder auch wenn du es zu Abe abgekürzt hast, fällt mir gerade ein. Bei den Anonymen Alkoholikern sind sie immer so höflich, so wahnsinnig verständnisvoll. Er hätte sich Dolores nennen können, und alle hätten sich daran gehalten.«

»Was hast du an Dolores auszusetzen?«

TJ fragte, ob er eine Initiale an seinen Vornamen gehängt hätte, wie Matt S. oder Bill W. zum Beispiel.

»Nein, nur Abie«, sagte ich, und im selben Moment blieb ich wie angewurzelt stehen. Ich muss wohl große Augen bekommen und mit offenem Mund dagestanden haben, weil TJ mich verdutzt ansah und Elaine mich am Arm nahm und fragte, was los sei.

»Unglaublich«, sagte ich schließlich. »Dieser Kerl ist so was von raffiniert. Abie, versteht ihr nicht? Einfach nur Abie. Das sind seine Initialen. A und B. AB.«

»Ich kann dir leider …«

»A und B. Wie in Abel Baker oder Arne Bodinson.«

»Du glaubst doch nicht …«

»Oder Arden Brill«, fuhr ich mit meiner Liste fort. »Oder Adam Breit. Und was hat er an die Wand geschrieben? Aubrey Beardsley. Immer AB. Ich fasse es nicht, es ist dieser Typ.«

Kapitel 30

»Du machst dir keine Vorstellung«, sagte Ira Wentworth, »wie oft ich in den letzten Jahren an diesen Scheißkerl gedacht habe. Und jedes Mal habe ich sofort an was anderes zu denken versucht, weil ich nicht wollte, dass so jemand so viel Platz in meinen Gedanken einnimmt. Ich wollte dieses Kapitel endlich abschließen.«

Ira Wentworth war immer noch im 26. Revier. Dort war er auch schon vor ein paar Jahren gewesen, als der Mann mit den vielen Namen, aber den immer gleichen Initialen eine junge Frau namens Lia Parkman in ihrer Wohnung in der Claremont Avenue ermordet hatte. Ihre Mitbewohnerinnern hatten sich währenddessen in der Wohnung aufgehalten, aber es war ihm gelungen, in die Wohnung zu kommen und sie, nachdem er Lia in der Badewanne ertränkt hatte, wieder zu verlassen, ohne dass jemand etwas mitbekam. Lia hatte an der Columbia University studiert und war eine Freundin TJs und die Cousine Kristin Hollanders gewesen, einer jungen Frau, deren Eltern von zwei vermeintlichen Einbrechern brutal ermordet worden waren. Dieser AB – Lia hatte ihn als Arden Brill gekannt, einen Doktoranden in Anglistik, Kristin als Adam Breit, einen unkonventionellen Psychotherapeuten – dieser AB hatte seinen Komplizen bei dem Einbruch sowie einen anderen jungen Mann getötet. Davor hatte er den Eigentümer einer Wohnung in der Central Park West umgebracht, um anschließend dort einzuziehen und sich als dessen Untermieter auszugeben. Im weiteren Verlauf erwürgte er ein Mädchen in einem koreanischen Massagesalon. Und um das Maß vollzumachen, erstach er fünf angehende Künstler, die ein Haus in Brooklyn renovierten, und entstellte ihre Leichen mit Salzsäure zur Unkenntlichkeit, bevor er mutmaßlich auch selbst bei dem Feuer ums Leben kam, das er im Keller des Hauses gelegt hatte.

Ich wollte dieses Kapitel endlich abschließen, hatte Wentworth gesagt, und es war nicht schwer zu verstehen, warum.

Sussman fragte: »Die Leiche im Keller, war sie nicht eindeutig zu identifizieren?«

»Jedenfalls nicht mit hundertprozentiger Sicherheit. Er trug einen Anhänger, einen rosafarbenen Stein, der bei dem Einbruch bei den Hollanders gestohlen worden war. Neben ihm lag ein Messer, das wir als Tatwaffe der fünf Morde im Haus identifizieren konnten. Die Leiche war so stark verkohlt, dass sich lediglich sagen ließ, dass er es hätte sein können. Wir hatten auch die DNA, aber nichts, womit wir sie hätten vergleichen können. Hätte er sich davor nicht als so unglaublich raffiniert und gerissen erwiesen, wären wir natürlich fest davon ausgegangen, dass er es war.«

»Jedenfalls haben sie den Fall zu den Akten gelegt.«

»Ich hätte nicht rechtfertigen können, es nicht zu tun. Und wenn ich auch nie den Verdacht loswurde, dass er das alles nur geschickt inszeniert und sich aus dem Staub gemacht hat, was hätten wir schon groß tun können? Landesweit einen Fahndungsaufruf rauslassen? Haltet Ausschau nach einem gerissenen Kerl, der reihenweise Leute umbringt?« Er griff nach einer Kopie von Rays Zeichnung. »Ist das, wie er aussieht? Dazu kann ich leider nur nichts sagen. Ich habe den Kerl nie gesehen, nicht mal ein Bild von ihm. Und es gibt auch keine Personenbeschreibung von ihm. Aber ich weiß, dass es immer derselbe Typ ist.«

»Wegen der Initialen.«

»Sie geben den Ausschlag. In diesem Punkt hat er es allerdings übertrieben: ständig die gleichen Initialen zu verwenden, sie gewissermaßen zu seinem Markenzeichen zu machen, als ob er damit sein Werk signieren würde. Das Einzige, was noch größer ist als sein Verstand, ist sein Ego. Wie du weißt, war mir sehr wohl klar, dass er überlebt haben könnte, als wir den Fall zu den Akten gelegt haben. Aber es hat auch bedeutet, dass wir nicht mehr für ihn zuständig waren.«

»Stimmt, das hast du damals gesagt«, erinnerte ich mich.

Und das war die Glocke, die bei einem meiner Telefongespräche mit Mark Sussman zu läuten versucht hatte. *Vielleicht hat er in New York sein Pensum erfüllt, vielleicht ist er auf dem Weg nach El Paso. Dann wären wir ihn los.* Damals hatte ich zwar ein Echo davon aufgefangen, aber nicht wirklich festhalten können.

»Schlimmstenfalls hätte er jemand anders das Leben schwer gemacht«, führte Wentworth den Gedanken zu Ende. »Aber dass er zurückkommen könnte, hätte ich nicht gedacht.«

*　　*　　*

Ich hatte beide angerufen, Sussman und Wentworth, und jetzt saßen wir in unserem Wohnzimmer. Auf dem Tisch standen einen Kanne Kaffee sowie ein kleines Kännchen mit Sahne, eine Zuckerschale und ein Schälchen mit Süßstofftüten, rosafarbene und blaue. Für Jungsbabys und Mädchenbabys, schätze ich mal. Auch eine Schale mit Keksen fehlte nicht. Die Kekse hatte ebenso wenig jemand angerührt wie Zucker und Sahne, aber Wentworth hatte bereits zwei Tassen Kaffee getrunken.

Ich hätte noch ein paar andere Cops zu der Party einladen können. Ed Iverson aus Brooklyn zum Beispiel, der in dem vermeintlichen Mord und Selbstmord in der Coney Island Avenue ermittelt hatte. Das hatte AB so inszeniert, dass der Eindruck entstand, als hätte Jason Bierman zuerst Carl Ivanko und dann sich selbst erschossen und somit einen Schlussstrich unter die Hollander-Morde gezogen. Dann war da noch Dan Schering, der für den Hollander-Fall zuständig gewesen war, bis ihn sich Homicide North unter den Nagel gerissen hatte. Und mir fielen noch ein paar weitere ein, Detectives von Homicide und vom Sechsundzwanzigsten, außerdem ein Brandinspektor draußen in Bushwick, aber ich hätte Mühe gehabt, mich an ihre Namen zu erinnern, geschweige denn herauszufinden, wie ich sie erreichen könnte.

»Wie lange ist das jetzt schon her?«, sagte Wentworth. »Vier Jahre? Da kann man sich gut vorstellen, was er in der Zwischenzeit noch alles angestellt hat.«

»Leute um die Ecke bringen«, sagte TJ.

»Vier, soviel wir wissen«, sagte Wentworth. »Nein, fünf.«

»Wen noch außer Monica?«, wollte Elaine wissen.

»Die drei Jungen in Virginia, außer es ist jemand unter uns, der nicht glaubt, dass unser Mann und Abel Baker und Arne Bodinger ein und dieselbe Person sind.«

»Bodinson.«

»Was den Namen angeht, lasse ich mich gern korrigieren, aber wir sind uns einig, dass es derselbe Typ ist?«

»Muss er wohl«, sagte ich.

Dem stimmte Sussman bei, wollte aber zugleich wissen, wieso das bedeutete, dass er die Jungen in Richmond umgebracht hatte. War die Beweislast gegen Preston Applewhite nicht erdrückend gewesen?

»Das Beweismaterial«, sagte Wentworth, »ist offensichtlich eine

Spezialität unseres Freunds. Wenn ich mich recht erinnere, wurden die Morde in Richmond mit einem Messer verübt. Und das Messer wurde gefunden, es war Teil des Beweismaterials. Und unser Freund scheint eine Vorliebe für Messer zu haben.«

»Die koreanische Masseuse hat er erwürgt«, rief ich ihm in Erinnerung. »Und Bierman, Ivanko und Byrne Hollander hat er erschossen.«

»Glaubst du nicht, dass die drei Jungen in Richmond auf sein Konto gehen?«

»Im Gegenteil, davon bin ich fest überzeugt«, sagte ich. »Und ich glaube auch, dass er auf Messer steht, aber er setzt sich keine Grenzen.«

»Wurden die Jungen nicht missbraucht?«, fragte Elaine. »Sexuell, meine ich.«

»Ja, aber warum fragen Sie?«

»Weil ich dachte, er wäre hetero. Sie wissen schon: ›Chumley ist doch nicht pervers.‹ Kennen Sie diesen Witz?«

»Der, wo er einen Elefanten in den Arsch fickt? ›Einen Bullen oder eine Kuh?‹ ›Wo denken Sie hin? Eine Kuh natürlich. Chumley ist doch nicht pervers.‹«

»Aber es ist schon Jahre her, dass er diese Jungen umgebracht hat«, sagte Sussman. »In Virginia ziehen sie so was schneller durch als in den meisten anderen Bundesstaaten. Dort gehen die Berufungsverfahren rascher über die Bühne. Trotzdem hätte er schon damals alles anleiern müssen.«

»Wie wir wissen, Mark, ist er sehr geduldig. Und wahrscheinlich hat er andere Möglichkeiten gefunden, sich die Zeit zu vertreiben. Jahr für Jahr werden jede Menge Leute ermordet, und viele Morde werden nicht aufgeklärt. Abgesehen davon muss man sich dabei nicht auf die ungelösten beschränken. Nehmen wir doch nur die Morde in Richmond. Die haben die Cops dort unten doch sicher auf der Habenseite verbucht. Fall erledigt, oder? Genauso, wie wir die Morde, die er hier begangen hat, zu den Akten gelegt haben.«

»Tja«, sagte Sussman. »Sollen wir vielleicht mal in Richmond anrufen?«

Mit dieser Frage schlugen sie sich eine Weile herum. Einerseits stachen sie damit in ein Wespennest; andererseits waren die Wespen sowieso schon ausgeflogen. Das Wichtigste war in jedem Fall, diesen Dreckskerl zu fassen, und wenn sie nun Richmond und das FBI einschalteten, stellte sich die Frage, ob sich dann die Wahrscheinlichkeit erhöhte, dass er ihnen ins Netz ging, oder das Ganze zu einem Paradebeispiel für das Zu-viele-Köche-Syndrom wurde?

Es kam zu einer kurzen Flaute, und Elaine sagte: »Ihr habt fünf gesagt.«

»Wie?«

»Ihr habt gesagt, fünf Morde«, wandte sie sich an Wentworth. »Monica ist ein Opfer. Plus die drei Jungen in Richmond. Das macht vier. Wer ist das fünfte?«

»Applegate, bloß dass er nicht so heißt. Ich habe seinen Namen doch eben erst gesagt. Wie hieß er gleich wieder?«

»Applewhite.«

»Was sage ich denn? Der State of Virginia hat Applewhite eine Spritze verpasst, und unser Freund hat zugeschaut, als er sie bekommen hat, und vor allem war er es, der ihn überhaupt in die Todeszelle gebracht hat. Dafür wird er zwar nicht belangt werden, und es gibt noch alle möglichen anderen Dinge, für die er gehängt gehört, aber würdet ihr nicht sagen, dass er mindestens ebenso sehr für Applewhites Tod verantwortlich ist wie die Chemikalien, mit denen sie den armen Teufel vollgepumpt haben? Und würdet ihr das nicht genauso Mord nennen?«

Wenn die Polizei von Richmond und das FBI eingeschaltet würden, artete die ganze Sache über Nacht in einen gigantischen Medienzirkus aus.

»Ich finde, wir haben im Moment einen großen Vorteil«, sagte Sussman. »Wir wissen, wer er ist und woher er kommt, und er weiß nicht, dass wir das wissen. Sobald wir damit an die Öffentlichkeit gehen, haben wir diesen Trumpf verspielt.«

»Ich weiß nicht«, sagte Wentworth. »Bringt uns denn das wirklich so viel? Er könnte doch längst davon ausgehen, dass wir Bescheid wissen. Er hat ja auch nicht gerade große Anstrengungen unternommen, das Ganze zu verschleiern. Er verwendet die gleichen Initialen nicht deshalb, damit er seine Manschettenknöpfe mit dem Monogramm weiter tragen kann. In gewisser Hinsicht will er doch, dass alle Welt Bescheid weiß.«

»›Fangt mich, bevor ich noch mehr umbringe.‹«

»Nein, damit will ich nicht sagen, dass er gefasst werden will. Er tut alles, um zu *verhindern*, dass er gefasst wird, aber, ob nun bewusst oder unbewusst, will er sehr wohl, dass wir wissen, wer dieser Kerl ist, den wir nicht fassen können.«

»Was wird er tun, wenn wir an die Öffentlichkeit gehen?«

»Ich weiß, was er letztes Mal getan hat«, sagte Wentworth. »Er hat fünf Menschen getötet und ist untergetaucht. Sechs, wenn man die verkohlte Leiche dazurechnet, die er an seiner Stelle zurückgelassen hat. Ich weiß nicht, ob wir damit ein weiteres Blutbad verursachen würden, aber ich wette, dass er schnellstens verschwinden wird.«

»Und was machen wir jetzt? Außer dass wir in aller Stille unsere Spezialeinheit vergrößern und mehr Leute auf den Fall ansetzen? Wie finden wir ihn?«

»Zuallererst kümmern wir uns ernsthaft um Matts und Elaines Schutz. Als Nächstes ziehen wir los und suchen nach ihm. Er muss sich irgendwo verkrochen haben. Wie lang, sagst du, Matt, ist er schon bei den AA-Treffen aufgetaucht?«

»Mindestens einen Monat.«

»Demnach wohnt er irgendwo. Irgendwelche Ideen, wo?«

»Bestimmt irgendwo in der Nähe«, sagte TJ. »Von wo er es nicht weit zu dieser Wohnung hier, zu den Treffen und zu Elaines Laden hat.«

»Sagen wir einfach mal, irgendwo in den West Fifties«, schlug Sussman vor. »Zwischen Eighth Avenue und dem Fluss. Anders gesagt, in Midtown North. Wen kennen wir hier?«

Ich ließ sie Namen austauschen. Als dabei auch der von Joe Durkin fiel, machte ich sie darauf aufmerksam, dass er in Rente gegangen war. Sie erörterten Details und überlegten, wie sie vorgehen sollten. Es gab immer noch relativ viele SRO-Hotels und Pensionen in der Gegend, und auf die wollten sie sich konzentrieren.

»Ich glaube nicht, dass er in einem Hotel ist«, sagte ich.

»Nicht?«

»Ist das schon wieder jemand, der in seinem Wagen schläft?«, bemerkte TJ.

Die anderen hatten keine Ahnung, was er damit meinte, und ich hielt es nicht für nötig, sie aufzuklären. Stattdessen sagte ich: »Er wird eine Wohnung finden.«

»Dann ist er ein Genie, wenn er in New York eine Wohnung findet.«

»Es muss ja keine leere sein«, sagte ich und rief ihnen in Erinnerung, dass er seinen Wohnungsnachbarn in der Central Park West erzählt hatte, er hätte die Wohnung von einem Paläontologen, der sich für ein Forschungssemester in Frankreich aufhielt, in Untermiete übernommen. »Es war das ideale kostengünstige und noch dazu unbefristete Untermietverhältnis«, sagte ich. »Dazu musste er den Paläontologen nur töten und seine Leiche im Hudson versenken.«

»Und Sie glauben, das könnte er wieder tun?«

»Dann ist die Miete jedenfalls günstig«, sagte ich, »und jemand umzubringen, ist offensichtlich kein Problem für ihn.«

»Weiß Gott, nein«, sagte Sussman. »Er scheint sogar mehr und mehr Geschmack daran zu finden.«

Als die zwei Polizisten gingen, hatten Elaine und TJ und ich einander zunächst nicht viel zu sagen. Keinem von uns war nach essen. Ich schaltete den Fernseher ein, zappte mich ein paar Minuten ziellos durch die Kanäle und machte ihn wieder aus. Ich saß da, ließ meine Gedanken treiben und versuchte eine Liste zusammenzustellen, wie viele Personen AB unseres Wissens ermordet hatte. Ich verlor immer wieder den Faden und musste von vorn anfangen.

Ein paar Monate zuvor, als die Baseballsaison gerade losgegangen war, hatte ich mich eines Nachmittags damit verrückt gemacht, dass ich mich an die Major-League-Baseballteams meiner Kindheit zu erinnern versuchte, als es in jeder Liga nur acht Mannschaften gab und noch keine Divisions oder Playoffs, geschweige denn explodierende Anzeigetafeln und Designated Hitters. Ich benutzte dazu nicht Bleistift und Papier, sondern nur meinen Kopf, und es war schwerer, als man meinen möchte. Ich bekam alle acht National-League-Teams zusammen, aber nur sieben in der AL, und das fehlende Team wollte mir auf Teufel komm raus nicht einfallen. Ich dachte nicht mehr daran, und dann hatten zwei Tage später die Yankees ein Heimspiel gegen Detroit, und das war meine Antwort, die prompt eine neue Frage aufwarf. Wie hatte ich bloß die Detroit Tigers vergessen können?

Damals war das Land noch ein anderes. Die westlichste Stadt in den Major Leagues war St. Louis, die südlichste Washington, D.C., Chicago hatte natürlich zwei Teams, aber die hatten auch Boston und Philly und, ja, St. Louis. New York hatte drei.

Elaine fragte mich, worüber ich nachdächte. »Baseball«, sagte ich.

»Schau doch, ob ein Spiel läuft«, schlug sie vor. »Mach nur, dann hast du was zu tun. Ich mache uns Popcorn.«

Die Yankees waren in Baltimore und spielten gegen ein Team, das einmal die St. Louis Browns gewesen war. Die Mets starteten zu Hause mit einer Drei-Spiele-Serie gegen die Braves, die im Verlauf meines Lebens von Boston nach Milwaukee und von dort nach Atlanta umgezogen waren. Aber es gibt immer noch vier Bälle und drei Strikes, drei Outs und neun Innings, und falls die Batter heutzutage tatsächlich besser sind, werfen die Pitcher auch schärfer. Wir saßen zu dritt auf der Couch und mampften Popcorn und sahen den jungen Männern auf dem Platz bei ihrem alten Spiel zu.

Kapitel 31

Er sitzt im Café. Er hat einen Fensterplatz und kann hier sitzen und frühstücken und dabei das Haus schräg gegenüber im Auge behalten. Dort wohnt Scudder, Scudder und die bezaubernde Elaine, und dann ist da noch ein junger Schwarzer, der viel Zeit mit ihnen zu verbringen scheint. Seit seiner Rückkehr nach New York hat er Scudder immer wieder in Begleitung des jungen Mannes gesehen, manchmal auf der Straße, manchmal beim Essen in dem Café, in dem er gerade sitzt.

Elaine scheint das Haus nie zu verlassen. Scudder kommt und geht, der Schwarze kommt und geht, aber er sieht Scudder und den Schwarzen nie mehr gleichzeitig. Mit Sicherheit lässt es sich natürlich nicht sagen, denn er beobachtet den Eingang des Hauses nicht rund um die Uhr, aber allem Anschein nach bleibt immer mindestens einer der beiden Männer im Haus. Scudder geht nie weg, solange der Schwarze nicht gekommen ist, um seinen Platz an ihrer Seite einzunehmen.

Das deutet darauf hin, dass sie sie bewachen. Sie bleibt ständig in der Wohnung, wo niemand an sie rankommt, und für den Fall, dass es ihm gelingen sollte, ins Haus zu kommen, ist immer einer von ihnen bei ihr, um sie zu beschützen.

Und wenn er aus New York wegginge?

Die Vorstellung hat etwas. Darüber muss er noch nachdenken. Er zahlt, verlässt das Café und geht los.

Er könnte einfach verschwinden. Das ist, was er früher oder später immer tut. Wie eine Schlange, die ihre Haut abstreift, trennt er sich von dem Leben, das er geführt hat. Er zieht sich an einen anderen Ort zurück, wird jemand anders.

Und macht, was er eben macht.

Und wenn er das jetzt täte? Nicht erst, wie geplant, wenn er mit Mr. und Mrs. Scudder fertig ist. Angenommen, er bringt die Sache nicht zu Ende und verschwindet einfach? Er könnte sich in den Süden oder Westen zurückziehen, mit seinem dunkleren Haar und seinem neuen Haaransatz und seiner Brille könnte er überallhin gehen, und kein Mensch würde ihn erkennen.

Und die Scudders könnten hierbleiben und darauf warten, dass das Schicksal erneut zuschlägt. Beide wären weiter auf der Hut, die Frau hätte Angst, das Haus zu verlassen, der Mann hätte Angst, sie alleinzulassen, beide wären Gefangene ihrer Angst, und er, die Ursache dieser Angst, wäre nirgendwo aufzufinden. Untergetaucht, spurlos verschwunden, wie vom Erdboden verschluckt, und sie könnten wegen dieser Ungewissheit nicht wieder ihr behütetes früheres Leben führen.

Wie das ganze Land, findet er. Die Scudders haben ihr persönliches Äquivalent zu den langen Schlangen beim Securitycheck am Flughafen. Während er Tausende von Meilen entfernt ist, werden sie in Erwartung des Schlags, der nie kommt, ständig den Kopf einziehen.

Er hat den großen Vorteil der Geduld auf seiner Seite. Seit Scudder ihn aus dieser Stadt vertrieben hat, hat er jahrelang mit unerledigten Angelegenheiten gelebt. Es hat ihn nie beeinträchtigt, sich nie nachteilig auf sein Denken ausgewirkt. Aber ihm ist immer bewusst gewesen, dass er diesen Punkt früher oder später abhaken muss, irgendwann, wenn die Zeit reif ist.

Angenommen, er legt das Ganze erst einmal auf Eis. Und angenommen, er hält sich ein paar Jahre länger von den Scudders fern. Ihr Leben normalisiert sich wieder, und die Zeit vergeht. Hin und wieder werden sie Gedanken an ihn, ungebeten und unerwünscht, belasten. Sie werden wissen, dass er sich weiterhin irgendwo herumtreibt, und sie werden wissen, dass er zurückkommen könnte. Doch mit jedem Monat wird diese Bedrohung ein wenig schwächer werden, und irgendwann wird der Punkt kommen, an dem sie völlig sorglos werden.

Und dann wird er zurückkommen. Natürlich wird er nicht dieses spezielle Messer einstecken haben, wenn es so weit ist. Er wird es, aus welchem Grund auch immer, irgendwo zurücklassen. Aber er wird ein anderes Messer haben, und vielleicht wird er das neue sogar noch mehr mögen.

Und wenn die Zeit reif ist, wird er Gebrauch davon machen.

Aber irgendetwas sollte er noch tun, bevor er sich zurückzieht. Damit sie ihn nicht so schnell vergessen.

Kapitel 32

Es war am späten Vormittag, als Mark Sussman anrief. Ob ich von dieser Rush-hour-Messerattacke in Queens gehört hätte? Das Opfer war ein Sechzehn-jähriger, der kurz davor mit zwei anderen Jugendlichen auf dem Bahnsteig herumgebalgt hatte. Zu dem Mord war es vermutlich infolge dieser Rangelei gekommen, obwohl niemand etwas davon mitbekommen hatte; die Körper der anderen Fahrgäste hatten den erstochenen Jugendlichen so lange aufrecht gehalten, bis die U-Bahn in die nächste Station eingefahren und wegen meh-rerer aussteigender Fahrgäste so viel Platz entstanden war, dass er zu Boden sinken konnte.

»Sie glauben, es hängt mit irgendwelchen Gang-Streitigkeiten zusam-men«, sagte Sussman, »aber dann ist mir diese Frau eingefallen, die vor zwei Tagen hier in Manhattan erstochen wurde. Meilen voneinander entfernt, aber es ist in der gleichen U-Bahnlinie passiert, und beide Male wurde das Opfer erstochen, ohne dass jemand etwas davon mitbekommen hat. Zwei verschiede-ne Boroughs und zwei verschiedene Rechtsmediziner. Deshalb, wer würde sie sich beide zusammen ansehen, wenn du weißt, was ich meine?«

Er hatte mit den richtigen Leuten geredet, und jetzt wartete er darauf, dass sie sich miteinander besprachen und dann wieder bei ihm meldeten. »Was ich gern hören würde«, sagte er, »ist, dass es zwei verschiedene Messer, zwei verschiedene Wunden, zwei verschiedene Was-weiß-ich-alles sind. Aber du kannst dir vermutlich schon denken, was ich glaube.«

Er sagte, er würde mir Bescheid geben, sobald er Genaueres wüsste. Als eine Stunde später das Telefon klingelte, dachte ich, dass er es wäre, aber es war Mick Ballou.

»Dieses Phantombild, das du mir gezeigt hast«, sagte er. »Habe ich dir nicht gesagt, dass er mir bekannt vorkommt? Ich habe ständig überlegt, woher ich ihn kenne. Und dann ist es mir gestern Nacht eingefallen.«

»War er mal im Grogan's?«

»Nein. Es ist schon Jahre her, dass ich ihn gesehen habe, und auch das nur ganz kurz. Erinnerst du dich noch, wie du mich zu einem Haus in der West Seventy-fourth Street geschickt hast? Ich sollte dort auf ein Mädchen aufpas-sen.«

»Kristin Hollander.«

»Eine ausgesprochen nette junge Frau, muss ich sagen. Er hat bei ihr geklingelt, der Mann auf dem Bild. Ich hatte natürlich keine Ahnung, wer er sein könnte. Ich habe ihm geöffnet und gesagt, er soll sich zum Teufel scheren, was er auch getan hat. Ich habe ihn mir kaum angesehen, aber ich habe ein ziemlich gutes Gedächtnis, habe ich doch, oder? Es war derselbe Mann.«

»Mein Gott«, entfuhr es mir. »An sie habe ich überhaupt nicht gedacht. Was ist bloß mit mir los? Hör zu, ich muss sofort Schluss machen. Sie muss auf der Stelle unter Polizeischutz gestellt werden. Vorausgesetzt, es ist ihr nichts passiert, vorausgesetzt, er hat ihr noch keinen Besuch abgestattet. Nicht auszudenken, wenn er ihr was antut, wenn er sie umbringt ...«

»Niemand hat ihr ein Haar gekrümmt.«

»Woher willst du das wissen?«

»Woher ich das weiß? Na, weil ich ihr gerade gegenübersitze.«

»Weil es schon ziemlich spät war, als er gestern Abend zu ihr gefahren ist«, erzählte ich Elaine, »wollte er sie nicht mehr stören. Deshalb hat er auf der anderen Straßenseite geparkt und das Haus im Auge behalten. Und heute Morgen, als es ihm angebracht erschienen ist, hat er bei ihr geklingelt. Es hat ihn überrascht, dass sie sich an ihn erinnern konnte.«

»Als ob Mick jemand vergessen würde.«

»Das habe ich ihm auch gesagt, und er meinte nur, es gäbe ein paar Leute, die das gern würden.«

»Das kannst du laut sagen.«

»Das Haus hat eine Alarmanlage und gute Schlösser, und außerdem ist Mick bei ihr. Ich weiß nicht, warum ich nicht schon vorher darauf gekommen bin, mir um sie Sorgen zu machen, aber jetzt ist das nicht mehr nötig. Er hat ihre Eltern umgebracht, wie du sicher noch weißt.«

»Ja.«

»Sie wohnt immer noch dort. Ganz allein in dem großen Haus.«

»Und jetzt leistet ihr Mick Gesellschaft.«

»Sie spielen Cribbage«, sagte ich. »Das haben sie auch gemacht, als er vor vier Jahren auf sie aufgepasst hat.«

Ich griff nach dem Telefon und rief Ira Wentworth an und erzählte ihm das meiste davon, obwohl ich nicht glaube, dass ich auch erwähnte, dass sie Cribbage spielten. »Ich kann immer noch nicht verstehen, wie wir sie vergessen konnten«, sagte ich, »aber jetzt hat sie nichts mehr zu befürchten. Er wird nicht ins Haus kommen, und Gott steh ihm bei, wenn doch. Trotzdem wäre es vielleicht keine schlechte Idee, das Haus observieren zu lassen.«

»Weil er vielleicht auftaucht«, sagte er. »Ich habe bereits mit meinem Captain gesprochen, und wir werden die Lia-Parkman-Akte wieder öffnen. Deshalb kann ich wahrscheinlich auch zwei Mann in Zivil organisieren, die sich in ein Auto setzen und die Umgebung des Hauses observieren.«

Ich legte auf, und als das Telefon das nächste Mal läutete, war es Sussman. Der Obduktionsbefund hatte zwar noch vorläufigen Charakter, und man konnte sich nichts dafür kaufen, aber bisher deutete alles darauf hin, dass der Jugendliche in Queens und die Frau in Manhattan auf die gleiche Art und Weise getötet worden waren – mit einem einzigen Stich von hinten, zwischen die Rippen und direkt ins Herz. Die bei den zwei Morden verwendeten Waffen waren zumindest ähnlich und mit hoher Wahrscheinlichkeit identisch.

»Dabei«, sagte er, »müssen wir es vorerst allerdings belassen. Ich will es noch nicht mal aufschreiben, geschweige denn jemand erzählen. Wenn nämlich die Medien Wind von der Sache bekommen, ist hier der Teufel los. Kannst du dir die U-Bahn während der Rushhour vorstellen, wenn jeder Fahrgast aufpasst, dass ihm niemand ein Messer in den Rücken rammt.«

»Sie werden Metalldetektoren fordern«, sagte ich.

»An jeder Sperre. Und dann heißt es, alle Münzen aus den Taschen fummeln und in eine Schale legen und die Metrocard durchziehen. Echt super. Fest steht nur eins, wir müssen diesen Wichser schnellstens fassen. Denn auf so was kann man nicht unbegrenzt den Deckel draufhalten. Wenn er die Nummer noch mal durchzieht, einen weiteren Feierabendpendler abmurkst, reimt sich das irgend so ein Schlaumeier bei den Medien selbst zusammen. Und dann haben wir es auf der Titelseite jeder Zeitung und als erste Meldung aller Fernsehnachrichten, und auf den Straßen – und unter ihnen – bricht Panik aus.«

An diesem Abend machte ich es mir mit einem Buch in einem Sessel bequem, und Elaine kam zu mir und fragte besorgt, ob ich was hätte. Anscheinend hatte ich das Buch sinken lassen und, ohne es zu merken, fünf oder zehn Minuten vor mich hin gestarrt.

»Ich finde es schrecklich, nichts zu tun«, sagte ich. »Ich finde es schrecklich zu warten, dass etwas passiert, und zu hoffen, dass ich angemessen reagieren kann, wenn es so weit ist. Ich finde es schrecklich, mich hilflos und nutzlos und außen vor zu fühlen.«

»Auch alt?«

»Alt auch. Ich weiß, dass ich nichts tun kann als das, was ich bereits tue. Das ist mir völlig klar, und ich tue es weiterhin. Aber das ändert alles nichts daran, dass ich es furchtbar finde.«

Am nächsten Morgen ging es mir etwas besser. Sussman rief an, und ich konnte die Veränderung in seiner Stimme hören. »Wir haben ihn gefunden«, sagte er. Doch bevor ich reagieren konnte, korrigierte er sich. »Vielleicht sollte ich besser sagen, wir haben rausgefunden, wo er wohnt. Weit drüben im Westen in der Fifty-third Street. Eine Frau hat ihn anhand des Phantombilds erkannt und gesagt, er wäre der sympathische junge Mann, der sich so rührend um seinen Onkel Joe kümmert, der ins Veterans Hospital oben in der Bronx eingeliefert werden musste. Nur haben sie im VA nie was von einem Joe Bohan gehört, und ich vermute schwer, dass den guten alten Joe niemand mehr wiedersehen wird.«

»Wahrscheinlich war unser Freund aber nicht zu Hause.«

»Leider nein, aber sein Laptop. Der Laptop ist passwortgeschützt, aber wir haben da jemand, der ihn schneller knackt als ein Highschool-Kid ein Auto. Wir müssen uns jedoch gar nicht Zugang zu dem Laptop verschaffen, um zu wissen, dass er unserem Freund gehört, weil es der gute Joe nicht so mit dem Internet hatte. Man würde nicht mal merken, dass er jemals in dieser Wohnung gelebt hat, weil alle seine Sachen weg sind. Alles, was jetzt noch in der Wohnung ist, scheint dem Besitzer des Laptop zu gehören, darunter ein großes altes Messer. Sie sind gerade dabei, es mit den Messerattacken in der U-Bahn in Verbindung zu bringen. Und ich habe in der Nachbarschaft ein Dutzend Männer postiert, die aufpassen sollen, ob er zurückkommt, um seinen Laptop – oder sein Messer – zu holen.«

Kapitel 33

Manchmal kommt es ihm so vor, dass es tatsächlich Schutzengel gibt und dass er einen hat. In rationaleren Momenten erscheint ihm die die Vorstellung von einem Schutzengel vor allem als eine Metapher, als eine Möglichkeit, die geistig-mentale Fähigkeit, das Unwahrnehmbare wahrzunehmen, zu personifizieren.

Vor Jahren, während seines letzten Aufenthalts in New York, war er gerade nicht in seiner Wohnung in der Central Park West, als Scudder dort mit einem Polizeiaufgebot anrückte. Er war in einem Taxi, auf der Fahrt nach Hause, und stand kurz davor, das von Polizisten wimmelnde Foyer des Hauses zu betreten. Doch irgendetwas warnte ihn, worauf er das Taxi vorzeitig anhalten ließ, um das letzte Stück zu Fuß zurückzulegen und nach Anzeichen von Gefahr Ausschau zu halten.

Auch im Nachhinein könnte er nicht sagen, weswegen er damals stutzig geworden ist. Er kann sich nicht an irgendwelche in der Ferne heulende Polizeisirenen oder an erkennbare Veränderungen in der unmittelbaren Umgebung des Hauses erinnern, als er sich ihm genähert hat. Aber egal, wie man es nennen will – einen Schutzengel, ein höheres Selbst, eine Art außersinnliche Wahrnehmung –, irgendetwas hat ihn gewarnt, und er hat die Geistesgegenwart besessen, diese Warnung ernst zu nehmen.

Irgendetwas hat ihn veranlasst, kehrtzumachen und nicht in seine Wohnung in der Central Park West zu gehen, sondern sein Auto aus der Garage zu holen und nach Brooklyn zu fahren. Er hat nicht lang gebraucht, um dorthin zu kommen, und es hat auch nicht lang gedauert, dort alles unter Dach und Fach zu bringen, das Haus in der Meserole Street in Flammen aufgehen zu lassen und der Stadt für immer den Rücken zu kehren.

Alles nur, weil er auf seine innere Stimme gehört und sich nicht von rationalen Erwägungen hat leiten lassen.

Und jetzt macht er wieder die gleiche Erfahrung, spürt er die gleiche Art von Warnung. Sein Nacken krampft sich zusammen, seine Handflächen beginnen zu prickeln. Er geht auf der Ninth Avenue in Richtung Süden, als er es zum ersten Mal bemerkt. Er ist gerade an Elaines Laden vorbeigekommen, und sein erster Gedanke ist, dass er unter Beobachtung steht, dass ihm jemand folgt.

Er bleibt stehen, um im Fenster eines Restaurants die Speisekarte zu studieren, dreht sich in die eine, dann in die andere Richtung, blickt sich unauffällig um. Er sieht niemand, aber davon wird es auch nicht ausgelöst, dieses Gefühl, das er hat. Er wird nicht beobachtet.

Nein, etwas wartet auf ihn, das ist, was er spürt. Und er erinnert sich an dieses Gefühl, das er vor vier Jahren gehabt hat, als er den Taxifahrer abrupt hat anhalten lassen und das letzte Stück zu Fuß gegangen ist.

Er weiß noch genau, was ein paar Straßen weiter in der Central Park West auf ihn gewartet hat.

Er geht zur Fifty-third Street, biegt rechts ab, geht in Richtung Westen weiter. Er fühlt sich wie ein Kind, das etwas Verstecktes sucht und dem die anderen wärmer! *oder* kälter! *zurufen, je nachdem, wohin er sich wendet. Und jetzt wird es wärmer, er spürt es ganz deutlich, die feindliche Präsenz vor ihm macht sich immer stärker bemerkbar.*

Schließlich kommt er nahe genug, um sie in dem Block, in dem er wohnt, sehen zu können. Sie tragen keine blauen Uniformen, aber ein Blick genügt, um sie als das zu erkennen, was sie sind. Am Straßenrand steht ein Auto mit hochgeklappter Motorhaube, und die zwei Männer die über den Motorraum gebeugt stehen, könnten genauso gut uniformiert sein. Und dort ist eine Frau mit einem Kinderwagen, die mehr auf das Geschehen auf der Straße achtet als auf das Baby – bestimmt eine Puppe – in dem Wagen. Auf der Eingangstreppe des Nachbarhauses sitzen zwei Männer, die aus ihren in braunen Papiertüten steckenden Dosen trinken. Lauter Cops.

Das war's dann wohl mit seinem Laptop. Es hätte keinen Sinn, ihn jetzt noch zu holen, selbst wenn es ihm gelänge, sich an dem Polizeiaufgebot vorbeizumogeln. Sie haben ihn längst weggebracht, zusammen mit allem anderem, was er besitzt.

Was ist auf dem Laptop? Das Passwort wird ihn eine Weile schützen, aber wenn man eine bessere Mausefalle baut, wird sicher jemand eine bessere Maus bauen, und das gilt für seine eigenen Mausefallen ebenso wie für die anderer. In einer Stunde oder einem Tag oder einer Woche werden sie sein Passwort knacken, und was werden sie erfahren?

Ist dort die Angelegenheit Preston Applewhite dokumentiert? Muss sie eigentlich, glaubt er.

Macht aber nichts. Applewhite, der arme Teufel, hat längst das Zeitliche gesegnet, und wenn es dazu dient, ihn zu rehabilitieren, was soll's, das hat er mit

seinem Hinweis an die Richmonder Zeitung ohnehin schon in Gang gesetzt. Au-
ßerdem ist es sowieso ein Nullsummen-Universum. Jeder Zugewinn für Apple-
whites Reputation wird auf Kosten des Rufs der gesamten Strafjustiz des Staates
Virginia gehen.

Sollen sie den Laptop ruhig haben. Er kann sich jederzeit einen neuen besor-
gen. Bis dahin gibt es immer noch Internetcafés wie die Kinko's.

Und was hat er sonst noch verloren? Ein paar Kleidungsstücke, ein paar per-
sönliche Gegenstände. Einen Rasierapparat, eine Zahnbürste, einen Kamm.

Und das schöne Messer natürlich. Das Bowie von Reinhold Messer mit seiner
Klinge aus Damaszenerstahl, so gekonnt gemacht, so perfekt austariert.

Er schiebt die Hand in die Tasche, in der das Thaddy-Jenkins-Klappmesser
wartet, so kühl und glatt. Er kann nicht anders, er nimmt es heraus, lässt mit
einer lockeren Handbewegung, die ihm inzwischen in Fleisch und Blut überge-
gangen ist, die Klinge herausschnellen. Er prüft mit dem Daumen die Schneide,
spürt ihre Schärfe.

Und dann, mit einem gewissen Widerstreben, klappt er das Messer mit einem
Druck auf die Verriegelung zu und schiebt es in seine Tasche zurück.

Das Haus?

Er hat vorher schon daran gedacht, an das Haus in der West Seventy-fourth
Street. Ein wenig erscheint es ihm wie ausgleichende Gerechtigkeit, dass er es zu
seiner nächsten Bleibe machen wird, eine größere und komfortablere Muschel-
schale für den Einsiedlerkrebs als Joe Bohans versiffte Wohnung. Es sollte ja so-
wieso sein Haus werden, in einer früheren Zeit, als er noch dachte, ein Haus wäre
etwas, was er wollte.

Er hatte sogar – was ihm jetzt geradezu lächerlich erscheint – davon geträumt,
Kristin Hollander zu heiraten und ihr zu helfen, über den Verlust ihrer Eltern
hinwegzukommen. Sie ist ein hübsches junges Ding, Kristin, und eine Weile wäre
sie bestimmt eine anregende Gefährtin gewesen. Er hätte sie zum Beispiel von
der therapeutischen Notwendigkeit überzeugen können, im vorderen Zimmer, in
dem er ihre Mutter und ihren Vater getötet hatte, mit ihm zu schlafen.

Und wenn der Reiz dann irgendwann verflogen war, würde sich das arme
junge Ding – was sich mühelos arrangieren ließe – das Leben nehmen, und das
Haus würde ganz allein ihm gehören.

Wäre da nur nicht Matthew Scudder ...

Er schüttelt den Kopf, unterbindet diese Gedanken. Die Vergangenheit, ruft er sich in Erinnerung, heißt nicht umsonst so – sie ist vergangen, ein für alle Mal vorbei. Jemand hat sie ein anderes Land genannt, und wenn sie das ist, ist es keines, in dem man leben kann, und nicht einmal eines für einen längeren Besuch. Es ist das Hier und Jetzt, das ihn interessiert.

Sollte das Hier und Jetzt das Hollander-Haus einschließen?

Sie wohnt noch dort. So viel weiß er, und nicht nur, weil er den Eintrag im Telefonbuch gesehen hat. Auch sie hat er gesehen, als sie das Haus verlassen hat und zur Ecke gegangen ist, um sich ein Taxi zu nehmen. Und sie hat noch genauso ausgesehen, wie er sie in Erinnerung gehabt hat. Wie alt mochte sie inzwischen sein? Fünfundzwanzig, sechsundzwanzig? Jedenfalls Mitte zwanzig und immer noch bezaubernd.

Es hat eine Zeit gegeben, in der er einen Schlüssel für ihr Haus gehabt und den Code der Alarmanlage gekannt hat. Das Schloss ist längst ausgewechselt, der Code geändert worden. Trotzdem müsste es eine Möglichkeit geben, ins Haus zu kommen.

Und wenn er einfach nur bei ihr klingelt?

Sie käme an die Tür. Spät abends wäre sie wahrscheinlich auf der Hut, aber am Nachmittag würde sie bestimmt an die Tür kommen, um nachzusehen, wer es war.

Und wenn sie ihn erkennt?

Kristin, wird er sagen, was für eine Freude, Sie wiederzusehen! Und bis sie dazu kommt zu reagieren, bis ihr bewusst wird, dass sie keinen Anlass hat, sich über seinen Besuch zu freuen, ist er längst im Haus. Und dann spielt es keine Rolle mehr, was sie denkt oder fühlt oder zu tun versucht.

Wenn er mit ihr fertig ist, wird das Haus ihm gehören, solange er möchte. Der Einsiedlerkrebs wird eine luxuriöse neue Schale haben.

Kaum ist er in ihre Straße gebogen, spürt er eine andere Präsenz. Sein erster Impuls ist, wieder kehrtzumachen und sich zurückzuziehen, aber das Gefühl, das ihn dieses Mal überkommt, ist etwas anders geartet, und er beschließt, der Sache auf den Grund zu gehen. Er wird vorsichtig sein, er wird aufpassen, dass er beim

Auskundschaften nicht gesehen wird, aber er wird nicht den Schwanz einziehen und sich verdrücken, noch nicht.

In einem koreanischen Geschäft um die Ecke in der Columbus Avenue kauft er drei Laibe Weißbrot und zwei Rollen Küchentücher. Die Einkaufstüte, die sie ihm geben, ist randvoll, wiegt aber fast nichts. Er ist bereits zur Tür hinaus, als ihm einfällt, noch einen in grünes Papier eingeschlagenen Blumenstrauß zu kaufen. Wenn er mit einer Hand die Einkaufstüte an seine Brust drückt und mit der anderen den Blumenstrauß hält, sieht er harmlos und unauffällig aus und kann zugleich sein Gesicht vor neugierigen Blicken abschirmen.

Er geht in einem Gang, wie ihn die vermeintliche Last seiner Einkäufe erfordern würde, die Straße zu ihrem Haus hinunter. Es ist ihm möglich, in jedes geparkte Fahrzeug und jeden Hauseingang zu spähen. Er entdeckt nichts Verdächtiges, niemand, der ein getarnter Polizist sein könnte.

Warum dann die Warnung seines Schutzengels?

Er gelangt zu der Überzeugung, dass es ein Echo der ersten Warnung war. So funktioniert der Verstand, er beschwört die Erinnerung an ein Gefühl herauf, wenn er mit einer ähnlichen Situation konfrontiert wird. Und ist der Alarm, auch wenn er sich als ein falscher erwiesen hat, nicht dennoch hilfreich? Denn jetzt kann er mit einer Einkaufstüte und einem Blumenstrauß klingeln, die ihr den Blick auf sein Gesicht verstellen, wenn sie durch den Spion schaut. Das war eine Schwachstelle seines Plans gewesen, die Möglichkeit, dass ein Spion in der Haustür ist, durch den sie ihn erkennen kann, bevor sie die Tür öffnet. Doch jetzt muss sie die Tür öffnen, da sie sonst nicht sehen kann, wer sie besuchen kommt, und welche Frau würde einem Mann mit einem Blumenstrauß nicht öffnen.

Perfekt.

Er ist an ihrem Haus vorbei bis zum Ende der Straße gegangen. Dort macht er jetzt kehrt und nähert sich ihm erneut. Als er zwei Türen davon entfernt ist, nur wenige Schritte von der Eingangstreppe, die zu ihrer Haustür hinaufführt, lässt ihn etwas wie angewurzelt stehenbleiben. Er hält kurz inne, um sich alles vorzustellen: wie er klingelt, wie er die Einkäufe und den Blumenstrauß so hält, dass sie ihren Zweck erfüllen, wie er wartet, dass die Tür aufgeht, und dann fest dagegen drückt, sich ins Haus schiebt, alles fallen lässt und ihr mit aller Kraft einen Schlag gegen die Brust oder in den Bauch verpasst, damit sie nicht reagieren oder schreien kann, bevor er dazu kommt, die Tür hinter sich zuzuziehen.

Und wie er nun dasteht und alles so deutlich vor sich sieht, als ob es tatsächlich passieren würde, kommt ein Auto angefahren und parkt direkt gegenüber von Kristins Haus neben einem Feuerhydranten.

Zwei Männer, und ihm wird sofort klar, es sind Cops.

Der Fahrer stellt den Motor ab. Sein Beifahrer steigt aus, geht in die Mitte der Straße und hebt eine Hand an die Stirn, um die Augen zu beschirmen, als er die Hausnummer abliest. Dann dreht er sich um, steigt wieder in den Wagen und öffnet das Seitenfenster, um Kristin Hollanders Haus besser im Blick zu haben.

Und da hat er doch allen Ernstes eine unmissverständliche Warnung als unwichtig abgetan, als bloßen Nachhall! Egal, wie es dazu gekommen ist, ist er nicht auf die physische Anwesenheit der Polizisten aufmerksam gemacht worden (die zu diesem Zeitpunkt noch nicht da waren), sondern auf eine drohende Gefahr.

Sein Gesicht vom Blumenstrauß verdeckt, seine Harmlosigkeit von der Sperrigkeit seiner Einkäufe unterstrichen, geht er in seinem bisherigen ein wenig schwerfälligen Gang weiter und biegt um die Ecke, wo er ihren Blicken entzogen ist. Eine Straße weiter wirft er seine Einkäufe in einen Abfalleimer und setzt seinen Weg in normalem Tempo fort.

Wenn sie das Hollanderhaus observieren, wissen sie, wer er ist.

Oder zumindest ahnen sie es. Dass er bei dem Brand in Brooklyn nicht ums Leben gekommen ist, dass die Leiche im Keller jemand anders war, dass er, der getötet hat und entkommen ist, überlebt hat, um weiter zu töten.

Die Vorstellung entbehrt nicht eines gewissen Reizes. Er weiß, es ist paradox, dass er, der so sehr auf Anonymität bedacht ist, zugleich nach Anerkennung giert. Es scheint außer Frage zu stehen, dass er ein Genie ist, wenn auch nicht auf einem Gebiet, das von den Nobel-Komitees gutgeheißen würde. Dennoch hat er das menschliche Bedürfnis, für das anerkannt zu werden, was er ist – und genügend gesunden Menschenverstand, um sich der Gefahren solcher Anerkennung bewusst zu sein.

Er fragt sich wieder einmal, ob es nicht vielleicht Zeit ist unterzutauchen. Er hat die Kleider, die er am Leib trägt, Geld in seiner Brieftasche und eine Kreditkarte, die ihm Zugriff auf ein paar Tausend Dollar auf einem Bankkonto auf der anderen Seite des Landes verschafft. Er erinnert sich nicht mehr an den Namen, unter dem er das Konto eröffnet hat, oder an den Namen und den Sitz der Bank, *aber spielt das denn eine Rolle? Er hat die Karte und kennt die PIN, und mehr braucht er nicht zu wissen.*

Und was hat er sonst noch? Die Schärfe seines Verstands, die Stärke seines Willens und die Einflüsterungen seiner Intuition.

Und natürlich das Messer in seiner Tasche.

Genug, um ihn überallhin zu bringen, wohin er will. Soll er also verschwinden?

Kapitel 34

Der Anruf kam kurz nach fünf. Ich ließ ihn auf den Anrufbeantworter gehen, und nachdem wir meine auf Band gesprochene Ansage angehört hatten, blieb es so lange still, dass ich schon dachte, der Anrufer hätte aufgelegt.

Doch dann: »Ähm, hallo, Matt S. Hier ist Abie.«

Elaine war bei mir im Wohnzimmer, und aus ihrem Gesicht wich alle Farbe, als sie die Stimme erkannte. Das tat sie natürlich, weil sie sie gehört hatte, als er zu ihr in den Laden gekommen war, um den bronzenen Brieföffner zu kaufen.

Ich nahm ab und sagte: »Hallo.« Zugleich fragte ich mich, warum ich überhaupt etwas sagte.

»Ich versuche schon die ganze Zeit, meinen Tutor zu erreichen«, sagte er. »Ich hatte gehofft, damit zu seiner Stärke, Hoffnung und Erfahrung beizutragen. Aber er geht nicht ans Telefon, deshalb rufe ich Sie an.«

»Aha.«

»Vielleicht können auch Sie mir sagen, dass ich nichts trinken und zu einem Treffen gehen soll. Das würde mir vielleicht helfen, nicht vom rechten Weg abzukommen.«

»Was wollen Sie?«

»Was ich will? Eigentlich nur ein bisschen reden. Und Sie werden wahrscheinlich versuchen, mich am Reden zu halten, damit Sie den Anruf zurückverfolgen lassen können.«

Dafür hatten wir noch keine Vorkehrungen getroffen. Heutzutage ist das nicht mehr sonderlich schwierig, aber in diesem Fall hatten wir es nicht für nötig befunden. Wir wussten, dass er Bill mehrere Male angerufen hatte, und eine Überprüfung von Bills Anrufliste hatte ergeben, dass Abie jedes Mal ein nicht zurückzuverfolgendes Handy verwendet hatte. Und für den Fall, dass er mich anrufen sollte, würde er dasselbe Telefon verwenden. Warum also eine Fangschaltung einrichten?

»Sie können sich übrigens die Mühe sparen«, sagte er. »Ich telefoniere von einem Münzapparat in der Penn Station, und in sieben Minuten werde ich in einem Zug sitzen. Ich bin zu der Überzeugung gelangt, dass es Zeit ist zu verschwinden.«

»Ich fände es besser, wenn Sie noch etwas blieben.«

»Ach ja? Dann seien Sie mal lieber vorsichtig, was Sie sich wünschen, mein Bester.«

»Weil mein Wunsch in Erfüllung gehen könnte?«

»So heißt es jedenfalls. Oder wollen Sie mir erzählen, dass mir zu helfen ist, und dass Sie dafür sorgen werden, dass ich Hilfe erhalte, wenn ich mich stelle?«

»Nein«, sagte ich, »das will ich Ihnen nicht erzählen.«

»Nein?«

»Ich will nicht, dass Ihnen geholfen wird. Ich will, dass Sie umgebracht werden.«

»Das nenne ich direkt«, sagte er. »Umso mehr Grund für mich, von der Bühne zu gehen, finden Sie nicht auch? Nicht, dass ich mich nicht gern weiter mit Ihnen unterhalten würde, aber ich darf meinen Zug nicht versäumen. Aber eines noch. Würden Sie bitte meinen Tutor anrufen? Bill, diesen alten Knaben, den sie Wilhelm den Schweiger genannt haben. In letzter Zeit ist er allerdings noch schweigsamer geworden, und mir wäre wohler, wenn Sie nach ihm sehen würden.«

Damit unterbrach er die Verbindung. Ich legte das Telefon beiseite und sah Elaine an.

»Am liebsten würde ich den Anrufbeantworter wegwerfen und einen neuen kaufen«, sagte sie. »Oder ihn zumindest gründlich desinfizieren.«

»Kann ich gut nachvollziehen.«

»Vielleicht sollte ich die ganze Wohnung desinfizieren. Das hat sie dringend nötig, seit diese Stimme von ihren Wänden widergehallt ist.«

»Die ganze Stadt sollte desinfiziert werden.«

»Die ganze Welt. Wen rufst du an?«

»Bill«, sagte ich. Das Telefon läutete und läutete. Ich legte kurz auf und wählte die Nummer noch einmal, mit dem gleichen Ergebnis.

»On, oh«, sagte ich.

Sie fanden Bill mit mehreren Stichwunden in der Brust tot in seiner Wohnung. Seine Hände und Unterarme wiesen mehrere Schutzverletzungen auf, die darauf hindeuteten, dass er seinen Mörder abzuwehren versucht hatte.

Sussman checkte die Telefondaten, und wie sich herausstellte, war der Anruf, den wir bekommen hatten, tatsächlich von einem Münztelefon in der Penn Station erfolgt. Ich wusste nicht, wie ich das deuten sollte.

»Eins der Dinge, die wir in der Fifty-third Street gefunden haben«, sagte er, »war ein Handy-Ladegerät. Das könnte heißen, dass sein Akku leer war. Deshalb musste er einen Quarter ausgeben, um Sie anrufen zu können.«

»Er hat von der Penn Station angerufen«, sagte ich, »und er hat gesagt, dass er von der Penn Station anruft.«

»Und?«

»Das heißt, er wollte, dass ich das weiß. Er erzählt es mir nicht nur, er weiß auch, dass wir es anhand der Telefondaten herausfinden werden.«

»Er will, dass wir glauben, er verschwindet aus New York.«

»Vielleicht. Oder er verschwindet tatsächlich und möchte, dass wir glauben, er bleibt.«

»Indem er uns sagt, dass er es nicht tut.«

»Genau.«

Elaine sagte: »Nach dem Motto: ›Wie sollst du mir glauben, wenn ich sage, ich liebe dich, wenn du weißt, ich habe mein Leben lang gelogen?‹, wie es in diesem Song von Fred Astaire so schön heißt.«

»Niemand schreibt heute noch solche Songs«, sagte Sussman. »Darum schlage ich vor, wir fassen mal zusammen, was wir wissen. Sicher ist nur, dass er entweder aus New York verschwindet oder nicht. Darauf läuft es doch hinaus?«

Für mich lief es darauf hinaus, dass ich zum Treffen ins St. Paul's ging. Mir war zwar nicht danach, aber irgendjemand musste ihnen erzählen, was mit Bill passiert war, und ich fand, dass ich es tun sollte. Ich kam etwas zu spät, erst nach der Qualifikation, aber rechtzeitig für die allgemeine Diskussion, und ich wurde zum Überbringer schlechter Nachrichten.

Abgesehen davon, dass wir ein langjähriges Mitglied verloren hatten, musste ich allen klarmachen, dass ihnen möglicherweise Gefahr drohte und dass sich unmöglich abschätzen ließ, wie konkret diese Gefahr war. Abie – so nannte ich ihn beim Treffen, weil sie ihn unter diesem Namen kannten – war einerseits eiskalt berechnend und total rational, andererseits ein mordgieriger

Irrer. Genauso wenig, wie ich sagen konnte, ob er aus New York verschwunden war oder nur so getan hatte, konnte ich sagen, ob der Mord an seinem Tutor ein erstes Scharmützel in einem Einmannkrieg gegen die New Yorker Anonymen Alkoholiker war oder ob er damit lediglich mir persönlich eine Botschaft übermitteln wollte. Ich kam mir vor wie die blöde Regierung, wenn sie die Alarmstufe von Gelb auf Orange erhöhte. Was ich sagte, war: Hört auf vorsichtig zu sein und fangt an, noch vorsichtiger zu sein. Und macht euch keine Sorgen. Wir lassen es euch wissen, wenn ihr besonders vorsichtig sein sollt.

Hinterher ging ich nicht ins Flame mit. Ich hatte Elaine zwar nicht allein gelassen – TJ war bei ihr –, aber ich wollte trotzdem möglichst schnell nach Hause.

Auf dem Heimweg hatte ich ständig das Gefühl, beobachtet zu werden. Ich schaute mich um, aber mir fiel nichts Verdächtiges auf.

Kapitel 35

Der Scheißkerl ist auf der Hut.

Man sieht es an seinem Gang, man sieht es an der Art, wie er ständig seine Umgebung im Blick behält. Vielleicht spürt er, dass er beobachtet, dass er beschattet wird. Vielleicht ist es auch nur ein Hinweis darauf, wie beunruhigt er ist.

Und bewaffnet ist er auch. Man sieht die Pistole zwar nicht, aber es ist völlig klar, wo sie ist – sie steckt an seiner rechten Hüfte im Hosenbund. Sein Polohemd, das er über der Hose trägt, reicht weit genug nach unten, um sie zu verbergen, aber wenn man ihn beobachtet, ist nicht schwer zu erkennen, wo er sie trägt, weil seine rechte Hand immer in der Nähe dieser Stelle ist, jederzeit bereit, nach der Pistole zu greifen, sollte sich die Notwendigkeit ergeben.

Und wäre er schnell genug? Der Mann ist Mitte sechzig und hat wahrscheinlich nicht mehr die Reaktion eines Teenagers. Er ist angespannt, und bestimmt geht er in Gedanken immer wieder durch, wie man schnell zieht, aber angenommen, er überrumpelt ihn, angenommen, er rennt mit dem aufgeklappten Messer von hinten auf ihn zu. Wie lang wird Scudder brauchen, um das Geräusch nahender Schritte richtig einzuordnen? Wie rasch wird er sich umdrehen, wie schnell kann die linke Hand das Hemd beiseite ziehen, damit die rechte an die Pistole kommt?

Auf der Straße sind andere Leute unterwegs, aber um sie braucht er sich nicht zu kümmern. Bis sie merken, was vor ihren Augen passiert, ist es bereits vorbei, und er ist bereits um die Ecke verschwunden, während Scudder blutend auf dem Gehsteig liegt.

Es ist machbar. Ist es einen Versuch wert?

Nein, noch nicht.

Vielleicht hätte er eine Fahrkarte kaufen sollen. Zum Beispiel einen Platz im Metroliner nach Washington reservieren. Auf einen Namen, der ihnen etwas sagt, Arden Brill oder Alan Breit oder Arne Bodinson.

Aber werden sie die Fahrkartenkäufe überhaupt überprüfen? Und werden sie einem solchen Fahrkartenkauf große Bedeutung beimessen, falls es ihnen überhaupt gelingt, ihn zu entdecken?

Wahrscheinlich reine Zeitverschwendung. Auch Geldverschwendung.

Was Letzteres angeht, hat er Geld zu verschwenden. Dank des verstorbenen Wilhelms des Schweigers, der dann doch nicht so schweigsam war, ist seine Brieftasche mit einem frischen Vorrat an Bargeld gefüllt. Als klar war, dass sonst nichts sein Leben retten würde, hat der gute alte Bill Bankkarte und PIN herausgerückt. Das hat es ihm dann natürlich auch nicht gerettet, und er kann nicht wirklich geglaubt haben, dass es das tun würde, aber es ist nicht einfach, klar zu denken, wenn einen jemand auf den Boden drückt und mit einem Messer auf einen einsticht.

Nachdem ihm die PIN verraten worden war, machte er ein letztes Mal von dem Messer Gebrauch. Und kurz danach hob er 500 Dollar von Bills Konto ab. Zusammen mit dem Bargeld, das Bill in seiner Sockenschublade aufbewahrte, hatte das seine finanzielle Lage deutlich verbessert.

Geld war also kein Problem.

Aber er braucht eine Unterkunft. Er wird irgendwann schlafen wollen, und eine Dusche kann auch nicht schaden.

Und er muss eine Möglichkeit finden, an die Scudders ranzukommen.

Ein Lächeln legt sich über seine Lippen, das zaghafte Halblächeln, das er in Virginia im Rückspiegel geübt hat. Zwei Fliegen, denkt er. Und er weiß auch schon, wo er die Klappe finden kann.

Der Mann heißt Tom Selwyn. Er ist über eins achtzig groß und dürfte deutlich über hundert Kilo wiegen. Trotz seines Gewichts hat er nichts Schwerfälliges; er ist einer dieser Dicken, die unausweichlich als »agil« bezeichnet werden. Er ist zweifellos ein guter Tänzer, auch wenn das wahrscheinlich niemand herausfinden wird. Die Musikbox der schummrigen Bar in der Fifty-eighth Street ist zwar mit einer ganz passablen Auswahl an Jazznummern und Standards bestückt, aber es gibt keine Tanzfläche.

»Alden«, sagt Tom Selwyn. »Alden. Wie Miles Standishs guter Freund?«

Das wäre doch eine Idee. »Sie werden es nicht glauben«, sagt er, »aber meine Mutter, die mir nie verzeihen würde, wenn ich nicht sofort erwähnen würde, dass sie Mitglied der Daughters of the Revolution ...«

»Kann ich mir gut vorstellen.«

»Jedenfalls ist es ihr gelungen, einen Genealogen zu finden, der eine direkte

Abstammungslinie von John Alden und Priscilla Mullins« – wie ist immer dieser Name nur so schnell eingefallen? – »zu ihr und damit auch zu mir herstellen konnte. Am liebsten hätte sie mich deshalb John Alden Beals genannt, aber mein Vater hieß bereits John, und sie fand, ein John in der Familie wäre genug. Deshalb hat sie das John gestrichen und mich nur Alden genannt.«

»Alden Beals.«

Er macht, mit einem Anflug von Theatralik, eine leichte Verneigung. »Der bin ich.«

»Ich habe Sie übrigens schon ein paarmal hier gesehen.«

»Tatsächlich?«

»Sie sind nicht zum ersten Mal im Griselda's. Ich habe Sie bestimmt schon zwei-, dreimal reinkommen und einen Single Malt bestellen sehen, vielleicht dieselbe Sorte, die Sie heute Abend trinken …«

»Eher nicht. Ich bin nicht sonderlich treu. Immer auf der Suche nach was Besserem.«

»Kann ich gut verstehen.«

»Immer dafür zu haben, was Neues auszuprobieren.«

»Schon klar. Sie sind reingekommen, haben was zu trinken bestellt, haben Ihr Glas in aller Ruhe leer getrunken und sind schließlich gegangen, ohne mit jemandem ein Wort zu wechseln.«

»Ich hätte nie gedacht, dass jemand von mir Notiz nehmen würde.«

»Ich bitte Sie. Ein attraktiver Mann wie Sie? Sicher haben Sie die Blicke, darunter auch meine, gespürt. Aber Sie haben nicht den Eindruck gemacht, als wäre Ihnen nach Gesellschaft.«

Er bleibt eine Weile still, dann sagt er: »Ich habe zu Hause jemand.«

»Ah, verstehe.«

»Aber dort will ich nicht unbedingt immer sein.«

»Und wo wären Sie jetzt gern, Alden?«

»Im Moment«, sagt er, »wäre ich am liebsten genau da, wo ich gerade bin. Hier, in dieser gemütlichen Umgebung, wo ich mit einem äußerst sympathischen und gut aussehenden Herrn ein anregendes Gespräch führe.«

»Zu freundlich von Ihnen.«

»Es ist nichts als die Wahrheit. Das Problem ist nur …«

»Ich hoffe doch nicht, es gibt ein Problem.«

»Nur, dass sie hier bald schließen.«

Selwyn sah auf seine Armbanduhr, ein Tourneau-Modell mit flachem Gehäuse und großem Zifferblatt. »Allerdings«, bestätigt er ihm. »Und wo würdest du gern hingehen, wenn sie den Laden hier dichtmachen?« Und, als er zögert, fügt er hinzu: »Was hat deine Ur-Ur-Ur-Ur-Ur-Urgroßmutter gleich wieder gesagt? ›Warum triffst du diese Entscheidung nicht selbst, Alden?‹«

Er hat den Blick gesenkt. Jetzt hebt er ihn, schaut Tom Selwyn in die Augen und sagt: »Ich würde gern mit zu dir kommen.«

Der Türsteher sitzt links vom Eingang an einem Schreibtisch. Damit hat er gerechnet, und deshalb ist er beim Betreten des Hauses an Selwyns rechter Seite, damit ihn sein großer Begleiter vor den Blicken des Türstehers abschirmt. Die zwei grüßen einander. (»'N Abend, Mr. Selwyn.« »Wunderschöner Abend heute, Jorge. Sammy hat heute wohl wieder mal einen aus dem Stadion gedroschen.«)

Im Lift drückt Selwyn auf die Neun und seufzt, als die Tür zugeht. »Sammy Sosa«, erklärt er. »Er und Jorge kommen aus demselben Dorf in der Dominikanischen Republik. Obwohl es wahrscheinlich nicht groß genug ist, um es als Dorf zu bezeichnen. Was ist noch kleiner als ein Dorf?«

»Ein Weiler?«

»Klar, stimmt. Oder vielleicht ist es auch nur eine Einöde. Interessierst du dich für Baseball?«

»Nein.«

»Ich auch nicht, aber ich halte mich immer über Sammy Sosas Glanztaten auf dem Laufenden, damit Jorge und ich was zu reden haben. Er spielt bei den Cubs. Sosa, meine ich, nicht Jorge. Die Cubs spielen in Chicago, in dem Stadion, in dem sie kein Flutlicht hatten, aber inzwischen schon. So, da wären wir.«

Die Wohnung besteht aus einem etwa dreißig Quadratmeter großen, hohen Zimmer mit einer kleinen Kochnische. Mit Ausnahme des Plattformbetts, auf dem sich die Kissen türmen, besteht die restliche Einrichtung aus Antiquitäten. An einer Wand hängt ein großes abstraktes Ölgemälde in einem schlichten schwarzen Rahmen, die anderen Wände zieren gruppenweise angeordnete Drucke und Zeichnungen. Es ist, findet er, ein äußerst ansprechendes Ambiente und eine deutliche Verbesserung gegenüber Joe Bohans Wohnung; schade, dass er nicht lang hier bleiben wird.

»Ich genehmige mir noch einen Scotch«, sagt Selwyn.

»Später vielleicht.«

»Oh, da kann es wohl jemand nicht erwarten.«

»Jemand will nicht mal reden«, sagt er und fängt an, sich auszuziehen. Sein Gastgeber zieht eine Augenbraue hoch, dann knöpft er sein Hemd auf, streift es ab, zieht die Hose aus. Seine Kleider haben seine Körperfülle ein wenig kaschiert; in nacktem Zustand zeigt sich, wie korpulent er tatsächlich ist.

»Ich hatte immer schon Hemmungen, mich auszuziehen«, sagt Tom Selwyn. »Du kannst dir bestimmt denken, wie ich den Sportunterricht gehasst habe. In letzter Zeit habe ich allerdings gemerkt, dass es durchaus Leute gibt, die nichts gegen Rubensfiguren haben. Und zu denen scheinst auch du zu gehören, hm? Kein Wunder also, dass du keine Zeit mit Trinken oder Smalltalk verlieren willst. Du bist schon richtig in Fahrt, hm? Um nicht zu sagen, bestens bestückt. Und bevor ich's vergesse, die Gummis sind in der Schublade dort drüben. Die großen sind links. Aber darf ich dir vielleicht beim Überstreifen helfen?«

Selwyn verwöhnt ihn erst eine Weile versiert mit dem Mund, bevor er ihm das Kondom überstreift. Dann kniet er neben dem Bett nieder, legt die Unterarme auf die Matratze und präsentiert ihm seine ausladenden Pobacken. Es ist nichts Attraktives an dem Anblick, und auch sonst hat Selwyn nichts, was ihn zu einem begehrenswerten Sexualobjekt macht, und doch wird er überwältigt von dem Bedürfnis, diesen Mann zu haben.

Aber erst einmal zieht er das Messer aus der Hosentasche und verbirgt es in seiner Hand. Dann tut er, was von ihm erwartet wird, und bringt Selwyn zum Höhepunkt, während er seinen eigenen Orgasmus zurückhält.

Selwyns Atmung normalisiert sich, und er will aufstehen, doch eine Hand auf seiner Schulter hält ihn davon ab.

»Ist ja irre«, sagt er. »Er steht dir immer noch. Du bist noch nicht gekommen, hm? Aber mach ruhig. Ich will, dass du kommst.«

»Ich kann nicht.«

»Physiologisch bedingt? Oder wegen irgendwelcher Drogen? Wenn ich etwas Spezielles für dich tun soll ...«

»Ich will nicht kommen«, sagt er. »Ich spare es mir für eine Frau im vierzehnten Stock auf.«

Darauf kommt es zu einer Pause, einer richtig prickelnden Pause, und dann will Selwyn etwas sagen, aber er kommt nicht mehr dazu. Die Hand bewegt sich, das Messer bewegt sich, und aus seiner aufgeschlitzten Kehle spritzt Blut. Sein

Körper zuckt und bockt, dreht sich heftig hin und her, und das Blut spritzt in alle Richtungen.

Zum Glück ist das Bad bestens ausgestattet, die Dusche eine wahre Wonne. Und danach das Sofa, von Blutspritzern unberührt, und wenn es auch nicht so bequem ist, wie es das große Bett vermutlich wäre, lässt es bestimmt nichts zu wünschen übrig.

Er schläft rasch ein, und sein Schlaf ist tief und selbstverständlich auch ruhig.

Um sechs klingelt der Wecker. Er hat vier Stunden Schlaf bekommen und könnte noch ein paar mehr vertragen. Aber der Morgen ist die beste Tageszeit.

Angenommen, er bleibt noch vierundzwanzig Stunden hier? Es scheint ihm wenig wahrscheinlich, dass jemand nach Selwyn sehen kommt. Andererseits wird die Anwesenheit des Mannes den Aufenthalt in der Wohnung immer unerfreulicher machen. Die Klimaanlage tut ihr Bestes, trotzdem ist die Luft durchsetzt vom süßlichen Gestank verwesenden Fleisches und Blutes. In vierundzwanzig Stunden ...

Nein, es lohnt sich nicht, sich darüber Gedanken zu machen. Außerdem müsste er die ganze Zeit hier bleiben, weil er nicht mehr in die Wohnung käme, sobald er sie einmal verlassen hat. Er bräuchte Selwyn an seiner Seite, um Zutritt zum Parc Vendome zu erhalten, und Selwyn ist nicht mehr der aufgekratzte Gefährte, der er vor wenigen Stunden war.

Zeit zu gehen.

Er unternimmt nicht einmal den Versuch, in der Wohnung sauber zu machen und Spuren seines Aufenthalts zu beseitigen. Inzwischen haben sie aus Joe Bohans Wohnung in der West Fifty-third Street bestimmt einen kompletten Satz seiner Fingerabdrücke. Zwar hat er wie üblich versucht, möglichst keine glatten Oberflächen zu berühren, aber sein Laptop und der Tisch, auf dem er gelegen hat, sind voller Fingerabdrücke, und was macht es schon groß? Sie haben seine Fingerabdrücke, und jetzt werden sie von dem Badetuch, mit dem er sich nach dem Duschen abgetrocknet hat, auch seine DNA bekommen, aber das heißt lediglich, dass sie ihn identifizieren können, wenn sie ihn jemals zu fassen bekommen sollten.

Und identifizieren werden sie ihn sowieso können. Es gibt zu viele Leute, die ihn gesehen haben und bei einer Gegenüberstellung auf ihn deuten würden. Wenn sie ihn fassen, wenn sie ihn in Wisconsin oder Wyoming wegen Alkohol am

Steuer festnehmen, wird die routinemäßige Überprüfung seiner Fingerabdrücke genügen, um seiner Karriere, wenn nicht sogar seinem Leben ein Ende zu setzen.

Aber er betrinkt sich nie und trinkt nie etwas, wenn er anschließend fahren muss.

Daran wird es also nicht liegen. Früher oder später könnte es wegen etwas anderem sein, aber das liegt alles in weiter Zukunft – oder in naher Zukunft, aber mit Sicherheit nicht in der Gegenwart. Und die Gegenwart ist das, was jetzt ist, und jetzt ist die einzige Zeit, die jemals ist. Und was ist letztlich das Einzige, was man bekommt?

Man bekommt, was man bekommt.

Das Haus hat auf beiden Seiten ein Treppenhaus, aber es scheint einfacher, den Lift zu nehmen. Er ist leer, als er im neunten Stock hält, und das Einzige, was ihm Sorgen macht, ist die Möglichkeit, dass jemand, der ihn erkennen könnte – Scudder, Elaine, der junge Schwarze, ein Polizist – auf den Lift wartet, wenn im vierzehnten Stock die Tür aufgeht. Aber es ist früh, noch nicht sieben Uhr, und das verringert diese Wahrscheinlichkeit erheblich.

Und er hat nicht viel Zeit, um sich darüber Gedanken zu machen, weil der Lift sein Ziel erreicht hat, bevor er groß darüber nachdenken kann. Als er mit Selwyn nach oben gefahren ist, hat er gesehen, wo die Überwachungskamera der Aufzugkabine angebracht ist, auf die der Türsteher unten im Foyer hin und wieder ein Auge wirft (falls er es der Mühe für nötig hält). Jetzt postiert er sich so, dass die Kamera möglichst wenig von ihm erfasst, und er achtet darauf, mit dem Körper das Messer zu verdecken, das er aufgeklappt an seiner Seite hält.

Aber natürlich wartet niemand auf den Lift, und auch der Flur ist verlassen. Er geht zur Tür von Apartment 14-G, wo ihm ein Blick auf das Türschild bestätigt, dass es tatsächlich die Wohnung der Scudders ist.

Wenn er einen Schlüssel hätte ...

Aber leider hat er keinen. Und jede Möglichkeit, die ihm einfällt, um sich Zutritt zu der Wohnung zu verschaffen, hat wahrscheinlich zur Folge, dass der männliche Bewohner des Apartments mit gezogener Waffe an die Tür kommt oder die Tür erst gar nicht öffnet, sondern nur die Polizei ruft.

Deshalb, halte dich an deinen Plan.

Er geht den Flur zum hinteren Treppenhaus hinunter. Ein paar Meter von dessen Zugangstür befindet sich eine weitere Tür, die in eine Kammer mit dem Müllschlucker und zwei Recyclingtonnen führt. Die Mülltonnen lassen sich mit einem Lastenaufzug leeren.

Im Treppenhaus könnte eine Überwachungskamera sein, aber es ist nicht sehr wahrscheinlich, dass es für jedes Stockwerk eine gibt. Hier, in der Müllkammer, ist keine Kamera, aber es könnte ein Hausbewohner mit seinem Müll hereinkommen, und wie wollte er der oder dem Betreffenden seine Anwesenheit hier erklären?

Plötzlich hat er eine Vision von einem Strom von Hausbewohnern, lauter alten Frauen mit Einkaufstüten voller Müll, und ihm bleibt keine andere Wahl, als sie der Reihe nach zu erstechen, zu zerstückeln und in den Müllschlucker zu stopfen, und alles in großer Hektik, um jede verschwinden zu lassen, bevor die nächste auftaucht.

Deshalb entscheidet er sich für das Treppenhaus. Es ist nirgendwo eine Kamera zu sehen, und wenn er sie nicht sehen kann, wie soll sie dann ihn sehen?

Er lässt die Tür ein paar Zentimeter offen stehen. Das gestattet ihm einen unverstellten Blick auf die Tür von 14-G, ohne seine Anwesenheit zu verraten.

Jetzt ist alles, was noch nötig ist, Geduld. Und das ist eine Eigenschaft, die er immer schon im Überfluss gehabt hat.

Kapitel 36

Ich schlief schlecht und träumte immer wieder, dass ich etwas getrunken hatte. Beim Aufwachen konnte ich mich an keine Einzelheiten erinnern, aber ich machte mir Sorgen, es könnte mehr als ein Traum gewesen sein: dass ich tatsächlich etwas getrunken hatte.

Elaine schlief noch. Um sie nicht zu wecken, stand ich leise auf. Auf jedem unserer Nachttische lag eine Schusswaffe – auf meinem der 9mm-Revolver, auf ihrem die 38er. Als ich nach dem Duschen ins Schlafzimmer zurückkam, war das Bett leer, und das war auch Elaines Nachttisch.

Ich zog mich an und ging in die Küche. Dort war sie nicht, aber sie hatte Kaffee gemacht, und die 38er lag jetzt neben der Kaffeemaschine auf der Arbeitsplatte. Ich ging durch die Wohnung, um nach ihr zu suchen, und als ich in die Küche zurückkam, hörte ich die Dusche laufen. Ich schenkte mir eine Tasse Kaffee ein und toastete einen Muffin, und als ich mir die zweite Tasse einschenkte, kam sie in die Küche. Sie trug einen seidenen Morgenmantel, den ich ihr vor ein paar Jahren zu Weihnachten geschenkt hatte. Es war eins meiner erfolgreicheren Geschenke. Sie hatte sich noch nicht geschminkt, und ihr blank geschrubbtes Gesicht sah aus wie das eines Mädchens.

Sie fragte, ob ich Eier wollte, und ich überlegte und entschied, dass ich keine wollte. Sie machte den Fernseher an, aber in den Lokalnachrichten kam nichts, was meine Aufmerksamkeit erregte. Eigentlich gab es nur ein Thema, das uns beide interessierte.

Ich sagte: »Vielleicht ist er gar nicht mehr in New York.«

»Nein. Er treibt sich noch irgendwo in der Stadt herum.«

»In diesem Fall hat er nicht mehr viel Zeit. Sie haben seine Fingerabdrücke.«

»Na, und wenn schon. ›Achtung, Achtung: halten Sie nach einem Mann mit folgenden Fingerabdrücken Ausschau …‹«

»Das Entscheidende ist, dass sich das Netz immer enger um ihn zusammenzieht. Wenn er gestern diesen Zug nicht genommen hat, wird er Mühe haben, das heute noch zu tun. Sie werden in der Penn Station nach ihm Ausschau halten. Und in der Grand Central und am Busbahnhof und auf den Flughäfen.«

»Er könnte ein Auto haben«, sagte sie. »Oder jemand umbringen und sich seines nehmen.«

»Durchaus möglich.«

»Er ist noch hier. Ich spüre es ganz deutlich.«

Ich wäre schneller zur Hand, solche Ahnungen als Unsinn abzutun, hätte ich nicht im Lauf der Jahre gelernt, sie ernst zu nehmen, wenn ich selbst welche habe. Und dieses Mal wäre es mir besonders schwer gefallen, ihr zu widersprechen, weil ich derselben Meinung war. Ich war mir zwar nicht so sicher wie sie, aber auch ich glaubte nicht, dass er die Stadt verlassen hatte.

Und hatte ich nicht gespürt, wie er mich beobachtete, als ich am Abend zuvor von dem Treffen nach Hause ging?

Vielleicht, vielleicht auch nicht. Vielleicht war meine Besorgnis eine hinreichende Erklärung für das, was ich gespürt hatte. Sie war weiß Gott groß genug, um das hinzukriegen.

Ich sagte: »Wahrscheinlich hast du recht. Aber egal, ob du richtig liegst oder falsch, wir müssen uns so verhalten, als ob er hier wäre.«

»Das heißt, weiter in der Wohnung bleiben.«

»Leider ja.«

»Ich mache dir keine Vorwürfe. Mir fällt, weiß Gott, das Dach auf den Kopf, und es ist so schlimm wie noch nie in meinem Leben, aber ich habe auch noch nie solche Angst gehabt. Unter den momentanen Umständen hättest du eher Mühe, mich dazu zu bringen, die Wohnung zu verlassen.«

»Gut.«

»Ich hoffe nur, es ist kein permanenter Fall von Agoraphobie. Ich habe mal von jemand gehört, dem Herausgeber eines Science-Fiction-Magazins, der nicht mehr aus dem Haus gegangen ist, in dem er gewohnt hat.«

»Aus Angst vor Außerirdischen?«

»Keine Ahnung, wovor er Angst hatte. Keine Ahnung, ob es überhaupt gestimmt hat. Es war ein Freier, der es mir erzählt hat. Soweit ich mich erinnern kann, hat er ihm Geschichten verkauft und Poker mit ihm gespielt. Aber egal, das Ganze fing damit an, dass er das Village nicht mehr verlassen hat. Er hatte immer eine Ausrede parat, warum er sich nie über die Fourteenth Street im Norden und die Canal im Süden hinausbewegt hat. Dann hat er sich nicht mehr über den Häuserblock hinaus gewagt, und schließlich wollte er das Haus nicht mehr verlassen.«

»Und dann ist es noch schlimmer geworden?«

»Um einiges schlimmer. Er wollte die Wohnung nicht mehr verlassen und dann das Schlafzimmer und zu guter Letzt das Bett. Außer er musste auf die Toilette. Jedenfalls nehme ich an, dass er aufgestanden ist, um auf die Toilette zu gehen.«

»Hoffen wir mal.«

»Er hat eine Zeitschrift herausgegeben, in der die Leute auf den Jupitermonden unterwegs waren, aber er hat es nicht mal aus seinem eigenen Bett geschafft. Und schließlich sind die Männer in den weißen Kitteln gekommen und haben ihn weggebracht, und ich glaube nicht, dass er es noch mal zurück geschafft hat.«

»Dass dir so was passiert, glaube ich nicht.«

»Wahrscheinlich nicht. Aber ich kann mir gut vorstellen, dass es viele Leute wie ihn gibt, die sich nie vor die Tür wagen. In New York muss man das allerdings auch gar nicht, man kann sich alles liefern lassen.«

»Apropos«, sagte ich, »weißt du eigentlich, dass sie uns weiter ein *Times*-Abo aufschwatzen wollen?«

»›Greifen Sie jetzt zu! Ohne Zusatzkosten und nur für vier Wochen!‹«

»Ich sehe es einfach nicht ein«, sagte ich, »aber wenn wir uns weiter so einigeln müssen, sollte ich sie vielleicht doch anrufen.«

»Wo willst du hin? Ach so, die Zeitung holen? Könntest du mir vielleicht was mitbringen?«

Ich wartete, und als von ihr nichts weiter kam, fragte ich: »Ja, was?«

»Ach, nichts«, sagte sie. »Es müsste eigentlich was geben, was ich will, aber mir fällt nicht ein, was es war.«

Ich gab ihr einen Kuss. Sie hielt mich etwas länger als üblich, dann ließ sie mich los.

Kapitel 37

Er ist hochkonzentriert, total zielgerichtet, und er hört das leise Klicken eines Türschlosses. Mehrere Türen sind näher als die von 14-G, aber er weiß, dass sie es ist, die er gerade gehört hat, und ohne überlegen zu müssen, öffnet er mit einem kurzen Schlenker des Handgelenks das Klappmesser. Das Geräusch, das dabei entsteht, lässt sich etwa mit dem des Türschlosses vergleichen, aber er weiß, dass es niemand hören wird, weil niemand darauf achtet.

Die Tür geht auf. Scudder? Elaine?

Es ist Scudder. Mit finsterer Miene zieht er die Tür zu und vergewissert sich kurz, dass der Flur leer ist. Falls er bemerkt, dass die Tür zum Treppenhaus einen Spalt breit offensteht, schenkt er dem keine Beachtung.

Er wendet sich ab, geht zum Lift, streckt die Hand aus und drückt auf den Knopf. Er trägt ein kurzärmeliges Polohemd und eine dunkle Hose. Seine Schuhe sind Leinwandslipper.

Trägt er eine Waffe? Sein Hemd steckt in der Hose, was darauf hindeutet, dass er die Pistole in der Wohnung gelassen hat.

Soll er ihn jetzt erledigen? Der Mann ist unbewaffnet und könnte sich nur mit bloßen Händen gegen das Messer wehren. Dazu kommt, dass er nicht mit einem Angriff rechnet.

Aber er würde ihn kommen hören, würde hören, wie er im Flur auf ihn zu-stürmt. Er könnte sich vorher noch umdrehen und würde nicht vollständig über-rumpelt. Und er würde um Hilfe rufen. Der Lärm würde Elaine bestimmt alar-mieren.

Trotzdem ...

Der Lift kommt an und erspart ihm die Entscheidung. Scudder betritt die Kabine. Die Tür geht zu und entzieht ihn ihm.

Vorerst.

Er lauscht kurz an der Tür. Dann hebt er die Hand und klopft.

Ihre Stimme: »Was ist?«

Ihm entgeht nicht, dass sie was sagt, nicht wer. Gut.

Er hämmert noch einmal gegen die Tür, hält sich die andere Hand vor den

Mund, um seine Stimme zu dämpfen. Außerdem spricht er tiefer, etwa in Scudders Tonlage, und mit unüberhörbarer Dringlichkeit. »Mach auf. Er ist im Haus, er hat es am Türsteher vorbei geschafft. Mach auf!«

Nichts als die Wahrheit, denkt er.

Sie sagt etwas, was er nicht versteht, aber das macht nichts, weil er das Klicken des Türschlosses hört. Sobald sich die Tür öffnet, wirft er sich dagegen. Sie fliegt auf, erwischt sie an der Schulter, und Elaine weicht taumelnd zurück.

Er wirft die Tür hinter sich zu, wendet sich ihr zu. Wie eine Betrunkene in hochhackigen Schuhen stolpert sie rückwärts von ihm fort. Die Wand bremst sie, und sie versucht ihr Gleichgewicht wieder zu finden. Ihr Gesicht ist wie aus einem Horrorfilm, der Inbegriff abgrundtiefen Entsetzens, und er hält das Messer so, dass sie es sehen kann.

Das wird großartig werden. Eine wahre Freude, ein Mordsspaß ...

Sie fasst in eine Tasche ihres Morgenmantels, zieht eine Pistole heraus. Hält sie mit beiden Händen, zielt auf ihn.

»Nimm das blöde Ding runter«, sagt er in einem Ton, der keinen Widerspruch duldet. »Du dumme Kuh, nimm sie sofort runter.«

Sie zittert, bebt am ganzen Körper. Unbeeindruckt macht er einen Schritt auf sie zu, redet behutsam auf sie ein, fordert sie auf, die Waffe sinken zu lassen, erklärt ihr, dass sie nur dann eine Chance hat, wenn sie tut, was er sagt. Es wird klappen, er weiß, dass es klappen wird, und ...

Sie drückt ab.

Er spürt den Einschlag der Kugel, bevor seine Ohren das Krachen des Schusses registrieren. Er trifft ihn oben an der Schulter, und ihm wird sofort klar, dass der Knochen gebrochen ist. Er muss Schmerzen spüren, und irgendwann wird er das zweifellos, aber noch bekommt er es nicht mit.

Er stürzt auf sie zu. Der Revolver ist an die Decke gerichtet, eine Folge des Rückstoßes, aber sie senkt ihn, zielt auf ihn. Sie feuert jedoch zu früh, und die Kugel pfeift über seinen Kopf hinweg, und bevor sie einen dritten Schuss abgeben kann, hat er sie erreicht. Mit seiner linken Hand ist nichts mehr anzufangen, der Arm hängt schlaff an seiner Seite. Er packt mit der rechten Hand ihr Handgelenk, schüttelt es, bis der Revolver zu Boden fällt, dann hebt er die Hand und schlägt ihr mit dem Handrücken fest ins Gesicht.

Er versetzt ihr einen weiteren Schlag, in die Magengrube, und als sie vornüberkippt, gibt er ihr einen Stoß, und sie landet bäuchlings auf dem Boden. Sie versucht nach dem Revolver zu greifen, doch er kommt ihr zuvor und nimmt ihn an sich. Dann richtet er sich auf und zielt damit auf sie.

Sie ist inzwischen auf allen Vieren und blickt zu ihm hoch. Ihr Morgenmantel ist aufgefallen, und er kann ihre Brüste sehen. Sie blickt direkt in die Revolvermündung. Und seltsamerweise ist keine Angst in ihrem Blick. Er fragt sich, was aus dem Entsetzen geworden ist.

Egal, wohin es verschwunden ist, es wird früh genug zurückkehren.

»Schon bald wirst du dir wünschen, ich hätte abgedrückt«, sagt er sanft.

Mit zwei Händen wäre es einfacher, die Trommel auszuklappen. Aber er schafft es trotzdem und hält den Revolver so, dass die restlichen Patronen auf den Boden fallen. Er tritt nach ihnen, und sie kullern wie fliehende Käfer durch das Zimmer.

»Nachdem das erledigt wäre«, sagt er, »können wir mit dem vergnüglichen Teil beginnen. Steh auf, Elaine. Los, hoch mit dir!«

Sie bleibt, wo sie ist, bis er ihr mit dem Fuß fest in die Rippen tritt. Jetzt steht sie auf, und es ist wundervoll, nur ihr Gesicht zu beobachten und aus ihrem Mienenspiel zu erschließen, was in ihr vorgeht. Sie überlegt, was sie tun könnte, um sich zu retten, aber es gibt nichts, und die Ausweglosigkeit ihrer Lage beginnt ihr zu dämmern.

Und das ist erst der Anfang! Und wie er das alles genießen wird. Er wird es so weit wie nur irgend möglich in die Länge ziehen.

»Zieh den Morgenmantel aus, Elaine.«

Sie steht da, widerspenstig. Er reckt ihr das Messer entgegen, und sie weicht zurück, bis die Wand sie aufhält.

Inzwischen hat seine Schulter zu pochen begonnen. Er spürt immer noch keinen Schmerz, und das Pochen ist wie ein extrem starker Puls im Bereich der Wunde. Es tritt auch kein Blut aus, sieht man von der minimalen Menge am Rand der Wunde aus, und er fragt sich, ob die Kugel die Wunde kauterisiert haben könnte, als sie sie ihm beigebracht hat.

Ist es möglich, dass sich die Wunde selbst heilt? Er hat solche Dinge gehört, sie aber immer als Comicheft-Fantasien abgetan. Trotzdem, irgendetwas schirmt ihn von den Schmerzen ab, wie auch etwas dafür sorgt, dass er kein Blut verliert.

Er hat monatelang einen Amethyst getragen. Vielleicht hat er seinen Zweck erfüllt, vielleicht hat er die Essenz des Steins in sich aufgenommen. Vielleicht ist er tatsächlich unsterblich.

*Er streckt ihr das Messer weiter entgegen, und sie kann ihm nicht mehr aus-
weichen, nichts mehr tun. Sie löst den Gürtel des Morgenmantels, lässt ihn von
ihren Schultern gleiten.*

Wundervoll. Einfach wundervoll.

*Sie liegt auf dem Rücken auf dem Wohnzimmerboden. Er ist nackt, seine Sachen
sind da, wo er sie fallengelassen hat, und er ist auf ihr, und es ist gut, dass er sich
vorher bei dieser fetten Schwuchtel nicht gestattet hat, zum Höhepunkt zu kommen, denn jetzt steht ihm diese ganze Energie zur Verfügung, und er ist steinhart
und riesig, und er ist in ihr, bis zum Heft, und ihre Brüste polstern ihn, und er
hält das Messer an ihre Kehle. Und er könnte ewig so daliegen und sich gemäch-
lich in ihr bewegen, so perfekt umschlossen von ihrem Fleisch, ständig am Rand
seiner Leidenschaft, doch ohne jemals die Kontrolle zu verlieren. Er könnte eine
ganze Ewigkeit lang so weitermachen.*

*Und er spricht mit ihr, als er sich in ihr bewegt. Er erzählt ihr, was er mit ihr
machen wird, wie er sie schneiden und ihr Blut trinken wird, wie er ihre Augen
herauslöffeln wird wie Melonenkügelchen, wie er ihre Brustwarzen abschneiden,
sie bei lebendigem Leib häuten wird. Er spricht im Plauderton mit ihr, fast zärt-
lich. Aber hört sie ihm zu? Lässt sie das alles überhaupt an sich heran?*

*Mit der Messerspitze zieht er eine drei Zentimeter lange Linie auf ihrer
Schulter. Auf der linken. Sie hat ihn in die linke Schulter geschossen, ihm eine
nicht schmerzende, aber lähmende Wunde beigebracht, und er durchtrennt nur
die Haut, macht einen weißen Strich, der sich rot verfärbt, als etwas Blut austritt.*

Er legt den Mund auf den Schnitt und schmeckt ihr Blut.

Da fliegt die Tür auf.

Kapitel 38

Könnte ich etwas gehört haben?

Ich halte es nicht für möglich. Es waren zwei Schüsse, und einer oder beide könnten gefallen sein, als ich im Lift ins Foyer hinuntergefahren bin. Aber ich halte es für sehr unwahrscheinlich, dass ich sie gehört haben könnte oder, wenn doch, auf sie geachtet hätte.

Ich bin nur die Zeitung kaufen gegangen. Den Lift ins Foyer hinunter, ein paar Schritte zum Zeitungsstand an der Ecke, ein paar Schritte zurück. Ich habe nicht einmal meine Pistole mitgenommen. Ich habe es in Erwägung gezogen, aber sie hat auf dem Nachttisch gelegen, und ich war schon an der Tür, und es wäre einfach lächerlich gewesen.

Vielleicht haben wir eine innere Verbindung, ein Art Draht, sie und ich, und etwas in mir konnte den Angriff auf sie spüren. Ich habe keine Ahnung, wie so etwas funktioniert, oder ob es überhaupt funktioniert. Aber als der Lift unten ankam, hatte ich das Gefühl, dass etwas nicht stimmte.

Ich muss wieder zurück, dachte ich.

Aber erst holst du noch die Zeitung, sagte ich mir, damit du nicht wie der letzte Trottel dastehst, wenn du in die Wohnung platzt und sie ganz entspannt vor dem Fernseher sitzt.

Nein. Scheiß auf die Zeitung.

Ich stieg wieder in den Lift. Es fuhren ein paar andere Leute mit, und er hielt unterwegs auf drei oder vier Stockwerken. Je näher ich unserem kam, desto unruhiger wurde ich, und als ich im vierzehnten Stock ausstieg, war ich absolut sicher, dass er in der Wohnung war. Ich wusste nicht, ob sie noch am Leben war, und fürchtete, dass er genügend Zeit gehabt hatte, um sie umzubringen, aber ich wusste, dass er in der Wohnung war und dass ich keine Zeit verlieren durfte.

Ich hatte den Schlüssel in der Hand, als die Lifttür aufging, und ich stürmte den Flur hinunter und steckte den Schlüssel ins Schloss und riss die Tür auf.

Ein Stuhl war umgestürzt, und der Boden war mit Kleidern übersät, und sie lag auf dem Boden, und er war auf ihr, und während ich das noch registrierte, löste er sich von ihr und sprang auf, und sie blieb reglos liegen.

Von ihrer Schulter zog sich eine Blutspur zu ihrer Brust hinab, und ich konnte nicht erkennen, ob sie lebte oder tot war, und ich konnte mir die Zeit nicht nehmen, mich zu vergewissern, weil er schon da war, direkt vor mir, und er hatte ein Messer in der Hand, und an seiner Spitze war Blut, ihr Blut.

»Matt«, sagte er. »Wenn das keine Fügung des Schicksals ist. Sobald wir beide miteinander fertig sind«, er bewegte das Messer hin und her wie ein Hypnotiseur, der ein Amulett vor den Augen seines Gegenübers pendeln lässt, »haben Elaine und ich alle Zeit der Welt. Es wäre schön, wenn du zusehen könntest, wie ich sie umbringe, aber man kann nicht alles haben, oder? Man bekommt, was man bekommt, Matthew. Vergiss das nie.«

Sie war also noch am Leben. Das war alles, was von seiner kleinen Ansprache, hängen blieb. Sie lebte. Ich war rechtzeitig gekommen. Wenn ich ihn töten konnte, blieb sie am Leben.

Er stand leicht vorgebeugt da, das Gewicht auf den Fußballen, und bewegte das Messer von einer Seite auf die andere. Er war nackt und hätte lächerlich ausgesehen, wäre da nicht der Umstand gewesen, dass er eindeutig mit dem Messer umzugehen wusste und sich genauso eindeutig darauf freute, Gebrauch davon zu machen.

Mit seinem linken Arm stimmte etwas nicht. Er hing schlaff an seiner Seite herab. Auch eine Verletzung hatte er, ein Loch in seiner Schulter, und zuerst dachte ich, es wäre eine alte Wunde, die vernarbt war, doch dann wurde mir klar, dass sie auf ihn geschossen hatte, obwohl er nicht zu bluten schien.

Das hätte eigentlich ein Vorteil für mich sein müssen, aber ein Messer ist keine Schusswaffe, niemand braucht zwei Hände, um es richtig zu verwenden.

Er sagte noch etwas, aber ich achtete nicht darauf. Ich bin nicht einmal sicher, ob ich es gehört hätte, wenn ich es versucht hätte. Ich stand da und schaute ihn an, und er machte einen Schritt auf mich zu, und mir fiel nichts ein, wie ich am besten vorgehen sollte, aber das war mir egal. Ich rannte auf ihn zu und warf mich auf ihn, und ich spürte das Messer in meinen Bauch dringen, und ich stieß ihn zu Boden und landete auf ihm, und er drehte das Messer, und der Schmerz war spitz und hoch und anhaltend, wie ein Schrei.

Ich bekam mit einer Hand seine Kehle zu fassen und drückte darauf, und er zog sein Kinn nach unten, worauf ich die Hand von seinem Hals nahm und mit beiden Händen auf sein Gesicht eindrosch. Er konnte sich nicht wehren, er hatte eine Hand, mit der er nichts tun konnte, und die andere war zwischen unseren Körpern eingeklemmt, und um sie herauszuziehen, hätte er das

Messer loslassen müssen, aber das würde er nicht tun, nicht, solange er das Messer in meinem Bauch drehen und mir Schmerzen zufügen konnte wie ein Presslufthammer, der Asphalt aufriss.

Ich wollte mich von ihm lösen, ich wollte schreien vor Schmerzen, ich wollte aufgeben und den Vorhang fallen lassen, aber ich konnte nicht, ich konnte es nicht, weil ich diese Sache zu Ende bringen musste, und zwar ein für alle Mal, und die einzige Möglichkeit, das zu tun, war, ihn umzubringen, und die einzige Möglichkeit, ihn umzubringen, war, auf ihn einzuschlagen und einzuschlagen und einzuschlagen, bis er tot war.

Meine Hände waren blutig, und sein Mund und seine Nase waren blutig, und ich schlug wieder auf ihn ein, und seine Schneidezähne waren am Zahnfleisch abgebrochen, und ich hämmerte mit den Fäusten auf ihn ein, und sein Hinterkopf schlug auf den Boden, und ich packte seinen Kopf und drückte die Daumen in seine Augen und grub sie in seine Augenhöhlen und hob seinen Kopf und schmetterte ihn auf den Boden, und sein Blut ergoss sich über den Teppich, und mein Blut sickerte aus mir. Das Blut wallte hinter meinen Augen auf und füllte mein Gesichtsfeld, und ich hatte den Eindruck, dass es mich, sobald ich nichts anderes mehr sehen könnte als die rote Flutwelle aus Blut, mit sich fortspülen würde und ich darin ertrinken würde.

Und dann bekam ich gar nichts mehr von dem mit, was um mich herum geschah, weil ich nur noch auf den steigenden Vorhang aus Blut achten zu können schien und nichts anderes mehr tun konnte, als mich an den schmalen Streifen Sicht an seinem oberen Rand zu klammern. Und dann ertönte ein Geräusch wie ein Donnerschlag, und mein erster Gedanke war, *oh, ein Schuss,* und dann dachte ich, *oh, ein Riss im Universum,* und dann, *nein, das ist das Ende, das Ende von allem,* und dann spülte mich die Woge aus Blut fort, und alles war rot und rot und rot, und das Rot wurde dunkler, und dann war alles schwarz.

Kapitel 39

Ich schwebe. Ich bin an einem leeren Himmel oder in einem Meer aus Nichts. Ich schwebe.

Da sind Stimmen, aber ich kann nicht verstehen, was sie sagen. Manche sind mir vertraut, andere nicht, aber ich kann keine zuordnen. Sobald ich ein Wort höre, habe ich das Wort davor vergessen, und auch das habe ich bereits wieder vergessen, bevor ich das nächste höre.

Schweben ...

Ich bin in einem Zimmer, einem großen Zimmer, einem riesigen Zimmer. Es könnte sich ins Unendliche ausdehnen, dieses Zimmer. Möglicherweise hat es keine Wände. Nur Menschen, die über seine Länge und Breite verteilt sind.

Und irgendwie bin ich über ihnen und schaue auf sie hinab, aber scharf sehe ich nur die Person, auf die ich blicke, und anscheinend bin ich nicht in der Lage, meinen Blick dahin zu richten, wohin ich will. Er wandert nur hierhin und dahin, heftet sich kurz auf eine Person, bewegt sich dann woandershin.

Es ist, als sähe ich einen Film, bei dem jemand anders die Kamera bedient.

Und es gibt keine Zeit. Die Kamera bewegt sich weder langsam noch rasch. Irgendwie existiert alles außerhalb der Zeit. Da ist alle Zeit der Welt, aber es gibt überhaupt keine Zeit.

Ein Teil des Zimmers ist vertraut. Es ist Jimmy Armstrong's Saloon, der alte in der Ninth Avenue. Und hinter der Bar ist Billie Keegan, der Manny Karesh ein Bier zapft. Und Jimmy ist an einem Tisch, nicht schwer und aufgedunsen, wie er in späteren Jahren geworden ist, nein, der dünne, elfenhafte Jimmy, wie ich ihn kennengelernt habe, und er sitzt an einem Tisch und hat einen Teller gedämpften Fisch und Bohnensprossen vor sich stehen. Ich möchte etwas zu ihm sagen, aber er gleitet an den Rand meines Blickfelds davon, und ich sehe einen Mann in einem schicken Anzug, der einen Silberdollar auf der Tischplatte kreisen lässt und ihn sich schnappt, sobald er zu wackeln beginnt. Es ist Spinner Jablon, der wusste, dass er ermordet würde, und mich vorher engagierte, um seinen Mörder zu fassen.

Spinner blickt auf, und ich schaue in dieselbe Richtung wie er, und da ist die

Bedienung mit einem Tablett mit Drinks, und es ist Paula Wittlauer, die aus einem Fenster gesprungen ist. Ich kannte sie kaum, und sie war tot, und ihre Schwester glaubte nicht, dass es Selbstmord war, und heuerte mich an, und es stellte sich heraus, dass sie recht gehabt hatte. Paula wendet sich mit einem Glas in der Hand mir zu, und dann verändert sie sich, und jetzt ist sie ein Callgirl namens Portia Carr, und der Mann an ihrer Seite ist ein korrupter Cop namens Jerry Broadfield. Auf seinen Lippen liegt ein dreistes Grinsen, und ich beobachte, wie es sich in Traurigkeit und Bedauern verwandelt.

Und die Bilder kommen und gehen jetzt schneller. Es gelingt mir kaum mehr, ein Gesicht zu registrieren, bevor es verschwindet und einem anderen Platz macht. Skip Devoe und Bobby Ruslander, und Bobby hat Skip betrogen, und Skip hat ihn an die Morrissey-Brüder verkauft, die ihn mit einer schwarzen Kapuze über dem Kopf, die Hände mit Draht auf den Rücken gefesselt und mit einer Kugel im Hinterkopf zurückgelassen haben. Und jetzt sind sie wieder Freunde, sie haben die Arme umeinander gelegt, als posierten sie für ein Foto. Und dann verschwinden sie, und da sind Tommy Tillary und Carolyn Cheatham, und Tommys Frau Margaret, die ich nie kennengelernt habe, aber sofort erkenne. Tommy hat Margaret umgebracht und ist damit davongekommen, und Carolyn hat Selbstmord begangen, und das habe ich ihm angehängt, worauf er ins Gefängnis gekommen und dort ermordet worden ist.

So viele Menschen und jeder von ihnen tot ...

Miguelito Cruz und Angel Herrera. Martin Vanderpoel und sein Sohn Richie, und Wendy Hanniford. Henry Prager. John Lundgren. Glenn Holtzmann und Lisa Holtzmann und Jan Keane.

Estrellita Rivera. Sechs Jahre alt, und es war ein Querschläger aus meiner Dienstpistole, der sie vor vielen Jahren getötet hat. Ihr Blick trifft sich mit meinem, und sie lächelt wissend, und dann ist sie tot.

Roger Prysock, in einem Zoot Suit. Adrian Whitfield und Richie Vollmer und Regis Kilbourne. James Leo Motley. Peter Khoury und Francine Khoury. Ray Callander. Andy Buckley. Vince Mahaffey. Gerry Billings. Moon Gafter und Paddy Dowling. Und weitere Männer, die schneller durch mein Blickfeld huschen, als mir ihre Namen einfallen.

Und dann ein paar Frauen. Kim Dakkinen, mit einem Smaragdring an ihrem Finger. Sunny Hendryx. Connie Cooperman. Toni Cleary. Elizabeth Scudder, die hat sterben müssen, weil sie den gleichen Nachnamen hatte wie ich. Ich habe sie nie kennengelernt, aber irgendwie erkenne ich sie, und dann ist sie weg.

Und dann Elaine. Was machst du denn hier, bei all den Toten, möchte ich sie fragen.

Bin ich zu spät gekommen? Hat er dich auch umgebracht?

Sie schwebt über den anderen, und es ist nur ihr Gesicht, ihr makelloses Gesicht, und sie ist so jung. Sie sieht wie ein Mädchen aus, sie sieht aus wie das Mädchen, dem ich an Danny Boys Tisch zum ersten Mal begegnet bin.

Ich sehe sie an, und ich will nichts anderes, als sie ansehen, ich will sie für immer ansehen, ich will in ihren Augen ertrinken.

Und unter uns ist jetzt ein Meer von Menschen, da ist jede Person, die ich gekannt habe und die gestorben ist. Meine erste Frau, Anita. Meine Mutter, mein Vater. Tanten und Onkel. Großeltern, die bis zum Beginn aller Zeiten zurückreichen. Hunderte, tausende Menschen, und sie verblassen allmählich, bis nichts mehr da ist als Raum, leerer Raum.

Dann kommt es zu einer abrupten Veränderung, wie bei einem schnellen Schnitt in einem Film. Ich blicke von oben auf Männer und Frauen in OP-Kitteln und –Masken hinab, die um einen Tisch herumstehen. Auf dem Tisch liegt eine Gestalt, aber ich kann nicht erkennen, wer es ist.

Aber die anderen kann ich sehen. Da sind Vince Edwards und Sam Jaffe aus Ben Casey und Richard Chamberlain und Raymond Massey aus Dr. Kildare und Robert Young als Marcus Welby. Mandy Patinkin und Adam Arkin aus Chicago Hope – Endstation Hoffnung und dieser Typ aus Chefarzt Dr. Westphall und George Clooney und Anthony Edwards aus Emergency Room. Und ich sehe die Frauen an, und jede ist zunächst jemand anders, aber irgendwie werden alle zu Elaine. Und ich weiß, der auf dem Tisch, das bin ich. Ich kann mich nicht sehen, aber ich weiß, dass ich es bin.

Jemand sagt: Oh, Scheiße!

Es ist so schwer zuzusehen. Es ist so schwer, sich zu konzentrieren.

Jemand sagt: Wir verlieren ihn.

Es ist so viel einfacher loszulassen …

Jemand sagt: Nein. Nein!

Und die Lichter werden immer schwächer, und alles endet.

Kapitel 40

Möglicherweise gab es andere Momente, in denen ich das Bewusstsein wiedererlangte oder zumindest kurz an seinen Rändern entlangglitt. Aber das Erste, was ich nach der seltsamen Vision eines Raums voller Fernsehschauspieler in OP-Kitteln wahrnahm, war kurz und vage. Ich war schlagartig anwesend, nachdem ich für unbestimmte Zeit woanders gewesen war. Ich lag auf dem Rücken, und ich versuchte, mich zu bewegen, aber ich konnte nicht.

Jemand hielt meine Hand. Ich öffnete ein Auge und bekam bestätigt, was ich bereits wusste. Es war Elaine.

Sie ist am Leben, dachte ich. Ich drückte ihre Hand oder wollte es zumindest, und sie wandte mir ihren Blick zu.

»Du wirst durchkommen«, sagte sie.

Ich hatte das Gefühl, dass ich das bereits wusste. Ich wollte etwas sagen, doch dann gingen meine Augen zu, und ich war wieder weg.

So ging es noch ein paar weitere Male. Ich kam zu mir und sackte wieder weg, aber dann halfen mir zwei Krankenschwestern aus dem Bett und ließen mich auf dem Krankenhausflur herumgehen. Ich bekam genügend Demerol, um die Schmerzen aushalten zu können, aber auch so war es kein Vergnügen herumzugehen. Sie bestanden jedoch darauf, dass ich es machte, weil es den Heilungsprozess beschleunigte und sie einen früher nach Hause schicken und das Bett einem anderen Patienten geben konnten.

Aber jetzt wusste ich, dass ich im Roosevelt Hospital war und dass er mich mit dem Messer ziemlich übel zugerichtet hatte. Sie hatten ein paar Teile des Dünndarms entfernen müssen und den Rest so zusammengeflickt, dass er hoffentlich seinen Zweck wieder erfüllen würde. Ich hatte viel Blut verloren und verlor immer noch einen Teil des Bluts, das ich transfundiert bekam, und eine Weile stand es auf Messers Schneide. Der »Wir verlieren ihn!«-Moment, an den ich mich erinnern zu können schien, wiederholte sich auch in der Realität noch mehrere Male. Es gab mehrere Momente, in denen sie fürchteten, ich würde ihnen entgleiten, und das vielleicht auch tat, aber jedes Mal rief mich etwas zurück.

»Ich habe dich angebrüllt«, sagte sie. »Ich habe dich angeschrien: ›Dass du mich bloß nicht im Stich lässt!‹«

»Offensichtlich ist mir das auch nicht gelungen.«

»Jedenfalls nicht bei dem Allstar-Ärzteteam, das du hattest. Aber Marcus Welby? Ich hätte nicht gedacht, dass er viel im OP ist. Ich dachte, er würde sich mehr oder weniger darauf beschränken, Lebensweisheiten von sich zu geben.«

»Mir ist nie bewusst geworden, dass ich so viele Krankenhausserien geschaut habe«, sagte ich. »Aber sie haben wohl einen tiefen Eindruck hinterlassen.«

Eine Weile hatten sie mich mit einem Tropf versorgt, und es würde unabsehbare Zeit dauern, bevor bestimmte Teile von mir wieder so funktionierten wie früher.

Ein Arzt wies Elaine darauf hin, dass ich möglicherweise nie mehr scharf gewürztes Essen vertragen würde. »Und ich habe ihm gesagt«, erzählte sie mir, »dass er offensichtlich nicht weiß, von wem er hier redet. Mein Mann nimmt es mit bloßen Händen mit Mördern auf, habe ich ihm gesagt. So jemand lässt sich nicht mal von Scotch-Bonnet-Chili kleinkriegen.«

»Der einzige Grund, warum ich es mit bloßen Händen mit ihm aufgenommen habe, war, dass ich sonst nichts gehabt habe«, sagte ich.

»Er hatte ein Messer, und du hast dich ohne Zögern auf ihn gestürzt.«

»Ich wäre vor nichts zurückgeschreckt, um ihn davon abzuhalten, dir wehzutun. Und wenn du schon tot gewesen wärst, also, dann wäre mir sowieso egal gewesen, was aus mir wird.«

Was aus ihm geworden ist, war, dass er tot war. Während ich seinen Kopf auf den Boden drosch, war es Elaine gelungen, an die Pistole auf meinem Nachttisch zu kommen. Das Geräusch, das ich gehört hatte, das Letzte, was ich bewusst wahrgenommen hatte, bevor die alles auslöschende Blutwelle über mich hinweggeschwappt war, war tatsächlich das Krachen eines Schusses gewesen, des ersten von mehreren. Sie hatte herausfinden müssen, wie man die Pistole entsicherte, und dann hatte sie nahe genug kommen müssen, um einen Schuss auf ihn abgeben zu können, ohne mich zu treffen. Schließlich hatte sie ihm den Pistolenlauf ins Ohr gesteckt und abgedrückt, und ich bekam den Knall noch mit, bevor ich endgültig das Bewusstsein verlor.

»Du hast mir eingeschärft, so lange abzudrücken, bis das Magazin leer ist«, sagte sie, »und das habe ich getan. Der Rückstoß kam mir nicht stärker vor als der des Revolvers. Vielleicht lag es auch daran, dass ich schon besser darauf gefasst war, keine Ahnung. Als es dann *klick* machte und nicht mehr *peng*, habe ich das Telefon genommen und bei der Polizei angerufen, aber die Cops waren bereits unterwegs und ein Krankenwagen ebenfalls.«

Ich sagte, sie hätte mir das Leben gerettet, und sie sagte noch einmal, dass die Cops und der Krankenwagen bereits unterwegs waren, als sie bei der Polizei anrief. »Nicht weil du angerufen hast«, sagte ich, »sondern weil du den Dreckskerl umgebracht hast.«

»Ich weiß nicht, ob ich ihn umgebracht habe.«

»Er ist tot«, sagte ich, und du hast ihm sieben- oder achtmal in den Kopf geschossen. Deshalb kann man durchaus davon ausgehen, dass da ein Zusammenhang von Ursache und Wirkung bestanden hat.«

»Außer dass er schon tot gewesen sein könnte. Sie glauben, dass du ihn totgeprügelt hast.«

»Also, ich weiß nicht, ob ich das geschafft hätte, wenn er beide Hände zur Verfügung gehabt hätte. Du hast ihn erheblich geschwächt, als du ihn an der Schulter getroffen hast.«

»Ich hätte uns beiden einiges ersparen können, wenn ich sein Herz getroffen hätte.«

»Er ist tot«, sagte ich. »Da spielt es eigentlich keine Rolle, wer es getan hat. Wir haben uns gegenseitig das Leben gerettet.«

»Was nichts Neues ist«, sagte sie. »Das tun wir jeden Tag.«

Sie konnten dem Dreckskerl keinen Namen anhängen. Seine Fingerabdrücke waren nirgendwo in den Akten, außer bei einem Mord drüben im Westen, bei dem er ein nicht zu identifizierender Verdächtiger war. Name hin oder her, Wentworth und Sussman versicherten mir, dass sein Tod landesweit einige Fälle klären würde, darunter auch ein paar, die anderen Personen wie Preston Applewhite angelastet worden waren.

»Kein Mensch weiß, wie viele Leute er umgebracht hat«, sagte Sussman. »Wir haben zwar einige auf seinem Computer gefunden, aber diesen speziellen Laptop hatte er nur ein, zwei Jahre. So jemand aus dem Verkehr zu ziehen, ist weniger ein Erfolg für die Justiz als eine lebenswichtige Maßnahme zur allgemeinen Gesundheitsvorsorge. So jemand unschädlich zu machen ist etwa so, wie wenn man ein Mittel gegen Krebs erfindet.«

Elaine hatte an den Stellen, wo er sie geschlagen hatte und auf die sie gefallen war, ein paar blaue Flecken. Und auf ihrer Schulter, wo er sie mit dem Messer geritzt hatte, war eine dünne, etwa drei Zentimeter lange Narbe. Sie machte allerdings Vitamin E darauf und hatte sich im Drugstore eine Narbensalbe besorgt.

Ich sagte, die Narbe sei kaum zu sehen, aber sie meinte, das spiele keine Rolle. »Ich will keine Spuren von ihm an mir.«

Und er hatte sie vergewaltigt.

»Abgesehen von deinem«, sagte sie, »ist es über zehn Jahre her, dass ich jemandes Schwanz in mir hatte. Wahrscheinlich ließe es sich etwas weniger drastisch ausdrücken ...«

»Aber was brächte das?«

»Genau. Es hat mich so was von angewidert, Schatz. Nicht, als es passiert ist, nicht, als er mit das Messer an die Kehle gehalten hat. Da war ich viel zu sehr mit meiner Angst beschäftigt, um noch Zeit für Ekel zu haben. Aber später hätte ich am liebsten gekotzt, wenn ich an ihn gedacht habe. Ich habe ständig gebadet und geduscht und versucht, mich zu säubern, und dann habe ich mich einfach selbst für sauber erklärt und gesagt, was soll's. Weil es nichts zum Wegwaschen gegeben hat, weißt du?«

Ich bekam viel Besuch. Von TJ natürlich, von Danny Boy und von Mick, der ein paarmal vorbeischaute und einmal Kristin Hollander mitbrachte. (»Ah ah«, sagte Elaine, als die beiden gegangen waren, und ich sagte, sie solle sich doch nicht lächerlich machen, worauf sie mich nur mit einem vielsagenden Blick bedachte.)

Außer Sussman und Wentworth kamen mehrere Cops und auch Ex-Cops wie Joe Durkin und Ray Galindez. Unter den Besuchern waren auch Leute, die ich von den Anonymen Alkoholikern kannte, und Mitglieder des Clubs der Einunddreißig, und Ray Gruliow, der bei beiden war. Und Freunde und Bekannte aus dem Haus und aus der ganzen Nachbarschaft.

Louise kam vorbei, um zu sehen, wie es mir ging, und mich wissen zu lassen, dass sie sich weiterhin mit David Thompson traf. »Ich habe gemerkt, dass ich ganz schön blöd war«, sagte sie. »Da ist dieser echt nette Typ, mit dem ich wirklich gern zusammen bin, im Bett und außerhalb, und er mag mich. *Und* er raucht. Und muss ich mich etwa aufs hohe Ross setzen, bloß weil er eine Pechsträhne hatte und in seinem Auto schlafen muss? Mein Gott, vor ein paar Jahre habe ich mich halb bewusstlos gesoffen und meine Schuhe vollgekotzt und wildfremde Typen mit nach Hause genommen. Wer bin ich also, auf einen anständigen Kerl wie David runterzuschauen?«

Jetzt, wo alles auf dem Tisch war, sagte sie, und er nicht mehr ständig auf der Hut sein und sie sich keine Sorgen mehr machen musste, dass er etwas vor ihr verbarg, lief es wesentlich besser zwischen ihnen. Er zog zwar nicht bei ihr ein, dafür war es noch zu früh, fanden sie beide, aber wenigstens konnte er über Nacht bei ihr bleiben, wenn sie miteinander ins Bett gingen.

»Vorausgesetzt, er hat einen guten Parkplatz«, sagte Elaine.

»Und genügend Zigaretten«, sagte Louise.

Und ich sagte: »Vielleicht sollte ich das ja nicht sagen, aber weil es euch so wichtig ist, solltet ihr es wahrscheinlich besser wissen. Er will Geld sparen, damit er sich eine Wohnung leisten kann. Und deshalb will er – zum Teil, um Geld zu sparen, zum Teil aus gesundheitlichen Gründen – auch was ändern, was das Rauchen angeht.«

Sie sah mich an. »Will er etwa damit aufhören?«

»Das ist, was er mir gesagt hat.«

»Aha«, sagte sie und dachte darüber nach. »Aber was soll's? Niemand ist vollkommen.«

Inzwischen bin ich wieder zu Hause, und die meiste Zeit verbringe ich mit einem Buch im Bett oder in einem Sessel vor dem Fernseher. Ich achte darauf, mich genügend zu bewegen, um meinen Kreislauf nicht einschlafen zu lassen und die Anweisungen der Ärzte zu befolgen. Relativ oft leiste ich TJ im Morning Star beim Frühstück Gesellschaft und lasse mir von seinen Abenteuern auf dem Aktienmarkt erzählen. Und zweimal die Woche gehe ich auf der

Ninth Avenue zu St. Paul's hoch, um im Souterrain an einem Treffen teilzunehmen. Zuerst habe ich das mit einem Gehstock getan, einem schönen Stück aus Schlehdorn mit einem großen Knauf am oberen Ende und einer Messingummantelung an der Spitze. Mick hat ihn mir vor Jahren, als ich noch keine Verwendung dafür hatte, aus Irland mitgebracht. Manchmal verwende ich ihn noch immer, aber nur, wenn ich daran denke.

Meine Innereien scheinen wieder ganz gut zu funktionieren, auch wenn mich hin und wieder etwas daran erinnert, dass ich dort vor nicht allzu langer Zeit ein Messer stecken hatte. Aber vor Kurzem hat Elaine einen Topf Chili gekocht und so gewürzt, wie ich es mag, sodass es mindestens ebenso sehr eine religiöse Erfahrung war wie eine Mahlzeit. Und sie ist mir gut bekommen.

An drei Vormittagen die Woche kommt eine ebenso resolute wie gutgelaunte Blondine namens Margit mit einem Sack voller Hanteln und Flaschenzüge und anderer Folterwerkzeuge zur Physiotherapie. Ich freue mich immer, wenn sie auftaucht, und noch mehr, wenn sie geht. Ich mache beständige Fortschritte, sagt sie, und das zu hören freut mich. Und für einen Mann meines Alters, fügt sie hinzu, mache ich mich erstaunlich gut, und das höre ich weniger gern.

Und in ein paar Wochen werden Elaine und ich ein Taxi zum Flughafen und einen Flieger nach Lauderdale nehmen, wo wir für eine Kreuzfahrt durch die Karibik und den Amazonas hinauf an Bord eines Schiffs gehen werden. Elaine sagt, wir werden absolut nichts tun müssen; wir werden einmal packen und auspacken und es uns sonst einfach nur gutgehen lassen. Und sechsmal am Tag essen, sagt sie, und auf Deck in der Sonne sitzen und im Fluss Amazonasdelfine beobachten und den Brüllaffen an seinen Ufern lauschen.

»Das wird bestimmt schön«, sagt sie, und wahrscheinlich hat sie recht.

Währenddessen kann man den einen oder anderen von uns oft am Südfenster stehen und in die Ferne schauen sehen. Ich bin nicht sicher, was Elaine sieht – oder was ich dort draußen zu erblicken versuche. Vielleicht schauen wir auf die Vergangenheit hinaus, oder in die Zukunft. Oder, glaube ich manchmal, auf die ungewisse Gegenwart.

An meine deutschen Leser: Ich hoffe, dass Sie Gefallen an diesem Matthew-Scudder-Roman gefunden haben. Wenn Sie über zukünftige Veröffentlichungen meiner Bücher auf Deutsch informiert werden möchten, schicken Sie einfach eine E-Mail mit dem Betreff "German mailing list" an lawbloc@gmail.com. (Ich versende auch einen Newsletter auf Englisch und würde Sie mit Freude auch auf diese Liste setzen; falls gewünscht, fügen Sie einfach "English also" hinzu.)

Danksagungen

Der Autor möchte der Ragdale Foundation in Lake Forest, Illinois, wo der größte Teil dieses Buches geschrieben wurde, für ihre großzügige Unterstützung danken.

Über den Autor

Lawrence Block schreibt seit einem halben Jahrhundert preisgekrönte Kriminalromane und Spannungsliteratur. Sein neuestes Buch ist *In Sunlight or in Shadow*, eine Anthologie mit 17 neuen Kurzgeschichten, die jeweils von einem Gemälde von Edward Hopper inspiriert wurden; zu den vertretenen Autoren gehören Stephen King, Joyce Carol Oates, Lee Child, Megan Abbott, Michael Connelly, Jeffery Deaver und Joe Lansdale.

Blocks zuletzt erschienener Roman ist *The Girl with the Deep Blue Eyes*, von seinem Hollywood-Agenten als »James M. Cain auf Viagra« gerühmt. Zu seinen neueren Romanen zählen außerdem *The Burglar Who Counted the Spoons*, in dem Bernie Rhodenbarr im Mittelpunkt steht, *Hit Me* mit dem Briefmarkensammler und Auftragsmörder Keller sowie *A Drop of the Hard Stuff* mit Matthew Scudder. 2014 wurde Scudder von Liam Neeson in der Verfilmung von *Ruhet in Frieden – A Walk Among the Tombstones* brillant auf der Leinwand verkörpert. Auch andere Romane Blocks wurden verfilmt, allerdings mit geringerem Erfolg.

Block erhielt auch für seine Bücher für Autoren große Anerkennung, darunter Klassiker wie *Telling Lies for Fun & Profit* und *Write for Your Life*. Zuletzt hat er mit *The Crime of Our Lives* eine Sammlung von Aufsätzen über das Genre des Kriminalromans und dessen Vertreter veröffentlicht.

Neben seinen Prosawerken hat Block auch Drehbücher für die Fernsehserie *Tilt* und den Film *My Blueberry Nights* von Wong Kar-wai geschrieben. Block soll ein zurückhaltender und bescheidener Mann sein, auch wenn man das aufgrund dieser autobiographischen Skizze keinesfalls erwarten würde.

Email: lawbloc@gmail.com
Twitter: @LawrenceBlock
Facebook: lawrence.block
Homepage: lawrenceblock.com

Über den Übersetzer:

Sepp Leeb hat Amerikanistik und Germanistik studiert und lebt als Übersetzer in München. Neben Lawrence Block hat er auch Thomas Harris und Michael Connelly ins Deutsche übersetzt.

Die Matthew-Scudder-Romane:

#1 *Die Sünden der Väter* (*The Sins of the Fathers*)
#2 *Drei am Haken* (*Time to Murder and Create*)
#3 *Mitten im Tod* (*In the Midst of Death*)
#4 *Tief bei den ersten Toten* (*A Stab in the Dark*)
#5 *Acht Millionen Wege zu sterben* (*Eight Million Ways to Die*)
#6 *Nach der Sperrstunde* (*When the Sacred Ginmill Closes*)
#7 *Am Rand des Abgrunds* (*Out on the Cutting Edge*)
#8 *Ein Ticket für den Friedhof* (*A Ticket to the Boneyard*)
#9 *Tanz im Schlachthof* (*A Dance at the Slaughterhouse*)
#10 *Ruhet in Frieden* (*A Walk Among the Tombstones*)
#11 *In Teufels Küche* (*The Devil Knows You're Dead*)
#12 *Der Club der Toten* (*A Long Line of Dead Men*)
#13 *Im Namen des Volkes* (*Even the Wicked*)
#14 *Alle sterben* (*Everybody Dies*)
#15 *Der zweite Tod* (*Hope to Die*)
#16 *Die Blumen, sie sterben alle* (*All the Flowers are Dying*)
#17 *A Drop of the Hard Stuff*
#18 *The Night and the Music* (the complete short stories)

Auf Deutsch erschienene Matthew-Scudder-Kurzgeschichten:

#1 Aus dem Fenster (Out the Window)
#2 Eine Kerze für die Stadtstreicherin (A Candle for the Bag Lady)
#3 Im frühen Licht des Tages (By the Dawn's Early Light)
#4 Batmans Gehilfen (Batman's Helpers)
#5 Der barmherzige Engel des Todes (The Merciful Angel of Death)

Weitere Bücher von Lawrence Block:

Mit leichtem Gepäck (*Resume Speed*)

www.ingramcontent.com/pod-product-compliance
Lightning Source LLC
Chambersburg PA
CBHW071533260626
47170CB00002B/612